岩波現代文庫／学術 397

小林秀雄のこと

二宮正之

岩波書店

目　次

引用文表記の原則

＊引用は、主に『新訂 小林秀雄全集』(新潮社、一九七八年―一九七九年、全一五巻)に拠った。『全集』の巻数を算用数字、頁数を漢数字で示した。

＊次の諸作品(単行本『本居宣長』『本居宣長 補記』『白鳥・宣長・言葉』)は独立した一書として二重括弧で示す。『本居宣長』『本居宣長 補記』は全集版と異なる単行本の味わいを楽しむために、また『白鳥・宣長・言葉』は絶筆「正宗白鳥の作について」が著者の没後初めて収録されているので、不統一を承知で、これを論拠にした。

＊『全集』各巻に収録された一作品の表題は、「ドストエフスキイの生活」「私の人生観」のように鉤括弧で示した。

＊ただし、「無常といふ事」に含まれる諸作の題名は《無常といふ事》《當麻》等々とした。

＊「感想」と題する文章は多数あるので、ベルクソン論は「感想」(ベルクソン論)等と明記した。

＊『小林秀雄全集』の最新版(新潮社、二〇〇一年―二〇一〇年)は、編集方針がそれ以前の諸版と異なり各作品の刊行年代順であり、漢字・仮名の使い分けに作者の目を経ていない変更も見られるので、ごく少数の場合を除いて、引用文他の典拠とはしなかった。

序に代えて──小林秀雄のにがさ

小林秀雄が、私の意識、そしておそらくは無意識のなかにさえ、住みつくようになってから、実に長い時がたった。私がまだ東京の大学生であったころ、つまり今からかれこれ四十年ほど昔のことになるが、小林秀雄は、アルチュール・ランボー、アンドレ・ジッド、ポール・ヴァレリー、さらにドストエフスキイというような名前と結びついて私のなかに入ってきた。岩波文庫のランボー作・小林秀雄訳の『地獄の季節』は、愛読の書であった。

一九六五年から、私はフランスで生活を始め、日本とはある種の距離をもったのであるが、その距離にもかかわらず、あるいはまさにその距離ゆえに、小林秀雄の別の面が見えてきた。小林秀雄の根本の姿勢は、日本に生まれ日本語を母国語とする宿命を持つ以上、日本語を用いて日本で仕事をする、というところに徹するのであるから、日本に生まれ日本語を母国語とするにもかかわらず、あえてヨーロッパに腰を据えた私は、小林秀雄とはまったく異なる生き方を選んだのであるが、ちょうど一九六五年から「本居宣長」を連載しはじめた小林秀雄は、人間が生き、思い、考えるという大本の営みについて、深い反省をくりかえすひとつの核として、国境を超えて、私の興味を引き続けた。

折々に、この作家をめぐって書いた文章をまとめて一書を編もうという今、一体、小林秀雄の何が私をひきつけるのかを考えてみると、答えはひとつの味となって出てくる。この思索家がながい生涯をかけて残した数多くの仕事には、多様な題材・主題をつらぬいて、ほとんど常に、ある種の「にがさ」が感じられ、そのにがい味が私には非常に貴重なものに思われるのである。「にがみ」は、かならずしも良い味とはいえないだろうが、それは、小林秀雄のいくつかの作品から立ちのぼる独特の幸福感とひとつになっている。この「にがみ」には、醒めた精神の鋭さと腹をすえた心の落ちつきとから来るこころよさが感じられるのだ。

一口に「にがさ」といっても、それはいくつかの水位で感じられ、性質の異なるものを含んでいる。まず、もっとも直接な形で表面に出てくるのは、同時代の日本人、とくにいわゆる知識人や文化人に対する批判をふくんだ苦々しさである。小林秀雄が繰り返し矛先を向けるのは、一つには、知性のまっとうな働きを十分に求めずに情動におぼれる傾向、甘えて怠惰な感傷過多症がある。もう一つには、西欧の近代思想の移入に忙しく、新しく目にうつる舶来の知識を売りさばくことに汲々とする似非知識人たちの態度。欧米の思想や理論の動向をいちはやく捉えて、いわばあれこれの「知」のプレタポルテを他人に先んじてまとったインテリもどきの自己満足。この種の「様々なる意匠(衣装)」を叩く気鋭の評論家としての小林秀雄の文章は、今になって見れば、その時々の時評としての性格の強いもので、あらためて取り上げる価値はすくないように見えるかもしれない。しかし、世界の経済も政治も、情報キャッチのスピードと情報処理能力とにますます直接に依存せざるをえない現在、文学も思想も芸術もこの傾向から身を守るのはいよいよむずかしくなっているのだ。一九二〇年代末から、小林秀雄が、西欧を情報源としてざわめく日本という特殊状況において摘発していた問題は、今や日本の枠を遥かに越えて、広く問われるべきものになっている。

もっとも、そのような皮相な現象に対する論難は、対象の浅さに応じて批判も深いとはいえない面があるが、もう一歩進めたところで、小林秀雄が自分の時代の根本問題として批判の対象としたのは、「近代性」という通念であった。「科学性」を標榜して急速にひろがってきたマルクス主義の代表する「近代性」、あるいはもっと広く、科学にもとづいた合理主義を過信することに対する彼の一貫した抵抗。しかも、自分にとってもっとも重要なこの一点、自分としては避けて通ることのできない根本の問題についての確信が、同時代の知識人にはきわめて了解しがたいものであることを自覚するところから、透徹した知性と鋭敏な感性との持ち主がいだかざるをえない根本のにがさが滲み出てくる。

ただ、ここで、私が「近代性」というものにいかなる意味を与えているかを述べておく必要があるだろう。「近代」という言葉を冠した熟語は、近代人、近代化、近代史、近代建築等々数えきれないほど使われているが、線状に進展する歴史上のある時期を示す「近代」という意味はほぼ明確であるとしても、またいつの世にもある「古今」の意識にもとづく「今様」好みはことさらに論ずるまでもないとしても、種々様々な「近代」の現象を貫く概念としての「近代性」となると、その定義はかならずしもはっきりしないからである。しかも、小林秀雄は、フランス近代文学によって育ち、日本における近代批評の創始者とさえ呼ばれ、近代音楽、近代絵画を好んだのだから、いったい、どのような「近代性」について語っているのかを明確にしなくては、話は始まらないだろう。

「近代的であるものの根本をなす性格」としての「近代性」とは何か。私は、その必要にして十分な定義を下せると主張するつもりはないが、「近代性」というものに不可欠な特質をいうなら、万人に異論のない「客観」、いわゆる「科学」にもとづいた計量可能な証拠に依拠する方法でその存在を立証することができない一切のものを信用しない、という点にあるだろう。それは、知と信との関係といってもよい。小林秀雄がしぶとく抵抗したのは、その一点に関してである。

しかも、小林秀雄は、一九二〇年代末からの日本という非常に条件のわるい場所で仕事をしなければならなかった。実際、知と信との関係を立て直す上で、彼の生きた時代の日本はとりわけむずかしい状況にあった。知と信とが、水と油のように相容れないものになっていたからである。知の分野で、ヨーロッパ文明のもたらすものは、あまりにも魅力に富んでいた。西洋事情に通じていることが知識人としての資格を保証し、西欧で発達した科学の成果は様々な分野で人々を魅了した。科学としてのマルクス主義は、適用しさえすればよい鋭利な道具としてむかえられ、耳新しい諸概念は知識層の好奇心をみたした。いわゆる知識人の多くは、覚えたばかりの用語をかたちのうえで整合させることに忙しかった。「……的」という表現が、十分な反省なしに頻繁に用いられ、一皮むけば意味の不明瞭な文章が氾濫した。

それに反比例して、皇国史観は狂信と虚説とに傾いていった。あるいは、そこまでは行かなくても、「日本精神」論や国粋文化論が幅をきかし、「信」はおおかた妄信に支えられた「精神主義」の形で発動するのだった。

当時の小林秀雄が、マルクス主義理論の信奉者を叩くうえで手ごわい論客であったことは、周知のとおりである。ただ、正直に私の感想を言うなら、戦後も大分ときがたってから戦前に小林秀雄の発表したこの種の文章を読み始めた私は、天皇の君臨する大日本帝国で筆を振るうこの論客が、あたかも戦後ソ連圏に入った東欧共産主義国のどこかで、教条を信奉する体制派マルクス主義者に抵抗していたような奇妙な印象を受けたものだ。その時代の日本においてもっとも強力な狂信の源であったはずの、国家神道と癒着した天皇制御用学者を批判するよりは、もっぱら、反体制の苦しい抵抗を試みているマルクス主義者を攻撃しているのだから。先に、「日本という非常に条件のわるい場所」といったのは、こういう現実の状況を考えてのことなのだ。小林秀雄のように個性の強い思想家も、環境と時代との許す範囲で仕事をした以上、当然の結果として、ある種の歪みをこうむってはいる。

ただ、ここで小林秀雄を救うのは、まさにその言説から滲み出てくる「にがさ」、他人に対しての苦々しい気持という以上に、自分自身に対しても抱いていた「にがさ」の感覚である。それは、小林秀雄が似て非なる近代性を批判するのは真の近代性を求めればこそであり、不十分な知を否定するのは真の知を望めばこそなのだが、それが容易に理解されないことを承知しているところに生ずる。そこには、小林秀雄の仕事の「質」を保証するものが、たしかに感じられる。

さらにもう一歩深い所にある「にがさ」は、天性の評論家としての資質、つまり、筆をとればおのずから批評あるいは評論というものに行きつくという精神の型に根ざしている。画家・詩人・小説家・作曲家等々のいわゆる芸術家・創作家に比して、他人の作品を対象に思考を進める評論家は、素朴な意味で第一段階の創作のみを尊重したがる世の俗説を退け、すでに存在する「作品」を題材とする自分の仕事に第二段階の「作品」

としての価値を認めようとするが、俗説とは常に根強く手ごわいものであるから、天性の評論家たるものは、頑固な通説をまえに無傷では居られない。既成の作品群を対象としながらも、いわゆる学術研究という別の接近法を選ぶ学者たちとも異なり、創作をこころざしながら「批評文」を書きつづける小林秀雄は、この「にがさ」をも十分に感じていたはずだ。「批評とは竟に己の懐疑的夢を語る事ではないのか、己の夢を懐疑的に語る事ではないのか！」というような発言そのものに、すでにこの「にがさ」は表れている。いわゆる近代の研究や学問が、創造の妙とか感動の不思議というような、実際には文学・芸術さらには思想の核心にあるべき問題を、「客観的に」扱いにくいがゆえに敬遠して久しい今、生来の批評家としての覚悟とそれにともなう「にがさ」とは、重要な意味をもつ。

このなかで、小林秀雄は、真の「知」はかならず深い「信」に結びつくものであることを知っており、ほんものの「信」は謙虚に「知」を尊重することを承知していた。傲慢に一人歩きする傾向のある「知」をしかるべき場に引き戻すために、時によって、彼の筆は「信」を強調しすぎる傾きを示すこともあったが、根本はこのようなものであった。それは、科学偏重時代の知識人の通念が容易に受け入れないものであった。あるいは逆に、安易な反近代思想がすぐにも便乗したがるものであった。自分のおかれている この微妙に孤独な立場を承知しているところに生じる「にがさ」が、小林秀雄の作品に正統性をあたえている。彼自身が片時もわすれたことのないはずのそのにがい気持、それが貴重なので、現代日本文化の「塩」として、大事な役割を果している。

しかも、この「にがさ」を徹底して嚙みしめることによって、彼の思索は、日本という枠をこえて、近代文明の抱えている世界共通の問題にかかわっていく。考えてみれば当然のことだ。さらに突き詰めていうなら、小林秀雄は、この世における価値というものの自体が、自然の価値体系としておのずから存在するのではなく、すべて、「人間」に依拠するものであることをはっきりと認識し、尚かつ、ニヒリズムにおちいらず、「神話」としての歴史に進んで参与した人なのだから。そのような思想家の秘めた「にがさ」というものは、国境や文化圏の相違を超える。東洋であれ西洋であれ、この水位においてまともに物を考える者は、おなじ問題に直面せざるをえないのである。

本書に集めた文章は、そのような思想家としての小林秀雄に、私なりに対面した結果である。第Ⅰ部では、この作家の思想の鍵をなす幾つかのテーマをめぐって、変奏したもの。第Ⅱ部は、フランス文学科出身の小林秀雄が自己形成の拠り所とした西洋文学とどのようにかかわったかをめぐって、きわめて細かいことながら全体につながる意味をもつと思われる問題をいくつかとりあげた文章。第Ⅲ部としては、私がフランス語で書いた小林秀雄の思想を主題とする論文の一部分を、あえて邦訳してみた。内容は、日本の知識界の動向について、歴史上の知識自体が不足しているフランス語圏の読者を想定しているため、日本ではごくあたりまえの事実まで取り込んでいるが、「近代の超克」とは、もとより日本のみにかかわる問題ではなく、それどころか、まさに「西欧とともに」考えるべき問題なのであるから、報告の意味もかねて、あえて日仏の往復をした。日本語になおすに際しては、いずれにしても自分で書いたものであるから、多少自由に、修正をほどこした。

遅々とした私の思索に形をあたえる場を快く提供して、辛抱強く励ましてくださった岩波書店の『文学』編集長、星野紘一郎氏には心から感謝している。せめては、本書が、「時間さえかければよいものが書けるとは限らない」、という真理の証拠物件にならないことを願っている。

一九九九年十二月

Ⅰ　小林秀雄をよむ

よむ――「叡智」または「知慧」

一九八八年の夏のこと、中部フランスの美しい城下町ロッシュで、「世界の叡智 Les sagesses du monde」というテーマのもとに、国際シンポジウムが開かれ、参加を求められた。国際シンポジウムといっても、それは政治権力とマスメディアのむすびついたいわゆる「文化サミット」というようなおおげさなお祭ではない。フランス・ルネッサンス文学の専門家でありまた現代文明にかんして高い見識をもつジルベール・ガドッフル氏が、第二次世界大戦中におこなったナチスにたいする抵抗運動の戦後への発展として、あたらしい地平をめざして舵をとり続けてきた Institut Collégial Européen（ヨーロッパ共同討議研究会）の開く定例の夏の集まりで、常のメンバーのほかに、あつかう主題によって客員講師をまねき、古びてはいるがゆったりとした館に一週間起居を共にして、職業も年齢も国籍もさまざまにことなる数十人の聴衆にかこまれて、それぞれに専門の話をし、他のひとの講演を聞き、意見をかわすという、地味ではあるが人間の尺度にあった出会いの場である。ついでに言いそえるなら、ガドッフル氏の反ナチス抵抗運動の仲間であったユベール・ブーヴ＝メリが、おなじ志を別のかたちで実現するために創設した新聞が、戦後のフランス言論界に重要な役割をはたしてきた「ル・モンド」紙である。

その年のシンポジウムでは、コレージュ・ド・フランスのピエール・アド氏による「古代ギリシャ・ローマにおける賢者の姿」、ソルボンヌのアラン・ミシェル氏の「ウェルギリウス――詩を通じて叡智にいたる道」、パリ高等研究院のアンリ・カゼル師による「聖書にみられるソロモンの叡智と近東の諸文化」という具合に、西欧文明の源における叡智のありようを再検討したのち、時代をくだって、オックスフォードのマイケル・スクリーチ氏による「モンテーニュの説く叡智」、バイエルン・アカデミーのフリードヘルム・ケンプ氏の「十八世紀シュヴァーベン地方の一敬虔派教徒における叡智の探究――エティンガーの場合」、さらにドイツの領域ではボッフム大学のマルティン・ボラッヘル氏の「ゲーテの叡智」、ギーセン大学のヘルベルト・クリスト氏による「ヴィルヘルム・フォン・フンボルトにおける教養(Bildung)による叡智への道および歩みゆく叡智」と話が続いた。ここまではヨーロッパ文明中心であるが、「世界の叡智」という以上、非ヨーロッパ文明にも当然目はむけられ、コレージュ・ド・フランスのジャック・ジェルネ氏による「十七世紀中国の哲学者、王夫之にみられる哲学による叡智への道」、フランス国立科学研究センターのアンドレ・パドゥー氏の「ヒンズーの賢者

——諦念の人か超人か」、新ソルボンヌのフーシェクール氏による「運命の狂気を前にしたペルシアの三賢者——フェルドゥスィー、ゴルガーニ、ルーミー」、そして最後に私の「小林秀雄——現代日本の作家における伝統に根ざした叡智と近代世界の対面」という構成であった。

プロティノスやウェルギリウスと小林秀雄では、いかになんでもつりあいがとれまい、と思われるかもしれないが、私としては、「世界の叡智」という主題で発言を求められた際に、即座に小林秀雄をおもったのである。それは、小林秀雄が世界史上たぐいまれな「賢者」だなどと過大評価しているからではない。そういう意味でなら、明恵なり、道元なり、あるいは良寛なりを十分に語りうる、その道の専門家に参加を依頼するほうが、はるかに尋常であったろう。あるいは、『古事記』にみられる古代日本人の叡智というような扱いかたもできるだろう。

ただ、ヨーロッパ以外の文化圏から参加する唯一人の講師として、私は、西欧の知識人が自分らの思考のシステムを少しも崩さずに、かれらの普遍的と信じる価値の軸に対応させて位置づけ、そのまま安心していられる、いわば評価の定まった「叡智」については語りたくなかった。それよりは、おおいに問題性をはらんだ同時代人のありのままの姿を喚起することによって、それぞれに高度の学識の持ち主ではあるにせよ、根本では、刻々の混沌を一人の人間として生きているはずの参会者ひとりひとりに、揺さぶりをかけるとは言わないまでも、なんらかの精神的刺激をあたえたいと思ったのである。その意味で、激流をなして変貌しつつある現代の世界において、多様な文明がいやおうなくぶつかりあい、多くの場合きわめて危うい形で相克しつつある状況において、「普通の人間」がいかに「叡智」を維持しうるかという点を考えぬき、可能なかぎり己れの考えに忠実に生きようとした人間として、小林秀雄の存在は貴重なのではあるまいか。べつの言いかたをするなら、「叡智」の問題を、学者として外から語りあうだけでなく、現に、その叡智が参会者のひとりひとりの内で、どのように生きているのか、という反省を共にしたかったのである。

それは、ひるがえって、小林秀雄を日本という一民族の枠外に持ち出すことによって、その思想の真価を確かめたいという気持からでもあった。共鳴するにせよ反発するにせよ、一九二〇年代末以来の日本の文学と思想とを小林秀雄ぬきには語りえないという点は、衆目の一致するところであろう。ところが、数多くの日本人にとっては直接にはらわたに触れるような独特の表現力をもち、深い感動を引き起こすかと思うと逆に無性にいらだたせ激昂させもするこの作家の作品も、国外では、今までのところ、まったくと言ってよいほど知られていない。もちろん、第一の原因は、評論というジャンルのむずかしさにある。『源氏物語』のフランス語訳はこのシンポジウムの開かれた頃にようやく完結したところである。とすれば、本居宣長の『源氏』観の独自性をさらに独特のやりかたで説く現代評論家の二重三重に積みかさなった仕事の真価が外国の一般読者に縁遠く思われるのは、やむをえないことである。もうひとつには、小林秀雄の文章が、日本語の微妙な語感を生命にしたもので、よほど言葉のあやに敏感でないとその魅力は感得しにくい、ということもあろう。さらに、近代西欧の文学と思想とを徹底して受容するところから仕事を始めたこの作家が、ある時期からもっぱら日本の古典に沈潜していった(かに見える)その精神の軌跡が、当時の歴史状況を十分に知らないと把握しにくいこともあろう。したがって、小林秀雄に結晶されたような反省的思索が、国内での強い影響力にもかかわらず、国境をこえると人々の関心をひかないのも当然ではある。ただ、それは、日本人が工夫をこらし苦労を重ねて、かろうじて己れの道を切り開いてきた努力の大事な部分が、ほとんど理解されていないということにほかならない。

私にとって、このシンポジウムに出席することは、ややおおげさな言いかたであるが、日本の知識人が中国文明・西欧文明との接触という歴史を通じて味わってきたにちがいない精神の高揚と同時に苦い思いを、濃縮したかたちで追体験することでもあった。ヘブライ語、ギリシャ語、ラテン語、フランス語、ドイツ語のちみつな文献解読にもとづいた質の高い話を聞くうちに、そこには、(少なくとも、浅学の私には)測りがたい深さをもったヨーロッパ人に共通の文化の土台というものが、ひしひしと感じられる。対象が、中国、ペルシア、インドと広がっても、かれらの基本の思考法は厳としてゆるがない。そこに集まった専門の学者たちの態度が、ヨーロッパ中心の観点を押しつけているということではけっしてない。むしろ、異なる文明の思想を西欧の思想概念に短絡することを細心の注意をはらって避け、対象の内側から把握しようとしているのであるが、その姿勢自体に西欧のものの考え方がはっきりとあらわれているのだった。

さて、最終日に話をする段になって、私は、小林秀雄を解説するのではなく、なんとかしてその生きたかたちを「見せたい」と思った。そこで、乱暴なやりかたではあるが、のっけから、小林秀雄自身の声を聞いてもらうことにした。一九七八年の夏、阿蘇で開かれた国民文化研究会主催の夏期学生合宿教室で、七十六歳の小林秀雄が行った講演の録音カセットである。講演の本題は「本居宣長」であるが、私がシンポジウムの人々のために選んだ部分は冒頭のあいさつのところで、小林秀雄は大著『本居宣長』を鎌倉の鰻屋のおかみさんまで買ってくれたとか、何万部売れたとか吹いて、若い聴衆を笑わせている。かろやかなユーモアのうちにも、小林秀雄の考え方の本質がよくあらわれているくだりだった。もちろん、ロッシュの集まりではだれひとり言葉の意味はわかりはしない。始めて三十秒たったかどうかというところで、司会のガドッフル氏が「しつれいですが、わたしたちは日本語がわからないので……」と言う。「ええ、それはわかっていますが」と、かまわず小林秀雄の声を流し続ける。高齢のガドッフル氏は、どうにも困ったという表情でこちらをみつめていたが、また一分もすると、「ほんとうに、全然わからないんですがねぇ」と、やや声がきつくなる。さらにとりあわないで続けると、温厚な氏の顔が赤くなってきた。

三分間、やっと三分間我慢を強要して、阿蘇の聴衆がどっと沸いたところでテープレコーダーを止め、「ごくろうさまでした」と言うと、こちらの聞き手も爆笑した。実際、日本人は、中国文明だ、西洋文明だ、とそれこそ容易にはわけのわからない話に、何世紀も我慢して耳をかたむけ、不可解な文章を必死にながめて生きのびてきたのである。おなじテーブルを囲んでいた講師たちの平均年齢は、あきらかに六十歳をこえていたが、なかなか「耳順」とはいかないらしく、意味の理解できぬ言葉を聞くのは三分が限度で、それ以上強制されたら、脳溢血か心臓まひでも起こしそうな人もいた。

ところが、意味はわからないが何事かを表現している声を聞き、その後に笑ったことによって、それまでの五日間とは、会場全体の調子がすっかり変わったことは、不思議なほどであった。それまでに話をした学者たちが、知性一点ばりの唯我独尊だったなどと主張する気はすこしもない。それどころか、厳密な実証研究にうちこんでいる人も、驚くべき博識を理路整然と呈示する人物も、感性をないがしろにしているわけではけっしてなく、それぞれが、内からの促しにしたがって、激しい情熱につき動かされていることはよくわかっていた。このような真の知識人に日毎に接しうる環境にあれば、小林秀雄も、「さかしらごと」をのべる似非学者を、あれほどまでに繰り返し攻撃して精力を浪費せずにすんだであろうに、と惜しまれるような人々であったが、それでもなお、言葉の知的伝達力に信をおいた知性人のあつまりであったことは事実である。そこで、小林秀雄のかかえていた問題の本質的な困難を示すためには、言葉を、意味伝達の機能から完全に切り離した極端なかたちで、「もの」としてぶつける必要があったのである。

それは、知性の道具としての言葉がぎっしりつまっていた頭に、ほんのわずかの間、そのような言葉の働く余地のない沈黙を強要し、あたらしいものの考えかたを受け入れるための、ごく小さなきっかけを作ったにすぎない。これが、真の意味で作者の「肉声」を聞くことでないのは、言うまでもない。しかし、小林秀雄は、思想の内容とかたちとの一致を強くもとめた人だ。そして、思想が、言葉という便利な乗物にのって頭脳から頭脳に移っていくことの危険を、なんとかして排除しようと努めたのであった。そういう根本の考えを、私が、安易に言葉をもちいて説明するとしたら、まさに矛盾そのものであろう。小林秀雄の考えかたの底にある徹底した性格は、徹底した形で示さなければ意味をなさない。その時にのみ、一つの通路が開かれ、聞く者の心にあたらしい用意がうまれるのだから。

もちろん、ここで次のような疑問をいだく人もいるだろう。フランスの聴衆の聞かされた小林秀雄の声とは、単なる空気の振動という物理現象であって、その意味では、豚の鳴き声とかわるところのない雑音ではないのか。そのような音を聞かせたところで、しょせんは小林秀雄の思想の本体をなす「もの」をぶつけたことにはならないのではないか、と。このような異議には、聴く者の期待の強度こそがこの不可解な音の連続を「もの」にしうる、と答えよう。ロッシュの場合、少なくとも三分間は、空気の振動が「もの」たりうるだけの期待の強度が保たれたのである。

このような準備をした上で、私は、「ただの人間」として現代に生きる者にとって、どのような「叡智」が可能なのか、それを小林秀雄はどのように実践したのかについて語った。題材は、たしかに二十世紀の日本の一知識人であるが、それを語る私も、聴く人々も、ともに「ただの人間」として考えることが、私のねらいであった。

＊

「叡智」というやや古めかしい言葉は、まず、小林秀雄の初期の作品、「様々なる意匠」(一九二九)にエピグラフとして引かれたアンドレ・ジッドの文中に見られる。「懐疑は、恐らくは叡智の始かも知れない、然し、叡智の始まる処に藝術は終るのだ」(『新訂小林秀雄全集』新潮社、一九七八—七九年、第一巻、一一頁。以下、『全集』1・一一と略記)という文章がそれである。ところが、この小林秀雄の訳とジッドの原文とのあいだには微妙な差があり、そこに訳者の考えがおのずからにじみ出ているのである。ジッドは le scepticisme つまり「懐疑主義」を批判する意図でこの文章を書いている。平たく言うなら、

「私は何事も容易には信じませんよ」というスタイルとしての生ぬるい懐疑主義を退けているのだが、小林秀雄はその言葉を「懐疑」と強く翻訳した。若い小林秀雄が、いわば批評家宣言のようなかたちで相当に勢い込んで世に問うたこの論文の冒頭に掲げている以上、ジッドのこの文章にはかなり強い思い入れがあってのことと思われるのであえて細部にこだわるのだが、意識してか無意識にか、このように言葉のニュアンスを変えたところに、小林秀雄の当時の考えが表れているのである。ここに用いられている懐疑・叡智・芸術という三つの言葉との関係でいえば、小林秀雄は、根源的な懐疑、デカルトのいう意味での「疑う力」を近代精神の本質と見なし、自分もその道を進む決意を示している。論文「様々なる意匠」自体が、そのような懐疑のあらわれで、雑誌『改造』初出の論文は、日本の文芸思潮諸流の不徹底ぶりを批判したのち、まさにデカルトからの引用という形で終わっていた[1]。したがって、小林秀雄訳のこのエピグラフは、「懐疑主義」というような軟弱なものは、翻訳するさいに消してしまい、そのかわりに出てきた強力な「懐疑力」を行使することで、世のいわゆる芸術などは壊してしまうがよい[2]、ほんものの芸術は、そののちに初めて可能になるのだから、と宣言しているのである。このような考えは、初期の小林秀雄の文中いたるところに見られる。たとえば芥川龍之介の「理知主義」の不徹底を指摘した文章も、おなじ考えの表明といえる(『全集』2・三五―四〇)。ここでは、その頃の小林秀雄の思想をよく表している証言として、「アシルと亀の子I」(一九三〇)の一節を引いておく。

扨て、宿命的に感傷主義に貫かれた日本の作家達が、理論を輕蔑して來た事は當然である。作家が理論を持つとは、自分といふ人間(藝術家としてではない。たゞ考へる人としてだ)が、この世に生きて何故、藝術制作などといふものを行ふのか、といふ事に就いて明瞭な自意識を持つといふ事だ。少くともこれの糺問に强烈な關心を持つ事だ。言はば己れの作家たる宿命に關する認識理論を持つ事である。(『全集』1・三〇)

この文には、そのころの小林秀雄にとっての根本問題が集約されているといってよいだろう。重点は「たゞ考へる人」というところにある。彼は、「たゞ考へる人」としてこの世に生きて、つまり原点にたちもどって己れの「批評家」たる宿命に関する認識理論を持とうと努めたのである。

こう見てくると、「叡智」に達することとは、若い小林秀雄にとって当面の懸案として正面には出ていない。まずは、懐疑の働きによって芸術そのものをも疑問に付し、その段階を経た上で真の芸術を期待することに主力が注がれていたのであった。ここでは、「叡智」は可能性として遥かな地平にあった、といえるだろう。

ただし、叡智はけっして無視されていたのではない。それは、その後の作品を見れば明らかになる。事実、太平洋戦争中に書きはじめられた「無常といふ事」の諸篇(一九四二年以来『文學界』に連載、一九四六年単行本)、敗戦後の講演をもとにした「私の人生観」(一九四八年秋に大阪で講演、一九四九年出版)と読み進むにつれて、私たちは、強烈な懐疑を契機として成立する真の芸術・そのような芸術を通じてのみ発動する叡智というかたちで、ジッドの小林訳にある三つの言葉(懐疑・叡智・芸術)が、対立するものとしてではなく、たがいに不可欠の要素として統合されることを知るのである。

「無常といふ事」においては、徹底した懐疑によって微塵に砕けた自我、つまりは「無我」「無私」の心に、美を媒介として突如実現する充足した特権的瞬間、過去・現在という時間の区切りを超えた満ち足りた存在感が語られる。小林秀雄は、ここに至って、否定的色調の濃い文芸批評の時期をこえて、いよいよ、自分の審美的体験を肯定的に語りだすのである。

ここで「美學の萌芽」(『全集』8・一〇八)とよばれる美の経験は、それに続く「私の人生観」では、「審美的叡智」としてはっきりと強調される。これこそが、人間の生に意味を与えるもっとも大事なものとして捉えられているのである。しかも、「審美的叡智」といえば厳めしい表現だが、小林秀雄の場合にとくに重要なことは、美の引き起こす感動にもとづいたこの叡智が、釈迦から始まって一介の「ただの人」に至るまで、様々な水位において考えられていることである。さきに述べたように、ロッシュのシンポジウムで、私が、各分野の権威者を前に、あえて近代日本の在野の一思索家としての小林秀雄をめぐって「叡智」を語った理由も、まさにその点にあった。

「私の人生観」では、仏教の「観」という考えが重要なテーマになっており、それにともなって仏教における叡智がまず説かれるのであるが、釈迦の宗教的・哲学的叡智も、ここではもっぱら「美」の観点からとらえられ、その審美的な性格が強調される。釈迦の宗教的・哲学的叡智を否定するのではないが、それにもまして、美のもたらす感動を契機として人間存在を考える叡智を重視するのである。たとえば、次の一節は、キリスト教との対比が図式的にすぎるとはいえ、小林秀雄が仏教をいかに「美」に結びつけて考えていたかを示す一証言として、意味がある。

〔……〕佛教の心觀といふものの性質には、キリスト教の祈りに比べると餘程審美的なものがあつた樣に思はれます。やはり、美しい自然の中に生れた宗教と、沙漠に生れた宗教との相違からくるのでありませう。苦行を否定した釋迦は、牛乳を飲み、美しい林の中で修行したが、飢ゑたキリストは、無花果の樹に、今より後、果を結ばざれ、と言つてゐる。（『全集』9・二六）

現代人に仏教の真理を明らかに伝える手段として、小林秀雄は仏像・仏画の生み出す感動に依拠し、仏典をも文学として読むところから入る。たとえば、『摩訶止観』の奥義を伝えるのは、死語となった経典ではなく鑑真の座像が引き起こす感動であり、西行の「空観」にしても、知の水位で理解しうるものではなく、すべては西行の歌に感動するか否かにかかっている、とする(『全集』9・四〇二七)。このふたつに限らず、様々な例によって示される審美的感動を基点とする断固とした考えは、小林秀雄が若いころから仏教とは単なる学識をこえた深い関係にあったことと併せ考えると、彼の信条に深く根ざすものとみなさなければならない。

では、この審美的叡智は、どこから来るのであろうか。人間を超えた何者かから与えられるものなのか、それともあくまでも人間の業であるのか。超越性をおびたものであるのか内在するものなのか。それは、宗教上の絶対者だけが体現しており、少数の選ばれた聖者・聖人にのみ認められる叡智というようなものではない。美に形を与えること、あるいは「もの」を材料に「もの」を作る営みといえば、当然、芸術家がおこなう創造行為が典型であり、小林秀雄も、名も知れぬ絵仏師からはじめて雪舟のような天才的画僧について語りもするが、その同じ力は、いわゆる宗教とは直接に関係のない近代の画家や詩人にも認めうるとするのである。さらに、ここから先がまさに小林秀雄の小林秀雄たるゆえんなのだが、じかに「もの」に接し、自己の根源から来る動機に基づいて行

動するならば、職業の如何を問わず、あらゆる状況において、人はこの叡智に達してい
る、とみなす。果たし合いには勝たねばならぬという実践の経験を思想にまで高めた宮
本武蔵も、いま投げようとしている砲丸に心を集中しているオリンピックの選手も、あ
るいは又、自分の道具を自分で拵える無名の職人も、さらには、ただの人の日常生活に
おける何気ない動作のひとつでも、本質において「もの」と接して「もの」を作る芸術
家とおなじ密度をもって生きるならば、「叡智」はそこにおのずから働いている、とす
るのである。われわれは、この叡智によって、人間として生きることを可能にする力を
見出すことができる。叡智は、あらゆる瞬間に、瞬時にあらわれうる。しかし、その状
態は、恒常的に続くものではない。そこで、このような叡智の可能性を信じる力がどう
しても必要になる。では、何にかけて信じるというのか。小林秀雄は、われわれが生き
てきた、現に生きている、という自明の事実のうちに、信じる力を汲み出すのだ。私は、
小林秀雄のこの信条を、「私は生きている。だから私は信じる」というかたちに表現し
て、生き生きとした興味を示して聞いてくれたロッシュの聴衆に伝えたのであった。
　そのような小林秀雄の考えが、時間と空間の相違を超えて、他のどのような叡智とつ
ながっていくかは、先にくわしく挙げた講演の題目を見るだけで想像はつくであろう。
それは、澄み切った池に投げこまれた一つの石から、静かな波紋が水面いっぱいに広が
っていくように、うつくしい精神の運動となって伝わっていくのが感じられた。小林秀

雄の思想が、国の枠をこえる可能性は確かにある。

＊

では、本質的に「批評家」として生きる宿命を負っていると自覚する小林秀雄の場合、この審美的叡智は、特にどのような形で発揮されるのであろうか。それに答えるためには、「たゞ考へる人」という次元だけでなく、もう一歩踏み込んで検討する必要があるだろう。第一の鍵は、「無常といふ事」にある。

歴史の新しい見方とか新しい解釋とかいふ思想からはつきりと逃れるのが、以前には大變難かしく思へたものだ。さういふ思想は、一見魅力ある様々な手管めいたものを備へて、僕を襲つたから。一方歴史といふものは、見れば見るほど動かし難い形と映つて來るばかりであつた。新しい解釋なぞでびくともするものではない。そんなものにしてやられる様な脆弱なものではない、さういふ事をいよいよ合點して、歴史はいよいよ美しく感じられた。晩年の鷗外が考證家に墮したといふ様な説は取るに足らぬ。あの厖大な考證を始めるに至つて、彼は恐らくやつと歴史の魂に推參したのである。「古事記傳」を讀んだ時も、同じ様なものを感じた。解釋を拒絶して動じないものだけが美しい、これが宣長の抱いた一番強い思想だ、解釋だら

けの現代には一番祕められた思想だ。（『全集』8・一八―一九）

小林秀雄の文章のうちでも、おそらくもっとも頻繁に引用されたものの一つに違いないこの一節は、たしかにこの思索家と歴史との出会いを語っているのだが、とくに私の興味をひくのは、彼の場合、その出会いがあきらかに他のもう一つの意識の営みを通して成立していることである。事実、「見れば見るほど動かし難い形」としての歴史の美しさを語るに際して、小林秀雄は、『古事記』そのものの美しさ、あるいは『古事記』の語る神代から古代日本にかけての人間の姿をじかに見ているというよりは、『古事記伝』に見られる本居宣長の姿に強く共鳴しているのである。つまり、歴史の動じない形に直接ふれて感動する前に、そのような不動の美を摑み出し指し示す「よみ手」の仕事にこころを動かされている。しかも、そのような「よみ手」は、自己の解釈・自分の見解として、己れの知性のとらえた新たな歴史像を提示するのではなく、「無私」の鏡におのずからうつる歴史の形を示すもの、とされる。実を言えば、この「無私」なる状態はきわめて微妙なもので、いくら言葉を重ねて説明しようとしても理論として論証はできない性質のものだ。理屈をいえば、「無私」を標榜するのも、まさに「私」の表現の一形式ではないのか、ということにもなりうるのだから。そこで「無私」を理想とする者は、無私の境地に達しているとみなしうる「よみ手」との出会い、個人の主張を超えた「よみ」を通してはじめてなりたつ歴史との出会いを、あらたにひとつの「作品」として指し示し、読者のこころにじかに触れ、了解させる道を進む以外にない。創造的「批評家」としての小林秀雄の審美的叡智は、まさにこのような水位において示されるのである。

この光に照らされて読んでみると、「無常といふ事」の諸篇は、すべて、「よみ手・よみ人」との出会いが主であって、古典とのじかの出会いが中心とはいえなくなる。《當麻》では、伝説上の中将姫自体が問題なのではなく、当麻寺の伝説を「よみ」、中将姫を永遠の美のイメージとして舞台に舞わせた世阿弥が主役である。《無常といふ事》では、『一言芳談抄』の青女房が主題ではなく、「よみ手」としての自分が思索の中心だ。《平家物語》も冒頭の子規の歌が、見掛け以上に大きい役割をはたしており、この歌よみが、『平家』をいかに歌によんだかがテーマなので、小林秀雄自身の『平家』観は、その発展である。《徒然草》ではすでに批評精神の権化としての兼好について、つまり「つれづれわぶる」のではなく、「つれづれ」を生き、それを「よみ」出した批評家について語っている。西行の歌を大自意識家の思想詩といい(『全集』8・三〇)、実朝を「實朝といふ一思想」として扱うのも(『全集』8・四四)、すべて同じ根からきている。かれらは、「よみ人」としての自分を見据え、自分の生にとって「よむ」行為の果たす役割をはっきり意識している思想家として捉えられている。

この意味で、小林秀雄は創作自体を創作の材料とするに至った近代フランス文学の正嫡である。マラルメが詩作においておこない、ジッドが小説の分野で実現したことを、小林秀雄は批評において実行している。「よみ人」を「よむ」、これが小林秀雄の仕事の本質である。『無常といふ事』においても、主眼は「よむ」行為を「よむ」ことにあったのだが、そこではまだ、作品全体としての構成はゆるやかで、いわば変奏曲というかたちであった。それが、『本居宣長』となると、近世の「よみ」の名人を数多く呼出し、それを媒介に、さかのぼっては、『源氏物語』『万葉集』『古事記』などの「よみ」にいたり、くだっては、近代・現代の研究者たちの「よみ」をも検討するという具合で、複雑・雄大な構想をもつ大フーガになっている。ここで小林秀雄の「私」は、小林秀雄自身が「私小説論」でジッドの「私」にかんして用いた表現を借りるなら、大規模な「實驗室」と化し、さまざまな「よみ手」は、その実験室にあって、「よみ」の可能性の限りをつくして、ドラマを展開しているようにみえる。それは、江戸時代という枠を主要舞台として、そのかぎりでは、歴史的叙述のかたちをとってはいるが、その時代は思想の戦国時代と規定されることによって、まさに現代にも重なりうるものだし、また、荻生徂徠と本居宣長のふたりだけをみても、外国の文学・思想に没入した時期の小林秀雄自身と母国の伝統文化に身を涵《ひた》す小林秀雄とのイメージに重なるという意味で、一種の自伝になっているともよめる。それは、見事と呼ぶ以外にない大事業であるが、ここでは話を限って、小林秀雄にとって「よむ」という行為がそもそもどのようなものであったのかをまとめておこう。

初期の創作「女とポンキン」にこんな一節がある。やや、狂気じみた女が、話者である青年にタゴールの本を与える場面である。

私は、本を擴げて見た。頁が、方々切り抜いてある。餘白だけ白く切り殘された頁もある。

「こりゃ如何したんです」、私は、窓の様に開いた頁の穴に指を通してみせた。

「あ、さう、さう、いゝ處だけ切り拔いたの」、女は、子供の折紙の様に疊んだ切り拔きを、ポケットから出して渡した。私は、本をポーンと、海に投げ込んだ。

「何するの」、女は、恐い顏をした。

「これがあれば構はない」、私は、切り拔きを女に見せた。

「ソオね」と女は頷いた。私は少しばかり切ない氣持ちになつた。（『全集』2・二五）

その前々日、女は男のよみさしの『弥次喜多』を、「つまらない」の一言を聞くや、海になげこんだのであった。私の興味を引くのは、最後の一文である。なぜ男は切なくなったのか。それは、気に入った頁だけを切り残す女のやり方が、愛読と似ているようでいて、実は、まったく違うものだからではあるまいか。女は、犬の毛を好きなように刈りこんで、狸にしたてる。それとおなじ行為なのだ。現実の姿を好きなように変えようとする女、そうでなくては生きてゆけない女は、小林秀雄の中にもいたであろうが、若い小林秀雄は、すでに、それを「切なく」おもう男をも宿していた。それが、書物なり現実なりにたいする小林秀雄の態度を豊かにするのである。

後に、小林秀雄はランボーの翻訳に関して次のように言っている。「愛讀し、愛讀するだけでは我慢がならぬから飜譯する、〔……〕愛讀するとは原著者に自分の個人的な様々の勝手な想ひを託する事であり、飜譯するとは、さういふ想ひを表現するのに原著者を模倣してみるといふ事だ」(『全集』8・一七八)これは、一見、なんということのない考えのようだが、考えてみると、小林秀雄が宣長のよみかたとするものに、そのまま通じるのである。

翻訳をするには、自分の好きなところだけを切り取ってすますわけにはいかない。文字どおり、「作者の心になって」、内側から、全体をそっくり、損なわないように、表現しなおさなくてはならない。小林秀雄が、読書の最高のかたちを翻訳にむすびつけているのは、非常に重要なことであって、『本居宣長』における宣長のよみ、宣長にたくした小林秀雄のよみは、まさに、そういう性質のものといえる。まじめに翻訳したことのある人ならば、作者の肉声が聞こえて来なければ、よい訳のできないことは、よく知っているだろう。肉声が聞こえるという事がどんなに具体的なことであるかもわかっているだろう。

小林秀雄が『本居宣長』で繰り返し説いているよいよみ方は、大方、翻訳の苦しみと喜びから出てきたものとさえ言える。「無私を得んとする努力」(『本居宣長』新潮社、一九七七年、九一頁。以下、『本居』九一と略記)、あるいは「心法を練る」(『本居』九〇)などという表現を見ると、なにやら神秘めかした精神主義の感じを受けるのだが、これが、漢文という外国語の文章を正しく読み取ろうと心をくだいた藤樹、仁斎、徂徠といった漢学者、あるいは、契沖・真淵の『万葉』、宣長の『古事記』というような、読み解きがたい古代日本の文章の正しい読解に努める人の話である以上、われわれの翻訳の経験に結び付くと考えてよいだろう。事実、小林秀雄は、本居宣長が古典を現代語訳した最初の人であることを、重視している(『本居』二七二)。そして、小林自身は、できることなら、本居宣長の作品を、そっくりそのまま、翻訳したかった人だ、といってまちがいないだろう。

＊

さて、ふたたび、叡智・知慧の話にもどるなら、『本居宣長』を中心に江戸時代の思想家たちにささげられた文章で、小林秀雄が推奨している正しい「よみ」とは、本質において芸術家の行為なのである。ここまで私はことさらに「よみ」と書いてきたが、これは「読み」であり「訓み」でもあり、さらには「詠み」をもかねそなえたものとして、用いてきたのだ。「読み取る」という行為が「詠み出す」行為と一体になる。「よむ」ことが、いかに創造的行為であるか、想像力の自由にささえられ冒険を辞さぬものであるかを、小林秀雄は何度となく説いているが、その一例を引こう。

〔……〕「古事記傳」の訓みは、まさしく、宣長によつて歌はれた「しらべ」を持つてゐるのであり、それは、「古語のふり」を、一擧にわが物にした人の、紛ふ方ない確信と喜びとに溢れてゐる。さういふ處で、何かゞ突破されてゐるといふ感じを、誰も受ける。この感じは、恐らく正當なものであつて、古語の學問的研究と、「古語のふり」を生きてみる事との間には、一種言ひ難い隙間があり、それを、宣長自身、誰よりも明瞭に、意識してゐた、と見ていゝと思ふ。古語に關する諸事實は、出來得る限り、廣く精しく調査されたわけだが、これらとの、長い時間をかけた、忍耐强い附き合ひは、實證的諸事實を動員しての、たゞ外部からの攻略では、「古事記」は決して落ちない事を、彼に、絶えず語りつゞけてゐたらう。何かゞ不足してゐるといふ意識は、次第に鋭いものになり、遂に、仕事の成功を念ずる一種の創作に、彼を促すに至つたであらう。その際、集められた諸事實は、久しく熟視されて、極めて自然に、創作の爲の有効な資料と變じなかつただらうか。〔『本

居』四九―五〇〇）

『源氏物語』にたいしても、『古事記』にたいしても、同じ接近法を実行した宣長を、小林秀雄は肯定し、さまざまに角度を変えて描きだす。ここまで来れば、小林秀雄にとって「よむ」行為が審美的な叡智にささえられたものであることは明らかである。美の生きた経験に信をおく審美的叡智を、『古事記』解読にも適用する態度に抵抗をおぼえる者は、それを切り捨てて本居宣長および小林秀雄を狸に仕立てるのではなく、かれらの「創作の動機」に立ち入って把握しなおすことで、創造的な思索を継続することができるのであろう。

小林秀雄は『本居宣長』で、何度か知慧という言葉を使っている。大和魂は、「机上の學問に比べられた生活の知慧、死んだ理窟に對する、生きた常識」（『本居』二六八）と説明されるし、大和心は、知識を「働かす知慧」（『本居』二六七）ということになる。「「文辭の麗しさ」を味識する經驗とは、言ってみれば、沈默に堪へる事を學ぶ知慧」（『本居』二九七）となる。また、「生きて行く文化自身の深部には、外部から强ひられる、不都合な環境にも、鋭敏に反應して、これに處する道を開いて行く自發性が備つてゐる。さういふ、知的な意識には映じにくい、人々のおのづからな知慧が、人々の共有する國語傳統の強い底流を形成してゐる」（『本居』三一〇―一一）ともいう。「生きた知慧」、「尋常な生活の知慧」

「本能的な知慧」が言語の正しい使い方を教え、言霊の何かを悟らせ、尋常で健全な、内から発する努力を保証する。

最後に、ひとの生死観に関するもっとも重要な知慧について、小林秀雄のいうところを聞こう。

宣長の考へによれば、「禽獣よりもことわざしげく」、「物のあはれをしる」人間は、遠い昔から、たゞ生きてゐるのに甘んずる事が出來ず、生死を觀ずる道に踏込んでゐた。この、本質的な反省の事《ワザ》は、言はば、人の一生といふ限定された枠の内部で、各人が完了する他はないものであつた。しかし、其處に要求されてゐるやうな根底的な直觀の働きは、誰もが持つて生れて來た、「まごころ」に備はる、智慧の働きであつたと見ていゝ。そして、死を目指し、死に至つて止むまで歩きつゞける、休む事のない生の足どりが、「可畏《カシコ》き物」として、一と目で見渡せる、さういふ展望は、死が生のうちに、しつかりと織り込まれ、生と初めから共存してゐる様が觀じられて來なければ、完了しないのであつた。（『本居』六〇三）

「観ずる」とは、まさに深いところで全的に行われる「よむ」行為以外のなにものでもない。このような「知慧」が、人々におのずから備わっているかいないかは、論証できるものではない。これもまた、信じるか信じないかの問題である。

やくす——小林秀雄と訳すこと

1

一九六三年の夏、森有正のエッセー『城門のかたわらにて』が出た。薄緑と白の表紙をつけた美しい本には、滞仏十数年になる著者の濃密な思索がつまっていたが、とくに深く印象に残る一節があった。それは自己の経験にもとづいた言語に関する考察で、次のようなものであった。

　僕は小学一年の能力さえなくても、幼稚園程度でも、少しずつ進まなければならない。問題は、フランスの言葉が、僕にとって、ものと等価値になることである。その時ものは新しい生命を露わす。そこに新しい世界が啓示されはじめる。どんなに分量において僅かでも、この一点が破れればよいのである。あとは子供のように学ぶだけである。それは翻訳とか解釈とかからはもっとも遠い世界である。そんな

ことは、ものの真の姿を覆い隠すだけである。そういうものには一文の価値もない。(1)

さらにこの数日後には、翻訳に対する批判を一層明確にして、「カントの「純粋理性批判」を全部翻訳で読んで、その内容を喋々することに比べては、その第一頁だけを本当に原本で読み、その息吹きによって、こちらの精神的姿勢が正されることの方が、比較にならないほど、もっと重要だからである。その全内容を頭で記憶し、喋ることは、本当は完全に無意味なのだ、ということに徹さなければならぬ」とも言うのであった。(2)

この文章を読んだ二年後に、私はフランスに来て、こちらに腰をすえた。

一方、このような極端な形で示された原文重視の姿勢に対して、私の頭の中には、小林秀雄の姿があった。それは、ここに引用した森有正の文章に批判されているような軽薄な知識人の代表としてではもちろんない。森有正が、ヨーロッパ文明の源泉に身を浸し、原典との直接の接触を求めて日々実践した人であるのに対し、小林秀雄は、日本にあってものを考え書く人間として、「訳す」という作業と自分の仕事とを本質的に結びつけた数少ない人の一人だからである。彼は、翻訳を実践し、その深い意義を鋭く問い、さらには、様々な「形」を対象とする自らの思考を、「訳す」という精神の働きにのっとって進めていったのである。

学生であった私が森有正の文章を読んでから、すでに長い歳月がたち、翻訳はいよいよよ現代文明に不可欠の要素となったが、ここであらためて翻訳あるいは「訳すこと」の意義について思いをめぐらせていると、私の心の中で無言の対話を続けているのは、やはり、それぞれの信念に生涯をかけたこの二人の思想家なのである。

ボードレール、ランボー、ジッド、ヴァレリー、リヴィエールからアランをへてサント＝ブーヴに至る小林秀雄の残した翻訳そのものの内容については、ここでは語るまい。このようなフランス近代文学の精華の小林による訳が、誤訳・歪曲など様々な批判を浴びながらも、今でも不思議に読ませる力を持っていることを確認しておけばよい。

小林秀雄にとって翻訳とはいかなる作業であったのか、訳すとはどのような意味を持っていたのか、と問うと、すぐに戻ってくるのは、先にも引いたが小林自身の明快きわまりない名句である。一九四九年、ランボーの旧訳を思い返して、小林は「愛讀し、愛讀するだけでは我慢がならぬから飜譯する、〔……〕愛讀するとは原著者に自分の個人的な様々の勝手な想ひを託する事であり、飜譯するとは、さういふ想ひを表現するのに原著者を模倣してみるといふ事だ」(『全集』8・一七〇)と言う。

ここで大事なのは、小林秀雄にとって、翻訳という作業が、熟読にともなって、必然的に行われなければならなかった、という点である。フランス語で書かれている詩や散文を、自分の言葉で(つまり小林の場合、日本語で)、自分のものとして表現しなければ、作品と自分自身との関係が完結しえない、解決に至らない、という意識。そのような明瞭な内的促しに従って、行われるべくして行われたというところに、小林秀雄の訳業を、〈本物〉にする鍵がある。それは何よりもまず小林にとって必要な行為であった。「僕はいつも自分の爲に飜譯した。飜譯は、言はば僕の原文熟讀の一法に過ぎなかつた。」という「「テスト氏」の方法」中の一文もこれを裏打ちしている(『全集』2・三〇九)。

では、そのようにして実行された翻訳は、訳者にどのような問題を投げかけたのか。その一部は、それぞれの翻訳についている訳者の弁が明かしてくれる。この種の付記は、小文ながら実に味のある気持のよいものであるが、フランス文学の中でもとびきり難解な作品を類まれな力業で訳しおおせた小林は、翻訳がいかに困難であったかを何度となく語るのである。

無理と知りつつ、何ものかに引きずられるように(それを宿命と呼んでもよいのだが)、不可能の事業に身を投じ、その逆説的な姿を、一つの美の形として示す、というのが作家小林秀雄の生き方であり、作品創造の力学であったが、この姿勢は、これらの付記にも、驚くほど素直にあらわれている。

もっとも、この種の文章では、詩作品あるいは詩に準ずる散文を翻訳するという作業に内在する根本的な困難にじかに触れることはなく(この点については後に述べるが)、多くは語学力の不足というような形で、一種の恥じらいを含んだ軽快な調子で、例えば、次のような書き方をする。

何をしらべて見ても見當のつかぬ固有名詞、何處の國の言葉ともわからぬ、恐らくは彼の造語、辿りあぐむ文字の影像、これらは、盲蛇ものにおぢずの颯爽たる姿をまなんでやつつけました。樂屋は公開しません。誤譯に至つては、水の中に水素が在る様に在るでありませう。(3)

この「盲蛇ものにおぢずの颯爽たる姿」というのは気に入った表現らしく、小林秀雄は何度も使っているが、実は、「盲蛇」どころではなく、何もかも承知の上で、ものにおじぬ態度を示している面もある。それは、作品の題名の訳に関してはっきりと見られるのだが、ランボーの「飾畫」の場合も、「地獄の季節」についても、またアランの『精神と情熱とに關する八十一章』についても、語学的には正確な訳でないことをわざわざ明記して、その上で自分の意訳をよしとしているのである。(4)小さなことではあるが、翻訳のありようについての明確な選択を示している。

もう一つ訳者の弁で注意を引くのは、作品の説明をすることを拒否し、繰り返し、それをことさらに書いている点である。ジッドの『パリュウド』の場合にも、ヴァレリーの『テスト氏』に関しても、アランの『精神と情熱とに關する八十一章』においても、作品の解説・説明は作品自体が十分にしている、いや、作品を説き明かしうるのは作品より他にはないとして、自分では説明を加えない。[5]

『パリュウド』の場合を引用するなら、小林秀雄は、『一粒の麦もし死なずば』と『イザベル』から二つの部分を引いて、次のように言う。「以上の二つの引用文は、『パリュウド』の成立の事情を正確に語つてゐる。この作品の解説めいた言葉を、僕は保留しようと思ふ。ラカアズの倦怠を、人は自殺にも狂氣にも罪惡にも赴かずに救ふ事が出來る。この作品自身、この可能性に關する精妙な解説だ[6]」

右に述べてきたように、訳者の挨拶文は、よくわからないところは「やつつけました。樂屋は公開しません」とか、正確な題名の訳はわかっているが採用しませんとか、解説・説明はしませんとか、否定の形で行われていて、本質的に詩語からなる文学作品というものの翻訳の根元にある困難には触れていない。

もっとはっきりと言うならば、冒頭に引いた森有正が出てきて、詩の言語というのはものでしょう、とすれば、ランボーならランボーの言葉がものになるまで、フランスの言葉に通暁し、直接にものとしての作品に触れるところまで行かなければ、原著者の模倣、本当の模倣はできないのではないかな、と批判したら、小林秀雄はどう答えるのだろうか、という疑問が残る。

ただ、訳者の弁に答えは明示されていないけれども、小林がそのような困難を熟知していたことは明らかであろう。小林秀雄の「地獄の季節」訳の中でもとりわけ有名な

《言葉の錬金術》にこんな一節がある。

俺は母音の色を發明した。——Aは黑、Eは白、Iは赤、Oは青、Uは綠。——俺は子音それぞれの形態と運動とを整調した、而も、本然の律動によつて、幾時かはあらゆる感覺に通ずる詩的言辭も發明しようとひそかに希ふ處があつたのだ。俺は飜譯を保留した。(『全集』2・二三)

詩人は"Je réservais la traduction."と書きつけ、小林秀雄は「俺は飜譯を保留した」と翻訳した。私はここで、ランボーの言う翻訳と、小林の実行した翻訳の営みとが、全く同じだと言うつもりはない。ただ、訳者が、完全に矛盾撞着におちいらないためには、翻訳が説明・解説になることは絶対に避けなければならなかった。鋭敏な小林秀雄がそれを知らなかった筈はない。先に引いた『パリュウド』に関する一文を想起しておこう。「この作品の解説めいた言葉を、僕は保留しようと思ふ」というのであった。小林秀雄はややずらした形でランボーの身振りをしている。が、それで問題が解決したとは言えまい。

小林秀雄が翻訳を翻訳書として刊行したのは、一九三九年のサント=ブーヴ『我が毒』が最後である。その前後には、翻訳の根本問題に直接ふれる発言がいくつもあって、自分の経験に基づいた思索が熟してきていることがよくわかる。一九三八年の「日本語の不自由さ」、同年の「野上豊一郎の「飜譯論」」、一九三九年の「疑惑I」、一九四〇年の「アラン「大戰の思ひ出」」などがそれである。これらの評論で私が興味深く思うのは、まず、小林秀雄が外国語に対していだいている考えである。小林秀雄の場合には、森有正の決意とは全く異なって、外国語を直接にものとして把握する可能性は全く認めていない。翻訳よりは原文の方がわかり易いような人は、「默つて考へる時も外國語で考へるだらうし、寢言だつて日本語では言はないだらう。そんな人は先づゐない。」(『全集』4・二四五)という意味の発言を小林秀雄は何回もしている。普通の日本人ならば、外国語を読んで直接にわかっているつもりでも、実際には翻訳しているのだ、というのが小林の持論である。これには、たしかに時代の制約ということもあるであろう。小林の資質というものも働いているに違いない。しかし、私は、この昭和の作家の狭い考えを非難しようと思ってここに取り上げているのではない。私自身は、人生の半ばをフランスで過すという、いわば自分自身に課した生体実験のような形で、小林とは異なる言語経験を積んでいるけれども、小林秀雄が自分の背負った条件をまっとうすることで、一つの生き方を切り開いていく姿には、十分に価値を認めているのだ。

翻訳の問題に話を限るなら、こういうことになるだろう。小林秀雄はランボーなりボードレールなりの詩に出くわし心をとらえられた。しかし、いかに愛読し、それらの作品を直接に手にしたくても、翻訳という操作を通さなくてはならない。ところが、詩は、本質的に、翻訳を拒絶するものなのだ。この苦しい経験から、小林は次のように考えを発展させた。

多少でも詩の飜譯の經驗のある人なら、誰でも知つてゐるところだが、僕等の注意力は、いよいよ原文の獨特さ掛け替へのなさといふものに、どう仕様もなく、僕等を引摺つて行くものだ。僕等の注意力が増せば増すほど、原文の根を枯らさずに移し植ゑるといふ仕事の不可能を痛感する様になる。原文の掛け替へのない鮮やかさは、讀む人の注意力に比例する。〔……〕

人類を歌はうが雲を歌はうが、詩は所詮或る特殊な生活雰圍氣の裡に醸される聲であり、外國人の詩を、僕等が充分に味ふ事が出來ないとは、誰も言ふところだ。併しかういふ事情は、何も外國の詩の場合に限らぬ事で、同國人のものでも、時代が非常に隔たれば、同じ困難が現れてくるだらう。言つて見れば、ジイドの邦譯と源氏物語の現代語譯とどちらが容易であるかといふ問題も起るわけだ。そして、さういふ問題を、一般の問題としては、誰も解き得ないだらう。〔……〕

不用意に言はれる原詩といふものの概念が、どんなに不安定な、曖昧なものにせよ、譯者は原詩といふものに固執せざるを得ない。フランス語ならフランス語の活字といふ、單なる物質の上に眼を走らせ、そんなものが現れた時代とか人間とかを漠然と思ひ浮べ乍ら、在るがまゝの或は在つたがまゝのといふ樣な漠然とした言葉を冠せた原詩の姿といふものを、知らず識らず空想せざるを得ないだらう。他の言葉の形式では置き換へる事の出來ぬ、獨立自足した原詩の世界といふものを、知らず識らずの裡に創り上げるだらう。そして、遂にそれを得たと信ずるであらう。不思議といへば不思議な事だが、例へば、萬葉集が、それが語るあれこれの思想としてではなく、原形のまゝ生きざるを得ないといふ事も、僕等のこの不思議な欲望によるのだ。恰も掛け替へのない木や草が在る樣に、原詩は在ると信ずる。これはもうたゞ飜譯の場合の問題ではなく、一般に文學といふものが、元來さういふ具合な出來なのだ。(『全集』7・一〇三―一〇四)

これは、「アラン「大戰の思ひ出」」と題する随筆で、「感想」という原題のもとに一九四〇年に発表された。引用が長くなったが、ここには、晩年の『本居宣長』に至る長い道が、すでにはっきりと見はるかされている。その意味で、じつに興味深いのである。文中に、くりかえし用いられている「掛け替へのなさ」という表現は、小林秀雄が原詩の姿というものを激しく求めた経験から出発して、どれほど遠くまで行ったかを示している。

「掛け替へのないもの」、「在るがまゝの或は在つたがまゝの」姿・形を求める不思議なこころの働きとは、まさに「歴史」を生み出すもとにある心の動きである。ここで、小林秀雄が二年前に発表した「ドストエフスキイの生活(序―歴史について)」の核心にある言葉を思い出しておこう。「子供を失つた母親に、世の中には同じ様な母親が数限りなくゐたと語つてみても無駄だらう。類例の増加は、寧ろ一事件の比類の無さをいよいよ確かめさせるに過ぎまい。掛替へのない一事件が、母親の掛替へのない悲しみに釣合つてゐる。彼女の眼が曇つてゐるのだらうか。それなら覺めた眼は何を眺めるか」(『全集』5・一五)翻訳者にとって、いやそれよりも広く、真の読者にとって、原詩とは、愛児に先を越された母親の見つめる亡き子の遺品とおなじ性質のものなのだ。それを手掛りに、読者・訳者は、「掛け替へのない」、「在るがまゝの或は在つたがまゝの」原形を、はげしく希求するのである。

しかも、小林秀雄は、すでに外国語の作品を日本語に直す作業としての翻訳の枠をこえて、『源氏物語』や『万葉集』をよむ後世の日本人の仕事を、たとえば、ジッドの邦訳と同質の問題を含むものとして考えている。つまりは、後述するように、どうみても外国語である古代中国語の原文で漢籍を読むことに腐心した徂徠と、――死語になりつつあった古代日本の言語を再生させることに執着した宣長とに、――等質の営みを見いだす小林秀雄が、すでにここにいるといってよいだろう。

さらに一歩進めるなら、掛け替えのない木や草の存在に注目する小林秀雄が、ひと頃、文学の領域を出て「もの」の世界に魅了されていった理由も納得できる。陶器、土器、仏画など、物言わぬ古美術に親しみ沈潜しはじめたのは、この文章の出た翌年のことである。言葉に翻訳されることを拒む独立自立した「もの」のかたちに、目だけではなく、手や唇の触覚をも通じて、心身のあらゆる感覚を働かせて、沈黙のうちに接すること――こうして、一度言葉を失った後、再び文字を用いて文学の世界に戻り、源泉の形を、また源泉を求める心の動きを明らかに指し示すという小林秀雄の仕事は、前半期の翻訳の経験に源をもつと言って間違いないであろう。

2

一九四二年七月に雑誌『文學界』の主催した座談会「近代の超克」で、小林秀雄は多くを語らなかったが、翻訳という観点から見ると、二つの点が私の興味をひく。

第一には、明治以来の日本文学が置かれた状況に関しての発言である。小林秀雄は、いやおうなく西欧の近代文学の強い影響下に形成されてきた日本近代文学は、「誤解史」といってもよいほど誤解を重ねてきたのであり、その反省は、つい最近になって始まった、とする。「本当の西洋の近代の思想といふもの、或は近代の文学といふやうなもののある儘の相とはどういふものか、それを見極めようとする精神が現れて来たのはつい近頃の事なのだと思ふ」というのである。(7) 事柄としては、すでに何回となく指摘されてきたことであるが、小林秀雄としてみれば、要するに自分たちがようやくその反省を始めたのだという自負が感じられる。あまりにもまともな発言ともいえるが、「様々なる意匠」以来、常にこの問題と取り組んできた人の真剣な意見としてきくと、やはり興味深いのである。後にみるように、西欧と日本との文化上の落差、その中で自分の生を精一杯生きようとした日本人という問題を小林秀雄は終生忘れなかった。

第二には、日本の古典文学に関する発言である。数カ月前から《當麻》、《無常といふ事》などを発表しはじめていた小林秀雄は、肉体で感じるような文学、肉体で触れることのできる文学として、自国の古典をはじめて積極的に評価しているのである。ここで、表にはっきりと出てくるのが、母国語と外国語の関係である。

第一の点についてては先に行って触れるが、まず第二の問題に関して、もう一歩つっこんで考えてみよう。あれだけフランスの近代文学・近代哲学にうちこみ、原文に肉迫しようとした小林秀雄が、今度はそれまでのフランス文化に対する情熱に匹敵する真情をもって母国語の持つ伝統の包容力にひかれていく。そういう趣旨の発言は、以後、何回となくされているが、私の狙いは時間の流れにそって小林秀雄の考えを端から端まで追うところにはないので、物理的な時間の上では一足飛びにとんで、小林の思いを、もっとも円熟した形で示している一節を読むことにしよう。

彼〔宣長〕の言ふ「意《ココロ》と事《コト》と言《コトバ》とは、みな相稱ふ」とは、文化といふもの丶内側に這入つてみれば、その意味とか價値とかを支へ、これを保つて行くものは言語の働きであると言ふに他なるまい。この働きが私達の感情や氣質を間斷なく吸收して、その微妙な色合に染められ、私達の生活の味はひに溢れてゐるのを、私達はよく知つてゐる。それは、自分の生れた國の言語に關してなら、誰にも解り切つた事と感じ取られてゐよう。この感じが、抽象的な符號から、生きた言語を、鋭く區別してゐるのなら、本來の意味での言語とは、卽ち母國語に他ならぬと言へるだらう。母親から敎へられた片言といふ種子から育つた言葉の組織だけが、私達が重ねて來た過去の經驗の、自分等に親しい意味合や味はひを貯へて置いてくれるのである。私達は、安心して、過去の保存を、これに託し、過去が失はれず、現在のうちに生きかへるのを期待してゐるわけだが、この安心や期待は、あまり大きく深いと言はうか、當り前過ぎると言はうか、安心しながら、期待しながら、さうとは氣附かぬ程のものである。言語傳統は、其處に、音を立て丶流れてゐるのだが、これを身體で感じ取つてゐながら、意識の上に、はつきり描き出す事が出來ずにゐる。

これは一九六五年以来『新潮』に連載してきた「本居宣長」の第二十七回目の文章で、一九六九年十一月号(一九七頁)にある。単行本『本居宣長』では前半が削られ、「母親から……」以下が残っているのだが、ここでは前半の母国語の部分も大事なのである。

六十四回に及ぶ雑誌連載の「本居宣長」を通読してみればわかるように、小林秀雄は『源氏物語』『古今和歌集』仮名序などの読解を通じてまず「歌まなび」の探求から仕事を始めた本居宣長の後を一歩一歩追ってきたのであるが、いよいよ『古事記伝』の宣長によって「道のまなび」に没入していこうとする直前に、一つの文化とその言語伝統との関係をまとめたのが、この文章である。「歌まなび」と「道のまなび」という二対の屏風をなす「本居宣長」を、言葉の面でがっちりと連続させる蝶番がこの一節なのだ。歌の事と道の事とは、宣長の世界を構成する切り離しえない二つの基本分野である。歌から道へと進むことが宣長にとっては学者の生命にかかわる重要な点なのであり、それだけに多くの無理解や批判の対象となったことを考えると、その肝腎要の一点を論じるに際し、歌と道とを統合する宣長の考えをよしとする小林秀雄が、ここで母国語の問題を持ち出したのは決定的に重要なのである。この文章は、たしかに、母国語というものの性質をじつに見事に表現している。と同時に、根元的な疑問を私に投げかける。「母親から教へられた片言といふ種子から育つた言葉の組織だけが、私達が重ねて來た過去の經驗の、自分等に親しい意味合や味はひを貯へて置いてくれるのである」、と小林秀雄は言う。問題は、この「だけ」という限定的・排他的な表現にある。また、「本來の意味での言語とは、即ち母國語に他ならぬ」とも言う。これはどういうことなのか。

一歩進めれば、結局、外国語のものは本当には感得できない、という告白になるのだろうか。一九五六年に書かれた「ことばの力」というような文章を見ると、そう断言せざるをえない。

私は、學校でフランス語を學んだから、フランス語の本は、少し讀める。もつと勉强すれば、もつと讀めるやうになるだらうが、讀み方、つまり、原文を日本語に飜譯して合點するといふ讀み方は、決して變らないであらう。フランス語は、決してそのままの形では、私には感じることも、理解することも出來ないまゝで留まるであらう。私たちは、自國語をどんなふうに教へられ、勉强してきたかを考へてみればよい。たとへば、白痴といふ言葉は、馬鹿といふ意味だと生徒は先生から教へられたり、辭書を引いて合點したりする。この手續きは、外國語の場合と違はない。しかし、自國語の場合では、生徒は、こんな手續きは、言葉を知るほんのきつかけに過ぎないことを、すぐ悟るだらう。人々の間で白痴といふ學んだ言葉を使つてゐれば、白痴と馬鹿とは違ふ意味の言葉だ、意味が違はなければ二つ言葉がある筈はない。さういふ事を悟るであらう。では馬鹿といふ言葉は、どうして學んだか。馬鹿とは知恵のたりない意味だと合點してから、馬鹿といふ言葉を使ふやうになつた子供などゐないだらう。みんな意味も知らない言葉を口眞似で使つてみることから始めたのである。果してこれに終りがあるかどうか。(8)

小林秀雄も、外国語を本来の言語として、つまり意味の理解より先に感じとり、動作を模倣するようにして身につける可能性を〈子供〉には認めている(『全集』12・一五六)。ただ、大人の小林秀雄は、森有正とちがって、「フランスの言葉を子供の様に學ぶ」決心はしない。

これは小林秀雄個人にかかわる証言だが、日本の文化史から言えば、漢文訓読の問題が大きく出てくる。日本文化が、中国の文章を外国語とも自国語ともつかぬ奇妙なやり方で翻訳し、取り込み、それを用いて己れを表現しようとさえしたという事実をどうするのか。

ここで、小林秀雄の根本的なジレンマが見えてくる。ジレンマは、小林のもう一つの基本的な考え、もう一つの信念との間に生じる。個人にせよ、一社会にせよ、自分の過去をつごうよく自己批判して清算し勝手に切りすてることはできない、「文化は〔……〕何を置いても先づ私達に持續的に生きられるものだ」という確信をいだいているからだ(『全集』9・八二)。フランス文学にのぼせた前半生は過ちであった、漢文訓読などを実践した日本文化の過去は無意味であった、という具合に切りすてることはできないと考えるのである。

小林秀雄が、母国語に関し先に見たような認識にいたり、外国語について真の理解はついに不可能と断言するということは、かつて西欧文学に情熱をそそいだ彼が「正銘の悲劇」を演じたことを意味するのである。外国語の文章を読む、あるいは翻訳するという平凡な行為も、自分と言語との関係を本気で考えれば悲劇になる。悲劇であるならば、どう対処したらよいのか。小林秀雄自身は、次のように言っている。「悲劇の反省など誰にも不可能です。悲劇は心の痛手を残して行くだけだ。痛手からものを言はうと願ふ者は詩人である」(『全集』9・八二)

このように考えると、「無常といふ事」以降の小林秀雄の仕事は、個人と社会との痛手を明確に意識した詩人の営みとして読むことができる。すぐれた外国文化に傾倒し、読書と翻訳とにたった一度の人生の貴重な部分を投入した者が、肉体に触れてくる自国語の力によって抗いがたく呼びもどされ、呼びおこされたために負った痛手の中から、なおも発言を続ける。言語の異なるがために生じた痛みは、詩人の仕事に二つの新しい方向を示す。一つには、言語の枠をこえたところに対象を求め、じかに物に接したのち、言葉にもどってくること。この結果が、「モオツァルト」、「近代繪畫」、さらに骨董その他についての文章などとなるのだが、これとても実は「文化の翻訳」としての問題をふり切れるものではない。もう一つには、訳すことの意味を拡大し、自国語内部でも行われる翻訳に注目することによって、狭義の、外国語からの翻訳の問題を緩和する方向。それは、個人の悲劇を文化史上の一文明の悲劇に重ね合わせることによって、大きな歴史の動きに身をあわせて乗りきろうとする道ともなる。

この第二の道に大きく浮び上がってきたのが、宣長と並んで、いや宣長に先立って小林秀雄をひきつけた荻生徂徠の姿である。

小林秀雄のライフ・ワークといえば誰しも『本居宣長』をあげる。それに異論があるというのではないが、小林秀雄の負った痛手の複雑さと、そこから生じる微妙な矛盾との重要な意味というものは、荻生徂徠ぬきには考えられないのである。

『新潮』に「本居宣長」の連載が始まったのは一九六五年六月のことであるが、それに先立つ数年間、小林秀雄は江戸の思想家についていくつかの文章を書いている。中でも、荻生徂徠を主題として力のこもったエッセーが次々に発表されたのである。「徂徠」(一九六一年八月)、「辨名」(同年十一月)、「考へるといふ事」(一九六二年二月)、「天命を知るとは」(一九六三年三月)、「歴史」(同年五月)、「物」(同年七月)、「道徳」(一九六四年六月)と続く作品群は、「考へるヒントⅡ」の主要部分をなし、さらに連載「本居宣長」及び『本居宣長 補記』における幾多の言及の描き出す徂徠像とあわせると、質量ともにゆうに一書をなすに値するもので、この独創にみちた漢学者と対面することが、小林秀雄にとって、宣長への合体と相俟って、それと矛盾しながら、まさにその矛盾故に、極めて本質的な意味を帯びていたことを証するのである。

これらの徂徠論は、単に「本居宣長」の準備段階にこぼれ落ちた軽い随筆ではない。また江戸時代の思想史の流れに沿って宣長を呼びおこす前に、徂徠学から宣長学への推移を示すことのみを目標とするものでもない。小林秀雄は徂徠の方法を「本質的に詩人の方法だつた」と規定し、徂徠に「詩人のリアリズム」を認めているが(『全集』12・二〇四)、当時、彼が主要な仕事として連載していた「感想」の主題であるベルクソンもまた「教へ方が全く詩人のもの」とされている(『全集』9・五〇)。荻生徂徠論とベルクソン論とは、タピスリーの経糸《たて》と緯糸《よこ》のように、小林秀雄の精神を織りなしている。ベルクソン論が、フランス語の原文読解の上に延々と繰り広げられ、小林の文章かベルクソンからの引用かの区別も判然としないような形で大量に翻訳を含んだものであること、そして、もう一方の徂徠こそは、中国語を訓読するのではなく、外国語とみなして徹底的に習得し、古文辞をもって直接に古代中国語の原典を把握し、自己表現をもしようとした人物であることを考えるだけでも、小林秀雄が、当時、何を確かめようとしていたかは明らかである。

ランボーの詩にたたきのめされた後、原物にむしゃぶりついて、その骨の髄までしゃぶりつくそうとした若年の経験は、今は深い疼きとなって生きている。その痛みを深いところに感じつつ、小林秀雄は一方にベルクソンというフランスの哲学者＝詩人の後を追い、他方で江戸の漢学者＝詩人としての徂徠を語る。これによって、小林は、ある意味で自分の前半生と対面し、さらにその後の可能性をさぐっているのであるが、今や大きくふくらんできたもう一つの分身は、国学者＝歌人の本居宣長にのりうつり、ひいては宣長の目を通して徂徠の像を描くという形で歪みを生じ、それ故にこそまた、小林秀雄の内にひそむ豊饒な矛盾を指し示してもいる。

　やや、話が先走ったが、まず初めに、小林秀雄がもっとも平たい形で徂徠と宣長の仕事を関係づけているところを聞こう。江藤淳を話相手にした対談「歴史について」で、小林は次のように述べている。

　徂徠は、物徂徠なんて書いているだろう。聖人というのは中国に出たんだからね。そんな偉い人は日本には一人も出てやしない。日本人には哲学者はいない。哲学は向うに出た。自分の学問は哲学なのだから、日本人など相手にできないというわけだ。徂徠は三十一歳で柳沢吉保に仕えることになって、唐話唐音の研究に熱中しだした。だからあの蘐園《けんえん》学派というのは、みんな中国語はペラペラだったのですよ。こんなことは、日本の漢字《（ママ）》の伝統にはなかったのです。そこで、あの人はついに何が望みになったかというと支那の六経を、いまの日本の言葉で翻訳しようということとであった。物茂卿〔徂徠の字〕どころのさわぎじゃないではないか。しかし本当はそうなんだけれども、これを、とうとうやれないで死んじゃった。あの人は病身だったからね。それなのに、「お前は日本人か」などと、馬鹿者どもは悪口を言っていたのだ。

その全く逆をやったのが宣長なんですよ。徂徠は華語をもって聖人の道、つまり中国の書を究めようとした、宣長は日本語で日本の古典を究めようとしたんです。だから、宣長に徂徠の影響がないどころじゃないんです。日本の言語伝統がなければ、二人とも、出なかった人なんですよ。どっちも国粋主義なんかとは何の関係もない、そういうわかりやすい考えとは関係のない学問なんです。だから徂徠は聖人の学では、自分が一番偉いという自信があったんですよ。当時の中国なんかではどうせ学問はずっと遅れていたんですからね。彼は中国語なんかでも、しゃべれなければおかしいから、ただしゃべってみたんですね。しかし結局、聖人のことは、世界中でおれが一番よくわかっている。「和人にして和人にあらず、華人ならずして華人なり」という、そういう妙所に、おれは達した、というんだ。そしてその妙所から何をやるかというと、六経を現代の日本の言葉に翻訳することを理想にしたわけです。中国人の古典の注釈など信ずるに足らぬと考えたのです。

宣長の『古事記伝』も学者の精神の烈しさでは同じことなんですよ。徂徠に対して宣長は、なに、馬鹿を言っているんだ、それなら、なぜ日本のことをやらないかと言った。それだけの違いなんですよ。あのころの日本の学者の、なんともいえない自信だな、あれは、なんともうらやましいものですね。学問上の単なる正しさなど屁のようなものだ。(9)

これは一読してわかる通り、くだけた対談の席でのざっくばらんな発言なのだから、その一言一句に立ち止まって論評するのは無意味だが、ここにほとばしり出た〈気炎〉(言葉の語源的意味での〈気炎〉)には、小林秀雄の真情があらわれている。先程述べた痛手の深さがありありと現われていると感じるのは深読みにすぎるだろうか。徂徠論と並行して試みていたベルクソン論が難航し、五十六回をもって中絶したことも、ほぼ十年後に行われたこの対談にみられる徂徠像の形成に余波をのこしたことはありうるだろう。

しかし、徂徠像の歪みの話に入る前に、小林秀雄の他の文章をもふくめて、徂徠と宣長の関係についてまとめておきたい。「彼〔宣長〕は、徂徠の見解の、言はば最後の一つ手前のものまでは、悉く採つてこれをわが物とした。といふ事は、最後のものは、徂徠自身の信念であり、自分のものではない事を、はつきり知つてゐたといふ事であらう」これは、京都遊学中の若い宣長に関する一節であるが(『本居』二六)、二人の関係は、要するに、これにつきるのである。

ここでは、徂徠が宣長にもたらしたものを総合的に検討するのが目的ではないから、ごく基本的な点をまとめるにとどめるが、まず、歴史というものについての徂徠の考えがある。「見聞廣く、事實に行わたり候を、學問と申事に候故、學問は歴史に極まり候事に候」という徂徠の意見を、小林秀雄は、「考へるといふ事」というエッセーにおいて次のように受けとめている。

徂徠は、歴史とはこんな物と、人から教はつた人ではなく、歴史とは何かと自ら問うた人だ、と言つただけでは足りないのである。歴史とは、いつの世に在つても、かくかくの物と人から教へて貰へるやうな性質のものではない、といふ確信を語つたのだ。學問には、歴史の知識が必要だと言つたのではない。「學問は歴史に極まり候事ニ候」と言つたので、その語勢が示す通り、學問するとは、歴史を生きるといふその事だ、自己の歴史的經驗を明らめるに盡きると合點するに至つたといふ意味である。(『全集』12・二三)

これはさらに、「一と口で言つて了へば、徂徠にとつては、歴史とは自己の事だつた」という断言にもなる(『全集』12・二五)。そして、「歴史を考へるとは、意味を判じねばならぬ昔の言葉に取卷かれる事だ。歴史を知るとは、言を載せて遷る世を知る以外の事ではない筈だ」ということになる。[10] もちろん、物的資料であっても、史料となれば言葉を担っているのだ。つまり、徂徠は、「辞」即「事」と確信する。この考えが、宣長では、『古事記伝』の初めにある「意《ココロ》と事《コト》と言《コトバ》とハみな相稱へる物」という思想となって受けつがれていく。物まなびとは、『古事記』なら『古事記』の言を事として受けとめ、古人の意を生きることだ、という形で徂徠の考えは宣長の手に渡る。

また、言語の変遷についての考えはどうだろう。「世ハ言ヲ載セテ遷リ、言ハ道ヲ載セテ遷ル、道ノ明カナラザル、モトヨリ之ニ由ル」という徂徠の有名な言葉が、当然、小林秀雄の注目を引く。古の道、聖人の道を求めるなら、古の言葉を解し、物としての道が現われてくるのを待つ以外にない。それを次のように説き示す。

> 例へば、岩に刻まれた意味不明の碑文でも現れたら、これに對し、誰でも見るともなく、讀むともない態度を取らざるを得まい。見えてゐるのは岩ではなく、精神の印しに違ひない。だが、印しは讀めない。だが、又、讀む事を私達に要求してゐる事は確かである。言葉は、私達の日常の使用を脱し、私達から離れて生きる存在となり、私達に謎をかけて來る物となる。徂徠が、古文辭を詠め暮して出會つたものは、さういふ氣味合ひの言葉の現前であつて、これが、彼が經學といふものを合點する種となつたと言ふのは、この經驗によつて、言葉の本質に觸れたと信じたと

いふ意味なのだ。（『全集』12・二〇〇）

これは、本居宣長が、歌を通じて古言を身につけ、その上で『古事記』の世界にぶつかって行った、根本の言語観に通じる。しかも、両者とも、具体的に古文を模倣し、真似て書くことによって、古言を習得しようとした実践上の一点でも、完全につながっている。

このように、「考へるヒントⅡ」に収められた諸エッセーにおいても、「本居宣長」中の徂徠に関する件りでも、両者のほぼ完璧な継承関係は綿密に説かれているのだが、徂徠に関してある一点がぼかされており、それが逆に、対談「歴史について」では、ある歪みをおびて強調されている。そこに、私は、何か、小林秀雄の割り切れていない複雑な心が動いているのを感じるのだ。

それは、荻生徂徠が、いわゆる漢文訓読をはっきりと否定したという事実である。徂徠の語学観がいかに徹底したものであったかは、吉川幸次郎の「徂徠学案」[11]に詳しいが、徂徠は、中国語にせよ日本語にせよ、あらゆる言いかえを、破壊と考える[12]。漢文訓読はもちろんのこと、中国語の新注にせよ古注にせよ、原文以外のものにかえることは、原文を破壊してしまうという点では同じことであるとする。正しい道は、中国語の秦漢の原典を原形のままに直接に把握することにある。徂徠が中国語をしゃべったということも、小林秀雄がやや調子にのって言ったように、「しゃべれなければおかしいから、ただしゃべってみた」というようなものではないだろう。たとえ古代の話し言葉ではないにしても、中国語を身近なものとして感得するために、中国語を日本語のように会話に用い、さらには時代をさかのぼって、自らの体験を、原典の言葉、つまり古文辞で書く。吉川幸次郎の言を借りるなら、「つまり原典の「古文辞」の中に自己の体験を充塡する。そうしてこそ原典の「古文辞」は、自己の体験と同様に、自己身辺のものとして完全に把握される」からだ[13]。古文辞の文体で自分の文章を書くことにより、つまり徹底的に模倣することにより、原物に直接ふれようとするのだ。小林秀雄は、ここまで外国語に身を入れた徂徠を十分に描き切っていない。あなたは、本当に、外国語である中国語の、しかも古代の言葉を身につけ、そのままの形で感じ、理解することができたと言うのか、そんなことはあるまい、という質問をぶつけるところまで行っていないのである。

逆に「対談」で言いすぎたのは、徂徠が「六経を現代の日本の言葉に翻訳することを理想にした」というくだりである。徂徠は、古代中国語の簡潔さと気やすさとを壊してしまう旧態依然とした訓読よりは、現代日本語に訳すほうがまだましだ、と考えたにすぎない。

再び吉川幸次郎の文章を引くなら「過則勿憚改は、アヤマテバスナワチ云云ではなくして、コウツヱ　ホ　ダン　カイ、である。それをそのとおりに読むのが、万事のはじまりである。〔……〕二次的な方法として、〔……〕いかめしい雰囲気をもつ訓読よみを、せめてものことに廃棄する。その代替として、平易な日本の口語におきかえる。シクジッタラヤリナオシニエンリョスルナ、」云云。[14] 現代の日本語に翻訳することは理想どころではなかったのである。

　こう書いてくると、いかにも小林秀雄が徂徠を故意に歪曲したと主張しているように響くかもしれないが、私としてはその是非を問うよりも、小林秀雄がそのような曖昧さを残していた理由を考える方に興味が行く。その説明は、対談「歴史について」が発表された一九七一年七月の直前に『新潮』に掲載された「本居宣長」の三十四回(一九七一年四月号)、三十五回(同年六月号)に見出すことができる。この二回の文章は、全体で六十四回の「本居宣長」のほぼ中央に位置し、いよいよ徂徠の提起する問題の「中心部に足を踏み入れる時」が来たという認識の下に、力をこめて、荻生徂徠を扱っている。そして、きわめて興味深いことに、外国語としての中国語に対する徂徠の考えが、ここではかなり正確に詳しく扱われているのだ。小林秀雄は「徂徠先生答問書」から重要な部分を引用しては説明を加えていくのだが、当然、最初に引かれるのは「學問は歴史に極まり候事ニ候」という、先にもとりあげた文章である。しかし、ここでは、右の言葉で始まる「答問書」の締めくくりとして、長い一節が引かれている。「惣て學問の道は、文章の他無レ之候。古人の道は書籍にて有レ之候。書籍は文章に候。能文章を會得して、書籍の儘濟し候て、我意を少しも雑え不レ申候得ば、古人の意は明に候。」云々と始まり、その長い引用は「只々異國人の古の詞を會得する事故、文章を會得する事六借候」という率直な言葉で終る。

私はこれを読んで、なるほどと合点がいった。実際、中国語で書かれた古典を読み、物と名の合致する様を直接につかむことは、この上なくむずかしい作業なのだ。徂徠は、そのむずかしさは承知の上で、伝統的によしとされてきた漢文訓読を排し、注釈書をしりぞける。小林秀雄もその「六借候」という言葉には大いに感ずるところがあったに相違ない。あらゆる形の注釈書をしりぞけることにも異議はないはずだ。

ただ、小林秀雄は徂徠にそのまま従っては行けなくなる。徂徠は「六借候」を乗りこえるために一生をかけた人だ。それが小林秀雄には痛みになってひびいたのではなかろうか。そこで彼は、漢文訓読という日本文化の現実に対する評価の点で、徂徠をそっと押しもどそうとする。第三十五回の文中でその姿勢ははっきりと表明される。小林秀雄も、漢文の読み順を顚倒し、和訓をほどこすのは正当な漢学とは言えないとする徂徠の考えの正しいことは認める。それまでの訓読では「和字、和句、和臭といふ病ひ」がはびこっているとする徂徠の主張も正しい。小林秀雄の特徴の表れるのはその先である。「ところで、この徂徠の主張は正しいであらうが、主張だけを取上げて正しいと言つてみたところが、仕方がないのである。何故かといふと、この正則の漢字の眞の內容を成してゐたものは、やはりこれを提唱した徂徠といふ人の強い個性だつたのであり、この方は、無論、正則などと呼べるものではなかつたからだ[15]」とずらすのである。

　そこで小林秀雄の念頭にあるのは、中国文明と日本の文明との非常な落差である。そこで、「この日本人が半ば強ひられた、切實な運命的な言語經驗の傳統を、漢學を装つた和學をやつて來たと片附けるのは無理であらう[16]」ということになる。小林秀雄とても、落差故に生じた文明の病は承知していたであろう。明治以後、私たちもいやという程経験してきたのだ。しかし、「積年の病を、一擧に克服しようとしたのは當然な事だ。さう確信しつゝ、この病がなかつたら、現在の自分達の言語もないと同時に考へる事は、徂徠には出來なかつたのである。」と小林は結ぶ。

　ここに見られる微妙きわまりない小林の論述を、私は、痛手の中からものを言おうとする詩人の言葉と感じるのである。

　ところで、この重要な二章は、『本居宣長』の決定版からは、すっぱりと切りすてられてしまった。そのために、徂徠と宣長の関係については、学問上の一貫した流れが強調され、母国語・外国語という次元で両者を決定的にへだてるところは、目につかなくなった。

　そのかわりに、宣長自身の仕事の中で、日本語内での翻訳・訳《うつ》しの重要性は十分に説かれている。そのような説明は随所にあるが、「古今集遠鏡」に関する一節を引いておこう。

さて、眞淵の教へを押し進めた宣長のやり方だが、「古今集遠鏡」を書いた動機について、彼はかう言つてゐる、「俗言《サトビゴト》に譯したるは、たゞに、みづから、さ思ふにひとしくて、物の味を、みづからなめて、しれるがごとく、いにしへの雅言《ミヤビゴト》みな、おのがはらの内の物としなれゝば云々」(遠鏡一、はし)「古言を得る」とは、言つてみれば、さういふ事なのであつて、不明になつた古言の意味を明らめるといふ一般的な知的な理解で濟む事ではない。古言が「おのがはらの内の物」になるといふ一人一人が、みづから進んでやつてみなければならぬ經驗を言ふのである。それといふのも、古人は、古言を、めいめい「おのがはらの内の物」としてゐたといふ全く簡單な理由に基く。從つて、註釋の努力は、現代語譯に極まるとも言へるわけだ。(17)

ここに言う「おのがはらの内の物」とするというのは、私たちが日常言語を自由闊達にやりとりしているように、語りあいあやまたない「わざ」を身につけることで、それを小林秀雄は次のように説明する。

その全く個人的な語感を、互に交換し合ひ、即座に飜譯し合ふといふ離れ業を、われ知らず樂しんでゐるのが、私達の尋常な談話であらう。さういふ事になつてゐると言ふのも、國語といふ巨きな原文の、巨きな意味構造が、私達の心を養つて來たからであらう。養はれて、私達は、暗默のうちに、相互の合意や信頼に達してゐるからであらう。(18)

という次第で、再びここに「國語」というものが出て来る以上、外国語と母国語の問題は隠然と続いていく以外にないのである。

*

話が行きつ戻りつしてまことに理路不明瞭な文章になったが、小林秀雄の考え方にはどうにも割り切れない性格があるので、忠実に捉えようとすると、こういう結果になる。ややこしくなったついでに、もう一つ小林秀雄の絶筆「正宗白鳥の作について」を読んで感じたことを記して終りにしたい。

それは白鳥の『自然主義文學盛衰史』についてのくだりで、明治以来の日本文学が強いられた無理を語っているのだが、そこにこういう文章がある。

向うの紆餘曲折した歴史の長旅が、こちらでは、そのまゝいかにも强引に壓縮された形を取り、過去の封建的因襲からの近代的自我の脱却とその確認といふ強力な課題となつて文壇を急襲したのだが、この衝撃を、自然派の代表的作家達ほど正直に受取り、誠實に處理した人達はゐなかつたと、「自然主義文學盛衰史」の作者は見たのである。そして、これに對して直ちに滿腔の同感を表したのが、前に言つた藤村の讀後感となつたわけだ、――「生きることの艱難が我々の胸にも浸込んで來るのである。あちら向いてもこちら向いても、艱難が人間の形を帶びて待伏せしてゐるのである」――この特色ある言ひ方で言はれてゐる「艱難」に、向うの歴史こちらの歴史の別などありはしない。このやうな表現に、何の無理なく導かれた正宗氏が、はつきり念ひ及んでゐた觀念は、藤村によつてよく信じられてゐた文學作品に本來備つた機能の普遍性であり、無償性であつたと見る他はないのである。更に言へば、藤村にしてみれば、與へられた課題の處理は、これと一體を成す形で行はれた、それが正宗氏にははつきり見えてゐたのだ。(19)

向うとは、言うまでもなく西欧であり、こちらとは日本である。与えられた条件の中で、なおかつ純粋の己れの個性に従って生きるとなれば、「艱難」は必然的に生じるであろう。そのような場に生まれる文学に普遍性というものがありうるのは、個々の人間によって生きられる特殊な内実の質による。

小林秀雄は、理想的な翻訳がどういうものであるかは語らなかったが、翻訳が生きられるために必要な条件だけは、はっきりと指し示して行った。

外國との思想の交流にしても、人間といふ內實を缺いてゐるところに行はれてゐる思想交流の盛觀は、先づ普通の事だ。向うは向う、こちらはこちらで、目立たぬやうに行はれてゐる自己沈潛による掛け替へのない個性の發見といふ事があり、その彼我の見合ひのない所に、思想の眞の交流、思想の生きた變換といふ劇は決して起らないのである。(20)

かく——「随筆的方法」について

小林秀雄は、批評とは何かということについて、あまり頭を悩ましたことはない、書きたいものを書いたら自然に批評になった、と言う(『全集』12・二六九)。なるほど、批評の定義に頭脳を労したことはないかもしれないが、小林秀雄は自分の仕事の本性については絶えず意識し、その反省自体を作品の重要な一要素として、創作の原動力としてきた。ここで、仕事というのは、最初期の短篇小説や翻訳を別とした散文のことである。それを作者は、批評と呼んだり、感想と言ったり、随筆と称したりしているが、この三種の呼びかたに、格別の相違はみられない。自分の書くものは、批評だ、随筆だという具合に、時によって表現を変えてはいるが、厳密に使いわけているとはみえない。そこで、話はどこから始めてもよいのだが、まずは随筆という言葉を直接に用いているところから、始めよう。

一九六一年六月に発表された「學問」という文章の冒頭に次のようなくだりがある。これは、「忠臣藏」という題で連載したものの、第三回目の文である。

私の書くものは随筆で、文字通り筆に随ふまでの事で、物を書く前に、計畫的に考へてみるといふ事を、私は、殆どした事がない。筆を動かしてみないと、考へは浮ばぬし、進展もしない。いづれ、深く私の素質に基くものらしく、どう變へやうもない。「忠臣藏」について書き始めた際も、例外ではなく、まるで無計畫で始めたのだが、やがて書いてゐるうちに、我が國の近世の學問とか思想とかといふ厄介な問題にぶつかるであらう。又、ぶつからなければ、面白くもあるまい。それ位な見當は附いてゐた。武士道の背景には、朱子學があつた。ところが、厖大な朱子學の大系學であつた。戰爭を止めた武士達の意識や教養に、言葉を供給したものは儒の分析などが、私のやうなものに出來るわけがないのは解り切つた事だ。筆に隨つて書いて來て、まことに面倒な次第になつたとは思つてゐるが、まあそれはさういふ事で、致し方ないとして、常識と隨筆的方法との用意があれば足りる事だけは果さうと思ふのである。（『全集』12・一七八）

随筆が、筆にしたがって書くことだ、とは一応誰でもいうことであるが、その内実をもうすこし明確に捉えようとすると、すぐにことは難しくなる。小林秀雄も「文字通り筆に随ふまで」とか「筆を動かしてみないと」とか言うだけで、それ以上の説明はしようとしない。強いて定義を求めれば、私の作品を見てくれれば自らわかる、とでも答えるだろう。ただ、その基本的性格として、無計画であることを強調するだけだ。無計画であるから、筆の運びようによっては、作者自身に十分な知識がないところにいたるという事態にもなるわけだが、それは、知識のための知識を真の思考にとって無益有害のものとみなす小林秀雄のことであるから、問題にはならない。右の引用文でも、小林秀雄は自分のよりどころとして「常識」という言葉をつかっているが、正しく考えるためには、余計な知識に邪魔をされず、「誰にも備はつてゐる凡そ単純な分別」としての常識を上手に働かしさえすればよいと言う。この考えは、たとえば「常識について」という文章で、デカルトをめぐって十分に語られているので(『全集』9・三六-五〇)、ここでは取り上げず、小林秀雄の仕事と無計画性との関係について考えてみたい。

実際、どこへ行き着くかわからない〈冒険〉としての思考という考えは、小林秀雄がごく初期から述べているところで、批評とか感想とか随筆とかの名称の違いと関係なく、この作家は常に計画などなしに、感動に導かれるままに文章を綴ることを願ってきた(『全集』1・一六九)。「まるで無計畫」とは、ある結論に達するために、全体の構想を前もって持ち、各部分を論理的に組織していく方法とは全くことなることを意識したものの言い方である。〈研究〉の正道が、ひとつの仮説を立てて、その妥当性を検証するために、一歩一歩、矛盾のない論拠を求め、新しい学説を構築していくところにあるとすれば、それともまったく異質の作業である。小林秀雄にとって肝要なのは、十分に強力な動機であり、最初の原動力となる強い予感である。ある問いによって(これを小林秀雄は好んで「謎」と呼ぶのだが)、心中に深い初動が起こる。そこに生まれた思いが、行くえもしれぬままにとにもかくにも筆をとり、一語一語と言葉を紡ぎ出すことによって、自ら形をなしていく。これを、小林秀雄は「随筆的方法」と呼ぶ。

しかも、この作家の特徴は、身辺日常の見聞や観察を気儘に書き付けることにとどまらず、随筆という創作行為そのもののありようを反省し、それを随筆の材料にするところにある。随筆という、〈方法〉などというものとは本来もっとも遠いはずのものを、「随筆的方法」というかたちで結びつけて作品の中に持ち込むところに特色がある。

随筆というジャンルの方法的自覚は、小林秀雄の作品に、かなり頻繁に、明示される。数ページの短文の場合にも、数百ページにわたる長篇においても、この傾向ははっきりとみられる。《無常といふ事》の中で、比叡の山王権現の辺りをうろついていた話者(作者)が、『一言芳談抄』の一文をめぐって、突然、特異な充足感を経験したという主題を呈示したのち、「實は、何を書くのか判然しないまゝに書き始めてゐるのである。」(『全集』8・一七)と述べるくだりを思い出される読者も多いだろう。晩年の大作『本居宣長』となると、作者のこのような意味での直接介入は数多く見られるが、すでに、冒頭から作者の断り書で始まる。折口信夫に会い、『古事記伝』の話をした時に感じた心の動き、つまり、自分の読後感が「殆ど無定形な動揺する感情である事に、はつきり氣附いた」という思い出を語った後、小林秀雄はこう言う。

今、かうして、自ら浮び上がる思ひ出を書いてゐるのだが、それ以來、私の考へが熟したかどうか、怪しいものである。やはり、宣長といふ謎めいた人が、私の心の中にゐて、これを廻つて、分析しにくい感情が動揺してゐるやうだ。物を書くといふ經驗を、いくら重ねてみても、決して物を書く仕事は易しくはならない。私が、こゝで試みるのは、相も變らず、やつてみなくては成功するかしないか見當のつき兼ねる企てである。(『本居』四)

このように、執筆行為そのものに関する反省を作品の対象として繰り込むのは、もとより小林秀雄の独創ではない。若い小林秀雄が自己形成の糧とした近代フランス文学には、このような例が数多く見出せる。マラルメも、ジッドもプルーストも、それぞれに創作行為を創作の対象とした。近代の自意識が行くところまで行った極限にあらわれた現象である。影響という言葉は、用心して用いなくてはならないが、このようなフランス文学に親しんだ小林秀雄が、意識的方法とは無縁にみえる随筆というジャンルで、同じ性質の試みをしていることは、やはり、影響とよんでよいであろう。

それはともかく、小林秀雄が〈無計画性〉をことさらに掲げて、随筆に持ち込むことに、どう反応したらよいのか。実は、作者が作品に直接介入して、頻繁に創作行為自体に注釈を加えることに、多少うさんくさいものを感じ、否定的な評価を下したくなることもないではない。自分の文章が一個人の枠を超える大きな力につき動かされておのずから出来あがったもので、「無私」の領域に達した自分の意識を〈場〉として、巨大な思想の流れが自らを表現したものだ、と小林秀雄は強調したいのだろうが、これは、やや安手の演出ではないかという疑念が時に生じないでもない。手品師が「種も仕掛けもございません」と言うのがまさに種であり仕掛けであるとしても、手品の場合には真赤な嘘にうまくだまされることを楽しみとするのだから、それも愛敬と言えようが、文学や思想の場でこんな口上を聞かされても、とてもまともにはうけとれない。たとえ書き出した時には五里霧中であったにしても、書き終えた以上は、楽屋話などは削るほうがよくはないか。小林秀雄は「私はもう演奏家で満足です」と言ったと聞くが(1)、演奏を中断しては演奏について講釈を言う演奏家とはどんなものか。こんな批判めいた気持もちらと動く。

冷たい気持でじろじろと見れば、いくらでも文句はいえるのだ。もう一つ例を引くなら、『本居宣長』の最後の台詞はいったいどういうことだろう。

もう、終りにしたい。結論に達したからではない。私は、宣長論を、彼の遺言書から始めたが、このやうに書いて來ると、又、其處へ戻る他ないといふ思ひが頻りだからだ。こゝまで讀んで貰へた讀者には、もう一ぺん、此の、彼の最後の自問自答が、(機會があれば、全文が)、讀んで欲しい、その用意はした、とさへ、言ひたいやうに思はれる。(『本居』六〇七)

この末尾の言い回しをどう評価したらよいのか。「その用意はした」のなら、「用意はした」と言えばよいのだし、「その用意はした、とさへ、言ひたい」のなら、「用意はした」と言い切るか(言いたいことを言うのに何の不都合があるだろう)、そこまでは断言したくないのなら「用意はした、とさへ、言ひたい」と言ってもよかろう。ところが、小林秀雄はさらにあいまいな色合いを付け加えて、「用意はした、とさへ、言ひたいやうに思はれる。」と引き延ばす。最後の「やうに思はれる。」のニュアンスは絶妙である。「と思う」と言い切るのと、なんという違いだろう。日本語では「と思う」という形で能動的に心中を明かすことはできるだけ避けて、あたかも、思いが自然に湧き上がってくるかのように、自発のかたちをとることが多いのは分かっているが、それにしても大変なぼかしようではないか。筆の動きにしたがって、六百数ページも書いてきた筆者が、「言ひたいやうに思はれる」として筆をおくのをみると、何か、筆先にたぶらかされた

ような心持になる。(2)

こう書いてくると、私が、小林秀雄の筆の運びようを全面的に否定して、毒づいているようにも聞こえるだろうが、実は、もう少し、複雑な気持なのだ。このように批判的な言葉を、剝き出しに連ねてみると、すでにそれとは逆方向の心の動きが自分のうちに感じられる。そして、ここまで書いて来た批判よりも、小林秀雄の根本の願いに共鳴するものが強くなるのである。

小林秀雄自身、人も知るように随分と激しい攻撃の文章を書きもしたが、基本的には、「ある人の本性を理解するには、彼が好きにならなければ駄目だ」というアンドレ・ジッドの『贋金つくり』から得た考えに忠実だった(『全集』3・三三)。この信念は、年齢を重ねるにつれていよいよ強いものとなって、『本居宣長』でも、宣長の根本の態度として、「好信樂」を据え、一貫して、その観点を保ち続けている(『本居』四三)。そのような考えも、小林秀雄は「常識」に基づいて、われわれの経験を歪めずに見るところから得ているのである。

話を「随筆的方法」に戻すなら、計画を持たずに、筆にしたがい、筆を動かすことによって考えるという点にああまで執着し、作品の内にまでしばしば持ち込むのは、人生というものが、計画によって律しきれるものではなく、一刻一刻、ものとの接触によって価値を刻み出してゆく以外にないという考えからきているのだろう。随筆という文学様式は、人生の実相にもっとも近いとも言えるわけで、われわれが、生きていく過程で絶えず内省を繰り返すのと同じように、随筆のなかで随筆についての想いをめぐらすのも、文学というものが、人の生死を直視する思索の表現であるとするならば、通俗であろうがなかろうが、それこそが正しい道だということになる。

＊

ここまで来たところで、どうしても小林秀雄の随筆そのものに戻って、無計画で書き始めて文字通り筆にしたがうという作業の実態を見ておく必要がある。

その点、《當麻》は、初出と定本とのあいだにかなり筆が加えられ、質の上での発展が見られるので、随筆家の筆の働きを知る上で極めて貴重である。ただし、この作の草稿の状態がどのようなものであったかは、残念ながら知ることができない。分かっているのは、雑誌『文學界』の一九四二年四月号に載った初出と、戦後いちはやく一九四六年二月に創元社から出版された単行本『無常といふ事』に収録された版およびその後の諸版である。単行本になってからは、版を新たにしても、文章にほとんど変化はみられず、一九六七年の新潮社版全集及び一九七八年の新訂全集と創元社版とのあいだには、表記の上で、六カ所の相違が見られるだけである。したがって、《當麻》の決定版は、一九四六年二月の段階ででき上がっていたと言ってよい。ここでは、便宜上、今日、定本とみなされている『新訂　小林秀雄全集』(新潮社、一九七八年、第八巻)の文章と『文學界』の初出とを一部分比較検討する。文章の上で、もっとも修正の数が多く、意味のある変化の生じたのは、定本の冒頭八行と末尾の十四行であるが、まず、書き出しの部分を比較してみよう。

一　初出

先日、梅若の能樂堂で、當麻を見て、非常に心を動かされた。當麻といふ能の由來についても、万三郎といふ能役者が名人である事についても、僕には殆ど知識らしい知識があるわけではなかつた。が、そんな事はどうでもよかつた。

何故、あの夢を破る様な笛の音や大鼓《おほかは》の音が、いつまでも耳に殘るのであらうか。そして、確かに僕は夢を見てゐたのではなく、夢を醒まされたのではあるまいか。星が輝き、雪が消え殘つた夜道を歩き乍ら、そんな事を考へ續けてゐた。白い袖が飜り、金色の冠がきらめき、中將姫は、未だ眼の前を舞つてゐる様子であつた。これは快感の持續といふ様なものとは、何か全く違つたものだ、それは一體何だらう、どうも何とも名付けやうもないものだ。笛の音と一緒にツッツッと動き出したあの一足の眞つ白な足袋は。いや、世阿彌は、それを當麻と名付けた筈だ。してみると、自分は信じてゐるのかな、世阿彌といふ人物を、世阿彌といふ詩魂を。突然浮んだこの考へは、僕を驚かした。

二　定本

梅若の能樂堂で、万三郎の當麻《たえま》を見た。

僕は、星が輝き、雪が消え殘つた夜道を歩いてゐた。何故、あの夢を破る様な笛の音や大鼓《おほかは》の音が、いつまでも耳に殘るのであらうか。夢はまさしく破られたのではあるまいか。白い袖が飜り、金色の冠がきらめき、中將姫は、未だ眼の前を舞つてゐる様子であつた。それは快感の持續といふ様なものとは、何か全く違つたものの様に思はれた。あれは一體何んだつたのだらうか、何んと名付けたらよいのだらう、笛の音と一緒にツッツッと動き出したあの二つの眞つ白な足袋は。いや、世阿彌は、はつきり當麻と名付けた筈だ。してみると、自分は信じてゐるのかな、世阿彌といふ人物を、世阿彌といふ詩魂を。突然浮んだこの考へは、僕を驚かした。

定本の第一行は、これ以上に切り詰めようのない、簡潔な文章で、視覚の点でも聴覚の上でも、凝縮された表現力を持つ。

まず、四つの名詞が、ほぼ完全な均衡をなして、黒々とつながる。視覚の上で、漢字が、梅若・能樂堂・万三郎・當麻と、つまり、二字＋三字、三字＋二字という均整のとれた姿を示せば、聴覚は、ウメワカノ(五音節)＋ノウガクドウデ(七音節)・マンザブロウノ(七音節)＋タエマヲ(四音節)と、前後二部の見事な釣り合いを捉える。最後のタエマヲは四音節で、一音節たりないが、たりないことが次の語を強く呼び起こし、それが、ミタの二音節で、ぴたりとおさまる。

三つの固有名詞を含む四つの名詞の連続が、堅固な固まりとなって、荘重な量感を生みだしてきたところを、たった二音節の動詞が、二十三音節に対する二音節という数量の上での不均衡に反比例する強度をもって、「見る」という行為の重要さを、すばやく、したたかに刻みつける。「あらゆる藝術は「見る」といふ一語に盡きるのだ。」と「芥川龍之介の美神と宿命」(一九二七)に書いて以来(『全集』2・三七)、小林秀雄は、人間にとって、特に芸術家にとって最も根源的な行動として「見る」ことを重視してきたが、この冒頭の文章は少しの無駄もない姿で、「見る」という行為を、完了相のもとに示している。

しかし、この一句を前に、読者は何を見たらよいのか、何を見ることができるのか。作者は三つの固有名詞に何の説明も付けていない。作者は読者に何を期待しているのか。

この問いに対する返答は、本来は、この一行の半分にも満たぬ文章を熟読玩味することで得られるはずのものだが、小林秀雄がどのように文章を鍛えたかを具体的に知るために、初出の文章と読み比べてみよう。

初出では、まず、時間の上で、「先日」という情報がある。つまり、昨日、今日、明日という、過去から未来に延びていく時間の上に、位置づけられていることになる。これが、定本では消えて一本の線上を一方向に進んで行く時の秩序を超えようとする小林秀雄の時間観によりよく合致する。（もっとも、正直に言っておくと、この「先日」という言葉は、《無常といふ事》では「先日、比叡山に行き……」という形で決定版にも残っていて、「過去から未來に向つて飴の様に延びた時間といふ蒼ざめた思想」を真向から批判するこの作品において、作者が「先日」という情報の果たす機能をどこまで厳密に意識していたかは、正確にはつかみがたい。深読みも度を過ごしてはなるまい。）

ついで、「見る」という動詞の強度であるが、初出においても、梅若、能楽堂、當麻と続き、「見る」という動詞も使われてはいる。しかし、それは「見て」という接続助詞をともなった形のため、定本の「見た」という完了相終止形の持つ、切って捨てるような激しさがない（定本の場合、事はすでになされた、と明瞭にしめされている）。

しかも、そのあとには、「非常に心を動かされた」というまことに平凡な心理上の情報が与えられる。さらに、知識らしい知識のないことを告げ、その上で、知識の不要をとくという知的解説がくる。要するに、初出の文章は、情報伝達文である。ある意味で、情報が伝われば捨ててしまってもよい言葉からなっている。

それに対して、定本の文章はそれ自体として〈表現する〉文章である。指向対象を示すことは必要とされない。「梅若の能樂堂で、万三郎の當麻を見た」という短い文章をなす言葉は、詩の言語としてもちいられている。つまり、表現力のすべてを言葉自体の内に、また言葉と言葉との関係に秘めたものとして、そこにある。この定本第一句にみられる不透明さは、詩語のものなのだ。説明を余所へ求めていくことは、無用なのだ。

定本の第二番目の文をみると、詩としての特徴はさらにはっきりとわかる。「僕は、星が輝き、雪が消え殘つた夜道を歩いてゐた」というこの文章は、初出では、感覚に関する自問、心理に関する自問自答の後に位置し、しかも「星が輝き、雪が消え殘つた夜道を歩き乍ら、そんな事を考へ續けてゐた」という形で、つまりは、主体は頭のなかの思考であって、体の動きは付随的なものでしかない。ところが、定本の場合には、「見た」という行為の直後に「歩く」という基本行為が躍り出る。ここにも、無駄なものはなにもない。星は、人間の尺度から見るならば、永遠を象徴するといってよいだろう。「消え殘つた雪」は、まだ存在してはいるが、すでに消え去ることの了見されたものとして、移ろいゆくもののイメージを示す。このような天と地との両極の間を、暗い夜道を辿って歩いていくのは、「僕」と称する身であり、意識である。

この「僕」は、第二行のあたまに明記してあって、印象の強いものだが、単なる情報の発信者ではない。これは、作者であり、話者であると同時に、読者の「僕」になろうともしている。詩の読者は詩のなかの「僕」の内側に滑り込もうとするものなのだから。

次に、全集版の末尾の十四行を初出と併せて読んでみよう。

一　初出

現代人は、どういふ了簡でゐるから、近頃能樂の鑑賞といふ様なものが流行るのか、それはどうやら解かうとしても勞して益のない難問題らしく思はれた。たゞ、罰が當つてゐるのは確からしい、お互に相手の顔をヂロヂロ觀察し合つた罰が。併し、そんな考へは惡い考へだ。中將姫は、復讎はわれに在りなどと言つてはゐない。僕は、室町時代にのめり込む、現世の無常と信仰の永遠とを聊かも疑はなかつたあの健全な沈著な時代の空氣のなかに。

それは少しも遠い時代ではない。何故なら僕は殆どそれを信じてゐるから。そして又、僕は、さういふ無要な觀念の跳梁しない時代に、世阿彌が美といふものをどういふ風に考へたかを考へ、其處に何の疑はしいものがない事を確めた。「物數を極めて、工夫を盡して後、花の失せぬところを知るべし」彼の教には、美しい形を編み出さうとする自然人の眞實さが鳴り響いてゐるのであり、かれの「花」の觀念の曖昧さに就いて頭を惱す現代の美學者の方が、皆戸惑つてゐるのである。肉體の動きに則つて觀念の動きを修正するがいゝ、前者の動きは後者の動きより遙に微妙で深淵だから、彼はさう言つてゐるのだ。

観念の動きを直ぐ模倣する顏の表情の様なやくざなものは、お面で隱して了ふがよい、彼は恐らくさう斷言したいのだ。僕は、星を見たり雪を見たりして夜道を歩いた。去年の雪何處に在りや、いや、それはいけない思想だ、それより俺はずゐ分腹が減つてゐる筈だ。僕は、再び星を眺め、雪を眺めた。(三月十日)

二　定本

現代人は、どういふ了簡でゐるから、近頃能樂の鑑賞といふ様なものが流行るのか、それはどうやら解かうとしても勞して益のない難問題らしく思はれた。たゞ、罰が當つてゐるのは確からしい、お互に相手の顏をジロジロ觀察し合つた罰が。誰も氣が付きたがらぬだけだ。室町時代といふ、現世の無常と信仰の永遠とを聊かも疑はなかつたあの健全な時代を、史家は亂世と呼んで安心してゐる。

それは少しも遠い時代ではない。何故なら僕は殆どそれを信じてゐるから。そして又、僕は、無要な諸觀念の跳梁しないさういふ時代に、世阿彌が美といふものをどういふ風に考へたかを思ひ、其處に何んの疑はしいものがない事を確かめた。「物數を極めて、工夫を盡して後、花の失せぬところを知るべし」。美しい「花」がある、「花」の美しさといふ様なものはない。彼の「花」の觀念の曖昧さに就いて頭を惱ます現代の美學者の方が、化かされてゐるに過ぎない。肉體の動きに則つて観念の動きを修正するがいゝ、前者の動きは後者の動きより遙かに微妙で深淵だから、彼はさう言つてゐるのだ。不安定な観念の動きを直ぐ模倣する顔の表情の様なやくざなものは、お面で隠して了ふがよい、彼がもし今日生きてゐたなら、さう言ひたいかも知れぬ。

僕は、星を見たり雪を見たりして夜道を歩いた。あゝ、去年の雪何處に在りや、いや、いや、そんなところに落ちこんではいけない。僕は、再び星を眺め、雪を眺めた。

一読してわかるとおり、この作品中でもっとも強い印象をあたえる「美しい「花」がある、「花」の美しさといふ様なものはない」という断言は、初出にはなかったものだ。初出では、「彼の敎には、美しい形を編み出さうとする自然人の眞實さが鳴り響いてゐるのであり」という世阿弥の考えについての解説が示されるのに対し、定本では、自分自身の思想に、短い表現で、きわめて確固とした形を与えている。ここには、言葉の曖昧さは微塵もない。明快そのものである。しかし、その意味は、謎を含んでいる。それは、坂口安吾が激しく非難したように、小林秀雄一流の、教祖の晦渋趣味であろうか(3)。それとも、表現の光と意味の闇との組み合わせは、安易に情報を与えること、危険を冒して思考する労を省くことを拒否する作者の姿勢を示すのであろうか。実際、初出から定本にいたる数多い修正は、ほぼ、一貫して、読者の精神にゆさぶりをかける方向に働いている。イメージは、いよいよ精度を増し光度を高める。それにつれて、文章の意味は闇を濃くする、とも言えよう。

しかも、一見、歯切れのよい断言に満ちているかに見えるこのエッセーは、実際には、手さぐりする思考を示す表現に満ちているのだ。この僅か三ページの文章に、「様な、様に、様で」という言い回しが十七回、「らしい、らしく、らしかった」が五回も用いられ、そのほかに「様子で」、「風に」、「風で」、「そうな」、「はずだ」、という推定の表現が次々と使われ、文末は、「であろうか」、「であるまいか」、「だろう」、「だろうか」、「かも……ぬ」という形で、一歩一歩、模索しながら前進する思考を示している。これこそ「随筆的方法」に合致した文体というべきであろう。しかも、この度合いは、定本において高められている。

このように、《當麻》のほんの一部分の変化をみただけでも、随筆の作者の筆は、一度かぎりあてどもなく通りすぎるものではなく、二度、三度と戻ってきては、作品の性質を深くかえる仕事もすることがよくわかる。それにもかかわらず、小林秀雄が、何度となく、無計画に進んでいく筆の動きを、随筆の本質として、随筆自体のなかでとりあげるのは、先にのべたとおり、書くことと生きることとが、できる限り、近いものであることを希求する気持のなせる業であろう。

みる――死骸について

この夏、二十数年ぶりに、フランス西南部の田舎町モワサックに行った。

ボルドーとトゥルーズの間にあるこの町にはじめて行ったのは、ある秋の夕暮のことで、ケルシー地方のロマン教会の傑作といわれる聖ペテロ僧院を見ようと、そぼ降る雨の中を人気のない通りをぬけて歩いて行ったのだった。もっとも、時がたつにつれて、建築美学上とくに価値のある十二世紀に建造された部分の記憶は次第に薄くなり、後の世に修復された外壁の赤煉瓦の雨に濡れた色と回廊内庭の草木の緑とが鮮やかに残っていた。

今回は、野も丘も埋めつくして見渡す限り広がるヒマワリがそのまま燃えあがり何千何万の火の玉になるような、真夏の午後だった。石畳を小奇麗に敷きつめた灼熱の広場から、教会ポーチの南面に近づく。と、その左手の黒ずんだ大理石の壁面に地獄の責苦が浮き彫りになっている。その一場面に、肋骨の見えるほど衰えた女が、両手をいましめられて、一糸まとわずこちらを向いて立っている。くの字に曲がった長い脚をつたって視線を上に向けると、股間をガマガエルが、両の乳首を大へビが責めさいなんでいる。脇では腹を突き出した悪魔が口をゆがめてあざわらう。淫乱の罪をおかした女、その顔の表情は破損していて判読できないが、幾条にも編んだ髪がメドゥーサの毛のように乱れている。

フランスの教会に行けば地獄図の彫刻はいくらでもある。そして、おもしろいことに、天国の場面よりも地獄図のほうが生き生きしていることが多いのだが、その中でも、この彫像は格別に生々しい。「人間は地獄に行つても生きてゐる」(『全集』8・一七七)と言ったのは小林秀雄だが、まさにその通りである。

*

「生きる」、「生きた」、「生き生きとした」という類の表現を、小林秀雄は長い作家生活のあいだに何度筆にしたことだろう。その執拗さは尋常ではない。はっきり言って平凡陳腐なこの種の表現を、あれほどまでに繰り返すのは、単なる濫用の度をこえている。また、文体上の怠惰とも考えられない。小林秀雄は、分析的な言いかたではどうしても言い表せない意味をこれらの表現に託して、念仏でも唱えるように、「生きていること」・「生きたもの」の価値をくりかえし語った、とは言えないだろうか。それは、その対極にあるものを絶えず意識し、常に乗り超えようとしていたことを意味するだろう。

私自身も、彼の考えを追ううちに、同じ様な言いかたを何度かしてきたので、ここで、小林秀雄を「生」の側にこれほどまでに激しく呼び戻した原点について、考えをまとめておきたい。

「生」の対極といえば、当然、「死」であるが、「死」は、直接には、親しい者たちの死、そして自分自身の二度にわたる自殺未遂という形で、小林秀雄の念頭に巣くう。ながらく幻の書となっていて、著者の死後再び発表された処女作「蛸の自殺」に、こんな一節がある。


高等學校の入學試驗を受けなければならないので、皆と別れて一人病院を出たのは、父がもう駄目だと云はれた朝だつた。

總てのものが妙に白けて見える人通もない未明の街を「俺が歸る頃には、もう死んで居るだらう。」と毛利侯爵の長いセメントの塀に沿つてポロ〳〵涙を落し乍ら歩いた自分の姿が頭から消えると、醫者がギユツと胸を押したがポカンと口を開いた儘息をしなくなつた父の顏が浮ぶ。「家に持つて歸る。」と京都の伯父が赭い壺からお骨を半紙に移すのを見て身慄した事、葬式の濟んだ晩、母と妹と三人で默りこくつてお膳を圍んだ時の、三角形の頂點が合はない様な妙にぎごちない淋しさ。

——謙吉の追懷は風船玉の樣に後から後から出來てはポカリ、ポカリと消えて行

つた。(1)

このように、自伝としての色彩の濃い作品で、小林秀雄は、目にありありと見えるイメージを用いて死者を描写した。十九歳で父に死なれるという深刻な事件が、ポカンと開いたままの死者の口に集約される徹底的な虚しさ。その一方、生き残ったものは、食事という肉体の維持に直接かかわる行為をいやでも続けなければならない。生も死も、まず物質の水位でしっかりと捉えられてはいる。しかし、ここに見られる小説家の目の萌芽は、それ以上の発展を遂げない。

二度の自殺未遂に関しては、「Xへの手紙」に言及がある。「自殺して了つた人間といふものはあつたが、自殺しようと思つてゐる人間とは自體意味をなさぬ、と。海水を呑み過ぎた爲だとか、汽車に切斷された爲だとか、樣々の爲によつて亡軀となつた何處其處の男とか女とかがあつたといふ、恐ろしく單純な明瞭な事實があるに過ぎない」(『全集』2・(六))と。ここでも、死の問題を端的に肉体の次元に還元して考えている点は興味深いが、死体そのものについての考えは述べられていない。

さらに、小林秀雄は、二十代なかばで富永太郎を、三十代なかばで中原中也を失った。富永の場合には、随筆のかたちで死の予兆が書きとめられた。いや、正確には、「死」が明らかな兆しを示していたにもかかわらず、そのかたちを見極めなかった自分の未熟さというかたちで回想している。

彼の死んだ年の夏の或る暑い眞晝、僕は彼の家を訪ねた。彼は床の上に長々と腹這ひになつて鰻の辨當を食べてゐた。縁側から這入つて行く僕の方を向き、彼は笑つたが、發熱で上氣した頬の上部に黑い大きな隈が出來てゐて、それが僕をハッとさせた。強い不吉な印象であつた。〔……〕死は殆ど足音を立てて彼に近付いてゐた。その確かな形を前にしながら、僕は何故、それを瞥見するに止めたのだらうか。
(『全集』2・一〇八)

ものを食っている男の顔に表れた死相、小林はそれを直視することを避けたが、避けたという事実が強烈な印象を残し、後に「ランボオⅢ」においても同様の思い出を記している(『全集』2・一五四)。しかし、いずれにしても、「死骸」そのものについては口を閉ざしている。

中原中也の死に際しては、詩のかたちで、死んだ友人のイメージが焼付けられた。ただ、三十五歳の切れ者評論家の作としては、驚くほど素直・素朴なものだ。むしろ、稚拙ともいえるこの表現のうちに、死体と変じた友人を前にして為す術をしらぬ小林秀雄の様がありありとみえる(『全集』2・二五一―二六)。

死んだ中原

君の詩は自分の死に顔が
わかつて了つた男の詩のやうであつた
ホラ、ホラ、これが僕の骨
と歌つたことさへあつたつけ

僕の見た君の骨は
鐵板の上で赤くなり、ボウボウと音を立ててゐた
君が見たといふ君の骨は
立札ほどの高さに白々と、とんがつてゐたさうな

ほのか乍ら確かに君の屍臭を嗅いではみたが
言ふに言はれぬ君の額の冷たさに觸つてはみたが
たうとう最後の灰の塊りを竹箸の先きで積つてはみたが
この僕に一體何が納得出來ただらう

「……」

あれほどまでに深く交わり傷つけあった親しい者が物体と化した時、小林秀雄は一切の了解を放棄した。「かつてはみつばのおしたしを食つたこともある」骨、と中原自身が歌っておいてくれた、そのイメージの断片をなぞりながら、「あゝ、死んだ中原」、「あゝ、死んだ中原」と、深手を負った動物のように、慨嘆を繰り返すばかりである。死骸とのぎりぎりの対面を言葉を用いて刻み出す仕事はここでも避けられている。

誰よりも親しい人であった母親の死に際しても、小林秀雄は、克明・的確に肉体の変化を描き切った志賀直哉の「母の死と新しい母」に相当する作品は書かなかった。ベルクソン論の冒頭で、蛍におっかさんを見るという〈童話〉の可能性を素描したにとどまり、その美しい文章すらも、未完におわったベルクソン論「感想」の導入として放置してしまった。

＊

その小林秀雄が、死体というものを真正面から取り上げたのは、一九四九年に発表した「死體寫眞或は死體について」である。鎌倉八幡の参道をぶらついていた作者は、

「犯罪實相展覽會」という奇妙な写真展にはいりこむ。そこに曝されているのは、絞殺された裸の女、手足を切断された胴体、血まみれの赤ん坊というような、どれをとっても生命をむりやりに断ち切られた残骸の写真である。大入り満員の展示会場で、筆者は「胸が悪くなり、胃に痛みを覚えて外に出た」(『全集』8・一七二)というのだが、この激しい肉体的な反応は、むごたらしい犯罪の犠牲者の残酷無残な姿に生理的に吐き気をもよおしたというのではない。非人道的な殺人行為に、悪の力に、あらためて動揺した、というのでもない。カメラの捉えた死体の実相が、「美ではないが、醜でもない、全く理解を超えた異形である」(『全集』8・一七二)という事実を合点するのに、胸が悪くなる程の努力を要した、というのである。

陳列されてゐる物は、嘗て人間であつた一種の物體の寫眞である。成る程、見れば見るほど、物體とさへ呼べぬほど低級な一種の物體である。(『全集』8・一七三)

なぜ、低級なのか、なぜ、物体とさえ呼べないのか。小林秀雄はそれを次のように説明する。私たちの日常生活で私たちをとりまいているものは、私たちの生活感情で色どられている。「その形は親しく、その名は親しい。それは生きてゐる」(『全集』8・一七三)それに対して、これらの写真の伝えるイメージは、いかなる意味でも、そこに「生きるようすが」の求めようはない。従って名付けようもない。この徹底的な無意味を認識することが、胸のむかつきにむすびつく、と。

もっとも親しく、もっとも生き生きと自分をとりまいていた肉親や友人が、ある一瞬から物体に変じた時、変りはてた姿に関して、小林秀雄がほぼ沈黙をまもったことは、先に見た。ここに示されているのは、親しい者の亡骸ではない。暴力によって破壊された見知らぬ人の死体である。外側の事件の結果である。しかも、それは、人間としての感情を少しもまじえない(と小林秀雄の考える)、カメラのレンズを通したものであり、公共の場に曝されている。このように、自分一個の「生」とできる限り距離を置いた上で、ようやく小林秀雄は、死骸について語り出すのだ。しかもそのようなイメージを見物する人の観察をも怠ってはいない。怠っていないどころか、実は、自分をも含めた見物人を観察するのが、この随筆の主眼ですらある。見る人を見ること、よむ人をよむことを天職とする評論家・小林秀雄の筆は、自分の実生活で別れを告げた親しい人の死にたいする場合とは比較にならぬほど生気を帯びて、文字どおり生き生きと躍動する。自分にとって、それこそが「生きるようすが」であった人が死体と化した際、一度として作品の主題としなかった小林秀雄が、ここでは、批評家の資質を十分に生かして、死体を見ることの意味を、あらゆる妥協を排して検討しようとしている。

子供をおぶつた女の人が、寫眞を見ながら、ホーラ、絞め殺されたんだよ、と背中の子供の尻を叩いてゐる。彼女の顔には何んの表情も現れてをらず、眼はうつろの様であつた。明らかに、彼女は、凡ての見物人達の代表者だ。他にどう仕様があつたらうか。(『全集』8・一七三)

この女がわれ知らず歌うように繰り返すことばを、小林秀雄は「一種の呪文」とうけとる。そして、見物の女の一個人の特殊な状況から出発して、「この呪文の起源は、私達の歴史の何んと遠いところにあるか。私達の内の何んと深い處にあるか」(『全集』8・一七四)と、普遍化する。この普遍化を支えるのは、「むかつく胸が、私にそれを教へた」というように、小林秀雄の特殊経験である。いったい、それは何のための呪文なのか。一言でいうなら、人間にとって意味というもののまったくない異形をも、それでもなお、人間に結びつけるための呪文である。人間にとってまったく不可解なものに、了解しうる位置付けを行い、意味を生じさせようと願う呪文、それこそ、小林秀雄が「歴史」の起源、つまり、人類が言葉をもちいて造り出した「神話」としての歴史の源泉に据えたものではないのか。ここで、死骸は、人間の一切関与しえない非情な「自然」と人間の産物である「歴史」との接点で、自然の側に一歩ころがりこんだところにある。それを人間の側に取り戻そうとする呪文──ここに、歴史というものの生まれる最も困難な状況がある。そして、この歴史の遠い起源は、各人のこころの深いところにある。ひとりひとりの人間は、歴史の全過程を、各々辿りなおすのだから。

ところで、この呪文が、非情のカメラのとらえた惨殺死体という極端な場にのみ必要なのならば、どうということはない。展覧会場でうつろな眼をしていた女にとっては、あるいは会場を出れば呪文は無用になるかもしれない。作者自身、見物人の心を一つに集めたこの女を、そのようなものとして描いている。ただ、小林秀雄は、写真機とは単なる機械の話ではなく、醒めきった意識の一状態でもありうることを、承知している。おなじ随筆の、次の一節がそれを語っている。

私は、従軍記者として、誰憚る事もなく、白日の下に曝された死體を、屢々何んの感動もなく傍觀した。死體の無意味さが、私の心を無意味にした。私の記憶は、あれはたしかに死體であつたといふ言葉の周りをうろつく。そして其處に何かしら感情が生れて來る事に氣付く。あの時、私の心が乾板であつたなら、死體寫眞が撮られてゐた筈である。(2)（『全集』8・一七四）

無意味なものに接し、いささかも心を動かされることなく、無意味を無意味として映しだす意識。これを、写真機のはたらきと同質のものと小林秀雄はみなすのである。これは、実に、恐ろしいことだ。いや、恐ろしいというような心理的な表現はただしくない。この状態に到れば、我々はただただ言語を絶する。意味あるものに取り巻かれて生きていたはずの我々のまえに、いつ何時、完全に無意味の世界がポカンと暗い口を開けないともかぎらないのだから。親しい人の死骸というかたちで、一瞬まえまで意味の充満していたものが、まったく無意味なものに変ずるというのは、極端な一例にすぎないのだ。小林秀雄はそのことを承知していた。事実、ここまで来ると、「死體寫眞或は死體について」に呼応するようにして、他の作品でのいくつかの発言が浮かんでくる。

「Xへの手紙」に「カメラ狂」という表現がある。この小説とも随筆風告白ともつかぬ作品の話者は、ある時期、頭のなかにカメラ狂を住まわせていたという。心の奥底にある姿見、これに映る己れの言動をみて、人は行動を調整するのだが、この話者の頭の中で同居を始めたカメラ狂は、迅速にすべての形を写し出す。ところがカメラ狂の写し出す話者自身の形は被写体の内面の状態にかかわらずなんらの差別も生じない。

複雑な抽象的な思案に耽つてゐようと、たゞ單に立小便をしてゐようと、同じ様にカメラは働く。凡そ俺を小馬鹿にした俺の姿が同じ様に眼前にあつた。（『全集』2・八三）

常に同一のイメージしか呈示しない自分を映しだすこと、それは、すでに死骸となった自分をながめることに等しい。「Xへの手紙」の話者は、この精神状態を病気とみなし、狂った意識と考える。そこで、話者自身は、己れの欠陥を意識する意識という一点で自分を救い、一方、目を文化論に転じて、カメラでありながらその事実を認識すらしていない現代の多くの知識人を批判する。

頭脳中のカメラの存在が一時的な病的状態であるとし、また無意識のうちにカメラと化している大方の知識人を非難している程度ならば、実は、たいした問題ではない。それはある意味で低い次元での話だ。小林秀雄にとってことが深刻になるのは、そのカメラの目が、実は、仏の目に本質的に通じると認識するところにある。そうとすれば、この事実を避けて、「人間として生きる」ということの意味を問うことはできないのである。では、この二つの目は、いかなる意味で結びつくのか。それは、「死體寫眞或は死體について」に重ね合わせるようにして、小林秀雄が一九四二年に発表したエッセー「戦争と平和」を読みなおせば明らかになるだろう。真珠湾爆撃の写真と犯罪犠牲者の死体写真とでは、題材としてまったく異なるようにみえるが、小林秀雄は、同じひとつの問題にとりくんでいるのである。

一九四二年正月元旦の新聞に載った真珠湾攻撃の写真を眺める小林秀雄のこころは、仰々しく戦果を讃える大見出しにもかかわらず、どうしようもなく静まりかえっている。

それは、むごたらしく殺害された死骸の写真を眺めた心の状態と等質のものだ。「これこそ現に数千の人間が巻き込まれてゐる焦熱地獄」なんだぞ、と呪文を唱えてみても、効果はあらわれない。呪文にもかかわらず、こころは一向躍らないのである。(『全集』7・一六〇)

僕は、又、膝の上の寫眞を眺め始めた。確かにこんな風に見えたに違ひない。悠々と敵の頭上を旋回する兵士達には、こんな風に見えるより他にどんな風に見えようか。心ないカメラの眼が見たところは、生死を超えた人間達の見たところと大變よく似てゐるのではあるまいか。何故なら、戰の意志が、あらゆる無用な思想を殺し去つてゐるからだ。彼等は、カメラの眼に酷似した眼で鳥瞰したであらう。それでなくて、どうして爆彈が命中する筈があるものか。

僕は、法華經だつたかにあつた文句を思ひ出してゐた。正確には思ひ出さなかつたが、それは、衆生の眼に劫火と映るところも、佛の眼には樂土と映るといふ意味の言葉であつた。あゝいふ言葉は恐らく比喩といふ樣なものでは決してないのだらう。僕等の心が弱いので、比喩と受取つてゐるより仕方がない、さう考へる方が本當ではないのか。(『全集』7・一六七)

いま、この文章を読むと、「悠々と敵の頭上を旋回する兵士達」とか、「どうして爆弾が命中する筈があるものか」とかいう考え方、表現のしかたに、反発を感じるのは事実である。反戦の立場から、このような発言を批判し、それに反対する行動を起こすべき状況はたしかにある。そのような次元での思考が必要であることも勿論である。しかし、「ゲエテも豚のしっぽも同じ様に見える」(『全集』2・九八)のと、「地獄の劫火も楽土とみえる」のとが、本質において異ならないことを見極める態度がなければ、真の思想の生まれないこともあきらかだ。小林秀雄は、この文章の末尾でトルストイの「剛毅な心」が表現した「恐ろしい思想」、つまり「戦争と平和とは同じものだ」(『全集』7・一六八)とする考えに触れているが、それは、まともに考えれば、吐き気をもよおさせるほど徹底した考えだ。小林秀雄が、正月元旦の新聞紙上に掲載された《帝国海軍の戦果》の記録写真を目にして、胸の悪くなるおもいに堪えていた、と考えるのは行き過ぎであろうか。

カメラの目とは、「Xへの手紙」のカメラ狂にみられるような一時的な病的な状態ではない。醒めきった思考が行くところまで行けば、行きつかざるをえない極限の目なのである。小林秀雄は、軽妙な随筆で、旅行中にカメラを置き忘れてしまったという話を、面白おかしく、何度も書いている。ただ、ひとに貰ったカメラを紛失することはできても、頭のなかのカメラを忘れきることはできなかった。そこで、問題は、そのような極北の地からいかにして人間の次元に戻ってくるかにある。

小林秀雄は、カメラに酷似した仏の目をもって万象を見極めながら、なおかつ、言語表現によって、芸術的表現によって、あるいはまた、「實行」という表現によって、人間の意味を開示する作品を残した人々を求め、そのような人々の強いこころに寄り添うようにして、考えかつ書き続けるところに、活路を見出したのであった。

＊

このような意味で、小林秀雄の仕事の対象となった人物のうちから、ここでは、モオツァルト、ドストエフスキイ、本居宣長の三人に限って、光をあててみたい。それも、「死」の観念という次元で広く扱うのではなく、なによりもまず、死骸という具体的なものの位置を見ておきたい。

「モオツァルト」には、「母上の靈に捧ぐ」という献辞がそえられている。しかも、小林秀雄は、この天才において、「肉體の部分は能ふ限り少かつた」と規定している(『全集』8・九五)。したがって、死骸そのものが、「音樂といふ靈」(『全集』8・一二五)の化身とみられている作曲家の仕事の核心にあるというのは正確でないだろうが、少なくとも、「この世に生きる爲に必要な最少限度の表情をしてゐる」(『全集』8・九〇)という作曲家の肉体にかかわる唯一の証言として、小林秀雄がモオツァルトの書簡集から取り上げているのが、ほかならぬ母親の死に際して書かれた手紙であることは興味深い。旅先のパリで母に死なれた二十二歳の青年が、母親の死骸の脇で、書き綴った書簡を、小林秀雄は次のように描出する。

死んだ許りの母親の死體の傍で、深夜、たゞ一人、虚僞の報告と餘計なおしゃべりを長々と書いてゐるモオツァルトを、僕は努めて想像してみようとする。そこに坐つてゐるのは、大人振つた子供でもなければ、子供染みた大人でもない。さういふ觀察は、もはや、彼が閉ぢ籠つた夢のなかには這入つて行けない。父親に嘘をつかうといふ氣紛れな思ひ付きが、あたかも音樂の主題の様に彼の心中で鮮やかに鳴つてゐるのである。當然、それは彼の音樂の手法に從つて轉調するのであるが、彼のペンは、音符の代りに、ヴォルテエルだとか氷菓子だとかと書かねばならず、從つてその效果については、彼は何事も知らない。郵便屋は、確かに手紙を父親の許まで屆けたが、彼の不思議な愛情の徴しが、一緒に屆けられたかどうかは、甚だ疑はしい。恐らくそんなものは誰の手にも屆くまい。空に上り、鳥にでもなるより他はなかつたかも知れぬ。たゞ、モオツァルト自身は、屆いた事を堅く信じてゐた事だけが確かである。僕には、彼の裸で孤獨な魂が見える様だ。それは、人生の無常迅速よりいつも少しばかり無常迅速でなければならなかつたとでも言ひたげな形をしてゐる。母親を看病しながら、彼の素早い感性は、母親の屍臭を嗅いで惱んだであらう。彼の惱みにとつては、母親の死は遲く來すぎたであらうし、又、來てみれば、それはあまり單純すぎたものだつたかも知れぬ。彼は泣く。併し人々が泣き始める頃には彼は笑つてゐる。（『全集』8・九六-九七）

小林秀雄が安心して愛情を受け、心から愛した母を失ったのが、このエッセーの執筆中であり、刊行の七カ月前であることを思うなら、「疾走するかなしみ」（『全集』8・九七）に裏打ちされた自由を歌いあげたこの作品において、母親の死体のイメージが、モオツァルトの精神の自由を示す契機として強調されていることには、それだけの意味がある。「人生の無常迅速よりいつも少しばかり無常迅速でなければならなかつた」モオツァルトの裸の魂というようなものが、モオツァルトの音楽から本当につかみだせるものか否かは、ここでは問うまい。確実なのは、小林秀雄のほうに、人生の無常迅速を追い抜かなければならない切実な希求があった、ということだ。モオツァルトの音楽にのって、小林秀雄が、この音楽家とともに行き着いたと信じたところは、どこか。それは、「死が一切の終りである生を抜け出て、〔……〕死が生を照し出すもう一つの世界」（『全集』8・一二五）以外のところではあるまい。母を失ったことが、戦争という大事件以上に心にこたえた、と言い、自分の悲しみだけを大事にしていた、と明言する小林秀雄が、自分の母の死を、モオツァルトの母の死に重ねていたことは、まちがいない。小林秀雄は、自分の母の屍臭のことなど、おくびにも出さず、蛍になった母の魂との再会だけを語ったのであるが。[3]

これが、「ドストエフスキイの作品」になると、死骸の現存性が一段と重みをます。私は、とくに「白痴」論を考えているのだが、そこには二つの死骸がころがっている。一つは、ハンス・ホルバインの描いたキリストの死骸であり、もう一つは、ナスタアシャの死体である。小林秀雄は、「『白痴』についてⅡ」(一九五二)において、ドストエフスキイが、バーゼルの美術館で十字架から降ろされた醜悪な無残なキリストの死体をきわめてリアルに描いたホルバインの絵を見て、動けなくなった、感動のあまり、癇疾の癲癇の発作を起しそうになった、という夫人の「回想」にとくに注目している(『全集』6・二七〇)。しかも、ドストエフスキイは自分の感動を「白痴」の作中人物に担わせ、ラゴオジンに、ムイシュキンと対面するきわめて緊迫した場面で、「俺はこの絵を見るのが大好きなんだ」とつぶやかせる。ラゴオジンは、この陰惨なイメージに触発されて、唐突に、ムイシュキンにたずねる。「ずっと前から聞きたかったんだけれど、君は神を信じているのか」と。それにたいして、ムイシュキンは「この絵だって！　こんな絵を見ていると、信仰のあるひとだって信じなくなってしまうかもしれない」とこたえる。つまり、信じるか、信じないか、殺すか、殺されるかというこの上なく真剣な問題が、キリストの死骸の絵を前に問われるのだ。さらに作中人物イポリートに言わせれば、この絵は「一切のものを征服する、暗愚にして傲慢な、無意味にして永久な力」(『全集』6・二七七)を表している。このように、ドストエフスキイは自分を激しく打った死骸の絵を極めて多角的にとらえているのだが、これを「死體寫眞或は死體について」において、小林秀雄が絵画と死体との関係について述べた考えとつきあわせるとどうなるか。小林秀雄は、どんなにすぐれた画家でも、死体をモデルにしては人を感動させることができない、と言う。死体を描いて「豊かな観照が、私達の生きてゐる理由について、何事かを静かに教へ、私達にそれを語れと誘ひかける」ような絵は制作できない、まして、死骸をモデルにした絵など、誰も愛することはできぬ、と言うのだった。

ドストエフスキイがここで荒々しく反応し、発作を起すほど感動したのは、どうみても静かに生きている理由を明かす、というようなものではない。「不可解なるものの「化身」」(『全集』6・二七八)としてのキリストが、ここに完全な死骸として横たわっている。それに激しく感動するとは、いかなることか。小林秀雄はこの問いに答えることができない。そこにドストエフスキイの文学の核心があることは察知しているのだが。

こゝで私が言ひたいのは、このホルバインの繪は、ドストエフスキイの思想の動きが、通過する、恐らく繰返し通過しなければならぬ、最も危險な地點を指示する様に思はれる、さういふ事だ。彼の文學について考へ始めた極く早い時期から私の

抱いてゐるこの考へ、といふよりは一種の感觸を、私は未だにはつきり言ふ事が出來ない様である。(4)(『全集』6・二七七)

ドストエフスキイは処刑寸前のところまで連れていかれ、最後の瞬間に助命された。「或る一点」つまり「死」に、すでに心のなかでは一歩踏みこんだところから、逆方向に歩いてきた男だ。そのような人間がどのように自分の「絶望の力を信じてゐるか」(『全集』6・二六八)、小林秀雄は、はっきりと捉えている。ここには確かに「死が生を照らし出す」世界がある。ただ、生きている理由は救いとして示されはしない。死から生に向かうという経験を経た作家が「白痴」においてどのような結末を構想したか。それをくだくだしく辿る必要はあるまい。我々は、もちろん、ナスタアシャ・フィリッポヴナがもうひとつの死骸として横たわる破局を知っている。ここではむしろ小林秀雄とともに、ドストエフスキイの「創作ノオト」をもとに、ムイシュキンの破局を追っていこう。

ムイシュキンの心象が明瞭化した時、ムイシュキンの破局だけは、ホルバインの繪、白いカーテン、防臭液の壜、蠅の羽音に至るまで、作者の脳裡に描き出されてゐたのではあるまいか。そんな氣さへする。一八六八年三月の作者の「創作ノオト」には、「死骸が臭ふのは當り前さ」といふラゴオジンの科白が見つかる。間もなく「公爵を不断の謎として示すべきか」といふ文句が記される。作者は破局といふ豫感に向つてまつしぐらに書いたといふ風に感じられる。「キリスト公爵」から、宗教的なものも倫理的なものも、遂に現れはしなかつた。來たものは文字通りの破局であつて、これを悲劇とさへ呼ぶ事は出來まい。言はば、たゞ彼といふ謎が裸になつたのである。人間の生きる疑はしさが、鋭い究極的な形を取つた。作者は言つたかも知れない、この男を除外して、解決がある事が證明されたとしても、私は、彼と一緒にゐたい、解決と一緒にゐたくはない、と。（『全集』6・三八―三九）

こうして、屍臭の漂ううちに、「人間の生きる疑はしさ」の結晶とともに、「『白痴』について II」は、解決ではなく謎をくっきりと指し示しつつ、完結する。それは、小林の『ドストエフスキイの生活』の結びでもある。

このように見てくると、『本居宣長』において小林秀雄が、宣長の遺言書の詳細な叙述から書きおこしたことは、まったく必然的ななりゆきだったと納得がいく。本居宣長という人物の全事業を問いなおすにあたって、まず、宣長が物体と化する自分の肉体の始末をどのように考えていたかという点から手をつけるのは、小林秀雄が、ここでふたたび、「死が生を照らし出す」世界を根拠とし、「或る一点」から逆に歩みだすことを意図していることを意味する。宣長の指示は、きわめて即物的である。自分の死後は、体を洗い清め、髭を剃り、髪を結い、衣服は簡素なものにし、死骸の動かぬように、棺には詰物をしなければいけない。もっとも、棺いっぱいに詰めずに、所々でよい……まさに、「検死人の手記めいた感じ」(『本居』九)を与えるのだが、小林秀雄は、この特異な調子に、宣長の文体を見、人柄を感じ、思想の結実を読み取るのである。医師であった宣長は、どのような形で死骸に接したのであろうか。自分の死体を見据える宣長の目は、澄み切っている。

　のっけからつきつけられたこの死骸の問題は、大きな円環がおのずから閉じるように、長大な『本居宣長』の末尾でふたたび取り上げられる。それは、きわめて素直に現実に即した考えとして呈示され、落ち着いた、こころ安らかな調子を感じさせる。生死の境の問題を扱いながら、このような安定した語り口をとれるところに、私は、小林秀雄が本居宣長との出会いによって、いかに円熟したか、を感得する。やや長い引用になるが、小林秀雄の「死体」観の到達したところを、見事に表現している文章なので、全節を読んでおこう。

　繰返して言はう。本當に、死が到來すれば、萬事は休する。從つて、われわれに持てるのは、死の豫感だけだと言へよう。しかし、これは、どうあつても到來するのである。己れの死を見る者はゐないが、日常、他人の死を、己れの眼で確めてゐない人はないのであり、死の豫感は、其處に、しつかりと根を下してゐるからである。死は、私達の世界に、その痕跡しか殘さない。殘すや否や、別の世界に去るのだが、その痕跡たる獨特な性質には、誰の眼にも、見紛ひやうのないものがある。生きた肉體が屍體となる、この決定的な外物の變化は、これを眺める者の心に、この人は死んだのだといふ言葉を、呼び覺まさずにはゐない。死といふ事件は、何時の間にか、この言葉が聞える場所で、言葉とともに起つてゐるものだ。この內部の感覺は、望むだけ強くなる。愛する者を亡くした人は、死んだのは、己れ自身だとはつきり言へるほど、直かな鋭い感じに襲はれるだらう。この場合、この人を領してゐる死の觀念は、明らかに、他人の死を確める事によつて完成したと言へよう。そして、彼は、どう知りやうもない物、宣長の言ふ、「可畏《カシコ》き物」に、面と向つて立つ事になる。(『本居』五九六)

＊

「人間は地獄に行つても生きてゐる」、話はそこから始まったのだった。死骸というものが私の興味をひくとすれば、それを見つめることが、「生きる」方向に我々を強くひきもどすからだ。この意味でも、小林秀雄の引き出す本居宣長の考えはずしりと心にひびく。たしかに、小林秀雄の『本居宣長』は、死骸にはじまり、死骸におわる。だが、その間に小林の繰り広げる宣長の思想は、しっかりと生きた肉体に根をおろしたものなのだ。人間万事、命あっての話だと、しっかり腹に入っている思想なのである。

そも〳〵世ノ中に、寶は數々おほしといへども、一日もなくてかなはぬ、無上至極のたふとき寶は、食物也。其故は、まづ人は、命《イノチ》といふ物有て、萬ヅの事はあるなり。儒者佛者など、さま〴〵高上なる理窟を說《トケ》ども、命なくては、仁義も忠孝も、何の修行も學問も、なすことあたはず。いかなるやむごとなき大事も、命あってこそおこなふべけれ、命なくては、皆いたづらごと也。然れば人の世に、至て大切なる物は命なるに、其命をつゞけたもたしむる物は何ぞ、これ食也。金玉など尊しといへども、一日の命をも、保《タモ》たしむることあたはず、故に世ノ中に無上至極のたふとき寶は、食なりといふ也。此ことわりは、誰もみなよく知れることながら、たゞなほざりに知れるのみにて、これを心によくたもちて、眞實に深く知れる人のなきは、いかにぞや。又主君父母の恩は、至て重く大なれども、命をつゞくる物なくては、えあらぬことなれば、食の恩も、又至て重く大ならずや、此ところよく〳〵思惟すべし。

これは、小林秀雄が『本居宣長 補記』(八四―八五頁)で引用している「伊勢二宮さき竹の辨」の一節であるが、宣長の堅実なおおらかな考えがよくあらわれている。小林秀雄は、張りつめた苦しい気持でドストエフスキイの世界を出たのであろうが、ここにいたって「安心」を得たのであろうか。

しんじる――「石」の意味するもの

一人の裸の女が、角ばった石に腰をおろしている。棒のような両腕を膝のうえに組み、顔を埋めている。萎びた乳房、弛んだ下腹、みだれた髪。足下にはスズランやクロッカスが咲き、前方には広重を思わせる梅の鋭い枝がいくつも花をつけている。が、悲嘆にくれた女は、じっと面をふせたままだ。絵の下には、孤独な女の絶望を強調するミシュレの文章が添えてある。

《悲しみ》という題のこの素描を、小林秀雄は、観念的な絵とみなし、恐らく、ゴッホの残した唯一の駄作だろうと評する(『全集』10・三〇)。画家は非常に複雑な観念を表現しようとしたのだが、それは殆ど絵画には不適当なものであったという。「ゴッホの手紙」の著者は、絵をこえて書簡のなかに画家の意図の解明を求めていく。この絵が駄作か否かをここで問う気は、私にはない。ミシュレの引用も草木も花も、蛇足といえば蛇足であろう。ただ、女と石だけのじかに接した姿を見れば、別の反応もありえたはずだ。実際に、そのような一切の無駄をはぶいた素描もゴッホは残している。

小林秀雄の作品を、注意して読みかえしてみると、人間と石との関係は大事な主題のひとつとして浮かび上がってくる。その変奏は、全作品を通じて繰り返し奏でられている。「石に腰掛ける」というような、いかにもありふれた行為も、作中に何回もあらわれるのを見ると、たんなる描写以上のメッセージとなる。平凡な動作もいくつかの重要な場面でことさらに書きしるされると、思いがけない意味を帯びてくるものだ。

まず思い浮かぶのは「一つの脳髄」の末尾の一場面だ。話者は、足下に続く砂浜と自分の柔らかい頭の面とを同一のものと感じつつ汀を歩いていく。ひと足ひと足を、自分の頭にさし入れる下駄の歯のように思っていたのだが、それが外界である砂浜に明確な足跡として印されているのにふと気がつく。あわてて脳髄についた跡と一致させようと努めるのだが、そうなるともう一歩も踏み出すことができなくなり、「そのまゝ丁度傍にあつた岩にへたばつた――」というのである(『全集』2・二〇)。

海辺を歩いていた青年が、岩にへたばったことに格別の意味はあるまい、ともいえるが、この短篇のなかでは、岩石が、再三あらわれて、象徴的な役割を演じている。七里ヶ浜を散歩していた「私」は、灰色の海面にポッカリとスベスベした頭を出している黄色い石を見る。その石がいやに頭につき、「私」は自分の憂鬱の正体を発見したと思う(『全集』2・一七)。その前に、宿の女中の顔をみて、その内側に、黄色い、イヤにツルツルした脳髄を想像したことと考えあわせるなら、海面に出たこの石に、「私」が自分の蝕まれた脳髄をみていることは、まちがいない。また、しばらく先になって、「私」はすがすがしい外気の中を歩いていく。自分の脳髄をガラス張りの飾り箱に入れて、捧げもっていくような気持だった、というのだが、いつの間にかそれはこわれ、「重い石塊に代つてゐた」(『全集』2・一九)。極度に膨らんだ自意識は、固い石と柔らかい脳髄とを両極として振動しており、にっちもさっちもいかなくなった頭を支える話者は、岩に身をまかせる以外になくなったのである。とするならば、その青年が、ゴッホの裸婦とおなじ姿をしていても、不思議はないだろう。

もうひとつは、「中原中也の思ひ出」の一節で、ここにはゴッホの絵のように、花があり、人がおり、石がある。場所は鎌倉比企ヶ谷妙本寺の境内、時は晩春の暮方である。中也と秀雄の二人は、石に腰掛け、海棠《かいどう》の散るのを黙って見ている。(なぜ、石なのか。それはたまたま石だったのか。しかし、なぜそれを書き記したのか。)死んだような空気の中を、まっすぐにたえまなく、落ちる花びら、薄桃色にべっとりと染まった地面。切りもなく落ち続ける花に見入っていた小林は、急に嫌な気持になり、我慢が出来なくなってくる。その時、黙って見ていた中原が、突然、もういいよ、帰ろうよ、と言う。小林はハッと立ち上がり、お前は千里眼だよ、と応じる。中原中也の死が、すぐそこまで迫ってきた頃の話である(『全集』2・一三三)。

もうひとつ、こんな場面がある。一九四一年一月号の『日本評論』に載った「感想」

の一文である。ある日、正倉院御物展覧会場にいた小林秀雄は、突然、美術を鑑賞している自分の行為を「奇怪極まるものと感じ」、会場をさっさと出て、入口の石に腰を掛け、煙草をふかす(『全集』7・三二―三三)。ここでも、たまたま石があった、石のベンチであった、といえば、それだけの話である。しかし、存在の根拠が崩壊するのを感じた中年の男が石に腰掛けているのは、自意識過剰の若造が岩にへたばっているのにつながる。人間の作り出した価値体系が瓦解することを感じて徹底的な孤独感に捉えられた男は、それさえも今では飼い馴らしたと言い、煙草などふかしているのではあるが。

＊

ここで、もうひとつ、石のある風景が浮かんでくる。小林秀雄が、詩作をなげうった後にランボーの至った世界を描きだしている文章である。こころない石、非情な石を地獄の景物とするのは、はっきり言って、ありふれた発想であるが、着想の平凡さはともかく、ここには、常識的な考えをはるかに超えた激しいものが表現されている。

ランボオが、アフリカで撮つた寫眞が、ベリッションの手で遺されてゐる。彼は、散切り頭で、白い移民服の様なものを着て、跣足で、石のごろごろした河原に立つてゐる。背景には、太陽に焦げた灌木がある。黑い鞣皮の様な皮膚をして、眉をしかめ、眼は落ちくぼみ、頰はこけ、いかにも叩きのめされ、疲れ切つた様子で立つてゐる。——彼の手紙の一節、「枯れた木さへない、草つ葉一つない、一とかけらの土もない、一滴の清水もない。アデンは、死火山の噴火口で、底には海の砂が一杯詰つてゐる。見るもの、觸れるもの、たゞ僅かばかりの植物を辛うじて生やして置く熔岩と砂ばかりだ。附近一帯は、全然不毛な沙漠である。噴火口の內壁の御蔭で、此處は、風も這入らぬ。何んの事はない、穴の底で、僕等は石炭の窯の中にゐる樣に燒ける。こんな地獄へまで使はれに來るとは、よくよくの宿命の犧牲者に違ひない」(一八八五年、九月廿八日、アデン)。——「嘗ては、自ら全道德を免除された道士とも天使とも思つた俺が、今、務めを捜さうと、この粗ら粗らしい現實を抱きしめようと、土に還る」と「地獄の季節」で書いた彼は、今、本當の地獄を抱いた樣である。彼の渴望が、彼に垣間見せたと思はれた「勝利」も「眞理」も遂に來なかつた。(『全集』2・一七五)

こういう伝記の書き方は、突き放して、何と感傷的なと言ってしまえば、それまでである。しかし、四十五歳にもなった円熟期の作家が、二十数年前に根底からゆすぶられ、以来、とくに親しんできた特異な詩人の作品と、その生き方死にざまとを辿り直すに際して、このように若々しく弾みをもった言葉を連ねるのを聞けば、石ばかりころがっている地獄のイメージが消しがたい原風景となって脳裏に焼きついていることは、よくわかる。このランボーの行きついたところから出直して生きるとは、別の言いかたをするなら、やたらにころがっている石をどうするか、という問題だった。

殆ど虚無に似た自然の風景のなかから、一つの肉體が現れて來る。彼は河原に身を横たへ、飲まうとしたが飲む術がなかつた。彼は、ランボオであるか。どうして、そんな妙な男ではない。それは僕等だ、僕等皆んなのぎりぎりの姿だ。（『全集』2・一七六－七七）

肝心なのは、「殆ど虚無に似た自然」の「殆ど」というニュアンスにある。人間として生きるとは、この「殆ど」を、力を尽くして維持しつづけることなのだ。その「殆ど」がはじけ、虚無そのものの顔が見えたとき、小林秀雄は、石に腰を下ろしたのではなかったか。独り捨てられて絶望している女の姿を、感傷的なロマン派文学の図式と受け取ったのは、小林秀雄が、それとはひとつ次元の異なる絶望を、何度か経験してきた結果と言ってよいだろう。また、「現實といふ石の壁」とか「石のやうに固い謎めいた默した姿」とかいうような表現を小林秀雄は好んで用いるが、それを見ても、石がまずどのようなものとして受け止められていたのかがわかる。

このような石あるいは岩を、どのように人間の世界にとりこむのか。一番てっとりばやいやり方は実用の道具・材料にすることだ。それなら、人間は石器時代からさかんに実行してきた。おもしろいことに、小林秀雄は、文中かなり頻繁に石材を用いた物の名を明記している。石橋、石垣、石畳、石段のたぐいである。細かいことではあるが、そこにも作者の注意はおのずから働いているように思われる。ひとつだけ例を引くなら、初期の創作「からくり」の終わりにこのような文章がある。

＊

夜はとうに明けてゐた。俺は外に出た。雲が空をつゝんで、人氣のない街に、冷い強い風が吹いてゐた。俺は出掛けに門口で拾つた山陰を旅行してゐる從弟からの繪葉書を讀んだ。

「こんな石段を二百四十七も登ると雪の中にケチな御堂があります。馬鹿みちやつた。もちろん名前なんかわからないが渡り鳥の大群が風で凹んだり出つぱつたりし乍らやんやん飛んで來ます。今、山のお湯にゐます。お湯の中でチンポコが實に可愛らしく見える。目下大衆文藝を讀破しつゝあります。さよなら」

表をひつくり返すと、寫眞にはたゞたゞ藝もなく石段許り寫つてゐた。俺は曇つ

た寒空を見上げた。俺の眼はどうやら渡り鳥を捜さうとしたものらしい。(『全集』2・〇)

人の手の築いた石段を追って、目は上昇する。しかし、その先には、精神の支えがはっきりと示されているのではない。筆者は、せめて、自然の動きをとらえようとしたのであるが、実際には、どんよりと動かぬ曇った寒空を見出すのである。

岩石と人間との関係をめぐって、話をもう一歩進めよう。中国および朝鮮の寺と庭について語った三篇の随筆がとくに重要である。一九三八年に発表された「杭州」と「蘇州」、そして一九三九年の「慶州」を比較して読むと、この点に関する小林秀雄の考えが実によくわかるのだ。

ほぼ一年の間をおいて書かれた石寺・石庭訪問記であるが、中国の石づくりの堕落に対する容赦ない批判と、朝鮮の彫刻師にたいするこれまた徹底した讃嘆の念とがきわめて対照的に表現されている。

「杭州」・「蘇州」には、いわゆる〈事変〉下に中国を歩きまわる日本の男の、図にのった調子が感じられ、その意味では、小林秀雄の文章としてあまり感心できないものなのだが、その点は括弧にいれて読みなおしてみると、岩石というものの誤った扱いかたに対する筆者の正当な憤りがはっきりと感じられる。どの庭にも、セメントで岩を繋ぎあわせた奇妙な形、それにまつわる大袈裟な能書があふれており、小林秀雄は心底から反発するのである。

僕は亭の椅子に腰を下し、「老和尚過江」と立札のある池の中の洒落にもならぬ様な俗悪な岩を眺め乍ら、かういふ庭を蘇州第一の名園と観ずる心をしきりに想像してみたが、どうもうまく行かなかつた。自然にも達せず、人工にも達せず、而も何やら工夫はしきりにやつてゐる。無論庭師は大眞面目に違ひない。その大眞面目に違ひないといふ處がどうも僕の理解の範圍を越える。庭の結構に何か缺けたものが感じられゝば、不完全だと理解出來るわけだが、これは精煉された味ひも素朴な味ひもなくたゞ馬鹿々々しいなりに完全なのだ。僕にはわからぬ何か明瞭な企圖を隱して完全なのである。するとこの庭の享樂者の精神が、馬鹿々々しく而も完全だ、と見ねばならぬ。成る程世の馬鹿者とは悧巧に足りない奴ではなく、悧巧などには全く關係なく馬鹿で足りてゐる奴だ。馬鹿者を足りない奴と考へるから、馬鹿者についしてやられる。そんな取り止めもない聯想を走らせてゐると、ふと、若し女を抱いて鴉片など食らつて、この庭を眺めたらどうだろう、極樂の夢を樂しむには、あのセメント製の奇岩怪石が、拔き差しならぬものとはならないか、といふ考へが浮んだ。僕は咄嗟に結論を得た。(『全集』4・三四三)

この種の庭は、岩石をほしいままにねじふせ、変形させ、ひたすら官能の充足、享楽の成就の道具として作り出したものなのだ。ここには、自然と人工との張りつめた関係はない。「殆ど虚無に似た自然」から、かろうじて立ち直ろうとする人間の営みとは全く無縁の、殆ど虚無に似た趣味の頽廃がある、と小林秀雄は感じとったのだろう。

これとは逆に、慶州の仏国寺の石は、見る者に深い感動を与える。花崗岩の垣も美しい、橋も美しい、塔も美しい。その「強く簡明な形」に小林秀雄のこころは動く。石窟庵の釈迦像もおどろくほど美しい。「時代のついた味といふ様な曖昧な魅惑を〔……〕一切必要としない毅然たる美しさ」を小林秀雄は強調する。一枚岩に彫られている諸仏も非常な美しさだ、と、筆者は、文章のあやにも修辞にも気をとめずに、あたかも石の簡明な形をそのまま言葉に反映するような具合に、「美しい」の一言を繰り返す。ところが、やがてひとつの反省が生じる。ここに充満する美は、小林秀雄のこころに満ちたりた幸福感を与えないというのだ。逆に、見るほどに疲れがたまり、しまいには、意に反して、不機嫌な気持におちいってしまう。こういう性質の疲労を感ずるのは、もちろん、小林秀雄に限らない。フランスの美しいロマン様式の教会や彫刻に接して、私自身、何度となく、同質の心の状態を味わったものだ。このようにも美しいものを見て心が一向に楽しくなっていないのは、なぜか。この問いに対して、小林秀雄は即座に返答する。

「向うに罪はないのだ」と。

山を下り乍ら、僕はいつかその事を考へ込んでゐた。あゝいふ美しいものを見て、心が一向樂しくなつてゐないのを感じて、僕は何んとなく不機嫌であつた。

こちらに缺けてゐるものは解り切つてゐる。それはあの彫刻家が持つてゐた佛といふものだ。それは想像してみて近附けるといふ樣なものではあるまい。佛はあるか無いか二つに一つだ。それにしても佛のない美、そんなものが一體考へられるか。では部屋に滿ちてゐた奇妙な美しさは何なのか、確かに何かを自分はしかと感じてゐた。だから疲れたのだ。では何に疲れたのか。こちらに佛が無い事に疲れたのだ、それに間違ひはない。すると、と先きを考へようとして、僕は言葉を失つて了つた。

(『全集』7・五二)

こちらに仏のないことに疲れた、という発言は、小林秀雄がいかに真剣に、まともに信と美との関係を考えていたかを示している。これは、仏教徒でなければ仏像の美に打たれて疲れないわけにはゆかぬ、キリスト教徒でなければロマン教会の美に完全な充足感をうることは不可能だ、という話ではない。私たちの内に宿っているべき信は、宗教の別、宗派の別をこえたものとしてあるはずだ。そのことは、先にのべることにして、仏国寺での小林秀雄の反省に話を戻すなら、仏のない美とはなんなのか、という問いを自分につきつけて、小林秀雄は言葉を失う。そのような美をも、知的分析の対象とするエステティックを、小林秀雄は即座に退ける。信の問題を問わずに美の享受に走るなら、それが知的な装いを纏うにせよ、中国の庭にみた醜悪なまでに徹底した官能の享受と同質の頽廃なのである。このような根本的な問題を前に言葉を失ったという小林秀雄が、美の経験を基本にすえて、逆に、信の方向に進むようになる過程は、一九四二年にはじまる一連の随筆、「無常といふ事」に明らかにみられるが、話を石に限るなら、小林秀雄の文章には、石を通じて、自然と歴史が接し、自然から歴史(あるいは、「人間」としての営為)の生まれでる現場を確認し証言するものが、いくつもある。これは、文明という広い視野で語られる場合と、個人に直接かかわる形で述べられる場合とがあるが、まず、どちらにも通じる原点をみておこう。

僕等は史料のない處に歴史を認め得ない。そして史料とは、その在るが儘の姿では、悉く物質である。それは人間によつて蒙つた自然の傷に過ぎず、傷たる限り、自然とは、別様の運命を辿り得ない。自然は傷を癒さうとするのに人間の手を借りやしない。岩石が風化を受ける様に、史料は絶えず湮滅してゐる。湮滅が人間の手で早められるとすれば、それは自然にとつては勿怪の幸ひに過ぎまい。さういふ在るが儘の史料といふものが、自然としてしか在り様がないならば、其處に自然ではなく歴史を讀むのは、無論僕等の能力如何にだけ關係する。(『全集』5・三)

「ドストエフスキイの生活(序)」として書かれた「歴史について」の一節である。読んで字のごとく、自然は岩石に象徴され、歴史は史料に基づく。ただし、自然に属するあるが儘の史料が歴史としての意味を帯びた史料になるためには、人間がそのようなものとして読み解かねばならない。単なる物質としての岩石とは異なるものとして人間が史料を作り出す、それが歴史の第一歩であるが、そのもっとも端的な過程は、岩石が史料となる瞬間、岩石が「人間化」されるところにみられる。そのような現場に立ち到った証言を、小林秀雄はいくつか書き残しているが、とくに、エジプトとギリシャの旅に見られる感想が興味深い。「ギリシア・エヂプト寫眞紀行」(『全集』10・二七七−八四)と題して、自分で写した写真も刊行しているから、小林秀雄が目にしたものの主だったイメージを私たちはイメージとして見ることができるが、写っているのは、当然のことながら、岩石でできたものばかりである。ピラミッドがある、ルクソールの神殿がある、ミケーネの獅子浮き彫りがある、たまたま写ってしまったというアテネの裏通り風景も、丘の上のアクロポリスが石造なのはもとより、貧しい通りにも小石がころがっている。そのひとつ、ピラミッドをまえにして洩らした「歴史といふものがそのまゝ化けて出た様な感じ」(『全集』10・二六八)という言葉をみれば、小林秀雄の考えはおよそわかるのだが、「歴史について」の中ですでに使われていた「歴史の河床」という表現を、具体的に美しく指し示す一節を「ピラミッドII」から引いておきたい。

ナイルをさかのぼる列車で、アスワンの石切場まで連れて行かれ、青い空と赭い花崗岩の山肌の他に何にもない處で、岩の中から、巨大なオベリスクといふ美が生れかゝつてゐるのを見た時、もう行く先きはないと思つた。この太陽を讃へるのに最適と思はれる簡潔な形は、殆ど完全に岩から刳り抜かれてゐるが、未だ硬い山の母體から離れてゐない。これが、君達の言ふ歴史の流れといふ惑はしいものの、はつきりした河床だ、とそれは言つてゐるやうに思はれた。(1)(『全集』10・三〇二)

ここに語られているのは、人類全体の尺度でみた文明の話だが、このことは、もちろん、各個人の営みにもみられる。誰の目にもあきらかに無意味の自然から価値を創出する場は、小林秀雄も何度か述べたように、大理石を刻む彫刻家の仕事に典型的に示される。フィレンツェにあるミケランジェロの彫像、石材と人物とがまだ分離しきっていない一連の奴隷像が、そのよい例だ。しかし、この行為はいわゆる芸術上の創造にのみかかわることではない。小林秀雄は、様々な水位で、芸術とは直接に関係のないところで、

「石」を「人間化」し、人間としての意味を造りだしていく人々の姿を描き出しているが、まず、小林秀雄自身の場合から一例を挙げておく。先にも触れた「中原中也の思ひ出」の一文である。

中原は、壽福寺境内の小さな陰氣な家に住んでゐた。彼の家庭の様子が餘り淋し氣なので、女同士でも仲よく往き來する様になればと思ひ、家内を連れて行つた事がある。眞夏の午後であつた。彼の家がそのまゝ這入つて了ふ様な凝灰岩の大きな洞窟が、彼の家とすれすれに口を開けてゐて、家の中には、夏とは思はれぬ冷い風が吹いてゐた。四人は十錢玉を賭けてトランプの二十一をした。無邪氣な中原の奥さんは勝つたり負けたりする毎に大聲をあげて笑つた。皆んなつられてよく笑つた。今でも一番鮮やかに覺えてゐるのはこの笑ひ聲なのだが、思ひ出の中で笑ひ聲が聞えると、私は笑ひを止める。すると、彼の玄關脇にはみ出した凝灰岩の洞穴の縁が見える。滑らかな凸凹をしてゐて、それが冷い風の入口だ。昔こゝが濱邊だつた時に、浪が洗つたものなのか、それとも風だつて何萬年と吹いてゐれば、柔らかい岩をあんな具合にするものか。思ひ出の形はこれから先きも同じに決つてゐる。それが何が作つたかわからぬ私の思ひ出の凸凹だ。（『全集』2・二三四）

岩の凹凸がそのまま思い出のかたちをなすとは、どんなに本質的なところで、自然が人間のものとなりうるかをあきらかに示している。上手に思い出すことが人間を動物であることから救う、と考える小林秀雄にとって、凝灰岩の洞穴の縁のなす凹凸が自分の貴重な思い出の変わらぬ形を示す、というのは、人との関係において、ひとつの作品が岩石を通じてそこにできあがったということだろう。

石という非情のものに、信じる力によって血を通わせた人物の話は、小林秀雄の作品中に何回も現れる。「私の人生観」に描かれている明恵上人は、高山寺の石という石の上で座禅をくんだという話もさることながら、とくに、生涯肌身を離さずに愛玩した石の逸話が興味深い(『全集』9・一五―一六)。印度へ行きたいという念願を果たせず、紀州の鷹島で座禅をした明恵が、海岸の石を拾い、天竺の水につながる海の水に洗われたこの石も仏跡の形見であるとして、死ぬときには、辞世の歌まで、石にあてて詠んだ、というのは、単に話を面白くするための逸話ではない。この無邪気な信じる心は、あらゆる分野において、人間にとっての価値を創造する人の心と、同じ性質のものなのだ。

同様な意味で、信じる力によって、石が石であると同時に生きたもの、しかも神性をさえ帯びたものとなって生きうることを語った文章が、晩年一九七六年の「信ずることと知ること」にみられる。そのひとつは、柳田国男の「故郷七十年」から引いたもので、柳田国男の子供のころの思い出話である。簡単にいえば、死んだおばあさんが、中風になって寝ていて、いつも蠟石を撫でまわしていた。おばあさんの死後、孫がその蠟石を小さな祠にまつっておいた。そのような事情は知らずに、幼い柳田国男が蠟石を見て受けた感じを、小林秀雄の引用に従ってみると、こうなる。

その舊家の奥に土藏があつて、その前に二十坪ばかりの庭がある。そこに二三本樹が生えてゐて、石で作つた小さな祠があつた。その祠は何だと聞いたら、死んだおばあさんを祀つてあるといふ。柳田さんは、子供心にその祠の中が見たくて仕様がなかつた。ある日、思ひ切つて石の扉を開けてみた。さうすると、丁度握り拳くらゐの大きさの蠟石が、ことんとそこに納まつてゐた。實に美しい珠を見た、とその時、不思議な、實に奇妙な感じに襲はれたといふのです。それで、そこにしやがんでしまつて、ふつと空を見上げた。實によく晴れた春の空で、眞つ青な空に數十の星がきらめくのが見えたと言ふ。その頃、自分は十四でも非常にませてゐたから、いろんな本を讀んで、天文學も少しは知つてゐた。晝間星が見える筈がないとも考へたし、今ごろ見える星は自分等の知つた星ではないのだから、別にさがしまはる必要もないとさへ考へた。けれども、その奇妙な昂奮はどうしてもとれない。その時鵯《ひよどり》が高空で、ぴいッと鳴いた。その鵯の聲を聞いた時に、はつと我れに歸つた。そこで柳田さんはかう言つてゐるのです。もしも、鵯が鳴かなかつたら、私は發狂してゐただらうと思ふ、と(『全集』別Ⅰ・一〇二)。

少年の柳田国男が、その美しい珠を見て、怪しい気持になったのは、「珠に宿つたおばあさんの魂をみたからでせう。」と小林秀雄はいう。「柳田さん自身それを少しも疑つてはゐない。疑つてゐて、こんな話を、「ある神祕な暗示」と題して書ける筈がないのです。」という次第だ。つまり、こういう小林秀雄は、蠟石に魂がのりうつることを少しも疑っていないことになる。非情の石は、人間の信じる力によって、魂を宿すこともできる、というのである。

重ねるように、小林秀雄は『遠野物語』から、ある経験豊かな猟師の話を引く。白鹿に逢った猟師が、白鹿は神だという伝説のあることを承知の上で、撃ったところが、鹿は動かない。魔除けの力があるとされる黄金の弾を取出して撃ったが、それでも動かない。

あまり怪しければ近よりて見るに、よく鹿の形に似たる白き石なりき。数十年の間山中に暮せる者が、石と鹿とを見誤るべくも非ず、全く魔障の仕業なりけりと、此時ばかりは獵を止めばやと思ひたりきと云ふ(『全集』別Ⅰ・一〇九)。

ここには、こちらに仏がないことに疲れる小林秀雄はいない。「信じる」という大きな強い力を信じ、すっかり腹を据えた人物がいるようにみえる。もちろん、「信じる」ということを、盲信あるいは狂信と混同してはならない。ここでいう信じる力は、つねに、内側から盛りたてていくべきものなのだから。単に「信じる」のではない。「信じる」ことを信じるのである。

*

石のうえに腰をおろしている女のイメージから話をはじめたので、石に腰を据えている男の姿で終えることにしよう。雪舟の「慧可斷臂圖」の写真を眺めながら、小林秀雄は、そこに、文学や哲学と馴れ合い、ある雰囲気を出そうとしているようなものはない、と断言する。ゴッホの《かなしみ》に見られたような余計なものがここには一切ないというのだ。

石にすわっている達磨はすでに足がない。うしろに控えている慧可は、切り離してしまった腕をもって待っている。あとは石があるだけだ。小林秀雄は、これは洞窟でさえない、とつけ加える。洞窟などというのは、すでに、人間の産物だ、ということだろう。ところが、私たちは、「天地開闢」に立ち会っているのだ。純粋の自然としての石にひたと取り囲まれて、考える人・信じる人は、一歩も譲らずに耐えている。「人間」にとって、天地が生まれるか否かは、この一点にかかっている、ということであろうか。

〔……〕この思想は難かしい。この驚くほど素朴な天地開闢説の思想は難かしい。込み入つてゐるから難かしいのではない。私達を訪れるかと思へば、忽ち消え去る思想だからである。(『全集』10・二四五)

審美体験・神秘体験——「神秘」と「合理」

1

昨年の末、しばらく難渋していた文章を書き上げ、こころよく空っぽになった頭をかかえて、パリのサン・ラザール駅からローマ街のあたりを歩いていた。どっしりとした石の通りを吹きぬけてくる冷たい風が骨にしみるが、青い空には軽やかに白雲の浮かぶ美しい日だった。マラルメに因縁の深いローマ街とはいえ、自分にとって日常の生活の場となれば話は別で、その日も特にフランスの象徴主義のことを考えていたのではないのだが、どういうわけか、しばらくお会いしなかった平井啓之氏(数十年来の呼びかたで言えば平井さん)の姿が現れ、いつものように大きな張りのある声で、私の仕事について心のこもった率直な感想を述べられた。その声は実にはっきりと聞こえた。私は、実際にお会いして話をしたようなこころの昂りを感じ、これから先の仕事の進め方などをあらためて考えながら、家にもどった。帰ってみると、外に出ているあいだに東京の知人から電話がかかってきたという。平井さんは、数時間前に、亡くなられたのだった。

＊

平井啓之氏が小林秀雄について書かれた最後のまとまった文章は、『文学』の一九八七年十二月号にのった「小林秀雄「ベルグソン論」について」である。「ランボオからサルトルへ」の著者が、ベルクソンに関して、時とともに深まる強い関心をいだいておられることは、よくわかっていた。パッシーのひっそりとした小さなホテルの一室で、また、その宿からトロカデロに至る散策のあいだに、夢中になってベルクソンに関する新たな考えを展開される若々しい平井さんの知性と情熱とに、何度も、私は感嘆したのだった。その平井さんが小林秀雄のベルクソン論を論ずるというのは、楽しいテーマになりうるはずのものであった。

ただ、『文学』掲載のその論文の主眼は、ベルクソンを主題にした小林秀雄の長大な連載エッセーがなぜ挫折に終ったのかを問うところにあった。作者自身がにっちもさっちもゆかなくなり中断した作品の、失敗の原因をさぐるのは、かならずしも愉快な仕事ではないだろう。実際、この論文も読んで楽しいものとは言えないのだが、『テキストと実存──ランボー、マラルメ、サルトル、中原と小林』(青土社、一九八八年)という形でまとめられた平井さんの一貫した考察のなかにすえてみると、あえて小林秀雄の弱点を暴くことの秘めていた真剣な意味は、平井氏の表現を借りるなら、まさに「了解」できるのである。

その第一回の記述が、母親の死後もその愛情の被護が自分の身に及んだという、個人的な、あまりにも個人的な、ミスチックという外はない経験を伝えることに終始していることは、彼がそれまでその批評活動の当初から「分析を要しない母親の愛のまなざし」ということを自分の批評原理としていただけに、「感想」というさりげない表題のもとに書き始められながら、じつは、この「ベルグソン論」が批評家、あるいは思想家、小林秀雄の総決算という気構えをもって着手されたのではないか、ということをうかがわせると、私は語りたいのである。(同書、三〇六頁)

と始まる平井氏の論旨は、まとめて言えばこうなるだろう。小林秀雄がベルクソン論の出発点で問題にしている『道徳と宗教の二源泉』の末尾におけるベルクソンの発言は、人類の到った歴史的必然を意識した至言なのだが、それを、小林秀雄は人類的規模での危機の認識とは捉えず、「個人的な、あまりにも個人的な体験を契機にして、」(同書、三一四頁)ベルクソンの思想を科学と哲学の関係という水位で読み解こうとした。ところが、最新の物理学と存在論との交渉は、その道の玄人以外の者にはとうてい扱いきれぬ領域で、そこに、この労作が袋小路に入りこむ根本の原因がある、とするのである。

ここで、話を明確にするために、平井氏の論述にしたがって、ふたつの文章を見ておこう。まず、ベルクソンの『道徳と宗教の二源泉』の末尾とは、平井氏の引く小林訳によると次のとおりである。

> 人々は、大きな手段、小さな手段、のいづれを選ばうとも、一つの決断をすることを迫られてゐる。人類は、自分の手に成つた進歩の重みに、半ば押し潰されて、呻いてゐる。人類は、自分の未來は、自分次第のものだ、といふ事を、まだ十分に承知してゐないのである。先づ、これ以上生存したいのかしたくないのかを知るべきである。次に自ら問ふがよい。たゞ生存したいのか、それとも、その外に、神々を作る機械に他ならぬ宇宙の本質的な機能が、反抗的なわれわれの地球に於いても亦、遂行されるのに必要な努力をしたいかどうかを。(同書、三一二頁)

ベルクソンが最後の大作に記した最後の発言を、小林秀雄は「感想」第二回の冒頭にひき、「單純な一行爲」「経驗そのもの」となるべき哲学にとって言語表現の果たしうる機能をつきつめて考えようとする。そこで、哲学者の物の言い方が注目をひくわけで、「假りに、よくない言葉で言つてみれば、かういふ一種豫言者めいた、一種身振のある様な物の言ひ方は、これまでベルグソンの書いたものゝうちには、絶えてなかつたものなのである。[1]」という次第になる。詩や小説などの文学作品だけでなく、思想の書にも言語表現のあらゆる色合を読みとろうというのは、小林秀雄の一貫した姿勢であり、『本居宣長』においてはもとより、柳田国男を語る場合にも[2]、フロイトを論ずる際にも[3]、常に、「物の言ひ方」に注意を集中していく。その読みが、ここでも働いているのである。

ところが、このような「物の言ひ方」を重視する小林秀雄の読み方は、ここで、平井氏の同意をうることができない。「このベルグソンの言葉は予言ではあっても、予言者めいた物の言い方などではない[4]」ということになる。この「などではない」という言いかたには、平井氏の憤りさえ感じられるのであるが、それには、ふかい理由がある。平井氏の場合、ベルクソンのこの文章はサルトルの次の発言に直接に結びつくものとして、「デカルト以来の近代科学精神というものの限りない肥大化の危機[5]」にたいする警告として、歴史的状況との関連において読み取られているのである。

一発で十万人もの人間を殺すことができる小さな爆弾、明日ともなれば二百万人もの生命を奪うものとなる小さい爆弾、これが突如として我々人間の責任と我々とを対決させることになったのだ。〔……〕今や我々は、この〈世界終末の年《ラン・ミル》〉へ戻ってしまったのであり、朝起きる度毎に、時代の終焉の前日にいることになるであろう。すなわち、我々の真面目さも、勇気も、善い意志も、誰にとっても意味がなくなり、悪意と邪心と恐怖と相携えて、徹底的な無差別状態のなかに沈みこんでしまうような日の前日にあることになるだろう。(6)

戦後の日本のおかれた歴史的状況のなかで、日本戦没学生記念会、いわゆる「わだつみ会」の活発な会員として、実際の行動においても文筆活動においても、戦争の経験を共同体の問題として戦後に生かすために力をつくしてこられた平井氏が、右のサルトルの発言がもっとも先鋭なかたちでしめすような時代意識に一顧もあたえず、ひたすら母親の死という個人の心にこたえる経験を思考の中心にすえ、戦争という事件は自分の精神を少しも動かさなかった、とことさらに強調する小林秀雄に同意しがたいのは、当然のことだ。しかも、このサルトルの文章は「大戦の終末」という題で、一九四五年八月二十日、日本が無条件降伏した五日後に書かれ、一九四七年十月、渡辺一夫訳で日本に紹介されたのだが、平井氏は、この文章をそのまま「自分のこの後の思考の原点と思いつめることになった」(7)という。平井氏が小林秀雄の発言、「私は、自分の悲しみだけを大事にしてゐたから、戦後のジャーナリズムの中心問題には、何の關心も持たなかつた」(8)という態度を端的にサルトルへの返答とみなして、激しく異議を唱えることは、サルトルの発言を小林が否定的にいう意味でのジャーナリズムと結びつけることに疑問はあるにせよ、心情としては十分に理解できる。先のベルクソンの文章をサルトルの意見に直結するものと考える以上、『道徳と宗教の二源泉』の結びに関する小林秀雄の読みは、斜に逃げたものと受け取られたのだ。

その一方、平井氏は、若いころから、ボードレール、ランボー、ポー、ベルクソン等、自分にとって生涯の思考の対象となる人々に、小林秀雄の仕事を通して導かれ、この先達を「わが心の師」(9)と呼ぶことをためらわない。ほかならぬその師が、戦後の自分の生きかたを定めた思考の原点を完全に無視した人であることを認め、平井氏の心は引き裂かれざるをえないのである。

常に沸騰する思考を激しく追い、深く水脈を引いて行かれた平井氏の生き方に、私は今なお揺すぶられるのを感じる。しかしまた、明らかに氏とは異なる人間として、氏の小林秀雄論を読み返し、第二次世界大戦の終末をはさんで十数年を隔てるフランスのふたりの代表的な哲学者の文章ともつきあわせるようにして小林秀雄の〈人間観〉を考えなおしてみると、その返照を受けて、小林の思考の徹底した性格が一段と鮮明にあらわれてくるように思う。

その意味で、特に、先に引用した平井氏の文章で私の興味をひくのは、「ミスチック」という外はない経験」という言いまわしである。これは、長編ベルクソン論「感想」の

第一回に語られている小林秀雄のふたつの経験にたいする評価で、具体的にいえば、小林秀雄が、母親の死後「母の魂」即「大きい螢」に会ったという話と、死んでも当然の墜落事故を母の霊のたすけで無事に生き延びたという話とを評した言葉である。これは、たしかに、「ミスチックという外はない経験」であり、それが小林秀雄の思想の根本にかかわるとする平井氏の指摘は正しい。しかし、ここに見られる平井氏の物の言い方は何を意味するのだろう。

まず、「ミスチック」という言葉であるが、この外来語を使用するのは、なぜだろう。[10]仏文学者である平井氏が、フランス語での意味をこめてこのようなカタカナ語を用いられたことに、特別の意味はあるまいと思われるかもしれないが、正直なところ、「ミスチック」と言われて、その内容を十分に把握しうる日本人は、少数であろう。こころみに、小学館の『国語大辞典』(一九八一)をみると、この言葉はない。平凡社の『哲学事典』(一九七一)もとりあげていない。岩波書店の『広辞苑』第四版(一九九一)には、「ミスティック」の見出しがあり「神秘的」と説明がある。「ミスティシズム」も「神秘主義」としてあがっている。とすれば、外来のこの言葉は、日本語として市民権を獲得しつつあるとはいえるが、まだ十分に消化されたとはいえまい。ただ、私が言いたいのは、このような未消化な用語を安易に導入するのはよろしくない、というようなことではない。翻訳の問題をさまざまな形で論じた平井氏が、このような言葉を軽々しく選択したはずはないのである。

非常にこまかいことではあるが、平井氏が、このように、「神秘経験」ではなく「ミスチック」という外はない経験」という表現を用いたことには、そのような経験を自分の思考の根本にすえて人間観・世界観を形成した近代人として小林秀雄の対処しなければならなかった困難な状況が見え、また、それに対するもう一人の近代人である平井啓之氏の微妙な立場がうかがわれる。あえて、一般論を言うなら、現代の学問の世界では、いわゆる合理思想が基本であって、そこに非合理を本質とする神秘体験を導入することには、無意識にしろ、なんらかのひっかかりが生じる。ましてや、戦中派として、天皇制にもとづく国家ぐるみの「神がかり」の悲劇を経験した人にとって、非合理・神秘・神がかりの線にたいする警戒の気持はおのずから働くはずだ。そこで、ベルクソンからプロティノスへと遡る西欧哲学の意味合いをもこめて「ミスチック」とよぶことは、そのような忌まわしい思い出にたいし、ある程度の距離をおくことを可能にする。しかも、「……という外はない」という形で、敬愛する「心の師」が断固として腰をすえた神秘の道にやや間接的な形で批判を加えているのである。

私は、平井啓之氏を単純な合理主義者・実証主義者とみなしてこのようなことをいうのではない。先にもあげた『テキストと実存』に収められた「ランボー「後期詩篇」の問題点」(同書、五三―七九頁)をみるだけでも、平井氏の「方法」がその原点において普通の意味では合理的に論証しがたい直観をいかに重視するものかは、あきらかである。なかでも、有名な「おお季節よ、おお楼閣よ、……」の意義解明においては、数多くある「ミスチック」な解釈をしりぞけるに足る実証的な裏付けを綿密に追いながら、直観による把握が様々な水位での読みによってテキストを活性化した後、〈了解〉にいたるのを待つという深い合理の道を示している。そういう平井氏の発言であればこそ、小林秀雄の経験の性質を形容する表現ひとつにも、意味があるのだ。

ここで、平井氏の反応に呼応するものとして、小林秀雄の『本居宣長』にたいするもう一人の戦中派、吉本隆明の批判を思い出す。戦争中まで小林秀雄の熱心な読者であった、という吉本は「私の人生観」まではついていったが、その後はついていくことができなくなったという。そして『本居宣長』評においては、前半の物語論までは価値を認めるが、「まことの道」を『古事記』にさぐる部分に関しては、激しく論難することになる。

「〔……〕このあたりから、小林秀雄は宿痾を再発させているともいえる。じぶんの経験に還元できる思想だけが思想だ、伝統生活の是認、体認に回帰する思想だけが不易な実理だという主張が繰り返しあらわれる。そして読者はいいようのない停滞感におかれる。〔……〕わたしは宣長にも、それに追従し「訓話」する小林にも哀しい盲点をみつけだす。日本の学問、芸術がついにすわりよく落着いた果にいつも陥いるあの普遍的な迷蒙の場所を感じる。そこは抽象・論理・原理を確立することのおそろしさに対する無知と軽蔑が眠っている墓地である。[11]」と言う。そして、最後には、ほとんど叫ぶような調子で「わたしだって小林とおなじく文献実証だけで歴史や文学がわかったような顔をする連中への憤りはもっている。けれどもそれは、〈ほんとう〉の実証と再現へ近付きたいためだ。まかりまちがえば行けるかもしれない〈ほんとう〉の古典の姿や現在の文化の姿にゆきつきたいがためだ。どうして判断中止の、味覚や触覚や視覚的な識知のなかに自足しえようか。[12]」とたたきつける。かつての思い入れの深さに比例する激越さが批判の内にほとばしり出ているのだ。

もちろん、平井啓之と吉本隆明の表現の仕方はことなり、論難の程度も異なるが、敗戦直後までの文学の領域における小林秀雄に私淑した強力な文学者が、そろって戦後の思想上の仕事では離れていく。一九二〇年代の初めに生まれ、二十代前半で敗戦を迎えた平井啓之氏の引き裂かれた反応を知った上で、それに輪をかけて激しく両極にゆれた吉本隆明の評価を見ると、小林秀雄の立場のむずかしさは、いよいよはっきりと見えて来る。これを、平井氏が「マラルメの責任敢取[13]」で図式化している「人間三角形」にあてはめて考えると、両者の小林秀雄批判に共通する性質がはっきりと見える。「人間三角形」とは、辺ABを個人的水準、辺ACを歴史的・社会的水準、辺BCを存在論的水準とするものだが、小林の場合、独自性・一回性を特徴とする個人的水準と、偶然にこの世に生まれ偶然に死んでいく人間が、それを必然として自覚している存在論的水準とにおいて思考がすすめられ、第三の歴史的・社会的水準は希薄であるというか、かたくなにしりぞけられている。これを、吉本は、小林秀雄は「潜在的に〈戦後〉の史学や思想や文学の成果を、そしてもしかすると〈戦後〉の全歳月を〈無化〉したいというモチーフをもっている(14)」とみなし、平井氏は平井氏で、先に見たように、戦後の出発点となったサルトルの言葉に、小林秀雄は背を向けた、と考えるのである。しかし、小林秀雄は、そういう平井氏にあらかじめ答えるような形で、ほかならぬ『きけわだつみのこゑ』をきっかけに、次のように言っているのだ。

戦後、戦歿學生の手記が編輯され「きけわだつみのこゑ」と題して出版されて、廣く讀まれた。私も一讀して苦しい想ひをしたが、その中の一學生の手記にかういふ文句がありました。「恐ろしき哉、淺間しき哉、人類よ、猿の親類よ、最後の質問、歴史とは何か」。戦犯は處刑され、追放は解除され、講和が來たが、學生の呪ひはそんな事とは關係がない、だから消え去りはしない。恐らく、この學生は、歴史的認識こそ認識の王者である事を、さんざん教へられて來たに相違ない。そして現實の人間の生活とは、歴史的認識などといふものとはまるで違つたものだと悟るには死を賭さねばならなかつた。痛ましい事です。實際、十九世紀は歴史主義の時代であつた、そして西洋思想の輸入によつてしか生きてゐないわが國の近代思潮に、自然主義の思想の後、歴史主義の思想ほど一般に深く浸透したものはない。(『全集』9・七一―七二。傍点引用者)

＊

近代ヨーロッパの合理思想と簡単に呼ばれるものが、ヨーロッパ自体では、根本のところで、決して非合理と完全に切りはなされたものではなく、神秘思想とも動的な関係を保ちつつ進展してきたのに対し、日本に移入された場合、多くは概念の論理的整合に追われ、ややもすれば純然たる知的操作として形式化したことは否定できないだろう。(もちろん、これは日本でだけの現象ではなく、西欧のエピゴーネンにも見られる。)小林秀雄がくどいほど批判しつづけたのは、そのような形骸化した贋物の「合理思想」であった。自己のうちに、通りいっぺんの合理では御しきれない人間的事実をはっきりと見すえ、その上で、論理的思考の筋道を切り開き、理に合った世界観を抽出するという思想の正道を辿らず、机上の理論として借用した概念をつじつまが合うように組み合わせてよしとする多くの知識人を、小林秀雄はしつように批判した。時には、その批判の対象が、論破しやすい形でやや安手につくられた仮想敵という印象を与えることは事実であり、吉本隆明が激昂するのもわからないではない。しかし、激昂のあまり逆に筆が滑って、小林秀雄が「味覚や触覚や視覚的な識知のなかに自足」するがごとくに言うのは、行きすぎである。小林秀雄の考えはいかなる分野に関しても一貫しており、マルクスの場合にも、フロイトの場合にも、またデカルトの場合にも、源泉に戻ってみれば、常に、一回限りの独自の実存から強力な思想の生まれ出るドラマがあり、そこには、理性も感性も動員されていることを確認するのである。初心忘るべからず。このひとつのことを、小林秀雄は思想の誕生に関して、繰り返し説いたと言える。

ただ、小林秀雄にとってむずかしかったのは(そして、小林秀雄が誤解されやすいのは)、日本の精神的土壌としては、元来、いわゆる心情が理性を圧倒し、情緒に溺れるあいまいさが明晰な論理をなしくずしにし、うっかりすれば神がかりに走りかねない状態がある、という点である。そこで、知的操作に終始する「合理思想」を是正するためにに感性ひいては神秘の復活を求めると、土着の根強い情動過多が動き出しその波にのみこまれることを警戒するあまり、本来ならば小林と同じ道を歩いていけるはずの人々、「ほんとう」の合理思想を実践する人々をも敵にまわすことになりかねないのである。

＊

「感想」(ベルクソン論)の第一回で小林秀雄の語る経験は、たしかに、「ミスチック」経験ではあるが、筆者の関心は、特異な神秘経験を人々に伝える、というよりは、自分にとっては、当り前で、はっきりとわかっている事を、そのまま人に伝えることがいかにむずかしいか、ありのままをそのまま書くと、童話になってしまうということに向けられているのである。

小林の神秘経験においては、事実の直接の経験としては、何の驚くことも妙なこともなく、何も彼も当り前であり、はっきりしているのである。

そして、傍点を打ったこの最後の二つの言葉は、私を、一九四二年のエッセー「戰爭と平和」に連れていく。真珠湾攻撃の写真を見ながら、小林は言う、「僕は寫眞を見乍ら考へつゞけた。寫眞は、次第に本當の意味を僕に打ち明ける様に見えた。何もかもはつきりしてゐるのではないか。はつきりと當り前ではないか。」(『全集』7・一六八)と。

すると、それに引きずられるように、「様々なる意匠」(一九二九)も出てくるのだ。「彼「バルザック」には、あらゆるものが神秘であるといふ事と、あらゆるものが明瞭であるといふ事とは二つの事ではないのである。」(『全集』1・一二)

*

神秘は、小林秀雄にとって生涯の問題であった。それは、常に、鋭利な合理的思考の先端と触れ合っていた。

2

小林秀雄における「神秘」と「合理」の関係をまともにあつかうとなれば、このふたつの言葉、さらにそれに関連するとおもわれるいくつかの表現を、この思想家がどのように用いているかを、文脈にそって、じっくりと見直す必要があるだろう。この根本問題は、早くから小林秀雄の念頭にあったが、晩年においては『本居宣長』の主題として据え、それに付随して生ずる避けがたい困難を恐れずに、半世紀にわたる思考の総決算として、真正面から扱った。これは、その一点を譲れば小林秀雄にとって生と思考との意味の全てが崩れる原点にかかわるものであった。そして、前述のように、小林の思考法にたいするもっとも厳しい批判も、とくに、かつては小林の作品に心酔した人々からこの一点をめぐって行われている。もとより小林秀雄は、自分の徹底した考えが容易に理解されがたいものであることを十分に見越していたはずで、本居宣長を語るに際しても、上田秋成、市川匡などとの論争はとりわけ注意深く追っている(15)（『本居』四二一―二三、四七一―五〇五、五〇六―一〇）。

大作『本居宣長』は、小林自身が取りくんでいるのと同じ性質の難問をとことんまでつきつめて考えた思想家としての本居宣長を主旋律に据え、数多くの思想家・作家をそれに対応するテーマとしてからませたものだが、延々と変奏されていくこの大曲は、聞くたびに響きの豊かさを増していく。しかも『本居宣長 補記』が、それに寄り添うようにして深く共鳴を増幅しながら広がっていく。ここでは、この両作をも含めて、小林における「神秘」と「合理」の関係を考えてみたいと思うのだが、これらの力業の検討にかかるまえに、まず、それに先立つ一見軽やかな一連の随筆「考へるヒント」から二、三の文章を見ておこう。平易な筆運びのもとに、この問題の正しい入口が明瞭に示されているからである。実際、小林秀雄はどうにも手におえそうもない根元の問いに対処するための正しい端緒を指し示す達人であった。

一九五九年に発表された「良心」は、嘘発見機を主題にした文章だが、そのなかにこんなくだりがある。

考へるとは、合理的に考へる事だ。どうしてそんな馬鹿氣た事が言ひたいかといふと、現代の合理主義的風潮に乘じて、物を考へる人々の考へ方を觀察してゐると、どうやら、能率的に考へる事が、合理的に考へる事だと思ひ違ひしてゐるやうに思はれるからだ。當人は考へてゐる積りだが、實は考へる手間を省いてゐる。そんな光景が到る處に見える。物を考へるとは、物を摑んだら離さぬといふ事だ。畫家が、モデルを摑んだら得心の行くまで離さぬといふのと同じ事だ。だから、考へれば考へるほどわからなくなるといふのも、物を合理的に究めようとする人には、極めて正常な事である。だが、これは、能率的に考へてゐる人には異常な事だらう。(『全集』12・五八)

一読したかぎりでは、簡単明瞭な文明批評の文章のようだが、よく見ると、豊かな内容の含まれていることがわかる。まず、「合理」という言葉であるが、これは僅か二行のあいだに肯定的な意味と否定の色合いとの両方に用いられている。最初の「考へると は、合理的に考へる事だ」という部分では、勿論、積極的な意味を託されているが、次の行の「現代の合理主義的風潮」という表現になると、すでに否定の色を帯びている。しかもそれが、引用末尾の「物を合理的に究めようとする人」では、再び肯定的になる。ここで、「様々なる意匠」の冒頭の部分が思い出されるのだが、小林は、長い作家生活の当初から、言葉の両義性・多義性を認識しており、そこに言葉の魔術を見ていた。そこにこそ、言葉の命の源があるというのであった(『全集』1・一二)。「合理」という分かりきったような言葉も、小林においては、標本になった蝶のように固定してはいないのである。従って、この文章のなかで積極的な意味で用いられていると言っても、そのような明確な定義がくだされているわけではない。そもそも、切り離した単語に定義を与えることは、小林の思考法とは異質なのである。そこで、合理的と能率的とは違う、とか、

(合理的に)考えれば考えるほどわからなくなるのがあたりまえだ、とかいう表現になる。積極的な意味付けとして、小林は「物を考へるとは、物を摑んだら離さぬといふ事だ」とも強調する。しかし、ものを摑むとか、画家がモデルを摑むとは、なにを意味するのか。必ずしも自明のこととは言いがたいので、もうすこし、丁寧にみておこう。

その意味で、同じ「考へるヒント」中の「役者」(一九六〇)という文に面白い一節がある。合理的という言葉が、非常に卑近な話題のもとに、次のように使用されているのだ。芸術座で上演されていた菊田一夫の大衆劇「がめつい奴」を観た小林秀雄は、主役の三益愛子だけが人気をさらう理由を解いて次のように述べる。

事實、この金貸しの婆さんだけが、たつた一人の劇的人物なのである。何故かといふとこの人物だけが合理的に生きようとしてゐるからだ。逆説ではない。多くの人が劇的といふ言葉を誤解してゐる。でたらめな事と劇的な事とは違ふのだ。偶然は事故を生むが、決して劇を生みはしない。この婆さんだけが人間らしい意識を持つてゐる。偶然は彼女をとりこにする事が出來ない。彼女は、金を溜めようと自身に誓ひ、その誓ひのとりことなつてゐる。彼女の性格が劇を生む。(『全集』12・七六)

ここでは、知識人の思考方法という水位ではなく、いわゆる市井人の物欲に突き動かされた生き方がとりあげられており、「合理的に考えること」ではなく「合理的に生きること」が論じられているのだが、小林の場合、「生きる」と「考える」は人間の行為として基本的に一体をなしているのだから、同じ問題を扱っていると言ってよい。画家がモデルを摑んだら得心のいくまで離さないと言われてすぐには合点のいかない者も、欲の皮のつっぱった人間が金儲けを己れに誓う話ならば、立ちどころにわかる。しかも、小林秀雄は、金銭欲にとらわれその充足の意志と欲望とをもって生きる老婆だけが、たったひとり、「人間らしい意識を持つ」と高く評価するのである。

では、「人間らしい意識」とは何を意味するのか。この問いに対する答えの手掛かりは、文中にある「偶然」という言葉が示唆している。人間らしい意識をもっているおかげで、この人物だけは「偶然」のとりこにならぬ、という。他の登場人物は「偶然」の出来事に翻弄されているというのに、この金貸し婆さんだけがそれを免れているのはなぜか。小林はその理由を「誓ひ」という言葉であらわす。要するに、人間が自分としての目標を定めてそれに忠実であろうとするということである。とすると、守銭奴の誓いも、根本的には、人間の意志の関与する余地のない「自然」と人間が作り出さなければ存在しない「歴史」との関係にゆきつく。つまり、自然の非情な合理性にたいする人間の関わり方、あえて言うなら、「自然の合理」に対する人間の態度決定の問題になる。

この点に関する小林の見解は、「ドストエフスキイの生活」の序として書かれた「歴史について」(一九三八—三九)に意を尽くして展開されているが、敢えて要約すると、つぎのようにいうことができるだろう。自然界の因果律に従って生起する事象を支配する合理性は、人間には、どうにもとりつきようのないものであるが、人間は、単に「自然」のうちにあるのではなく、言葉によって「歴史」をつくり「歴史」の中に生きていく。そうして人間は人間としての存在理由をもつことができる。それが、人間らしい意識をもつということであり、その存在理由を全うする方向にはたらく思考あるいは生き方を、ここで小林は「合理的」といっているのではないだろうか。

もう一歩話をすすめるなら、こと人間的観点に立つかぎり、いわゆる科学的合理性に基づいてどこまでも見通し可能の因果関係を適用することは、人間にとって合理どころか、逆に「不合理」なのだ。このことを、小林秀雄は、これも「考へるヒント」中の「常識」という一文で、平たく見事に表現している。たとえば、ことの成り行きを先の先まで御存知の神様同士が、つまり客観的条件内における因果関係を完全に読み切る能力を持った者同士が、「人間の一種の無智を条件としてゐる」将棋という遊戯を指すことは、人間の理に合わない(『全集』12・三)。先手必勝の将棋には何の意味もないのである。これが将棋のような遊びならばよいが、人生の最期の一瞬まで見通し済となったらどうするのか。行き先を見通された人間が、いかに急速に人間でなくなるか、その見本は、シェイクスピアが『マクベス』で如実に描きだしている。

人間と自然の出会うところは、同時に「必然」であり「偶然」である。自然の因果律の節目節目は、単に自然現象としてみれば「必然」である。この必然を人間との出会いという観点からみて人間はそれを意識の側から偶然と呼びかえることもできるわけだが、それはそのまま小林秀雄のいう「人間らしい意識」の働きにはならない。

「がめつい奴」についての感想文は、だれにでもよく分かる金銭欲という卑近の例をもちいて、じつに大事なことを説いているのだ。偶然が偶然にとどまっているならば、そこには驚きはあっても、それを劇の要因に高めるエネルギーはない。偶然のとりこになっている人々は、わずかに、自然の一要素としての自分を意識しているに過ぎない。まさに吹けばとぶよな将棋の駒が右往左往しているだけの話である。これが「人間らしい意識」になるためには、偶然に驚くのではなく、逆に、これこそは自分に起こるべくして起こった必然であるとして受け止め、そこに自分の「運命」を読み取り、それを全うする誓いをたてる必要がある。つまり、それを道徳の水位でひきうける必要がある。そのときに、ひとは「劇」の主人公になる。ある使命を引き受けた人間が、その使命達成との関連において、偶然を、「事故」としてではなく「事件」として、「出来事」として、認識する。そこにこそ、真の冒険としての「人生」の可能性があらわれる。小林秀雄の特徴は、そのような生き方を、とくべつな英雄とか偉人とかの専有とせず、ひたすら金を溜めるといういわば下賤な欲望の追求にまで認め、しかも、「がめつい奴」の場合のように、それこそを積極的に人間として「合理的に生きること」とみなすところにある。金貸しの老婆も、誓いの強度によっては、ギリシャ悲劇の主人公と同等の生の質に達しうる。これは決して大袈裟なはなしではないのである。「無常といふ事」におさめられた随筆《平家物語》の冒頭において、小林が子規の歌を引用し、佐々木四郎の「先がけ」の誓いを『平家』の本質的な美しさに直結させて語っていることを思い出しておこう(『全集』8・二〇)。

小林秀雄の考えを追って、もう一歩、話を徹底させる。ある人とある人が、人生途上で出会う。自然界の因果関係からいえば、それも必然の結果でしかない。逆に個人の意識としては、それを無限の偶然の集積した結果と捉え、驚くこともできる。人間万事、桓武天皇の御世どころか、先史時代のその先から、無数に生じた必然＝偶然の集まりである。これはなにも天皇家のだれかれに限ったはなしではない。どんな生まれの名無しの権兵衛であれ、人類の発生以来、いや生命の発生以来の、連綿たるご先祖さまのあれやこれやの繫がりの末に生じたことにおいて、宮家の御曹司とかわりはない。袖振り合うも多生の縁なのである。しかし、恋をしている者に、それは無限にちかい過去から続いてきた因果関係の連鎖の一環でしかない、と言ったところで恋心はおさまらないだろうし、逆にそんなものは偶然にすぎぬと言ってみても、あの人こそと思い込んだ気持に影響はあたえないに違いない。

金貸し婆さんから恋の話とはいかにも唐突、と思われるなら、つぎの文章を読んでいただきたい。これは、年代のうえでは、『本居宣長』をとびこえるが、『本居宣長 補記』の冒頭の文章、ソクラテスと本居宣長とを語ったものの一節である。プラトンの『パイドロス』を引き合いに出して、小林はこういう。

この「對話篇」では、美と深い關係にある戀(エロース)といふものが、大きな話題となつてゐるが、戀といふ強い欲望は、人を狂氣にせずには置かない。それが戀の眞相だが、正氣でゐたい利口者には、戀の眞相とは、まさにその通りであるかどうかといふ問題には、直かに出會へない。利口者は戀の愚を避けた積りでゐるだらうが、實は、戀の方で、利口者など近附けないのである。古人は、正氣の分別といふものを、特に自慢にもしなかつたから、狂氣といふものも、素直な魂が捕へられる、自分ではどうにもならぬ激情、とありのまゝに受取つてゐた。狂氣(マニアー)とは、正氣に到らないものではなく、正氣を超えるものと考へられてゐた。(『本居宣長 補記』七頁。以下、『補記』七と略記)

ここでも、小林秀雄は、やや極端なかたちで、人間にとっての合理というものを語っている。狂気であれ、恋であれ、金儲けの情熱であれ、人生の真相を、「まさにその通り」と認めることが、小林にとって人間にふさわしい合理的態度なのだ。これは、一九四〇年に発表された「事變の新しさ」という文章をみれば、明らかだ。「生きた人生の正體が卽ちロヂックといふものの正體なのだ、この正體を合理的に解釋する爲の武器として或は裝置としてロヂックがあるのではない。さういふロヂックは見掛けのロヂックに過ぎないのである。ヘエゲルが、或る日山を眺めてゐて「まさにその通りだ」と感嘆したさうです、〔……〕富士山を眺めて山部赤人も「まさにその通り」と言つたに相違ありませぬ」(『全集』7・一三〇)

と言うことになれば、さらに考えを徹底させて、一九四七年に書かれた「ランボオⅢ」も見ておくほうがよいだろう。小林は、この文章で、「あらゆる感覺の長い限りない、合理的な亂用」によって、「千里眼にならなければならぬ」というフランスの詩人を、強烈な共感をもって語る。肉体の目をこえて見ることにより、詩人は未知のものに達し、「見たものは見た」と断言するのである(これは、小林自身の示唆するとおり、神秘家のやり方に通ずる)。しかも、この仕事は、「言葉といふものが、元來、自然の存在や人間の生存の最も深い謎めいた所に根を下し、其處から榮養を吸つて生きてゐるといふ事實への信頼を失つては、凡そ詩人といふものはあり得ない」という確信に基づいているのだ(『全集』2・一六五―七四)。ランボー論と本居宣長論の共通性を細部にわたって検討することはここではできないが、次の一節を熟読するだけでも、ランボーと本居宣長とが、小林秀雄の描きだす肖像画において、手に手を取って立っていることは間違いなく理解できるはずだ。

> 彼〔ランボー〕が衝突したのは、「他界」ではなく、彼といふ人間の謎の根元ではなかつたか。この不思議な詩人は、人間には言葉より古い記憶はないといふ事に苛立つたのではなかつたか。
> 然し、彼自身が否定しようがしまいが、彼の「言葉の錬金術」からは、正銘の金が得られた。その昔、未だ海や山や草や木に、めいめいの精靈が棲んでゐた時、恐らく彼等の動きに則つて、古代人達は、美しい強い呪文を製作したであらうが、ランボオの言葉は、彼等の言葉の色彩や重量にまで到達し、若し見ようと努めさへするならば、僕等の世界の到る處に、原始性が持續してゐる様を示す。僕等は、僕等の社會組織といふ文明の建築が、原始性といふ大海に浸つてゐる様を見る。(『全集』2・一七三)

*

『本居宣長』及び『本居宣長　補記』において、合理または理という言葉は、頻繁にあらわれる。言葉の両義性はここでも十分に発揮され、肯定的に用いられる場合と、否定の言葉になる場合とが入り乱れているが、殆どは、悪しき意味での窮理、空理、合理化などを排するという形でもちいられている。六百ページを超える本文と、百十三ページに達する補記とを繰り返し読んでみると、小林秀雄が、再三再四、否定的な意味での「合理」を叩く様は、切っても切っても生えてくる毒蛇の鎌首に何とかしてとどめをさしたいと願う執念のなせる業であることが、否応なく伝わってくる。窮理を旨とする朱子学に抗しておこった古義学・古文辞学さらに国学と、小林の論述に従って、合理に対する考えの流れの要点だけを辿ってみても、そこには筆者の異様なまでの執心が感じられる。

中江藤樹に示される新学問の初心を語るとなれば、こんな調子になる。「彼〔藤樹〕の學問の本質は、己れを知るに始つて、己れを知るに終るところに在つたと言つてもよい。學問をする責任は、各自が負はねばならない。眞知は普遍的なものだが、これを得るのは、各自の心法、或は心術の如何による。それも、めいめいの「現在の心」に關する工夫であつて、その外に、「向上神奇玄妙」なる理を求めんとする工夫ではない。このやうな烈しい内省的傾向が、新學問の夜明けに現れた事を、とくと心に留めて置く必要を思ふのである」(『本居』八七―八八)

これが、徂徠に関しては「私達が現に暮してゐる世が、一定の原理(たとひ聖と呼ばうと)に還元して了へるものなら、原理とは空言であらう。歴史は、「事物當行之理」でもなければ、「天地自然之道」でもない（答問書、下）。本質的に人間と言ふ「活物」の道である」ということになる（『本居』一〇三）。仁斎から徂徠への古学は、歴史を対象化し合理化することを排し、過去の遺産を、物的遺産から精神的遺産に転換した、というのである（『本居』一〇九）。ここで精神的遺産というのは、過去の呼びかけに対し、現に生きている者が身をもって応じ、現在に蘇らせるものという意味であろう。

いよいよ、眼目の本居宣長という段になれば、合理と神秘との問題は、「歌まなび」と「道のまなび」との結び目に、もっとも鋭いかたちで出てくる。これは、もちろん、「歌まなび」が合理で「道のまなび」が神秘だという意味ではない。小林は、実をいうと、「神秘」という言葉はごく稀にしか用いず、『本居宣長』と『本居宣長 補記』においては、「あやしさ」という宣長の表現を踏襲している。『源氏物語』を読み解いたのと全く同じやり方で『古事記』神話を扱う本居宣長を正しいとするにさいして、あやしき事をうけいれる態度こそが、本当の意味の合理に通じるという方向をとるのである。つまり、「物のあはれ」を論ずる筋の通った実証家と「神ながらの道」を説く混乱した独断家とが本居宣長のうちに共存しており、前者は認められるが後者は切り捨てざるをえない、というような評価が、周知のごとく続出したのだが、それを小林秀雄はことごとく退け、そのような誤断の責任をいわゆる実証性、合理性、進歩性に信をおく通念の強さに見いだすのである。

では、小林は、彼にとっての正しい合理をどこに見いだしているのか。実際には、本居宣長論において合理・合理性という言葉が肯定的な意味で使われることはほとんどないのだが、ふたつの例を見ておきたい。そのひとつは、『本居宣長 補記』にある。それは、「秘本玉くしげ」で宣長のくりひろげる百姓一揆の原因についての具申に関してのもので、一揆の原因は施政者の悪政にあると率直に述べる篤実な学者の政治経済論を丁寧に引用したのち、小林はこう言う。

〔……〕いかにも宣長のものらしい合理的な文章だが、その説得力は、何處から來てゐるかと問はれゝば、やはり、それは、「物の哀をしる」人の肉聲から、やつて來ると答へるより他はないやうに思ふ。(『補記』七九)

宣長のものらしい「合理的な文章」とは、身近な事、手近な事を唯一の拠り所にして、人の心に密着した平易な語り口に徹する宣長の文体を称しているのだが、めずらしく「合理的」という表現を批判の色合いなしに用いたものの、小林はすぐに現代知識人の誤解をおそれるといった調子で、この文章の説得力はいわゆる「合理性」にあるのではなく、宣長の肉声から出てくるのだ、という意味合いの注釈をつける。「百姓の一揆は、「いづれも下の非はなくして、皆上の非なるより起」るといふ彼の心理分析は、なるほど、今日の讀者の心も直に捕へる力を持つてゐるが、其處には、心理分析とか心理學とかいふ現代語を使ふのに、そぐはぬものがある事を、はつきり知らなければならない」という具合である。実をいうと、この宣長の具申を心理分析というのもやや無理な話で、こういう形で引き合いに出されては分析や心理学こそよい迷惑だとも思える。小林秀雄が、自分の信念の世に通じ難いことを危惧するあまり、ややもすると頑なに仮想敵を固定してしまう弱点がここにも出ているのだが、大事な点は、宣長という一個人が、自己の実存をかけて肉声をもって語った大胆な政治論を、小林が合理的な文章と称しているところにある。合理というものは、小林の場合、個人との関係においてのみ、意味をもつのだ。

その意味で、『本居宣長』にある次の一節は、小林の考えをより一層明確に示している。本居宣長の直弟子と称した平田篤胤に関して村岡典嗣の所説を共感をもって略述しているくだりである。

〔……〕彼〔篤胤〕は、鈴屋大人の御靈が幽冥界に坐す事を、少しも疑つてはゐなかつた。「靈の眞柱」にあるやうに、死後は靈となつて、師の墓邊に奉仕する事を信じてゐた。宣長と自分との間に、精神上の幽契が存するといふ事は、篤胤の神道の上からすれば、合理的に理解出來る動かぬ事實であつた。私達は、これを疑ふわけ

にはいかない。もし疑ふなら、疑ふ人の眼には、篤胤といふ歴史上の人物の、形骸しか映じないであらう。（『本居』三〇二）

平田篤胤によって本居宣長の思想が強引に歪められていったことは、小林秀雄も十分に承知していた。その上でなお、右のように、篤胤の内側に働く合理にそって考えを進めるのは、決定的な態度表明といわなければならない。ここでも、合理は、普遍の次元ではなく、個人の信念の水位において是認されているのだ。先に引いた「がめつい奴」の金貸し婆さんが自分の誓いに忠実に従って「合理的に」生きている、といったのとおなじ論理を小林は貫いているのである。しかも、ひとりの登場人物を実人物に結びつけるのは、単なる思いつきではない。学者・思想家も本質的には、人間劇に登場する一人物なのだ。『本居宣長　補記』にこういう一節がある。

誰もが、確かにこれは己れの物と信じてゐるそれぞれの「思ふ心」を持ち寄り、みんなで暮すところに、その筋書きの測り知れぬ人間劇の幕は開く。この動かせぬ生活事實を容認する以上、學者も學者の役を振られた一登場人物に過ぎないと考へる他はない。「一トわたりの理」を頼めば、見物人の側に廻れると考へたがる學者の特權など、宣長は、頭から認めてはゐなかつたのである。そこで、どういふ事になつたかといふと、自分は劇の主役であるといふ烈しい、緊張した意識が、先づ彼を捕へてゐたと見ていゝ。この役はむづかしい。普通の意味での難役とは、まるで違ふ。どの役者の關心も、已れの演技の出來如何にあるわけだが、學者にあつては、已れの演技の出來を確めて行く事が、卽ち劇全體の意味を究めて行く事に他ならない。人生劇の主役をつとめようとするなら、是非とも、さういふ、人々の眼に異様なものと映るやうな役を熟《こな》さなければならない。演技によつて、已れの「思ふ心」を、何の疑念もなく、表現してゐれば、それで濟んでゐる役者達に立ち交つて、主役は、その役を演じ通す爲には、更に、「信ずるところを信ずるまめごゝろ」が要求されると、さういふ言ひ方を、宣長はしたと解していゝ。（『補記』六五）

小林のいう「合理」が「一ト わたりの理」にはなく、「信ずるところを信ずるまめごゝろ」の側にあることはあきらかである。

別の言い方をするなら小林秀雄の合理は、詩・歌の理なのである。孔子、徂徠、宣長と一直線に来た線を、小林はまともに継いでいる。この辺の事情は、『本居宣長』の三十二章に詳しいので、詳細は省くが、徂徠の「論語徴」にある「凡ソ天下ノ事言ハザルナキハ、唯詩ノミ。凡ソ天下ノ理知ラザルナキハ、亦タ唯詩ノミ。是レ豈ニ理學者流ノ能ク知ル所ナランヤ」という文章、あるいは、「凡ソ言語ノ道ハ、詩コレヲ盡ス」という考えは、そっくりそのまま本居宣長によって、文字通り「筆写」され、血肉となった、という点を小林は強調しているが、小林自身も徹底してその道を辿った（『本居』三八四―八五）。

そして、詩の言語にこそ理を認め、歌の言葉を我が物にすることに専念するということになれば、つまりは、物としての言葉を摑んだら離さぬ、ということになれば、先に引いた「良心」の一節にみられるとおり、それこそが「合理的に」考えていることになる。実際、画家がモデルを摑んだら得心の行くまで離さぬというのが合理的に物を考えることだ、と言った小林は、宣長の「直毘靈」についてこうも言うのだ。

〔……〕「直毘靈」の仕上りが、あたかも「古典《フルキフミ》」に現れた神々の「御所爲《ミシワザ》」をモデルにした畫家の優れたデッサンの如きものと見えて來る。「古事記」を注釋するとは、モデルを熟視する事に他ならず、熟視されたモデルの生き生きとした動きを、畫家の眼は追ひ、これを鉛筆の握られたその手が追ふといふ事になる。（『補記』七一―七二）

このような意味で、合理的に考えつづけていた本居宣長が、歌は歌、神話は神話、歴史は歴史という具合に、根本的な思考法を取り替えたはずもないのである。

さて、ここまでくれば、小林秀雄のいう「合理」がいかに「あやしさ」と表裏一体になっているかは、あきらかであろう。言葉という本質的に「あやしさ」を含んでいるものを握りしめ、古言というさらにも「あやしき」ものを「おのがはらの内の物」とすることを求めた本居宣長が、「詞の玉緒」において、「てにをは」の「とゝのへ」を発見し、どのように「いともあやしき言靈《コトダマ》のさだまり」を語ったか、その地味なしごとの重要な意味を、小林は見事に指摘している（『本居』二六〇）。言葉を手掛かりに古代人の生活を領していた「神《あや》しき」経験を描きだそうとした本居宣長を、昭和の思想家が、まさに同じ言語観・認識論を抱いて、細大あまさず描きだしているのだ。これが、近代日本の知識人にとって、容易に納得しがたいものであることは、止むを得ないとしても、思考の徹底性のゆえに小林を神がかりの狂信者の類とみなす誤りはおかしてはならないだろう。小林は、本居宣長が神代の物語の露骨な不合理から眼を離さず、その「あやしさ」をなんとか始末しようと努めたひとであることを強調するが（『本居』五七一―七二）、この、古伝説のわが国最初の愛読者が、「覺め切つた最後の愛讀者」であったこともしかと見ているのである（『本居』五六一）。

さきにも述べたように、小林秀雄は「神秘」という言葉は、稀にしか用いていない。一九四〇年に書いた「道徳について」の最後の一句、「故に道徳は遂に一種の神祕道に通ずる。これを疑ふものは不具者である。」などという断言は、むしろ稀だ（『全集』7・二九七）。『本居宣長 補記』においても、「彼が、世の中の「あやしき事」を肯定したとは、これに向つて、己れの心を開け放つたといふ事であつて、其處には、神祕な世界への憧れといふやうな、あやふやな感情は全く見られないのである」と明言している（『補記』一〇七）。

なにもかも、あやしいこの世にあって、人はいかに「合理的に」ものを考え、いかに明瞭に物をみるか。

からだ──経験談について

「自分の過去を正直に語る爲には、昨日も今日も掛けがへなく自分といふ一つの命が生きてゐることに就いての深い内的感覺を要する。從つて、正直な經驗談の出來ぬ人には、文化の批評も不可能である」(『全集』8・一八七)とは吉田満の『戦艦大和の最期』を評した小林秀雄の言葉であるが、文化を縦横に批判した小林秀雄には、数々のすぐれた経験談がある。もちろん、この発言にみられる「深い内的感覺」にもとづいた経験は、小林のどの作品にも見えつ隠れつ本質的に係わっており、どのように抽象的にみえる論議も根は深く経験におろされている、ともいえるのだが、ここでは、いわゆる経験談・思い出の記に対象を限って、なかでも、小林が一九四九年に単行本として出版した『私の人生観』に収録されているいくつかの文章を対象に、小林の経験談の特徴をさぐってみたい。

まず、この本の初版出版の経緯を見ておくと、敗戦後間もない一九四八年に大阪でおこなわれた講演「私の人生観」が、修正加筆の後、翌一九四九年に単行本として創元社から出版されたのだが、そこには、表題作に先立って、経験談と知人の回想とを主体とする二十二篇の随筆が併せて収録されていた。(1) その後の諸版で収録作品に一、二の異同があるとはいえ、(2) 一九三四年から一九四九年の十五年間、つまり戦前から戦後に及ぶ長い期間にわたって書かれた折りふしの記を、こうして『私の人生観』という総題のもとに一つに集めたことには、単なる出版上の便宜をこえた意味が託されていると考えてよいだろう。

主体をなす講演「私の人生観」において、著者は、美を感じる心を認識機能の根元にすえて、日本文化のさまざまな分野、さまざまな水位に現れる「観ずる」力の一貫した流れを語る。仏教において徹底的に追求された心身合一の「観」の実践を基点に捉え、その歴史上の展開を追い、宗教から芸術さらに広く人の生き方一般へと考察を広げつつ、ヨーロッパの哲学・芸術をも取り込んで民族の枠を超えて繰り広げられる小林の論述は、作家後半生の営みの基盤を総合的に示した重要な作品である。西欧の近代を手本としてひたすら近代化を追求してきた日本の夢が完膚なきまでの敗戦という挫折を喫した時点で、西欧の近代文学を心の糧として自己形成をなし遂げた文学者が近代の果てまで辿りつくしたうえでおのずから近代を超える展望をひらこうとした試みとして、この作品は文化史上重要な意味をもつのである。(3) ただ、ここでは、著者自身の「人生観」を同論文に語られた思想の水位に探るのではなく、それに先立つ諸篇、とくに自分の経験をじかに語る小品をとおして、小林の人間像を考えてみたい。書名『私の人生観』とそれに応える巻末の「人生観」論とのあいだにあって、これらの短文は、〈小林秀雄自身の人生観〉をいくつかの切り口から鋭く描き出しているのであり、講演「私の人生観」と対をなすものなのだ。決して刺し身のつまなどではない。主論文では直接に語られなかった小林自身の人間観がここでは素直に正直に現れているのである。(4)

そこに立ち現れてくるのは、ものを飲みかつ食う人である。そのような肉体のいとなみをつうじて、自然と文化の接点に立つ人である。そのような条件を背負って、弱くまた強い人である。

*

通読してわかるように、著者自身の経験談においても、知人・友人の回想記においても、食べ物・飲み物の記述はきわめて多く、重要な役割を果している。統計をとって調べたわけではないから断言はしがたいが、いっぱんに、日本の随筆において、事実の記録という直接のかたちで食べ物・飲み物の出てくる頻度は、西欧のエッセイの場合よりもはるかに高いのではあるまいか。経験談として人間の生き方を語るに際して日本の作家が飲食物に託す意味は、西欧の作家の場合よりずっと重いようだ。そのような一般的傾向のなかで、小林の注意が他の日本人作家の場合以上に食べ物・飲み物に向うのかどうかは、これもにわかには断定できないが、小林秀雄が(或いは小林秀雄も)、自分の人生経験からとくに印象深い場面を引き出して来る際に、しきりに飲み食いの事実を書きとめることは驚くほどである。小林の関心はじつにしばしば飲食物に向い、飲んだり食べたりしたものとその結果とがきわめて具体的に記述される。以下、『私の人生観』初版の構成に従って、検討してみよう。

まず、第一部の「失敗」では、初出の「様子の變つた小料理屋」という題が示すとおり、へべれけに酔って鎌倉にもどってきた筆者が、料理屋と思い込んで、とある別荘に強引に入り込み、酒をくらう。その導入としては、普段行きつけの駅前のおでん屋の描写があり、湯豆腐だ、寿司だと細かい道具立てもされている[5](『全集』3・三三一-三四)。これは、酒の上での失敗談が主題なのだから、飲み食いの出てくるのは当然で、それがいかに滑稽にお膳立てされているかが興味の中心だが、この種の泥酔談は単なる馬鹿話ではあるまい。アルコールの作用で理性のコントロールを逸した人間の姿をしっかり見据えて文章にし、それに社会的なメッセージを託して、つまり作家の文章として公表することには、あきらかに「人生観」、つまり人間の生き方にたいする考えとしての意味があるだろう。覚めきった意識、軌道を外れない理性によって律せられるのだけが、人間の道ではないのである。

第二部の「初夏」となると話はもう少しどぎつくなり、最初から鎌倉の浜の小便の臭いなどをにおわせた末、終わりの四分の一ほどは、横須賀線の車中で自分を頭とする酔っぱらい連中の繰りひろげたとんでもない放尿談となる（『全集』3・三七―二八）。規則づくめの社会生活に対する批判としてはあまりにも物質的な低次元の反抗とも言えなくはないが、手洗いという人間の自然な生理的要求に合致した設備を車内に付けようとせず、機械に人間を合わせてよしとする態度を笑いのうちに批判する論法は、人間の思考の機械化を常に告発した文明批評家の筆にまさにふさわしいものである。

この「初夏」とならんで第二部を構成する他の体験談にも、飲み物・食べ物は、さまざまな形でとらえられている。それを網羅する必要はあるまいが、さらに幾つか例を引くなら、「カヤの平」で初めて山スキーに加わり、一人だけ未経験のため酷い苦労をした小林は、こんな具合に語る。

やがてブーさんといふ人の主張で、馬曲といふ部落に下りる事に決つた。もう薄闇で凸凹もわからない澤を少くとも僕だけは滅茶苦茶に轉げ落ちた。〔……〕道らしいものに出た時にはもうすつかり夜であつた。みんなは焚火をして僕を待つてゐてくれた。カンテラの灯を頼りに馬曲について、腹わたに滲みる様な水を飲まされると、どうでももう勝手にしやがれと思つた。中村の村についたのは十二時過ぎであつた。飯山まで行くといふ一行にわかれて深田と二人で宿屋に行き、酒を呑み、

いゝ修業になつた、など減らず口をきいて寝て了つた。(『全集』3・三四)

疲労の極にいたった肉体は冷たい水を飲まされてすてばちになり、危険を脱した心は酒を食らっていい気になる。こんな些細な事実そのものは、どうということはないと言えばまさにその通りなのだが、それをあえて書きしるす作家の書きぶりには、ここにも書く人の人生観が滲み出ている。それを理解するには、この引用の状況にいたる直ぐまえに冷たい雪のなかに倒れ、身動きもできずに半死の思いをした作者の気持を知る必要があるだろう。冷えきった水が腹に滲みるとは、自然が、死が体内に深く浸透するのを感じることにほかならないのだから。ここで自然は、極めて危険なものとして厳然と存在し、小林の命を脅かすものなのである。

第二部を構成する他の三篇でも飲み食いは主要テーマとなっている。「山」では、山椒魚だか井守だかを池にみて、しゃくって佃煮にしたら、さぞうまかろうという話になり(『全集』3・三六)、その辺まではのどかな思い出であるが、山は不気味な存在であることを止めない。小林ははじめて山らしい山にのぼって危うく死にそうになる。そこで、たまたま、命びろいしたわけだが、助かっての感想は「村の人に御馳走になつた岩魚の味噌汁は、氣が遠くなる程うまかつた」という素朴な表現になる(『全集』3・三八)。命の喜びは端的に岩魚の味噌汁となって歌われているのである。

これが、「蔦温泉」に行けば、とてつもなく大きなおたまじゃくしを見かけ、毎晩風呂に浸かりながら、豚のような声を出して唸る食用蛙を食わないのはもったいないと思うという次第である(『全集』3・三四〇)。「湯ケ島」に行っても、稲荷鮨やら、のり巻きやら、ちらしやらを山のように食わされた経緯が面白おかしく書いてある。飲み物は酒でもビールでもまして冷水でもなく、ウィスキイである(『全集』3・三四一-四二)。ここでは、自然もやさしい。村の共同風呂に入った小林は「身體がいゝ氣持ちに溫まるから別段孤獨も感じない」。いずれも、食べ物との奇妙な関係がテーマとなって、世の常とややずれた人の生き方が、たくみに示されている。

　五〇年も六〇年も前に、小林秀雄が飲み食いしたものを数え上げて何になるのかと思われるかもしれないが、これが、第四部の友人・知人録をみると、タダゴトでないことがわかるのである(第三部の三篇は、ある意味で説教調の文明論で、さすがに飲食物は姿を見せない)。第四部の九篇のうち、「眞船君のこと」と久保田万太郎にあてた公開書簡「嵯峨澤にて」を除く七篇は、いずれも追悼ないし死者回想の文である。これでは、生き残りも気味が悪いのではあるまいかと思われるくらいだが、それはともかく、興味深いことに、現存者に関する文章では食べ物・飲み物は影を見せないのに、追悼文では、飲み食いの印象がきわめて強烈に書きとめられている。小林秀雄は亡き人の魂を直接に追悼するのではない。一回限りの生命を支えた肉体を偲ぶのだ。

まず「菊池さんの思ひ出」では、この文壇の大物にデッサンとパステル画を買ってもらい生活費にあてようとしていた小林が、支払いを待ちあぐねていた時の状況が、こんな具合に描かれる。

ある日、下の廣間で、獨りで茶を飲んでゐると、菊池さんが這入つて來て、僕の隣りに腰をかけ、サンドウィッチを註文した。僕は菊池さんの顔を見れば、パステルの代金以外は考へられなかつたから、話すのは今だと思つたが、どうしても言葉が出て來ない。いや向うから何んとか言ふべきではないか。やがて、サンドウィッチが來ると、菊池さんは、凡そ僕などは默殺して了つた不機嫌な顔でムシャムシャ食ひ出した。

食ひ終つたら默つて行つちまふだらう、もう我慢がならぬと思ふ途端に、「先日は、繪をどうも有難う存じました」と馬鹿丁寧な言葉が口から出て了つた。菊池さんは、口の周りにパン屑をつけて、しばらく怪訝さうな顔をして僕を見てゐたが、突然顔ぢゅう皺だらけの何んとも言へぬ笑顔になり、「あんな繪、君、ほんとにいゝ繪なのかい、君、儲けるんじやない?」と言つた。

僕は、大きな聲を出して笑ひ、菊池さんといふ人を理解した様に感じた。(『全集』8・二五八)

ある人を理解する、という人間にとって根本的な行為のきっかけとして、このサンドウィッチがどれほど効いているかは、言うまでもあるまい。ものの食べ方ひとつにも、人間ははっきりと出るのだから。菊池寛逝去の六日後に書かれたこの追悼文は、もうひとつ、食べる行為を暗示して終わる。汽車の中で入れ歯をなくして苦り切っていた菊池寛が、終着駅に着いて靴を履こうとすると、その中から入れ歯が出てきたという落ちである。

小林秀雄がごく限られた何本かの線で的確に人物像を描きだすとき、飲食およびそれに随伴するイメージは不可欠の線なのである。

「横光さんのこと」と題する追悼文には、具体的な食べ物は喚起されていないが、「胃潰瘍が死病であつた由だが、僕には、心の悩みが眞の原因であつたとしか思へないのである。」(『全集』8・二六〇)という一句で、飲食行為は示されている。これは、からだとこころを常に結びつけて考えてゆく小林の人間像を、もっとも端的に表したものといえるだろう。そして、こころに対するからだは、じつにしばしば、食べることによって示されている。横光を追い詰めたのは、こころであったか、胃袋であったか。正解は、こころに結びついた胃袋であろう。

もとより、人は飲まず食わずでは生きられない以上、からだと食が直結することには何の不思議もないが、何の不思議もないことを作家が繰り返し書きとめることにはそれだけの意味があると言ってよいだろう。

「島木君の思ひ出」も例外ではない。小林は「酒も女も知らぬので、しきりにうまいものを食ひたがり、食ひものの話ばかりしてゐた」島木健作を悼み、ついに酒の味を教えられなかったことを惜しんだのち、ついには荒い呼吸をしている肉体と化した友人の最期を描く（『全集』8・二六三）。

「嘉村君のこと」も同様、二度だけ親しく話したという知人を描くたった二ページ足らずの回顧は、地味な嘉村礒多が、一度目はビフテキを食べ、ビールを飲み、二度目の夕食でも気持よくビールを飲んだことを伝える（『全集』1・三三二）。一分の狂いもなく、引くべきところに引かれたデッサンの線である。

残る富永太郎と中原中也は、若いころの小林にとって、前述の人々とはまた一段と異なる深い関係をもった詩人たちだ。「富永太郎の思ひ出」に描かれている、死の迫った太郎が「床の上に長々と腹這ひになつて鰻の辨當を食べてゐた」凄惨な姿は、すでに引いた（『全集』2・一〇八。本書九四頁）。死相の現れた友人と脂ぎった鰻の取り合わせは、肉体なしには生きられず、肉体ゆえに死なねばならぬ人のすがたを、ありありと喚起する。中也に関しては、あまりにも有名な文章ではあるが、欠くことのできない重要な部分なので、あらためて読んでおこう。

二人は、八幡宮の茶店でビールを飲んだ。夕闇の中で柳が煙つてゐた。彼は、ビールを一と口飲んでは、「あゝ、ボーヨー、ボーヨー」と喚いた。「ボーヨーつて何んだ」「前途茫洋さ、あゝ、ボーヨー、ボーヨー」と彼は眼を据ゑ、悲し氣な節を付けた。私は辛かつた。詩人を理解するといふ事は、詩ではなく、生れ乍らの詩人の肉體を理解するといふ事は、何んと辛い想ひだらう。彼に會つた時から、私はこの同じ感情を繰返し繰返し經驗して來たが、どうしても、これに慣れる事が出來ず、それは、いつも新しく辛いものであるかを訝つた。彼は、山盛りの海苔巻を二皿平げた。私は、彼が、既に、食欲の異常を來してゐる事を知つてゐた。(『全集』2・一三)

ここには、柔らかく煙る自然と、すでに生き身の人間の正常な機能を逸脱してしまった肉体と、それでも詩人であることをやめない意識と、それを見守りつつ傷みを覚える友人のこころとがある。この思い出に先立つこと十二年、小林は「死んだ中原」を書いたが、そこで小林の手にする竹箸は、食べ物をつまむためではなく、遺骨を拾いあつめる道具であった(『全集』2・二五)。

弔文のなかにおいてさえ明るくたくましい菊池寛の例を除いて、この第四部に集められている文章では、飲み食いにまつわる思い出が、いずれも、物を書く人の滅び行く肉体を喚起するものとしてあらわれる。

ここまで来て、再び、小林が自分自身の山や温泉での経験を語った文章を読むならば、小林がどのようなところに腰を据えて、飲み食いする自分を眺めていたかはあきらかであろう。ものを食べ味わう者は、自然と文化の接点にいる。滋養をとること自体は文化ではない。味わうことによって、文化がうまれる。あたりまえの話だ。しかも、ものを食べ味わう者は、なんと弱く壊れやすいことか。その壊れ易さをじっと見つめ、言葉によって定着する者がいないならば。「昨日も今日も掛けがへなく自分といふ一つの命が生きてゐることに就いての深い内的感覚」は、小林の経験談から溢れ出て文化論を浸している。「みる——死骸について」の文で述べたように、食こそが「無上至極のたふとき寶」とする本居宣長の考えを小林が共感をもって引用しているのは、決して偶然の話ではない。

時間考

小林秀雄と時間の問題について、二十分ほどお話ししますが、まず、ひとつの文章を読んでおきたい。

一九七四年六月三日　復活祭の月曜日

気だるい午後の真白な光。これは、動きに満ちた二つの時期の間にある徴候である。僕は、そこからやがて何か創造的なものの出てくるこのものうさが好きである。目の前に蔦の枝がたれさがって風のまにまに揺れ動いている。

僕は自分がある遠い過去の深い底にいるような気がする。そして郷愁に満ちた遥かな昔のもののように眼前の風景を眺める。このように時の中で揺れ動き、時が重なり合うおかげで、時を貫いてしか表われない根源的に感覚に訴えるものを僕はちらりと見る、あるいは垣間見ることができる。逆算が一度始まると、凡てが決定的な一点を基点として過去になる……。あらゆる現実を覆いつくすこの巨大な感動、それこそを何とかして手に入れなければならないのである。

紗のカーテンをとおして、空の青を浮き雲の覆っていくのがみえる。

どうして今年は燕が姿を見せないのだろう。大気汚染のせいだろうか。何物かが恢復し難いまでに失われてしまった。燕の飛翔のうちに象徴されていた何物かが……。現代文明は変わりゆく季節と遠い未知の国からのたよりとを無用のものにしてしまった。日本では、秋の名物だった、淡水産のアユ、別名香魚を、年がら年じゅう食べるようになった[1]。


これは、日本文明との係わり方からいえば小林秀雄とある意味で対照的な道を歩んだ森有正がフランス語で書きつづった「日記」の一ページである。まず、復活祭、つまり生命の再生を象徴する春の日の午後をみたす真白な光という、ものを感じ考える主体を囲む環境についての指示がある。そこにある感覚と意識とは、やがて創造的なものの生起することの予感される「ものうさ」と表現されているとおり、特定の対象に向けられて限定されてはおらず広く開かれた状態にある。そのような自由な感覚を通じて、あるイメージとそれに伴う動きとが、知覚される。自然のリズムにあわせて伸びるともなく伸び、自然の振り子のように風に吹かれて揺れ動く枝。きわめて些細な、しかし鮮明なこの知覚から、森有正はひとつの経験へとすすむ。「時を貫いてしか表われない根源的に感覚に訴えるもの」というのは、非常に重要な考えである。それは、時というものの本質的な役割を語っている。つまり、「経験」は感覚を通じて成り立ち、しかも感覚を超えるものとして結晶するのであるが、そこに至る道は、私たちが時の層のなかで揺れ動き、過去・現在・未来と呼ばれている時の諸相が重なりあい融合することによって、時を貫いて、開かれるというのである。森有正はまっとうな思索の辿るべき道として「変貌」ということを重視していたが、それも、時を貫いてこそ可能になるのである。拙訳のためやや分かりにくくなっているかもしれないが、「逆算」云々というのは、ここでは、予見される自分の死を起点として、死に至るまでの生の刻々が逆算されていくことを言う。それが、大きな感動をともなっていることも大事な点である。ただし、これは余命幾許ぞという感慨ではなく、真に思想と呼びうるものが結晶するところに生まれる強烈な感動である。

この短い一節には、感覚・経験・思想という森有正が繰り返し説いた思考の正道の骨組みが明らかに示されている。そして、その内容からみても、思考の進み具合からいっても、以下に検討する小林秀雄の時間をめぐる論述と、不思議によく対応するものを備えている。二人の辿った道は対蹠的にみえるが、それぞれにしかるべき思考の道を歩もうとした両者のあいだには、確かに共通するものがある。

＊

近代に至って、日本では、制度の上からも個人の生活の次元においても、時間の新しい組織が大胆に採用され、日本人は政治と思想の水位においても、あらたな時間に対処することになった。そのような状況の中で、日本の現実という土壌に根をおろし、自分に課された条件を正直に直視するところから思想を紡ぎだそうと努めた小林秀雄が、どのように時間の問題を生きたか、それをどのように経験し思想の水位に高めえたかを検討しようというのが、私の狙いである。もちろん、「日本」、「日本人」、さらには「近代」というような言葉が厳密に何を指し示すのか、かならずしも自明とは言えない以上、私は、小林秀雄の一例から時間の問題における「近代日本」における特殊性を、つまり「日本性」とでも言うべきものを、すぐに抽出しうるとは考えていない。要するに、二十世紀の大半を、日本列島で過ごし、まともにものを考えようとした男の、ある時点における「時」をめぐる反省を読みなおしたい、ということなのである。

時間および歴史に関して、この思想家は、たしかに、じつに数多くの文章を残した。「ドストエフスキイの生活」の序文として書いた「歴史について」(一九三九)、さらに「歴史と文學」(一九四一)、「無常といふ事」(一九四二―四六)の諸篇、座談会「近代の超克」(一九四二)での発言等々から『本居宣長 補記』(一九八二)に至る多くの作品は、直接に時間および歴史を主題にしているが、実際には、時についての考察は、小林秀雄の作品と発言の至る所に浸透しているといってもよいのである。なぜなら、人間の生と時は切り離すことができず、小林秀雄はまさにその一点を常に意識していたからである。晩年の作『本居宣長 補記』で、小林秀雄は「生活するとは、少くとも人間らしく生活するとは、未來を望み、過去を顧みるといふ經驗を、絶えず積み重ねて行く事だらう」(『補記』㈡)と述べているが、この考えは、晩年に至って急に出てきたものではない。人間らしく生きることについて繰り返し語りつづけた小林秀雄のあらゆる文章で、時の問題は、見えつ隠れつ、常に問われているといってよい。小林秀雄の時間についての考えそのものは、つまり彼が根底に持していた時間の概念は、まとめて言うのにさほど手間はかからない。何度となく繰り返し述べられた考えそのものは、時々の時代の要請に応えて表れ方に進展があるにせよ、根本のところでは、一つの信念とでもよぶべきものであって、良い意味で、きわめて単純明快である。

そこに見られる一貫した姿勢は、近代科学の対象とする自然の時間と、文学や歴史の扱う人間の時間とを峻別するところに始まる(ここでいう「歴史」とは、小林秀雄の理想とする生きた「歴史」であって、知識の累積としての歴史でも、科学的法則の適応を目指す歴史科学でもない)。別の言い方をするなら、過去から未来に一直線に延びていく時間、すなわち、過去はけっして繰り返さないという時間の不可逆性にもとづいた、人の心の外にある時間に対して、ひとりひとりの人間が現実に生きているにちがいない重層的な内の時間を重視するものである。[2] これは、「無常といふ事」の諸篇が、過去・現在にわたる精神のドラマの形で、自己の経験にそくして見事に表現しているが、概念の水位で小林秀雄が時間観をまとめた代表的な表現として、「歴史について」から一文を引こう。

「月日は百代の過客にして、行きかふ年も亦旅人なり」と芭蕉は言つた。恐らくこれは比喩ではない。僕等は歴史といふものを發明するとともに僕等に親しい時間といふものも發明せざるを得なかつたのだとしたら、行きかふ年も亦旅人である事に、別に不思議はないのである。僕等の發明した時間は生き物だ。僕等はこれを殺す事も出來、生かす事も出來る。過去と言ひ未來と言ひ、僕等には思ひ出と希望との異名に過ぎず、この生活感情の言はば對稱的な二方向を支へるものは、僕等の時間を發明した僕等自身の生に他ならず、それを瞬間と呼んでいゝかどうかさへ僕等は知らぬ。從つてそれは「永遠の現在」とさへ思はれて、この奇妙な場所に、僕等は未來への希望に準じて過去を蘇らす。[3]（『全集』5・一七）

小林秀雄の思想を貫く姿勢は、近代日本の主流をなす「科学」的思考の目ざましい拡張と浸透とに対して、人間としての自分一個の現実を基盤に考えを進め、「人間」を復権させようとするものであった。近代日本の工業化・技術化の目まぐるしい進展、マルクシズム等々、科学としての学問の隆盛を前に、小林秀雄が強い危機感をいだいていたことは明らかである。これは、小林秀雄が科学全般に背を向けたということではない。近代に生まれたこの思想家が、身も心もそなえた人間を十分に考慮する「真の科学」を強く希求していたことは、言うまでもない。マルクス主義から人間マルクスを救い、フロイト理論からフロイトを助け出し、高度に抽象化したテクノロジーには職人仕事を対置するという場合、小林秀雄の救出しようとする「人間」の必須の一条件は、ひとりの人間としての時間感覚を正直に鋭敏に保ち、機械的に計量可能な自然の時間、年月日というような人為的約束ごととしての時間に惑わされないことであった。それを端的に表しているのが、この一節である。

このような小林秀雄の考えは、そのときどきの時代の状況に応じて、緊迫感の度合いをかえ、苦しげにあるいは楽しげに、良くいえば忍耐強く、悪くいえばくどいほど執拗に、繰り返されている。実際、この作家は、「時」についてのきわめて単純なそれだけに力強い考えをしっかりと握って放さず、そのような「人間の時間」を生きるひとりの男として、その豊かな「経験」を何度となく描き出している。もとより、ひとりの人間の経験というものは、人生の進行とともに様々な表れ方をする。「時」に関して、基本において同じひとつの考えを抱いているにせよ、経験の形は変わりうる。ランボーの詩を情熱をもって翻訳している小林秀雄と、終戦後間もない頃の小林秀雄とでは、時の経験は異なった相を示す。晩年の小林秀雄の発言ともなれば、さらに肌触りが異なる。たしかに、思想というものは、何を言ったかということだけにとどまらず、何をどう語ったかという形をも重視すべきものなのだから、表れ方の進展を無視してはならないのだが、それは、小林秀雄流のやや乱暴な言い方をするなら、作品を直接に味読し愛読する以外にないのだから、ここでは、その全過程を時間に沿って追うことはせず、作家生活半ばの一作品を見ることにする。

*

一九四九年十一月に書かれた随筆「秋」は、時に関する経験と思索の表現としてきわめて興味深いものをふくんでいる。(4) 小林秀雄は、時に四十七歳と七ヵ月である。この作品執筆の直前、一九四九年十月には、一年前に大阪で行った講演「私の人生観」に加筆の上、単行本として上梓したばかりであった。そこでは、一言でいうなら、美を介して時のへだたりをのりこえ、個でありながら個をこえて巨大な生の営為に参与する、人間の不思議に豊かなありようを古代から現代に至る広い展望の下に語ったのであった。そのほとぼりも冷めぬうちに執筆した「秋」は、時そのものをめぐって小林秀雄の繰り広げる思考を典型的に示す作品である。構成は、非常に具体的な感覚表現と思弁的な論述とを交互に記し、読者を感覚および肉体の動きと抽象的思索との往復運動に引き込み、読後の波紋の深く広く波及することを期するという動きのある文章である。

よく晴れた秋の日の午前、二月堂に登つて、ぼんやりしてゐた。欄干に組んだ兩腕のなかに、猫のやうに顎を乘せ、大佛殿の鴟尾《しび》の光るのやら、もつと美しく光る銀杏の葉つぱやら、甍の陰影、生駒の山肌、いろんなものを眼を細くして眺めてゐた。廿年ぶりである。人間は、なんと程よく過去を忘れるものだ。實にいろいろな事があつたと思ふのも亦實に程よく忘れてゐるといふその事だ。どうやら俺は日向の猫に類してゐる。(『全集』8・一九〇)

この書き出し、それに「秋」という標題自体が示すように、作者はまず、季節感にどっぷり漬かっている自分を描きだす。随筆を、ある季節の設定から書きはじめるのは月並みの極であるが、それが小林秀雄の筆になると、月並みであること自体に意味がある。やや大げさな言い方をするなら、このように季節を強調することは、まさに小林秀雄の時間経験の質を示しているのである。この作品以外にも「季」をふくんだ文章を小林秀雄は数多く書いており、抽象的な問題についての思考、たとえば数学においてさえ、季節の動きと深い関係のあることを語ったこともある。[5] そのような考えの行きつくところは、『本居宣長 補記』を読めば明らかになるだろう。大著『本居宣長』に続くこの書で、小林秀雄は本居宣長の「眞暦考」および「眞暦不審考辨」を喚起し、その画期的な意義を共感をこめて説いているのだが、宣長の説の肝心な一点は、要するに、外国文化到来以前に日本にはすでに「こよみ」という言葉があり、「はる・なつ・あき・ふゆ」という季の言葉が存在し、つまりは季節の移り変わりを鋭敏に感じ取りうる人々がいたこと、そこにこそ本当に人間にふさわしい「こよみ」の原点があることを説いているところにある。「秋」執筆当時の小林秀雄が、すでに、宣長の暦論考に通じていたというのではないが、小林秀雄が、中期の傑作「秋」においてこのような書き出しを選んだことは、彼の一貫した感性と思考傾向とを顕していると言えるだろう(『補記』三四-五二、とくに三八-三九)。

もう一度書き出しの一節に戻るなら、そこに見られる季節も風景も、たしかに「自然」ではあるが、単なる自然ではない。これは、人間とかかわりのある自然なのだ。つまり、自然を人間がどのように感じとり読みといたか、自然科学の対象としての「自然」という近代語よりも「山川草木」という昔の表現に属するものを示している。奈良の都の甍、生駒の山肌となれば、どちらが自然でどちらが文化とも分かちがたいくらいなのだから。そこに、ぼんやりしている日向の猫とは、人間である作者が、方向性のある知的な思索を追うのではなく、語源的意味での原始の状態に近いところで、感覚を完全に開き自由に働かせているということであろう。

この小文は、先に述べたように、鋭く感覚の捉えたものと現れては消える思弁との繰り返しから成り立っている。思策は、段階を追って秩序だって遂行されていくのではない。書き出しの長閑な雰囲気はながく続かず、思考はなにか不安にみちた危うい道を進んでいく。以前に見た覚えのある色男献納の絵馬は今もあるが、それを見る作者の反応は同じではない。かつてはおかしく思ったものが、今は、すこしもおかしくない。「それは、寧ろ謎めいて見える」という。話者は、二十年まえの夏を、過ぎ去った青春の一季節を感傷的に懐古しているのではない。過去と現在を貫く時、いや、こういう言い方さえ実は正しくない、いわゆる過去と現在とのひとつになった複層の時を、生きているのである。以下に続く、プルーストの「失はれし時を求めて」の思い出に触発されて展開される時間にかんする考察は、書き出しののどかさを離れて、苦渋にみちたものとなる。事実、この作品には、「氣味の惡い言葉」、「奇妙な告白」、「やり切れない豫感」、「呪はれた特權」、「いまはしい空想」、「奇怪な現存」、「苦しく悲しい感情」などという種類の言葉が盛んに現れる。それは話者が、時をめぐって繰り広げる、激しい苦闘の姿を反映している。

「失はれし時を求めて」――氣味の惡い言葉だ、とふと思ふ。私はそれを、頭の中でキイのやうに叩いてみる。忽ち、時間といふものに關する様々な取りとめのない抽象的觀念が群がり生じた。あゝ、こりやいけない、順序がまるで逆ではないか、プルウストは、花の匂ひを吸ひ込む事から始めた筈である。私は、舌打ちして煙草を吹いた。思ひも掛けず、薄紫の見事な煙の輪が出來て、ゆらめき乍ら、光の波の中を、靜かに渡つて行つた。それは、まるで時間の粒子で出來上つてゐるもののやうに見え、私は、光を通過するその仄かな音色さへ聞き分けたやうな思ひがした。不思議な感情が湧き、私は、その上を泳いだ。(『全集』8・一九二)

「私」は、知覚に立ち戻って正統な思索をしようとする。しかし、小林秀雄は感性のとらえたもののうえに、自分の時間観を、小説のかたちで、あるいは理論として、構築することはしない。そうではなくて、時間の問題に対処する自分、文化人であり原始人である自分の肖像を描きだすのである。小林秀雄が、本質的に批評家である所以である。彼が最初にするのは、理論的解明に共通してみられる人間にとっての根本問題を指摘することだ。時間というものを合理的に説明しようとする科学理論・哲学理論、つまり、時間は「認識の先天的形式」であるか、「第四次元といふ世界の計量的性質」であるか、「光の圓錐體」であるか、というような明瞭な観念が、人間にとって結局は、「どうでもいゝ事」に帰着することに注目し、そこにこそ「人間」にとって重要な問題があることを強調する。そして、時間を「理解」の次元ではなく「信仰」の問題としてとらえたアウグスチヌスを是とするのである。さらに、「私」は続ける、プルーストにとってもカントにとっても、彼らの仕事の根本は、人間として生き延びるために残された唯一の道としての「窮餘の一策」であった、と。

そこで「私」は、そのような批評的言辞の後、何をするのか。話者にできるのは、自分の感覚と肉体とをたよりに、ひたすら歩いていくことだけだ。

私は、何時の間にか、大佛殿の裏側を通り、正倉院の前の池のほとりを歩いてゐた。變哲もない池だが、その面は、秋の色とでも言ふより他はない不思議に微妙な色合ひをしてゐた。私は、どうにかしていまはしい空想から逃れたかつた。轉害門を抜け、わびしい裏通りの、黄色つぽい一本道を、私は、まるで徒歩競走でもするやうに、どこまでも歩いた。だが、どうもうまくいかないらしかつた。(『全集』8・一九三)

一読してわかるように、宗教の遺産も皇室の宝物も救いをもたらさず、ただ季節の色をおびた水面と名もなくうらぶれた道だけが、わずかに「私」を支えるのである。これは、最後の一節でさらに強調されるのだが、人々の活動の場である町も、生産の場である稲田も、また昔から日本人にとって親しいはずの動物も古寺も、話者に安らぎに満ちた解決を与えない。

「森がみえる。海龍王寺の森ではないか。行かなくても、わかつてゐる。松の木が五六本立つて、時間のお化けのやうな經堂が、人氣もないところで、荒れてゐるのだ。私はたゞ急いでゐた」と締めくくる作者の姿は、近代日本において、自らの経験に基づいて真摯に人間の時間を把握しなおそうとしている者の陥った一状況を、如実にあらわしているとはいえないであろうか。ひたすらに急いで来たのは、じつは近代の日本全体であった。その挙げ句の果ては、日本なりの近代の限りをつくして途轍もない近代戦に乗り出し、言うなれば近代の機械的時間の軸にそってブレーキのこわれた汽車のように走りだし、悲劇的な敗北を喫したばかりであった。「秋」は、原始の力を秘めた感性の、日向の猫のように落ちついた作者の姿からはじまったのだが、あたかも、日本の近代の急速な動きを身体ひとつで確認し、その上に辛うじて正当な出口を見いだそうとするかのように、「私」はひたすら歩いていく。二本足で立って歩き続けることは、「人間」のもっとも原始的な行動であろうが、近代の「毒」を飲んで育った原始人・小林秀雄は、二十世紀もちょうどなかばの時点で、まさに歩行という始原にもどって、近代の時間に対処し、そのような己れを描きだしたと言えるだろう。

たましい ──「魂」の領域

1

小林秀雄のごく若いころの文章「断片十二」(一九二四)に「魂で書く」という断章がある。

「魂で書くなんと言ふ金ピカの言葉は、中學生に呉れてやる」と芥川氏が言つた。確かに尤もな事に相違ない。だが、これが、文學青年に對する皮肉なら、氏も、薬が利き過ぎたのに苦笑して居ることだらう。何故なら、書かうにも魂の持合せがなく、金ピカの技巧で、テカ〳〵手際よく磨きたてゝ得意になつて居る連中がウヨ〳〵して居るではないか。彼等は、「戦争と平和」のピエールが、時々眼鏡を掛けるのを忘れて居る。ザマあ見ろ、と言つて居るのだ。(1)

これで全文だが、おもしろいことに、「魂で書く」ことから始まった話が、末尾では「魂で読む」ことにずれ込んでいる。「魂」で読むことを知らない人への批判になっている。「よみ」を本命とする批評家の性がおのずから噴きでたということであろうか。

以来、小林秀雄は、「魂」という古風な言葉をしばしば筆にし、「魂」をひとつの核にして自分の思想を形づくってきた。絶筆となった「正宗白鳥の作について」に至る全作品を通読すれば、「魂」が小林の思考のなかでどれほど強い流れをなしていたかは、はっきりと感じられる。実際、この最終作のはじめの章でも、小林は、正宗白鳥の見たトルストイを語っているのだが、そこでは、まさに魂の水位で繰り広げられる「読む」行為が劇として捉えられており、「斷片十二」から一貫して小林の辿った考えの到達点が浮き上がってくるのである。

もとより、「魂」というものは、芥川龍之介の警句を俟つまでもなく、扱いにくい代物だ。魂を正面に出してものを言い滑稽にならないのは、至難の業であろう。私自身、これまで、彼方に「魂」の問題を見据えつつも、小林の思想における死骸だとか石だとか飲み食いだとか、いうなればこちら側の事象をテーマにして書いてきた。しかし、いつまでも迂回していることは許されないだろう。畢竟、「魂」を抜きにして小林の思想を語ることはできないのだから、ここで、敢えて、小林秀雄における「魂の領域」の測量をしておくことにする。

＊

小林秀雄は、「魂」という言葉を様々な水位で用いているが、その「魂」観を整理して言えば、まず、ひとつには、人間の一人ひとりに結びついた「魂」がある。肉体をもった人間は、肉体とは完全に並行しない「魂」をそれぞれ宿している。そこで、生きた人間どうしの魂の触れ合いが生じる。しかも、この「魂」は身体が消滅しても存在しつづける。生きている人間と既に肉体を失った個人の魂との出会いはさまざまな形で起こりうるのである。次に小林秀雄が注目するのは、人間の営みのそれぞれの分野・活動形態の「魂」である。これは、詩魂・歴史の魂・劇の魂・対話の魂・批評家の魂などと名付けられて出てくる。さらには、共同体の魂、つまり大和魂というような次元での魂がある。言霊というものも、言語の次元での共同体の魂ということになるだろう。それぞれの水位における「魂」は小林秀雄の思考の内でどのような役割を果たし、どのように結びついているのか。

＊

まず「魂」と聞いて想起されるのは、死者の魂、肉体が亡びたのちも個に結びついたものとして存続する魂である。個に結びついたというのは、ひろく生命の海に溶け込むとか、輪廻に組み込まれていくと言うのではなく、誰それの魂として、個として存続することとである。実際、この意味での「魂」の存在を、小林秀雄は信じており、そのような魂との出会いを、まったく疑いようのないものとして述べている。人魂は、たしかに現れると言うのだ。何回となく引用された件りではあるが、ベルクソンを論じた「感想」の冒頭の稿から、重ねて引用をしておこう。小林の文章のなかでも格別にすぐれた筆致で、言葉で処理しがたい妖しい経験をもっとも明晰な意識をもって書き残したものと思うので、更めて、その一節の全体を読んでおきたい。

母が死んだ數日後の或る日、妙な經驗をした。誰にも話したくはなかつたし、話した事はない。尤も、妙な氣分が續いてやり切れず、「或る童話的經驗」といふ題を思ひ附いて、よほど書いてみようと考へた事はある。今は、たゞ簡單に事實を記する。佛に上げる蠟燭を切らしたのに氣附き、買ひに出かけた。私の家は、扇ケ谷の奥にあつて、家の前の道に添うて小川が流れてゐた。もう夕暮であつた。門を出ると、行手に螢が一匹飛んでゐるのを見た。この邊りには、毎年螢をよく見掛けるのだが、その年は初めて見る螢だつた。今まで見た事もない様な大ぶりのもので、見事に光つてゐた。おつかさんは、今は螢になつてゐる、と私はふと思つた。螢の飛ぶ後を歩きながら、私は、もうその考へから逃れる事が出來なかつた。ところで、無論、讀者は、私の感傷を一笑に附する事が出來るのだが、そんな事なら、私自身にも出來る事なのである。だが、困つた事がある。實を言へば、私は事實を少しも正確には書いてゐないのである。私は、その時、これは今年初めて見る螢だとか、普通とは異つて實によく光るとか、そんな事を少しも考へはしなかつた。私は、後になつて、幾度か反省してみたが、その時の私には、反省的な心の動きは少しもなかつた。おつかさんが螢になつたとさへ考へはしなかつた。何も彼も當り前であつた。從つて、當り前だつた事を當り前に正直に書けば、門を出ると、おつかさんといふ螢が飛んでゐた、と書く事になる。つまり、童話を書く事になる。後になつて、私が、「或る童話的經驗」といふ題を思ひ附いた所以である。

　ゆるい傾斜の道は、やがて左に折れる。曲り角の手前で、螢は見えなくなつた。人通りはなかつた。Ｓ氏の家を通り過ぎようとすると、中から犬が出て來て、烈しく私に吠えかゝつた。いつも其處にゐる犬で、私が通る毎に、又、あいつが通るといふ顔附きをする、言はば互によく知り合つた仲で、無論、一ぺんも吠えついた事なぞない。それが、私の背後から吠えつくのが訝しかつた。私は、その日、いつもの不斷着で、變つた風態に見える筈もなかつた。それよりも、かなり大きな犬だから、惡く駈け出したりして、がぶりとやられては事だ、と思ひ、同じ歩調で、後も見ず歩きつゞけたが、犬は、私の着物に、鼻をつける様にして、吠えながらついて來る。さうしてゐるうちに、突然、私の踝が、犬の口に這入つた、はつと思ふうちに、ぬるぬるした生暖かい觸覺があつただけで、口は離れた。犬は、もう一度同じ事をして、默つて了つた。私は嫌な氣持をこらへ、同じ歩調で歩きつゞけた。後を振りかへれば、私を見送つてゐる犬の眼にばつたり出くはすであらう。途端に、犬は猛然と飛びかゝつて來るだらう。そんな氣持がしたから、私は後を見ず歩いた。もう其處は、横須賀線の踏切りの直ぐ近くであつたが、その時、後の方から、あわただしい足音がして、男の子が二人、何やら大聲で喚きながら、私を追ひこし、踏切りへの道を駈けて行つた。それを又追ひこして、電車が、けたたましい音を立てゝ、右手の土手の上を走つて行つた。私が踏切りに達した時、横木を上げて番小屋に這入らうとする踏切番と駈けて來た子供二人とが大聲で言ひ合ひをしてゐた。踏切番は笑ひながら手を振つてゐた。子供は口々に、本當だ、本當だ、火の玉が飛んで行つたんだ、と言つてゐた。私は、何んだ、さうだつたのか、と思つた。私は何の驚きも感じなかつた。

　以上が(2)私の童話だが、この童話は、ありのまゝの事實に基いてゐて、曲筆はないのである。

ここで、小林秀雄が、死者の魂と出会った事実を正直に書けば、「童話」にならざるをえないと言っていることに注目しよう。子供を対象にする童話とは、言葉の語るところをそのままに丸ごと信じてもらえなければ生きることのできない世界、という意味だろう。解釈や説明は無用有害の領域なのだ。結局、小林はその「童話」を独立したかたちで作品として書くことはなく、亡くなった母の魂との出会いという美しい経験は、挫折におわったベルクソン論の一節として、黄色く古びていく質の悪い雑誌のページに閉じ込められたまま、単行本にも全集にも入らずにおわるわけだが、よくしたもので、童話を書く可能性をあざやかに指し示す小林の姿は、引用のかたちで繰り返し蘇る(この未完の長編エッセーは、著者の意に反して、没後出版された『小林秀雄全集』〈新潮社、二〇〇二年〉に収められているが、ここでは採らない)。

たしかに、小林秀雄は死者の魂との出会いを喚起する個人的経験談においては言葉すくなであったが、それは、彼が、祖母の魂を控えめに喚起した柳田国男に託して言ったように、「自分には痛切な經驗ではあつたが、こんな出來事を語るのは、照れ臭かつた」[3]からに違いなく、二十世紀の知識人である小林秀雄が、その内奥において、大昔の人達とおなじように、肉体に依存しない魂の実存をしっかりと信じていたことは、間違いない[4]。

では、生者同士の魂の関係はどうだろう。さいわいにして、「一つの脳髄」の作者は、「魂」と「魂」の出会いをやたらに振り回しはしないが、魂と魂の触れ合いは、真摯な人間関係のすべてに求められている、といえる。とくに、親しい者の無条件な愛、恋愛、そして真の対話・交歓は、あきらかに、魂の領域に生じる関係として小林の生活のもっとも重要な要素になっている。以前にも、プラトンの『パイドロス』を語る小林の文章を引いたが、その一句を思い出しておこう。恋(エロース)という強い欲望は、人を狂気にせずにはおかないのだが、そこでいう狂気とはなにか。「古人は、正氣の分別といふものを、特に自慢にもしなかつたから、狂氣といふものも、素直な魂が捕へられる、自分ではどうにもならぬ激情、とありのまゝに受け取つてゐた」(『補記』七)と、小林は述べる。狂気は「素直な魂」の水位で起きる。そして、この狂気こそは、恋を成りたたせ、さらには、人の運命を予言する巫女の術をも可能にする。恋も予言も意識や知性の水準での話ではなく、魂の領分でのことだというのである。当たり前といえば当たり前の話だが、これから先のことを予言するという形で運命を「よむ」行為が、魂の次元での営みとして明確に捕らえられていることは、「よむ」ことを本業とする批評家としての小林秀雄にとってもっとも重要な点にふれることになる。

*

端的に問うなら、批評家の魂というものについて小林はどうみているのか。「無常といふ事」を一読すれば分かるように、詩魂や歴史の魂とならんで、批評の分野でも魂が語られるのだが、興味深いことに、批評に関してだけは、「批評の魂」と言わずに、「批評家の魂」という表現が用いられている。（逆に、詩や歴史や劇や対話に関しては、詩人の魂、歴史家の魂、劇作家の魂、対話者の魂ではなく、それぞれの分野の魂が語られている。）たとえば、兼好の『徒然草』を小林は「純粋で鋭敏な點で、空前の批評家の魂が出現した文學史上の大きな事件」と評価する。物が見え過ぎる眼をもった批評家、物も人間も見えている、見え過ぎている批評家は、「魂」の水位で仕事をしていると、小林は見るのである。「怪しうこそ物狂ほしけれ」という兼好の言葉を小林秀雄が繰り返し強調していることも、先に触れた、狂気によって予言の能力を発揮する巫女と関連させて考えれば、その真意は明らかになるだろう。「物狂ほしい批評精神の毒」というような表現も、単なる修辞ではない（『全集』8・二四―二五）。恋する者も、予言する者も、他人の作品を出発点にして思考する者も、「素直な魂」のみの知る狂気の領分で行動していると言うのである。芥川龍之介の「魂で書く」という言葉を思わず「魂で読む」ことにずらせていった若いころの小林の本意が、「無常といふ事」中の《徒然草》では、明瞭にしめされている。そして、この考えの流れが、絶筆「正宗白鳥の作について」において、堰を切ったように躍り出るのだ。

病と死によって断ち切られて未完に終わったこの作は、『本居宣長』、『本居宣長 補記』の影にあって、さほど注目されていないが、形は整わなかったとはいえ非常に内容豊かなものである。フロイトに関する考察をはじめ、雑誌掲載中の「本居宣長」で手さぐりをして単行本にする際に削除された部分が、さらに深められて活き活きと息づいている。『本居宣長』の成るべくして成った発展として出てきた作であることが、よくわかるのだ。しかも、本居宣長という近世の巨人に、長い年月、もっぱら寄り添うようにして、いわば自分を完全に明け渡すことによって作をなして来た小林秀雄が、何といっても、自分の本領の近代の「批評」の分野で、人間としての直接の交わりもあり、かつては激しく論戦を交わしたこともある白鳥をテーマに、円熟の極に達したところで批評の本質を語ろうというのだから、その筆運びは一段と自由闊達であり、力がこもっている。「よむ」者の「魂」の問題が中心のテーマとして直截に追求されているのである。

まず、第一部では、トルストイの家出問題をめぐってかつて白鳥と交わした論戦の意味を、当事者として、もう一度解きほぐす仕事をしているが、その中で、白鳥が共感をもって引用しているゴルキイの「トルストイの思ひ出」について小林はこう述べる。

「「トルストイの中には、ある憎しみに似た感情を私に喚起させるものが澤山ある。しかしこの憎しみは、私の魂の上に壓潰すやうな重みでかゝつて來る。彼れの不釣合に發達した個性は、殆んど醜に近い怪物現象である」と。――トルストイは、自分でもどうにもならぬ怪物的資性の重壓に一生苦しんだ人だ。ゴルキイはさう見てゐる。さう見て、その暗い魂の内部に入り込み、その最期に向ふ歩みに同道する。さういふゴルキイの眼光を、正宗氏は、「現實的、天才的」と呼び、その導くところに従ひ、その言ふところを肯定するのである。[5]」トルストイの魂に入り込み同道するのは、ゴルキイの魂である。その導くところに従うのは、白鳥の魂といってよいだろう。その白鳥に強く共鳴するのが、小林秀雄の「魂」だと付け加えても、勇み足とは言えまい。

批評を、このように、魂の営みとする考えは、『自然主義文學盛衰史』を書いた白鳥の姿勢を語る際にも現れる。「筆者〔白鳥〕の心眼は、言はば己れの魂におのづから刻まれる時の歩みを見守つてゐれば足りた。それだけで、この長篇を物する動機として、筆者には何一つ缺けてゐるものはなかつた。さういふところに、この文學史の比類のない魅力の源泉があると見ていゝ。[6]」この考えは、内村鑑三に対する正宗白鳥の関係を語るくだりでは、さらに徹底したかたちで示されている。「この時、内村の魂の奥深く人知れず行はれた自問自答の孤獨を、正宗氏は、己れの批評家の魂の營みの孤獨に照して、わが事のやうに會得したのであつた。[7]」小林秀雄は、自分の運命を予知していたかのように、彼にとって生涯の関心事であった「批評家魂[8]」を描きだすことに、全力をあげている。

ここまで来れば、小林の頭の中で、蛍になった母親と同道するのと、作品を残して死んでいった人々の魂と道を同じくするのとは、本質においてまったく同じ行為であった、と考えてよいはずだ。別の言い方をするならば、人魂との出会いを「童話」として語ることに照れた小林は、実は、批評のかたちで「童話」を書きつづけたのである。ここで言う作品とは、もちろん、文学作品や芸術作品に限らない。人の生きた姿そのものも、この上ない作品なのだ。従って、批評の対象も、文学や芸術には限らない。ありとあらゆる人間の存在の形が、その出発点になる。

その意味で、これはいわゆる批評ではないが、小林秀雄も得意とした伝記を書く場合の心構えとして、リットン・ストレイチイに関する小林の言葉を見ておこう。「ドストエフスキイの生活」の作者はこのイギリスの伝記作家が伝記を書く者の「義務」と考えるFreedom of spiritを、「魂の獨立」と訳して、次のように述べる。

此處で、ストレイチイが、近代の認識論などには一向お構ひなく、「魂の獨立」などといふ古ぼけた言葉を使つてゐるのは注目してもいゝだらう。かういふ言葉が選ばれてゐる理由は、極めて簡明率直なものだと思はれる。彼はたゞ、特に理性的精神といふやうな認識論上の限定など未だ知らぬ素朴な精神を、あるがまゝに肯定すれば足りると考へてゐたのである。當然、これはあらゆる非理性的な要素を包攝して働くものだが、物質的要素を内藏してゐないのだから、精神には違ひない。

さういふ素朴な精神の趣を現してゐる魂といふ言葉は、誰の心にも未だ生きてゐると彼は見た。知的認識や觀察だけにしか現前しないやうな歴史事實には親しめない、親しめないものは腑に落ちない、さういふ魂のおのづからな働きを、彼は確信してゐたと見ていい(9)。

2

「魂で書く」という言葉を「金ピカ」と形容して揶揄した芥川龍之介にたいして、小林秀雄はストレイチイの用いた「魂の獨立」という表現を「古ぼけた言葉」と呼んだ。それは、この古風な言葉のうちに、伝記作者の魂と他者の魂とを結ぶ絆を作りだす必須の条件を見いだしてのことであった。伝記というものの性質上、ここで言う他者は、直接にはいわゆる「歴史上の」人物であるが、「正宗白鳥の作について」を読み進むにつれて、時の枠は重要性を失い、伝記作者の対象は、時を同じうする同時代人、現にそれぞれに生身のものとして触れ合っている人物の場合と本質的に異ならないことが、はっきりと示されてくる。しかもそこには、時間と空間の隔たりを超えた人間の営みの総体としての壮大な存在との交感が「魂」を媒介として成立する可能性が指し示されており、小林秀雄の思想の到達した頂をなしていると思われるので、できるだけ忠実にその思考の進展を追ってみたい。

＊

まず、ストレイチイ論を再びとりあげるまえに、小林がはじめて日本の中世文学を対象としてとりあげた「無常といふ事」の諸作において、「歴史の魂」というものをどのように捉えていたかを再確認しておこう。「魂」は、「無常といふ事」において決定的な役割を繰り返し演じているが、世阿弥・西行・実朝・『平家物語』の無名の作者達の体現する「詩魂」、あるいは兼好をつき動かしている「批評家の魂」、さらには実朝の懐いている「無垢な魂」が、それぞれ、個人によって(個人を通して)発現するものと考えられているのに対し、「歴史の魂」は、個々人の次元を超えて存在するものという色彩が濃い(『全集』8・一三、二二、二三、二五、四一、四四、五四、五六−五八、六一−六三)。この表現そのものは、晩年の鷗外がたんなる考証家に堕したと批判する説にたいする反論として「あの厖大な考證を始めるに至つて、彼は恐らくやつと歴史の魂に推參したのである。「古事記傳」を讀んだ時も、同じ様なものを感じた。」(『全集』8・一八)というくだりに一回出てくるだけなのであるが、この一語が、小林の思想の要石であったことは明らかである。しかも、「推參した」という言葉がよく示すように、「歴史の魂」とは、私たちの方からより大きいもの、より高いものの下にたずねていく、という形で関係を持ちうると考えられている。

事実、《實朝》には、巨大な生き物としての歴史の姿が、生々しく喚起されており、当時の小林の思想のなかで「歴史」の占める格別の意味が伝わってくる。それは、「實朝の横死は、歴史といふ巨人の見事な創作になつたどうにもならぬ悲劇である」(『全集』8・五四)という表現、あるいは「秀歌の生れるのは、結局、自然とか歴史とかといふ僕等とは比較を絶した巨匠等との深い定かならぬ「えにし」による」という考え、さらには「〔平家物語の〕平俗と見える敍述は、實は非常に純粋で、敍事詩としての無私な深い感情は、或る個性とか或る才能とかいふものを超えた歴史の大きな呼吸とともに息づいてゐる」(『全集』8・五六、五七)という言い回し、そしてまた「成る程、西行と實朝とは、大變趣の違つた歌を詠んだが、ともに非凡な歌才に惠まれ乍ら、これに執着せず拘泥せず、これを特權化せず、周圍の騷擾を透して遠い地鳴りの様な歴史の足音を常に感じてゐた異様に深い詩魂を持つてゐたところに思ひ至ると、二人の間には切れぬ縁がある様に思ふのである」(『全集』8・五七―五八)というものの言いように、はっきり現れている。

巨人、巨匠、大きな呼吸、地鳴りの様な足音というような表現は、きわめて能動的なもので、個々人は歴史という独立した存在の強力な動きに併呑されて行くものと考えられているように思われる。「歴史の魂」は、詩魂も批評家の魂もその他諸々の魂をも呑み尽くす根源的なものとして捉えられている。これは、歴史というものが原始より現在にいたるすべての人間の「人間としての營み」の総体であるとするならば当然の事であるし、当時の小林が日本の古典を思考の中心に据えたばかりであったこと、また、太平洋戦争への突入という形で歴史的共同体からの圧力が極度に高まった時代であったことを考えれば、表現がややおどろおどろしく、劇的にふくらんでいることも納得できる。「歴史の魂に推参する」とは、人間が時間の軸との関係において、ようやく「人間」になるということなのだ。

右を見た上で、話を「正宗白鳥の作について」に戻すなら、絶筆となったこの随筆において、小林は、人間と歴史との関係をもう一つ別の側面から照らし出している。「魂の獨立」を維持して想像力を十全に行使する伝記作者としてのストレイチイを語るに際して、小林秀雄は「端的に言つて了へば、想像裡に、自力で創り出さぬ限り、歴史などといふものは、てんで在りはしないのである」(10)と断言する。つまり、擬人化された巨人としての「歴史」は、逆の見方をするなら、人間なしには存在し得ないという事実である。別の言い方をするなら、「歴史の魂」とは、歴史上のもろもろの魂をよびおこし生にとりもどす、現に生きている側の魂に依存する。さらに言うなら、歴史の魂は、過去および現在の無数の魂の出会いの総体として存在することになる。

歴史が本質的に「神話」であり、つまり人間の言葉無しには存在しえないことは、「ドストエフスキイの生活」の序(歴史について)に詳しく、考えとしては既に小林の年来の持論であったのだから、これは、もちろん小林の歴史観が変わったということではないが、先に引いた「歴史の魂に推参する」という言い方とは感触がやや異なる。「正宗白鳥の作について」の白鳥とストレイチイに関する件りでは、現に生きている側の人間の魂が、歴史上の人間の魂と出会うというかたちで、この基本性格があらためて強調される。そのことを、明らかに語っている一節を引用しよう。

ストレイチイが、己れの魂の獨立だけを固く信じながら、獨我獨善の風から全く自由でゐられたのも、その鋭敏活潑な想像力により、己れの心の中で、いつでも故人の身の上になり切る事が出來たからである。これには、嬉しいにつけ、悲しいにつけ、故人の魂と共感し共鳴する感情の動きが伴はなくては叶ふまい。伴ふといふよりも、それは感情の動きそのものだつたであらう。更に言へば、それは、私達の生命がこの世に生きて、互に呼び合ふのがはつきり感得されてゐたといふ事だつたであらう。(11)

しかも、この最後の一文が示唆しているように、ことは歴史に限定されず、私たちの(魂の)想像力は、いわゆる過去との関係においてだけでなく、今現在私たちを取り巻く人間世界との関係においても、私たちにとって意味のある人間としての価値を生み出すための必須の創造力なのである。時間の枠をはなれて、通時と共時の両次元で、人間が孤独の底を突き破って、個を超える可能性が述べられていくのである。

この文章から溢れ出てくる感じは、直ぐに私たちを『本居宣長』に呼び戻しそうになる。ストレイチイを宣長に置き換えれば、そのまま宣長論に織り込んでいくことができるのではないか。紫式部と宣長との関係に関して、また『古事記』にたいする宣長の姿勢に関して、小林は、同質の論述を繰り返したのではなかったか。ただ、ここで私の興味を引くのは、『本居宣長』に至る小林が何といっても過去に重点をおいて、過去が現在の魂に蘇る過程を説いてきたのに対し、「正宗白鳥の作について」においては、話が白鳥・ストレイチイからフロイトへと発展し、フロイトからユンクへと延びていったことにより、時間という縦軸をめぐって〈脱時間〉を強調することから、同じ時を生きている人間同士の本質的関係に、フロイトを契機として、空間という横軸の次元で大きく踏み出した点である。

＊

小林がフロイトについて論じたのは、じつは、これが初めてではない。話が少々ややこしくなるが、小林秀雄の思考は時間の経緯に従って段階を追って都合よく発展するという具合には進まず、複数の思考の流れが重なり合い絡み合って徐々に成熟していくので、話が行きつ戻りつするのはやむをえない。「正宗白鳥の作について」におけるフロイト論の真意を捉えるためには、そこに至る経緯を追っておかなければならない。

そこでまず、私の記憶に蘇るのは、「考へるヒント」中の一文「天命を知るとは」(一九六三)である。「天命を知る」という孔子の言を荻生徂徠がどのように了解したかを説くところから始まるこの随筆は、天地と人、人と人の「出合」という經驗的事實の在るがまゝの姿の徹底的な容認」を学問の要と見極めるすぐれた文章であるが、その末尾の三ページを小林秀雄はフロイトにささげている。要点は、科学として専門化した心理学の陥った危機を前に、フロイトの思想の根本の姿勢を対置し、フロイトの仕事の本質を描きだすところにある。「フロイトは、心理學を研究して、その進歩改良などを企てた人ではない。神經病といふ現に生きてゐる謎の前に立ちつくした人だ」(『全集』12・二四六)「心理といふ生き物の異様な生き方といふ事實に、忍耐強く堪へてみるといふ事は、誰にも出來る事ではなかつたのである。フロイトは、それをやつた人だ。患者の心を知るには、患者と直かに付合ふ他に道はない、それを實行した人だ」(『全集』12・二四七)というかたちで、フロイトも、徂徠同様、「出合」を学問の基礎に置いていることを強調し、フロイトの自らに課した心理的問題が倫理的問題に直結していることを指摘する。ここでは、魂という言葉こそ使われていないが、「精神には精神をもつて近付く他に道はない」(『全集』12・二四七)という表現で、人と人の出会いが語られている。

次に、「本居宣長」の雑誌『新潮』連載四十五回目(一九七三年五月)でも、小林は数ページをついやしてフロイトを語っている。[12]徂徠とフロイトが結びついた以上、十年後に宣長とフロイトが関係付けられても不思議はない。ただ、その部分は単行本として上梓する際にそっくり削られたのである。ここで削除の理由を問う必要はあるまいが(13)、まず「本居宣長」の雑誌初出において、どの様な経緯で、いかなる意味において、小林秀雄がフロイトを宣長の思想に関連させていたのかをみておこう。

小林秀雄は、その稿において、『源氏』の「蛍の巻」で源氏君と玉鬘君との間で交わされる古物語についての会話に関して宣長の展開した読みの意味をふたたび解明しようとし、物語作者の表現行為の問題に焦点をしぼる。表現の自由と独創とを十分に働かせる作者にとって、語る行為の信憑性とは、なにを意味するのか。「「言辭の道」は、「詩歌のいでくる所」に極まる。さういふ場所に居て、事物の「あはれ」を語る者には、語る事《わざ》が實《まこと》であれば、それで充分であらう。充分であると納得するのに、語られる事物が「まこと」である必要も、「いつわり」である必要もなからう」ということになる(『新潮』二三三)。そして、宣長に言わせれば、「人の情のありやう」とは、その歌いよう、語りようにほかならないこと、つまり、表現の純粋性或いは無償性にあることを、強調する。この点に関して小林が摑みだした宣長の考えとは次のようなものだ。

「「人の情」とは、「わが心ながら、わが心にもまかせぬ」物であり、その「ありやう」とは、「世にあらゆる見る物きく物につけて、心うごきて」「靜かならず」といふ、「その動きやう」を言ふのであり、「心うごくが、すなはち物の哀をしるといふ物なり」と

あるやうに、「心のありやう」とは、詮ずるところ、あはれを知るその「知りやう」にある、と宣長は考へた」(『新潮』二三五)

つまり、小林は、「要するに宣長も、心の特色は、意識を持つといふ性質にあるとして、まるで心理學者のやうに語ると言つてもいゝ」(『新潮』二三四)と考えるのだが、その一方、そのような発言の誤解されることを恐れる。なぜなら、小林は、「言語などは正常に侮蔑出來ると思ひ上つてゐる」(『新潮』二三六)現代知識人を、まったく信用していないからだ。小林は、現代の大方の知識人を、表現の純粋性に信を置いた宣長とは正反対のところに位置づける。そこで、呼び出されるのが、言語こそを唯一の手掛かりとして実際に精神病患者を治すところから始めた「フロイトという人間」であり、フロイトの学説をもってしても覆いきれない「人並みはづれ頑強な陰氣な人柄」である。フロイトは、批判されるべき現代知識人の代表としてではなく、軽薄な知識人が置き忘れてしまった正統的な思想の生みの親として、喚起されるのである。小林秀雄は、「彼〔フロイト〕は新しい心理學に非常な自信を持ちながら、一方、その一種の限界性についての、鋭い意識を持つてゐたと言へるのであり、それがよく感じられるところに、私は心を動かされた」(『新潮』二三六)と述べる。

ここで、フロイトが対象とするものは、「天命を知るとは」の場合のように、「精神」とは呼ばれていない。「誰の心も、その持ち主の意識によつて自由になるやうなものでも見透しの利くやうなものでもない。誰も、自分の知らない心の、彼が「冥府」と呼んでゐる氣味の惡い擴がりの中に居る」(『新潮』二三六―二七)ということになる。このような心を対象としながら、フロイトは全体的直観にもとづいて一挙に哲学的知恵に行くことは抑制し、科学者としての道を堅持する。そこに、小林は、フロイトの心の葛藤を見、ある意味で、フロイトの演じた「心理學といふ正銘の悲劇」を読み取るのだが、ここでは、「冥府」という言葉を引きながらも、その意味は十分に明かされぬままに、小林の筆は、現代文化論・文明批評の方向に滑り出してしまう。心の「冥府」ということになれば、当然、「魂」の領域に近づくのだが、それは、「正宗白鳥の作について」を待たねばならない。

＊

という次第で、「正宗白鳥の作について」に三度もどる。ストレイチイが「ヴィクトリア女王」の末尾で、女王の意識の奥深く隠された部屋部屋の思いを描き、心理描写をおこなったことから、小林秀雄は、そのような部屋部屋の驚くべき光景を明るみに出したフロイトの思想へと一気に筆を走らせ、長い作家生活の最後を飾るこの作品において、いよいよ正面からフロイトを語り始める。今回は、フロイトの人間・体質というような問題に止まらず、フロイトの学問の成立過程、その根拠と実際の方法を丁寧に追っていくのであるが、その語りようを聞いていくうちに、私は、ここに、いよいよ表面に湧きだしてきたフロイトへの小林の関心が本居宣長に対する打ち込み様ときわめて密接に結ばれていること、それと同時に、宣長への関心が縦とすればフロイトとの関わりは横に世界をひろげるものであることをはっきりと感得し、小林の世界が、そしてその跡をおってきた私自身の世界が、一挙に広がるのを感じた。言葉を唯一の手がかりに、『源氏』に迫り『古事記』を読み解こうとした本居宣長は、言葉を唯一のたよりとして、神経病患者を治療しようと、忍耐に忍耐を重ね、前人未踏の道を切り開いていくフロイトに直につながるという考えに小林は至ったはずだ。いままで見えつ隠れつ流れてきた地下水流が地上の大河と合流し大海をなす、とでも言おうか。

ここでは、魂の領域という一点にしぼって、小林の論旨を見るにとどめるが、小林も、近代科学としての「精神分析」を対象とする以上、のっけから「魂」という表現を用いはしない。初めは、意識であり無意識であり、精神であり、せいぜいが心である。つまり、科学者としてのフロイトの良心に忠実に、小林も厳密に言葉を選んでいる。それが、小林の念頭を常に離れなかった「魂」という「古ぼけた」表現に転ずるのは、「冥府・冥界」という言葉を契機としてなのだ。この言葉がすでに「本居宣長」の雑誌初出に現れていることは先に述べたが、それが「正宗白鳥の作について」においていよいよその力を発揮するのである。

「冥界」とは、フロイトの『夢判断』の巻頭に引かれたウェルギリウスの『アエネーイス』の一句、Flectere si nequeo Superos, Acheronta movebo.「天上の神々を動かし得ざりせば、冥界を動かさむ[14]」からきているのだが、小林はこれを「筆者〔フロイト〕衷心からの讀者への訴へだつた」と読む。フロイトは、自分の夢を分析して、「自分の手で、自分の中に潜む「冥界」の扉を開き、明るみに出るのを嫌がる惡靈の抵抗を自分で感じ取り、これを乗り越えて一層心の深部に進まうと努力してみた[15]」というのである。さらに小林は、フロイトが自分の夢分析を読む読者に「轉身」を求めていることに注目する。『古事記』や『源氏』を読み取るにも、冥界からのメッセージとしての夢を解読するにも、自分の身になって接しなければならないのである。

小林秀雄が、「冥界」という言葉にどれほど強く魅せられたかは、次の引用を見れば明らかである。古代詩人から引かれた題辞の一語にここまで重要性を与えるのは深読みに過ぎるとは言うまい。紀元前一世紀のローマ詩人の一語が十九世紀末年に書き上げられた『夢判断』を飛び石に、二十世紀後半の日本で受け止められて、言葉の魔術を発揮する。すべて、魂の領域での話である。

> 「夢判斷」の巻頭の「冥界を動かさん」といふ言葉は、本文の結末に到つて、又引用されてゐる。引用につゞけて、かう言はれてゐる、――「夢判斷は、人間の心

の營みの中にある無意識的なるものを知るための大道である。われわれは夢を分析することによつて、この奇怪極まりなき神祕極まりなき道具の組み立ての中を、ほんの少しばかり覗くことが出來た。それは無論ほんの少しばかりである」と。フロイトは、この大道を、どんな方法を講じても歩き通したいと願ひ、推論をその果てまで押し進めたところで、夢の世界とは、まさしく、死んでから私達の魂が行く冥界、冥府と呼んでいゝ世界である事が確められたに違ひない。冥府に追ひ込まれて私達の魂の、垣間見られた怪しい動きの心象《イメージ》は、フロイトの心眼には鮮烈に映じた事は疑へない。彼は言ふ、──「夢が古代の民族の間で受けてゐた尊敬の念は、人は魂の中に在る制御せられざるものと壞ち難きもの、つまり、夢願望を產出するところの、そして、我々が我々の無意識の中に、再び見出すところの魔力的なるものに對する、正しい心理學的豫感に基礎づけられた恭敬の情なのである」と。さういふ次第なら、「夢判斷」といふ作は、フロイトが正しいと念じた心理學的豫感を確める爲に書かれたと見ていゝわけだらう。それなら、夢に關する彼の心理學上の新しい探究の行く手に現れた、彼の所謂「科學的研究に對する人間の生れつきの不適格性」といふ心象《イメージ》は、古代諸民族の夢への恭敬の情と表裏を成すものと見なければならないのである。(16)

＊

夢がわずかに解明の手掛かりを与える無意識の世界と、死後だれもが行く冥界つまり歴史の世界とが、ひとつに重なる壮大な展望を前にして、心しずかに「魂」をみつめるのはむつかしい。小林秀雄が、生涯の終わり近くなって、フロイトとまともに対面する気持になったのは、奇怪きわまりない神秘の世界を、フロイトが、科学者としての良心を一時もわすれずに、言葉のみのもたらす真実を、辛抱づよく、着実に、把握しようとつとめ、しかも、現に目の前で苦しんでいる生身の人間を治すという具体的な差し迫った目的を常に念頭において仕事を続けたことを、確認したかったからにちがいない。

ことば――「無言」の境地

高見澤潤子の兄・小林秀雄の末期を語る文章にこういう一節があり、強い印象をうけた。

ところが思いがけなく、年があけて一月十三日、高熱を出し、また入院したときいて、私はびっくりしてしまった。その後一進一退の病状をくり返した。何度か見舞に行った。ある時は大きく目をあけ、私をじっとみてうなずくこともあったが、ある時はただ目の中で反応を示すだけだったし、ある時はいつまでもずっと眠っているだけであった。兄の言葉も、兄の声も全然きくことは出来なかった。そしてとうとう、兄の霊は、遠いところに行ってしまった。(1)

小林秀雄が世を去ったのは、一九八三年の三月一日である。それまでの一月半のあいだ、あるいはそれ以上も、もっとも親しいはずの家族の人々にたいしても続いた(と読める）この沈黙の直接の原因を私は知らないし、ぜひとも いま確認すべきこととも思わない。それが、病に冒された肉体の純粋に生理上の欠陥によるものなのか、小林秀雄という人間の意思に根ざす行為なのかという問題は、伝記の一要素としてはたしかに重要であるが、「小林という思想」のイメージを作品として発表された文章のみを手がかりにして紡ぎだしている一読者としての私にとって、いまどうしても解明したい問題ではない。小林秀雄の家族の思い出から得た印象を出発点に考えを進めることは、たしかにいわゆる実生活の領域に一歩踏み込むことにはちがいないが、肝心なのは、この思想家が一生をかけて追求した仕事の本質と末期に続いたという長い沈黙との作りだす強烈な対照の意味を、歳月をこえて私の心中に響きつづける共鳴のうちにつかみなおすことなのである。

人もあろうに小林秀雄がそのように長い無言のうちに世を去るとは、という気持と、思想の水位で当然起こるべきことが起こったという感じとの両極を、私は揺れ動く。病の結果として末期に失語状態に陥った哲学者や詩人や作家は、歴史上もちろん何人となくいる。そこに殊更な意味を求めるのは、独りよがりな感傷といえなくもない。ただ、事の大小軽重にかかわらず、自分に生起したことをひとつの意味あるものと見なすことが「人間」のありかたであるとするなら、私たちが、自分のこころに生じた疑いようのない印象を手がかりに、その発動源の意味を考えることは、単なる感傷ではないだろう。

愛する兄が異様に長い無言のうちに逝ってしまった、という実妹の痛切な慨嘆を読んだとき、すぐに私自身の経験のうちから記憶に蘇ってきたのは、やはり数週間の沈黙ののちにパリの病院で亡くなった森有正氏の姿だった。言葉と「生きること」とのつながりについて根源的な思考を粘り強く続けた二人の作家の無言の死。それが、強い力をもって迫って来るのである。

＊

言語表現と沈黙。この両極は小林の思考の場で、終始一貫、強力な磁気を放っていた。しかも、二つの極が陽極と陰極として対をなし補いあうというのではない。ともに、相手を否定する力として強烈に働きかけてくる性質のものであった。小林秀雄はたしかにものを書く人であったわけだが、自ずから湧き出るような言葉の力に引かれてひたすら筆を走らせ言語表現にのめり込んでいく型のひとではなかった。彼の場合、この両極の一方が牽引力を増すともう一方も圧力を増すという形で、常に、発言と沈黙との間に極度の緊張関係が続いていた。もっと正確にいうなら、沈黙の側から作用する強烈な吸引力に、言語をもって抵抗し続けるというのが、小林の生き方でありその仕事の本質的な姿勢であった。

筆が速いとか遅いとかいう表現がある。喋るのに能弁・訥弁の差があるように、生まれつきの資質といえば、それまでだ。ただ、ものを書く人の場合には、それに加えて言葉にたいする「気難しさ」の度合いとでもいうべきものが働いている。当然の事ながら、この気難しさは、その根を深く思想の領域におろしている。遅筆といわれ、またそれを十分に意識していた小林の文章を見ると、言葉は、強烈な批判の光線にさらされて、それに堪えうるものだけが生き残っていることがわかる。その言語表現は、いつも、沈黙の世界から辛うじて掬い出した言葉によって、構成されているように思われる。これは、文章に凝って言葉を選び推敲に時間をかけるというのとは、また次元のことなる話だ。人間の実際に生きるさまざまな水位での現実、私達の「確實に知つてゐる唯一つの現實、限りない瑣事と瞬間から成り立つた現實」を、言葉にして顕す作業において、可能な限り注意深く慎重であるということなのである。

言葉を用いて表現することは、作家としての小林にとって、大上段に構えた言い方をするなら、彼が「人間」であるための必須の営みであった。多作とは言えないにしても、これだけの量の作品を活字にしたという事実自体が、小林が本質的に言葉によって生きた人間であることを示しているのだから、あらためてくだくだしく述べることはあるまいが、小林の特徴は、言語表現の問題を常に思考の中心にすえて意識していたことであって、言葉あっての人間という考えは、新潮社版全集十五巻、数千ページのいたるところに現れている。もちろん、ここで「人間」というのは、単に飲み食いし、金を儲けたり儲け損なったり、寝たり起きたりしている羽のない二足動物としての人間ではない。取り立てて書くのも気恥ずかしいような言葉であるが、歴史をもち、文化をなし、芸術を生み出し、「神」とか「永遠」とか「魂」とかいうことをも考える生き物としての「人間」である。しかも、小林の特徴は、そのような、誰もが単なる動物の営みとは区別された「人間」の領域として認めているところ、つまり文学とか歴史とか芸術とかに思考の対象を限らず、われわれが、じっさいに生きていく上で、血を流して経験する恋愛とか自殺とかいう生々しい問題をも、徹底して「言葉」の次元で考えるところにあった。喜びも悲しみも書くという職業に託している、という「私の人生観」における小林の発言は、額面どおり受け取ってよいのである(『全集』9・二)。

＊

ここで、私の関心をひくのは、小林秀雄が初期のいくつかの作品を「小説」あるいは「創作」として世に出したことである。この区分は私の依拠する『新訂 小林秀雄全集』においてもまもられ、小説という呼称は姿を消したにしても「創作」として分類されている。発表当初から、これらの作品を「小説」と見なすかどうかには文壇内で議論があり、元来、文学上のジャンルの問題は定義次第という厄介な面もあるので、いわゆる文学史上の分類としてこれにこだわるのではないが、言葉に難しい小林秀雄が最後までこの呼称を維持したことにはそれなりの意味があり、とくに、この作家における沈黙と言語表現の意味・性質を見極める上で重要とおもわれるのである。因みに小林秀雄の「小説」・「創作」としては、「蛸の自殺」、「飴」、「一つの脳髄」、「女とポンキン」、「からくり」、「眠られぬ夜」、「おふえりや遺文」と「Xへの手紙」があげられるが、これらの作品のうち、とくに示唆に富むのは、「女とポンキン」(一九二五)と「Xへの手紙」(一九三二)である。

はじめに、「女とポンキン」をみよう。感覚的・即物的な地の文と奇妙な言葉のやりとりとからなるこの小品は、氷山の底のように不気味に没している巨大な沈黙が要所要所に姿を現すことによってリズムを与えており、小林における言語表現と沈黙との緊張関係を、理論としてではなく、ひとつの状況のなかにおかれた作中人物の言動を通じて具体的な形で示している。

まず、冒頭のこの一節、話者と女とが初めて出会う場面はどうだろう。話者の「私」は、秋の大気のなかに、「琥珀の中に閉ぢ込められて身動きも出來ない蟲の様に」蹲っていたのである。眼前に広がるのは光りをおびた無言の海である。その無言の主人公のまえに無言の女が現れる。

女は、默つて私の直ぐ傍に腰を下すと、窄めた日傘を足元の土に刺した。手を放すと倒れかゝるのを、殺し損つた芋蟲でも潰す様に、神經質に又刺す。日傘に引掛つた練玉の首飾りがクニャリと凹んだ。私は、お河童さんにした髪に半分かくれた女の蒼白い横顔を見た。ブラッシの毛を植ゑた様な睫毛と、心持ち上を向いた薄い鼻だ。女は、兩肱で顎を支へて、茫然海を眺めて居る。沈默――。（『全集』2・二）

黙って男の傍に腰を下ろした女が日傘で刺しているのは、芋虫であるか、虫のような主人公であるか、非情の大地であるか。無言の「私」の無言の痛みだけがここにはある。いや、もっと正確にいえば、「私」は、麻酔をかけられたように痛みをさえ意識していないのだが、作中にはたしかに痛みの感覚がみなぎっている。

一見すっ頓狂なようでいて、その実それぞれの存在を剝き出しにした言葉のやりとりのうちに、話は進行するのだが、沈黙は、厳然たる存在を片時も忘れさせない。「二人は、又默つた」（『全集』2・三）、「私は默つて居た」（『全集』2・三）、「男は、のろのろと答へて暫く默つて居たが」（『全集』2・四）、と来たあとに続く次のくだりは、沈黙の帳に重く包まれた作中人物のそれぞれに凍結したような極限状態を示している。

「お父さんは如何なんです？」

「今日お葬式」

黙つてゐると女は、
「だつて、ポンキンを一緒に連れてつちやいけないと言ふんだもの」と言つた。
ポンキンは、置物の様に黙つて何か考へて居る。
狸の壽命を十年として、此の女は、先づ自殺する事になるだらう、と私は考へた。
三人は黙つた。(『全集』2・二四―二五)

死と狂気、辛うじて「人間」として生きているものと、それを取り巻く心ない世界の接点を喚起するこの作品は、あたかも、非情すれすれの地点にある者が自然の「無言」をまえにかろうじてもらした呟きのように感じられる。言葉は人と人の交わす通常の会話としての機能をはたさず、まして互いの精神に電流を生じ心に熱気を与えることはできず、ただただ一方的に投げ出されては力なく地に落ちる。実際、作品末では、男と女の間にいかなる言葉もかわされない。男は、女とポンキンの通りすぎるのを無言のうちに見送り、非情な自然のなかに、慄えて立ちつくすのである。人と人との「関係」はここでは成立しえないし、「私」も女もそのような絆を作りだそうともしない。

*

言語表現の意味に関する考察は、「創作」の最後に位置する「Xへの手紙」でも、中心のテーマとなっているが、内容の検討に入る前に、まずこの作品が「小説」として発表されたことの意味を考えておこう。一九三二年、すでに文芸批評の分野でも目ざましい活動をしていた三十歳の小林が、あえて「小説」とよんで世に問うた以上、そこには最初期の作品の場合以上に、はっきりした意図があったと言わなければならない。「Xへの手紙」は、ふりかえって見れば、創作から批評へと小林秀雄が全的に入っていく直前の総合的な表現であり、ひとつの覚悟を表明したものといえるが、それを「小説」とよんだ理由はなにか。

まとめて言うなら、小林秀雄は、三年後の一九三五年に「私小説論」で展開させるように、この小説をジッド流の「自意識の實驗室」(『全集』3・二三四)と考えていた、といってよいだろう。つまり、この「私小説」において、作者は、自分の「私」の問題を徹底的に検討しようとしたのである。ここにみられるのは、作者自身の赤裸々な告白ではない、また作家の外側の社会の問題でもない。この手紙の発信人(以下「俺」とよぶ)は、自分の生き方を、生きることと言葉とのかかわり合いを軸にして、内臓を露呈するようななまなましさをこめて、驚くほど率直に語っているのだが、作者としての小林は、このような人生観・言語観をもつ男を如実に描きだすことによって、己れのうちの可能態を鏡にありありと映し出すことによって、まさに、きわどいひとつの距離をおくことによって、己れのこの世におけるあり方の可能性を総点検しようとしているのである。作者と「俺」との隔たりはいかにも薄い一枚の膜であるが、それが実験する者に自由を与えているのである。

題名が示すとおり、この作品は書簡のかたちで書かれている。ということは、言語によって他者との関係を保とうとする意思の端的なあらわれである。それはすでに「女とポンキン」の終末の凍るような無言の孤立とは異なるものであるが、「俺」のこころの諸相をもうすこしていねいに検討しよう。

《痛み》　先に「女とポンキン」に関して、麻酔をかけた痛みという表現をもちいたが、痛みは、「Xへの手紙」ではもっとも痛切な感覚としてはたらいている。「俺」は、自分にとって明瞭なものは「自分の苦痛だけだ」というのだ。懸命に何かを忍び、対象の分からぬものに極度の注意を払って、困憊しているという話者は、次のように続ける。

俺はこの時、生きようと思ふ心のうちに、何か物理的な誤差の様なものを明らかに感ずるのである。俺はこの誤差に堪へられない様に思ふ。俺は一體死を思つてゐるのだらうか、それとも既に生きてはゐないのだらうかと思ふ。眼を閉ぢると雪の様なものが降つて來る、色もなく音もなく、だが俺は止めにしよう、どうもつくり話を書くのは得手ぢやない。(『全集』2・八五)

ここで話者のまえに広がっているのは、人が「人間」として生きることを根底から疑わせる性質の世界だ。生も死も判然としない、ただ様々な形だけが通りすぎる無限の空間。それは、人間のとりつくしまもない「自然」の剝き出しの姿といってもよいだろう。この自然を、「茫然として眺める」男は、「女とポンキン」の話者の心境にきわめて近いものだ。ただ、「Xへの手紙」の「俺」は、セッターの尻尾の様な濡れた海藻を踏んで立ち尽くしてはいない。生きることを深く疑いつつも、なお「誤差」をのりこえて生きることを願う男は、「自分よりも長生きしたげな苦痛」をおぼえる。ここでは、麻酔は利いていない。

人間の認識と実践との根本は、仏教でいう「不二而二」の思想につきると思われるが、ここに小林が表明している考えは、まさにこの大原理に合致するものだ。「不二」は、苦楽はもとより自他、男女、老若、生死、要するに、二元的実体の存在をすべて否定し、あらゆる現象を関係の上にとらえるのだから、「苦」といえば、もちろん不二をはずれるわけだが、それはまさに、不二に止まらず而二の方に一歩踏み出すところに生ずる「苦」といえる。「不二」の原則の確認の上に、それにもかかわらず二はある(而二)、あると考えなければ「人間」として生きることはできない、と考える者の発言なのだ。これは、後に、「歴史について」において小林が明瞭に打ち出す、「自然」にたいする「歴史」の関係とも重なる。言葉によって歴史を織りなし、自然の非情な因果を超えた価値を見いだそうとする姿勢も、不二而二につながるのである。

《恋愛経験》このように、「Xへの手紙」の「俺」は、「女とポンキン」の主人公の陥っていた身動きもできない殻を破って、一歩踏み出すのだが、この両者の最もおおきな相違は、恋愛経験の有無から来ている。「俺」には強烈な恋愛体験があり、人間観・言語観のうえで、深く成熟を遂げたというのである。それは、まず、人間存在についての考えの上に現れる。実践生活の強度の形として恋愛を経験し、激しく愛し合い別れた男と女の存在は、狭義の不二で説くところと矛盾するのではないかともいえるが、「惚れるといふのは言はばこの世の人間の代わりに男と女とがゐるといふ事を了解する事だ」という表現は、「俺」のいうとおり、決して男と女が実体として個々に存在することを断言しているのではない。肝心なのは、両者それぞれの自我ではなく、このうえなく生き生きとした男と女の関係なのである。これは実に重要な考えであるが、「俺」は単なる恋愛関係に止まらない人間観として、さらに展開する。

たとへ俺にとつて、この世に尊敬すべき男や女は一人もゐないとしても、彼等の交渉するこの場所だけは、近附き難い威嚴を備へてゐるものの様に見える。敢へて問題を男と女との關係だけに限るまい、友情とか肉親の間柄とか、凡そ心と心との間に見事な橋がかゝつてゐる時、重要なのはこの橋だけなのではないのだらうか。

この橋をはづして人間の感情とは理智とはすべて架空な胸壁ではないのか。人がある好きな男とか女とかを實際上持つてゐない時、自分はどういふ人間かと考へるのは全く意味をなさない事ではないのか。（『全集』2・九二）

要するに、孤立した自我というものは、内在する価値によって自立するものではない。人と人との「関係」こそが、人と人の出会う場所こそが意味を持つというのである。「関係」というものの成り立たない「女とポンキン」の分断され閉鎖された世界から、小林秀雄は長い道を歩んできたのだ。それはたしかに、痛みをかきたてもする。しかし、成熟した「俺」は、この苦痛を、友人につたえる事によって、一つの関係を作りだすことによって、「人間」として生きる行為に踏み出そうとするのだ。

では、なぜ「俺」は、自分の成熟する場所であった女との関係を、十全に言葉を用いて表現し、「恋愛小説」にしないのか。「俺」は、自分の恋愛経験のもっとも肝心なところは、言葉におきかえることが不可能であり、「俺のして來た經驗の語り難い部分だけが、今の俺の肉體の何處かで生きてゐる」（『全集』2・八七）と考えるからである。そこで、この語り難い部分を、あえて言葉にするならば、どうなるのか。話者は、「俺達は皆めいめいの生ま生ましい經驗の頂に奇怪に不器用な言葉を持つてゐるものではないのだらうか」（『全集』2・八八）という考えにいたる。そこで、「俺」は、言葉になり難いこのような言葉こそが人間の表現のうちで一番高級なものと考えるのである。実際、人と人との間の「本当の」交渉の場としての恋愛においては、「明瞭な言葉なぞの棲息する餘地はない、この時くらゐ人間の言葉がいよいよ曖昧となつていよいよ生き生きとして來る時はない、心から心に直ちに通じて道草を食はない時はない。惟ふに人が成熟する唯一の場所なのだ」(『全集』2・八九)ということになる。「俺」は、そのような「いよいよ曖昧ないよいよ生き生きとした」言語を理想としているのだが、そのような言葉を綴って、作品をなすことは試みず、たった一人の忠実な友へ無条件の信頼にもとづいた手紙を書く。「俺が生きる爲に必要なものはもう俺自身ではない、欲しいものはたゞ俺が俺自身を見失はない様に俺に話しかけてくれる人間と、俺の爲に多少はきいてくれる人間だ」(『全集』2・九九)という文章、あるいは、次のくだりが「俺」の意図を十分に語っている。

俺は饒舌家ださうだ、言葉の錬金術師などと飛んでもなく勿體ない事をいふ人もある。人前で捏ね上げる程この俺に豐富に言葉が餘つてゐてくれゝば——俺はサント・ブウヴを讀み乍ら吐息をつく。俺とても默つてゐた方がましなくらゐは承知してゐる。だが口を噤んだ自分のみすぼらしさに堪へる術を知らないとすれば——。俺に入用なたつた一人の友、それが假りに君だとするなら、俺の語りたいたつた一つの事とはもう何事であらうと大した意味はない様である。さうではないか。君は俺の結論をわかつてくれると信ずる。語らうとする何物も持たぬ時でも、聞いてくれる友はなければならぬ。俺の理解した限り、人間といふものはさういふ具合の出來なのだ。(『全集』2・八二)

《慄える言葉》「Xへの手紙」という作品を雑誌に載せた小林秀雄は、もちろん、そのまま「俺」には合体しない。作者のほうは、「俺」の洩らした、もう一つの可能性、もう一つの広がりを自分のものにしていくのである。

つまり、さきに見たような、現実に密着した理想的な言葉というものは、恋愛関係の場だけに限られるわけではない。極限において発せられる同じような性質をおびた言葉は、すべての強力な思想家の表現に見出されるのである。

〔……〕頂まで登りつめた言葉は、そこで殆ど意味を失ふかと思はれる程慄へてゐる。絶望の表現ではないが絶望的に緊迫してゐる。無意味ではないが絶えず動搖して意味を固定し難い。俺はかういふ極限をさまよふていの言葉に出會ふごとに、譬へやうのない感動を受けるのだが、俺にはこの感動の内容を説明することが出來ない。だがこの感動が俺の勝手な夢だとは又どうしても思へない。

正確を目指して遂に言語表現の危機に面接するとは、あらゆる執拗な理論家の歩む道ではないのか。どうやら俺にはこれは動かし難い事の様に思はれる。われわれの傳統は、西洋の傳統に較べて、この言語上の危機に面接してたゞこの危機だけを表現して他を顧みない思索家を、なんと豊富に持つてゐるかと俺は今更の様に驚くのだ。卓抜な思想程消え易い、この不幸な逆説は眞實である。消え易い部分だけが、思想が幾度となく生れ變る所以を祕めてゐる。俺は屢々思想の精髄といふものを考へざるを得ない。(『全集』2・九三-九四)

ここに見事に語られている「俺」の感動と驚きとは、以後の小林秀雄の道をはっきりと指し示しており、極めて重要である。つまり、小林は、いかに痛切なものであったにせよ、自分の恋愛経験をじかに言葉にすることはしない。そうではなくて、恋愛関係から典型的な形でつかみとってきた言語表現のありかたに注意を集中し、思想家にせよ、小説家にせよ、芸術家にせよ、ぎりぎりの原体験の頂まで登り詰めた人が、辛うじて人間の表現に成功する場合には、極限の言語というもののあることを確認する(ここでいう言語とは、フランス語でいうlangage、つまり音楽も絵画もその他のさまざまの表現手段をもふくむものである)。以後、小林秀雄は、このような危機を超えたところに成り立つ言語表現を見据えて、その成立の過程までも丁寧にすくいとって、つまり「卓抜な思想」の生まれては死に生まれては死にするドラマを思考の対象とすることになるのだ。

一九三二年、「Ｘへの手紙」を雑誌『中央公論』に「小説」として発表したとき、小林は三十歳であった。小林の好む孔子の言葉で言えば、「三十にして立」ったのである。それ以後の「正宗白鳥の作について」にいたる五十年をこえる仕事については、ここでは詳しく触れない。一言でいえば、それは、「言語表現」を相手とする「恋愛」の繰り返しであった。男女不二が而二に進んで男女の愛欲の実現にその境地をみるとするならば、小林は、愛欲の充足を言語を相手に思想の次元で行ったのである。

小林秀雄が、頂にのぼりつめた経験を言語によって表現した先人の営みを「恋愛」の対象として、いよいよ本格的な思考を展開するのは、「Ｘへの手紙」の発表された一九三二年の翌年、ドストエフスキイの「「永遠の良人」」からである。以後、小林秀雄の語り続けてやまなかったのは、ドストエフスキイであり、モーツァルトであり、ゴッホであり、雪舟であり、本居宣長であり、その他数多くのひとびとの人と作品とであった。ここで人というのは、言語表現を行い、歴史に参与するものという意味である。小林はたしかに本質的に批評家であった。それはまた、ややおかしな言い方になるが、不二から而二へと直接に進むのではなく、他の人々の不二而二への実践を、あらためて問い、点滅する実践の「精髄」を求めようとする反省的意識の仕事であった、とも言えるだろう。不二の世界を十分に認識したうえで、不二而二の営みそのものを思考の対象とすることで、小林秀雄は二重に言語表現に関係している。つまり、言葉を唯一の拠り所とする歴史の側に、言葉を唯一の手がかりとして参与したのである。

＊

ここで、最期の沈黙に再びもどるなら、これは、「女とポンキン」でみた冷たい非情の沈黙、因果自然の沈黙とは質がまったく異なる。「Xへの手紙」の末尾は「どうか身體を大事にしたまへ」という言葉であったが、半世紀の後、身体衰えた小林秀雄が心を委ねた沈黙は、不二を承知でなおかつ不二而二を見つめ語り続けてきた人の、徹頭徹尾「言語表現」にかけた人の、充足した、微笑みが内から溢れてくるような、あえて言うなら、不二の法門に達したひとの、最高の境地としての無言ではなかったか。小林秀雄はそこで最後の贅沢を、こころゆくまで味わったのではないだろうか。

おわりに、「正宗白鳥の作について」のなかに引用されているストレイチイの「ヴィクトリア女王」の一節を、孫引きしておこう。小林秀雄が、その最終作において、自らの最期を引用の形で語らなかったという謂われはないのだから。

もう眼も見えず、口も利けなくなつて横たはつてゐる女王の姿は、これを見守る人々には、思考力は皆奪はれて、知らぬ間に、忘却の國に踏み込んだ様子に見えた。

だが、恐らく彼女の意識の奥に隠された部屋部屋に、やはり彼女は彼女で、様々な思想を宿してゐたであらう。そして、恐らく彼女の消え行く心は、もう一度、過去の影を呼び起し、眼の前に思ひ浮べ、長い歴史の消え去つたヴィジョンを、これを最後と辿り直してみたであらう。何十年の雲を別け、うしろへうしろへと歩み、古い思ひ出から、更に古い思ひ出へと、――ビーコンズフィールド卿に與へた櫻草の咲き亂れたオスボーンの春の森から始つて、――それからそれへと辿られたであらう。(2)

思想家、小林秀雄の最期の無言の姿は、この文章に十分に描き出されている。

Ⅱ　小林秀雄と西欧作家

ジッドの訳者としての小林秀雄
——実に滑稽だ。いや、なかなか面白い。——

一人の作家、あるいは一つの思想が、その生まれ育った土壌をはなれ、異質の文明に入ってくる過程を正確にとらえることは、なかなかむつかしい仕事である。十年ほど前に、パリのコレージュ・ド・フランスでアンドレ・ジッドの生誕百年を記念する学会が開かれたとき、ジャン・イティエ教授から日本とジッドとのかかわりについて五分か十分で報告しないかとすすめられたのだが、そのように限られた時間で、日本文化について何の心得もない欧米の参会者に、ことの真相を伝えうるとはとても思えなかったので、私は固く辞退してしまい、結局、その学会では日本とジッドとの関係については一言の発言もなかった。ヨーロッパ文化圏以外でこのフランスの作家をよく読んだ国としては日本からしか出席者がなかったのだし、上田敏によって一九一〇年代のはじめにその名の伝えられて以来、日本人がジッドを読むために費した精力は莫大なものだったのだから、そう牡蠣のように口をとざしていないで、少なくとも客観的な歴史的経過だけでも伝えればよかったのかもしれないが、その時は、問題のむつかしさの方が大きく見えて、とてもそのような気持にはなれなかった。それから十年たった今日、我が国の文学者のなかでも特に小林秀雄を対象に、また小林秀雄のうちでも特に初期の作品に焦点を限定して、いわば重箱の隅をつつくようなことを書こうというのも、実はその際に感じた困難を確認するためなのである。

＊

小林秀雄がアンドレ・ジッドについて最後に文章を書いたのは、私の知る限りでは、一九五〇年十一月のようだ。新潮社版『アンドレ・ジイド全集』の第五巻の月報に寄せた「感想」と題する半ページばかりの小文がそれである。

「ジイド全集」に私の「パリュウド」の舊譯を編入する事を求められたのを機會に感想をと言はれたが、感想など別にない。ジイドの作品は、學生時代夢中になつて讀んだが、「贋金造り」から以後彼のものを讀まなくなつて了つた。もう今となつては讀み返してみようと思ふ氣も全くないので、ジイドと言はれても感想が浮ばぬのである。

ジイドが私に與へてくれた貴重な教訓は、持つて生れた自我といふ様なものは幻影である、自己批評によつてばらばらに解體して了はねばならぬ幻影である、といふ事であつた。併し、もうその先きは、ジイドについて行く事は、私には嫌になつた。彼は優れた文學者であらうが、私の好みから言へば、今日では嫌ひな作家の一人である。(『全集』3・二六五)

数ヵ月後に当のジッドが世を去ると、小林秀雄が察していた筈もないが、手廻しよく引導を渡してしまった形である。感想もわかぬ、今では嫌いな作家であるとは大変な御挨拶だが、敢えてこういう物言いをするところに、小林秀雄のジッドに対する屈折したひっかかりがあるとも言えよう。それはともかく、歯に衣着せぬこの断言に影響されてか、またジッド自身の影があれよと言うまに薄くなりいわば流行遅れになった以上、いまさらジッドでもあるまいと言うことか、小林秀雄とランボー、ボードレール、ヴァレリー等との出会いについては繰り返し論じられているのに、数ある小林秀雄研究のなかでも、ジッドとの関係を論ずるものは殆ど見あたらない。わずかに、饗庭孝男氏が「小林秀雄における「意識」の内実」(『ユリイカ』一九七四年十月号)と題して両者のかかわりあいを段階を追って分析しておられ、その大筋において私も異論はない。ただ、小林秀雄がボードレールを通過し、ランボー体験をへた後、ジッドの自己分析を契機にドストエフスキイの意識の深みに惹かれていったとするその論旨を追う内に、小林秀雄は本当のところアンドレ・ジッドをどのように読んでいたのだろうという極めて基本的な疑問がふくらんできたのである。

本稿では小林秀雄の「様々なる意匠」と「アンドレ・ジイド」をめぐっていくつかの具体的な指摘をしようと思うが、その前に小林秀雄とジッドとの関係を年代を追ってまとめておこう。先の感想にもある通り、小林秀雄は学生時代からジッドの作品を愛読していたらしい。東京大学仏文科を卒業した年(一九二八年)には、同人雑誌『大調和』にジッド作の『パリュウド』の翻訳を四回にわたって連載している。この試みは未完におわり、完訳の出るのは六年後であるが、とにかくこの作品の邦訳としては最初のものである。夢中になって読む、あるいは翻訳するということが小林秀雄にとってどういうものであったか、彼自身の語るところをみれば、この頃の小林秀雄のジッドへの傾倒ぶりがよくわかるであろう。自分の様々な想いを託して愛読し、そういう想いを表現するために、翻訳という形で原著者を模倣してみる、と言うのだった(『全集』8・一七八)。

小林秀雄の出世作「様々なる意匠」が雑誌『改造』の懸賞論文として二等賞を得たのは、『パリュウド』翻訳の翌年(一九二九年)である。ジッドを愛読し、翻訳まで試みた後に、いよいよ文壇に打って出るために意気込んで書き上げたこの評論に、ジッドの影がどれ程くっきりと落ちているか、それは後述することにして話を続けるなら、一九三三年にはジッドに関する小林秀雄の最もよくまとまった論文「アンドレ・ジイド」が出る。翌一九三四年には『パリュウド』の完訳、ジッドの評論「ジャック・リヴィエール」の訳、及び、「アンドレ・ジイドのドストエフスキイ論」。続く一九三五年は『プレテクスト』共訳の年であると同時に「私小説論」の年でもある。この「私小説論」においてジッドの「私」の構造が大きな役割を演じていることは衆知の通りである。『パリュウド』から『プレテクスト』への道が批評家アンドレ・ジッドの形成過程において重要な段階であったことを思うと、(1)「様々なる意匠」から「私小説論」へ進む小林秀雄がそれとほぼ並行してジッドのこの二作品を訳出していることは興味深い。同年、「『パリュウド』について」の一文もある。一九三六年、「アンドレ・ジイドの人及び作品」、一九三七年、『ソヴェト旅行記』評。一九四〇年、河上徹太郎訳によるジッドの『芸術論』書評。そして一九五〇年、先に引用した「感想」。これで小林秀雄が直接にジッドを主題として書いた文章の凡てである。もっとも、ジッドの名は極めてしばしば小林秀雄の他の作品中にも現われ枚挙にいとまがない位であるし、ジッドの名が明記されていない場合にもジッドの落し子は頻繁に姿を見せるので、上記の作品はまさに氷山の一角にすぎない。

*

さてここで対象を「様々なる意匠」にしぼって少し詳しく検討することにしよう。小林秀雄はこの論文によっていよいよ批評家として文壇に出る機会をつかんだのであったが、もとよりこれはアンドレ・ジッドを論ずるものではなく当時の日本文学界の総ざらいをねらったものであった。そこにジッドの名は一度だけ記されている。一度だけであるが極めて目につきやすいエピグラフの作者として、いわば守護神のような形で出てくるのである。

懐疑は、恐らくは叡智の始かも知れない、然し、叡智の始まる處に藝術は終るのだ　アンドレ・ジイド(2)

という文章である。ところがこのエピグラフの意味はさほど明瞭ではない。考えれば考える程、わけがわからなくなる。勿論、ジッドの原文自体の意味は明晰である。

Le scepticisme est peut-être le commencement de la sagesse; mais, où commence la sagesse, finit l'art.(3)

これは『続・プレテクスト』において、規範を持たぬ社会には芸術の育つ土壌がないとして、芸術家に拘束を強要する公衆の重要性を説いた文章であり、懐疑主義は芸術にとって有害なものとして退けられているのである。さらにジッドはこの文章をほんのわずか修正して、レミ・ド・グールモンの懐疑のための懐疑を非難するときにも用いているから、(4)この文が否定の文章であることは確かだ。ところが、小林秀雄はどういう意味においてこの引用をしているのか、どうもジッドの意図とはかなりずれた、むしろ逆の意味に用いようとしたとしか思えない。初出「様々なる意匠」中のあの有名な一句、

批評とは竟に己れの懐疑的夢を語る事ではないのか、己れの夢を懐疑的に語る事ではないのか！(5)

を見ても判るように、批評の本質として懐疑を据えているように思える。ジッドはこの文で、懐疑を主義とする態度を批判しているのだが、その同じ文章を小林秀雄は強い懐疑の力そのものを肯定するものと解釈し、つまりは後に「文藝批評の行方」(一九三七)で発展させたように、近代人の烈しい批評精神と同じものと考えていたようだ。

「プレテクスト」の批評精神が、「パリュウド」といふ作品の形を殆んど藝術作品とは言ひかねるほど壊して了つた。〔……〕批評精神の赴くところ、藝術的造型の犠牲を厭はぬといふ作家の仕事に、見ようとする精神に憑かれた創らうとする精神の

裡に、批評精神の眞諦がのぞけて見えるのだ。（『全集』3・一七四）

要するに、芸術の形さえも敢えて壊す、極限まで行く懐疑、それが批評精神であり、いうなれば近代批評の動力だという意味をこめたエピグラフにしたかったのではなかろうか。後に小林秀雄は芥川龍之介の不徹底を批判して「懐疑といふものは、もつと遠くまで行く筈だと信じてゐた」（『全集』2・三九）と述べているが、その懐疑をこのジッドの一句に読んだのであろう。とすれば、原典のジッドの意味するところとは大いに異なると言わざるをえない。

小林秀雄の「批評神髄」とも言うべき「様々なる意匠」はこういう具合にジッドの文章の我田引水によって始まるのだが、それ以外には出典の明示されたジッドからの引用はない。しかし、ジッドの顔は数カ所にありありと透けてみえる。その血縁関係の度合は濃いのも淡いのもあるが、血液検査の必要もない程に自明の例をいくつか指摘しておこう。

一　個と普遍とに関する部分

小林秀雄曰、

ここで私はだらしの無い言葉が乙に構へてゐるのに突き當る、批評の普遍性、と。だが、古來如何なる藝術家が普遍性などといふ怪物を狙つたか？　彼等は例外なく個體を狙つたのである。〔……〕ゲーテが普遍的な所以は彼がすぐれて國民的であつたが爲だ、彼が國民的であつた所以は彼がすぐれて個性的であつたが爲だ。(6)

実に気負い込んだ勇ましい文章で、その調子はまさに小林秀雄のものであるが、ジッドの『続・プレテクスト』にこういうくだりがある。

そうとすると次の事実を確認するのはいとも容易なのではありますまいか。これとても私は自分が初めて気づいたなどと主張する気はさらにありませんが。最も広く人間的な作品、最も一般的な興味の対象となっている作品は、同時にもっとも特殊なものであり、そこではある一民族の天才が一人の個人の天才を通してこの上なく特殊な形で表われているという事実です。アイスキュロス、ダンテ、シェイクスピア、セルバンテス、モリエール、ゲーテ、イプセン、ドストエフスキー以上に国民的なものがあるでしょうか。そして、それ以上に人類一般に拘わるものがあるでしょうか。しかも同時にこれ以上に個人的なものが……(7)

二　「芸術の為の芸術」に関するくだり

小林秀雄曰、

　扨て次は「藝術の爲の藝術」といふ古風な意匠である。古風といつても矢鱈に古風なものではない、ギリシャの藝術家等が、或はルネサンスの藝術家等が、こんな言葉を理解した筈はないからである。(8)

一方、アンドレ・ジッドは言う、

　ルネサンス時代、あるいは古代ギリシャ・ローマの大芸術家なら「芸術の為の芸術」と呼ばれる信条を非難したであろうなどと、私は主張しはしない。彼らがそんなものをまるで理解もできなかっただろうと言いたいのである。(9)

この先、小林秀雄は更に続けて、

故に、「藝術の爲の藝術」とは、自然は藝術を模倣するといふが如き積極的陶酔の形式を示すものではなく、寧ろ自然が或は社會が藝術を捨てたといふ衰弱の形式を示すのみだ。〔……〕世捨て人とは世を捨てた人ではない、世が捨てた人である。[10]

と威勢のよい啖呵をきるのだが、それもジッドの次の文章の従弟位の顔をしている。

「芸術の為の芸術」という考えは、明らかに芸術が場を失ってしまい、生活の内にその動機を見出すことも生き生きと活動することもできなくなり、そこでお高くとまって孤立し、自己陶酔し、自分を評価しえないものを軽蔑する、そういう時代に生まれたのであります。[11]

三　天才の排他的な情熱について

小林秀雄曰、

希臘の昔、詩人はプラトンの『共和國』から追放された。今日、マルクスは詩人を、その『資本論』から追放した。〔……〕一つの情熱が一つの情熱を追放した問題なのだ。[12]

『資本論』は別として、プラトンに関してはジッドが、

プラトンが同時にまた自分の『国家』（小林秀雄訳すところの『共和國』）を詩人に対してとざし、オルフェウスを卑怯者と呼び、「彼は音楽家だったから」とさえつけ加えた人物であったことに想いをめぐらしてみたいと思います。(13)

と言い、また情熱がいかに独占的であり、他の情熱とは相容れぬ排他的なものであるかについても詳しく述べている。(14)

四　芸術作品と人間について

小林秀雄曰、

作品が神來を現はそうと、非情を現はそうと、氣魄を現はそうと、人間臭を離るべくもない。藝術は常に最も人間的な遊戯であり、人間臭の最も逆説的な表現である。(15)

ジッドの言はこれに較べて遥かにあっさりしており、まずは、はとこ位の関係といえ

ようか。

芸術はいかに天来のものを映していようとも、徹頭徹尾人間的なものであります。[16]

以上、一読して目につく類縁関係だけを指摘したが、これ以外にもありそうだ。「様々なる意匠」はジッドの他にもボードレールありヴァレリーありで、いわば文化モザイックの観を呈しているのだが、だからと言って、剽窃であるとか独創を欠くとか言いたいのではない。私としては、この「様々なる意匠」を執筆する前に小林秀雄が丹念に『パリュウド』及び『プレテクスト』[17]を読み、それを文字通り血肉化し、十分に活用していることを確認したかったまでである。モザイックにはモザイックの美しさがある。事実、出典はジッドなり他の作家なりに求められるにせよ、一度小林秀雄の筆にかかると、それは他の誰のものでもない小林秀雄の調子を帯び、自立した一作品を構成すると言いうる。本来の機能から切りはなされた断片的な文章が寄り集まって新たな文章を構成する一要素として働くことは、換骨奪胎とか剽窃とかいう次元をこえた文化現象としてなかなか意味深いとさえ言える。クロード・レヴィ＝ストロースならば、そこにありあわせの材料を利用して作られた「知的寄木細工」bricolage intellectuel を見て、一種の神話的思考の構造を指摘するかもしれない。[18]

もっとも小林秀雄自身は、このような文字面の類似をいくら数え上げたところで、要するに勘定が合うというだけのことで、何を説き明かしたことにもなりはしないと、頭からつきはなすかもしれない(『本居』三七)。確かに、勘定が合ったとて、それだけでは何の足しにもならないかもしれないが、勘定は合わないよりも合う方がよい。学問とは本来積み重ねがきくべきもので、典拠を示すことは少くとも積み重ねを可能にする第一歩だからである。その意味で、一九三三年に発表された小林秀雄の「アンドレ・ジイド」には、小林秀雄によるジッドの翻訳があり、さらにそれを小林自身が解説しているので、両者の関係を知るための具体的な材料として興味深い。そのなかから細かいことながら本質的と思われる二点を検討する。

＊

まず、次の文章を読んでいただきたい。

ジイドの處女作は、『アンドレ・ワルテルの手帖』(*Les Cahiers d'André Walter*)である。廿歳前の作だから、無論まだこれには現實の姿に關する洞見は含まれてはゐない。併し彼が清教徒的情熱を傾けて、孤獨な心を縱橫に分析してみせる筆致は既に充分に成熟してゐるし、後に到つて彼自ら持て餘す程になつた已れの精神の鋭敏と豊富との芽は既に充分に現はれてゐる。

「何の音も聞えない夜の闇のなかで、私は自分の思想の連鎖を追つた——實に滑稽だ」

出來るだけ自分の姿を、現實から遮斷して、出來るだけ純粋な自分といふものを知ろうといふ一途な青春時の欲望に燃えて表現した處に、既にかういふ己れに對するアイロニイを語つてゐる事は注意すべきである。「——實に滑稽だ」と。不幸にしてこの滑稽感は、彼の精神が豊富に發展して行くにつれて、複雑に擴つて行つた。(19)

さらに、この考えを発展させて、小林秀雄は強調する。

「——實に滑稽だ」ここにジイド的悲劇或は喜劇の萠芽がある、と前に述べた。爾來、ジイドの諸作は、消極的に言へばこの滑稽を始末する爲に纏つた様々な衣裳であつたと言つてい〻。(20)

ところが、小林秀雄によって直接に訳出された『アンドレ・ワルテルの手帖』からの唯一の引用文の原文は以下の通りなのである。

Dans le silence et l'obscurité de la nuit, j'ai suivi l'enchaînement de mes idées—c'est très drôle.(21)

一読して明らかなように、C'est très drôle. という表現には、「実に滑稽だ」というような、己れにさしむけられたアイロニイは微塵もない。ジッドの処女作の主人公は、静寂と宵闇、つまり外の現実からの拘束が最も弱まる時に、観念が勝手にさまよい出る瞬間をうかがっており、次々と鎖の輪のように紡ぎ出されてくる観念の繋がりを、〈実に面白い〉と見ているのである。とすれば小林秀雄の主張するような「思想の過剰、感性の過剰」のために身動きも出来なくなった「彼自身に対するアイロニイ」とは言えまい。これはほんの些細な読み違いである。ところが、その読み違いを小林秀雄はジッドの臍と見たて、ジッドの全作品をその架空の臍を覆うための「衣裳」と解したのだからことは重大である。ただし、私は小林秀雄の語学力の不足を言うためにこのような細部に拘泥しているのではない。そうではなくて、たった一語の、ほんの僅かなニュアンスの取り違いが、こんなに遠くまで波紋を投げかけずにはいないこと、そして、その読み誤りが非常に遠いところから来ていることに、ただ驚いているのである。事実、この誤読の根は実に深いのだ。なぜなら、「滑稽だ」という表現は、ここで初めて使われたのではなく、小林秀雄の最初期の作品を読むと、数回にわたって、小林秀雄の精神を解く一つの重要な鍵として用いられているからである。

まず最初期の小品「一つの脳髄」(一九二四)において、小林秀雄はそれこそにっちもさっちも行かなくなった自分の自意識の状態を描いているのだが、そこにこんな一節がある。

女中は床を敷きに來ると、「おやすみなさい」と丁寧にお辭儀をして障子を閉めた。——駝鳥の卵が眠る——私はもう滑稽な氣はしなかつた。廊下を遠ざかつて行く草履の音を聞いた。——俺の脳髄を出して見たら何如んなに醜い恰好をしてゐるだらう——〔……〕私は原稿用紙を擴げた。(『全集』2・二六)

駝鳥の卵とは女中の「イヤにツルツルした脳髄」である。話者は先刻、女中の馬鹿馬鹿しい善良な顔の下にこの脳髄を想い、その滑稽なのに閉口したのである。しかし自分の意識を意識しはじめた今、女中は滑稽には見えず、自分の姿こそが滑稽になった。話者はそこで原稿用紙を拡げ、己が意識と対面する。

同じ表現は「女とポンキン」(一九二五)にもあらわれる。

ポンキンが、二人の間に割り込んで來て坐つた。
「滑稽だ」、私は、呟いた。
「え、何？」、女は、支へた顔を素早くこつちに廻轉さした。（『全集』2・三）

「滑稽だ」というこのせりふは、一見、おかしな具合に毛を刈り込まれた小犬に向けられているようだが、よく前後を読むと決してそれだけのものではなく、話者の存在自体に向けられて、殆ど、心から突然迸り出た言葉であることが判る。これならば確かに「自己に向けられたアイロニイ」ととってもよさそうだ。

さらに数年たって、一九三〇年に、小林秀雄はこの二作を書いた頃の自分を回顧してこう述べている。

私なぞは、神經病時代には、朝三時頃になると、何んの事はなく一人でゲラゲラ笑ひ出したものだ。かうなれば正氣ぢやない。その癖、自分では健全ではあるまいが氣は確かだと信じてゐたんだからいゝ氣なものだ。〔……〕私が朝の三時になるとゲラゲラ笑ひだしたといふのは、ひよつとすると自分の認識機能それ自身に滑稽を感じたのかも知れない。（『全集』1・一五七、一五九）

ここで小林秀雄の言う「滑稽」とは前後を見ると明らかなように、ベルクソンの〈le comique〉であり、ジッドの〈C'est très drôle〉とは別のものである。小林秀雄がジッドの臍と見たものは、彼自身の臍だった。

もう一つ、小さな誤訳のうちから意味のあるものをとり上げておく。同じ「アンドレ・ジイド」において小林秀雄は、ジッドが『アンドレ・ワルテルの手帖』の決定版に付した序文を引用している。今度はジッドの文章の方から読むことにしようか。

Je cherchais à plier la langue: je n'avais pas encore compris combien on apprend plus en se pliant à elle, et de quelle instruction sont ces règles qui d'abord importunent, contre lesquelles l'esprit regimbe et qu'il souhaite pouvoir rejeter. Ceci n'est rien.[22]

これを小林秀雄は次のように訳している。

〔……〕私はどうかして言葉を自分に屈服させようとかゝつてゐた。言葉に屈従する方がどれくらい利益か、といふ事が私にはまだ合點がいかなかつた。言葉の定規といふものが、どんな教へをもつてゐるかわからなかつたのだ。精神は、はじめのうちこそ言葉の定規に反抗し、そんなものは見かへしてやろうとかゝるが、なんにもならない。(23)

問題は最後の一句、「なんにもならない」である。ジッドの原文はCeci n'est rien. とある。つまり、「それはまあなんでもない、たいしたことじゃない」という意味である。それを小林秀雄のように「反抗し、見かへしてやろうとかゝるが、なんにもならない」といえば、言葉の定規、言葉の呪縛力、言葉の魔術を前にして人間の精神は否応なく屈服せざるをえない時が必ず来るということになり、それは小林秀雄の最近の大作『本居宣長』に展開される言語観に一直線に進む道である。いろいろと引用を重ねたついでに、もう一つ引用しておこうか。これで最後である。

例へば、岩に刻まれた意味不明の碑文でも現れたら、誰も「見るともなく、讀ともなく、うつら〳〵と」詠めるといふ態度を取らざるを得まい。見えてゐるのは岩の凹凸ではなく、確かに精神の印しだが、印しは判じ難いから、ただその姿を詠めるのである。その姿は向うから私達に問ひかけ、私達は、これに答へる必要だけを痛感してゐる。〔……〕特定の古文辭には限らない。もし、言葉が、生活に至便な道具たるその日常實用の衣を脱して裸になれば、すべての言葉は、私達を取巻くそのやうな存在として現前するだらう。こちらの思惑でどうにでもなる私達の私物ではないどころか、私達がこれに出會ひ、これと交渉を結ばねばならぬ獨力で生きてゐる一大組織と映ずるであらう。(『本居』一〇五-一〇六)

アンドレ・ジッドの言葉に出会った小林秀雄は、そこに何を見たか。以上に検討した二つの誤読は、一つは小林秀雄の過去に深く根差す誤りであり、もう一つは小林秀雄の終生の歩みをさし示す誤りであった。共に小林秀雄の本性を実に雄弁に語っているとは言えないだろうか。

＊

こうしてみると、ジッドと小林秀雄という限られた土俵に於いても、両者の関係を明らかにすることは容易ではない。ジッドの一言一句を小林秀雄がどのようにとらえ、どのように変形したか、その実証的・総合的な検討をせずには、実は、何も言えないのだ。私はまだ長いこと黙っていなければならないだろう。

一九八〇年三月十一日　パリ北郊コロンブで

付記　小林秀雄の現在知られている処女作は「蛸の自殺」である。これは、一九二二年十一月に雑誌『跫音』第三輯に発表されて以来、ながらく幻の作となっており、本稿執筆当時は読むことができなかったが、著者の没後、『新潮』の小林秀雄追悼記念号(一九八三年四月)に再刊され、その後、『白鳥・宣長・言葉』(文藝春秋、一九八三年)に再録された。この「小説」にも滑稽という言葉は一回使われている。主人公謙吉が自分の自意識過剰を意識し、それを滑稽と感じるのである(同書、二四七頁)。この言葉をめぐる小林秀雄の誤読の根は、さらに深かったことがわかる。『小林秀雄全集』(新潮社、二〇〇二年)第一巻、一七頁参照。

嫌いになった理由
――小林秀雄とアンドレ・ジッド――

嫌いになった理由といって、自分がこの二人の作家が嫌いになり、その理由を述べようというのではもちろんない。一九五〇年、四十八歳の小林秀雄が「彼は優れた文學者であらうが、私の好みから言へば、今日では嫌ひな作家の一人である」(『全集』3・二六五)と八十歳をこえたジッドを評した、その意味を考えてみようというのである。好き嫌いは、もとより議論してどうなるものでもないし、小林秀雄がジッド嫌いになろうがなるまいが、いまさらどうということもないとも言えようが、両者のかかわりあいの中には日本と西欧文明との関係の根本にふれる問題がふくまれているように思えるので、まず細かいことから確認しておこうと思うのである。

この文章は、小林秀雄がかつて翻訳した『パリュウド』(1)の新潮社版『ジイド全集』収録に際して寄せた感想文で、小林秀雄のジッド観の行きついたところを示している。学生時代には夢中になって読んだが、『贋金つくり』から後のものは読まなくなった、ジッドから与えられた教訓は「持つて生れた自我といふ様なものは幻影である、自己批評によつてばらばらに解體して了はねばならぬ幻影である、といふ事であつた。併し、もうその先きは、ジイドについて行く事は、私には嫌になつた」という文章に続くもので、戦後はじめて出るジッドの全集にそえる月報の文としては、一見、まことにそっけないものの言い方である。

ただ、それを言う者が小林秀雄となると、意味合いが大分変る。評論の道で二十数年来職人芸に徹してきた小林秀雄は、「好き嫌ひ」という本人にさえも扱いかねる単純明快な心の動きがいかに確実な認識の基礎であるかを十分に承知していた。そのような発言を小林秀雄は長い生涯にわたって繰り返しており、そのすべてをここに網羅する必要はあるまいが、主なものを二、三あげるなら、すでに駆け出し時代の「測鉛」(一九二七年八月)にこんな文章がある。「常に生々たる趣味を持つてゐるといふ事は洵に信じられない程難しい事なのである。趣味とは心臓の理論である。深刻な良心である(2)」これが「様々なる意匠」(一九二九)では「「自分の嗜好に従つて人を評するのは容易な事だ」と、人は言ふ。然し、尺度に従つて人を評する事も等しく苦もない業である。常に生き生きとした嗜好を有し、常に溌剌たる尺度を持つといふ事だけが容易ではないのである」(『全集』1・三)と変奏される。

さらに一九三三年の「批評家失格Ⅱ」にはこんな断章が見られる。「「子を見る親に如かず」といふ。わかる親もあれば、わからぬ親もあるといふ風に考へれば一向につまらないが、親が子をどういふ風に見るかと思へば面白い。私といふ人間を一番理解してゐるのは、母親だと私は信じてゐる。母親が一番私を愛してゐるからだ。愛してゐるから私の性格を分析してみる事が無用なのだ。私の行動が辿れない事を少しも悲しまない。悲しまないから決してあやまたない。私といふ子供は「あゝいふ奴だ」と思つてゐるのである。世にこれ程見事な理解といふものは考へられない」(『全集』1・二〇)親子の愛情、また恋愛関係のうちにこそ真の認識が生きていると言うのである。

知性による分析と総合とにもとづく理解ではなく、愛することによって一挙に相手の本質を捉えるというこの考えを、小林秀雄は人と人との関係にとどまらず、人と作品、人と思想との間にもあてはめる。たとえば、文字通り「好き嫌ひ——愛する事と知る事と——」という随筆で、一九五九年になると、こんな風に語っている。「仁齋を論ずる資格が、私にあるとも思はれないが、好き嫌ひから言へば、好きな學者であるから、いろいろと想像は湧く」つまりジッドに対するのとはまさに逆で、想像の湧くままに、小林秀雄は仁斎を宣長と結びつけ、「二人の書いたものを、義理を後にし、文勢を先きにして讀んでゐると、實際に在るもの、美しいものに對する非常に鋭敏な心、日本人の血脈は爭へぬといつたものが、はつきりと感じられて來るのが面白い」という具合に論を進める。結びは「愛する事と知る事とが、全く同じ事であつた様な學問を、私達現代人は、餘程努力して想像してみなければ、納得しにくゝなつてゐる。一冊の書物を三十年間も好きで通せば、ただの好きではない。さういふ好きでなければ持つ事の出來ぬ忍耐力や注意力、透徹した認識力が、「古事記傳」の文勢に、明らかに感じられる。これは、今日言ふ實證的方法とは質を異にしてゐる。私達は、好き嫌ひの心の働きの價値を、ひどく下落させて了つた」(『全集』12・一四七―一五〇)となる。

こうして、異なる時期の発言を並べてみると、好悪の感が小林秀雄の生涯を貫く認識の原理であったことがよくわかり、翻って、「嫌ひな作家の一人」と言いきったジッド評の重みもはっきりと感じられる。それは、かつての小林秀雄のジッドへの傾倒ぶりを想うと、一層強烈なものになる。

*

評論の道にのりだした頃の小林秀雄がどれほどジッドに負うところがあり、その反面、どれほど已れに引きつけた形で誤読もしたか、という点については、「様々なる意匠」と『アンドレ・ワルテルの手帖』の一、二の表現の訳とをめぐって、すでに小文を書いたが(3)、本稿でもう少し発展させておきたい。

実際、右に述べた好悪にもとづく認識の根本のところからして、小林秀雄はジッドの考えに触発されたのではないか、と思われるのだ。

ジッドは『新ことよせ集《ヌーヴォー・プレテクスト》』（一九一二）で架空インタビューの返事という形をとって、批評家の「主な能力」は趣味にあると言っている。(4) ここで「趣味」と訳したのは le goût というフランス語で、価値判断を下す際の試金石として、フランスでは少なくとも十七世紀以来、長い伝統がある。従って小林秀雄が、「趣味」という言葉を、フランス文学に触発されて用いたのだとしても、源がジッドではなくてたとえばヴォルテールを通してだったかもしれない。しかし、一九二五年に東大の仏文に入学した小林秀雄が、夢中になってジッドのものを読んだ、という本人の証言もあり、「様々なる意匠」をまたずに既に「測鉛」のうちにもジッドの痕跡はあきらかに見えるので、(5) これはどうもジッドくさいと思うのである。もともと、ジッドが、二十世紀に入って、明らかに古風な「趣味」などというものを批評の正面に出してきたのには、歴史上の意味があった。一世代前の花々しい論客、ブリュンチエールなどが批評の客観性・科学性を標榜して、批評家の個性を消し去り、作品の「価値判断を下し、分類し、説明する」ことを批評の使命としたのに対する反動として、主観ぬきにはありえない「趣味」を重視したのである。その意味でも、昭和初期のマルクス主義文学理論に対する小林秀雄の反発はジッドの姿勢に通じるといいえる。

勿論、小林秀雄の「趣味」がフランス語の訳語だという確証はないのだが、最初に「趣味」だったものが、二年後の「様々なる意匠」で「嗜好」になり「好き嫌ひ」になり、やがて「好み」になるのを見ると、翻訳した言葉を次第に日本語としてこなしていったように思える。そして、表現がこなれると同時に考えがずれて行ったように見える。(ずれて行った、というのは、ジッドが le goût〈趣味〉と言う場合、もちろん、ある個人の主観に根ざした好みには違いないが、その個を通して、現実のものであれ理想としてであれ普遍の価値に通ずるという展望が開かれており、小林秀雄も「様々なる意匠」ではそれこそジッド手縫いの衣裳を着用して、個から普遍への道を熱っぽく説いていたのに対して、好き嫌いということになると、極端に言えば猫でも犬でも断固として持っているわけで、小林秀雄もそれは承知していたからか、すぐれた日本人である仁斎や宣長の好き嫌いの中には、おのずから日本人の血脈が流れているという具合に、民族文化の枠内で個をこえようとするのだが、やはりずれは残る。)

　また「愛する事と知る事とが、全く同じ事」だという考えも、ジッドが『贋金つくり』の中で一人物の口をかりて言っていることで、この方は、私が推測を押し進めるまでもなく、小林秀雄自身が先に引いた「批評家失格Ⅱ」と同じ年に発表した「アンドレ・ジイド」(一九三三)の中で、大きくとりあげている。つまり、作者によく似た作中人物の小説家エドゥアルについて、ローラという女性が、あの人のことがわかるには好きにならなければ駄目だ、と言う。それを小林秀雄はジッドの自己弁明とみて、次のように言うのである。

それは兎も角、一般に言つても、作家を理解するには、その作品を愛讀するといふ事が第一だが、「彼の本性を理解するには、彼が好きにならなければ駄目だ」というロオラの言葉は、ジイドの様なひねくれた作家に關しては、自らひねくれた意味を持つて來る。(『全集』3・二三三)

そして、ジッドは決して所謂好きになれるような人ではない、彼の作品は、のめり込んで愛読する作品とは凡そ遠いものだと述べたのち、次のように結ぶ。

「彼を理解するには彼が好きにならなくては駄目だ」、丁度彼の懐疑が遂に餘儀なく藝術といふ天啓を强ひられた様に、彼の極まりない變貌を分析しようとかゝる批評家は、遂に彼への愛情を强ひられるのかも知れない。好きになればプロテの裸體が見えるのかも知れない、ジイドの愛讀者には彼のいつも變らない魂が得心出來るのかも知れない。少くとも私はさう信じたい。(『全集』3・二三六)

*

この信じたいという気持が逆に反感の方に行ってしまったことはすでに述べたが、もう少し具体的に、順を追って、小林秀雄がジッドをどのように見ていたかを、好き嫌いを軸に眺めておこう。

　最初にジッド像として出てくるのは、私の見た限りでは、創作「からくり」(一九三〇)の一節で、むしろ親しみをこめた揶揄《やゆ》の形をとっている。夭逝した天才児ラディゲには、強い衝撃を与えられたのだが、それにくらべて、ジッドはどうだろう。「やっぱり天才といふものはあるものだ、世に色男がある様に。アンドレ・ジッドの禿げ頭が、純粋小説《ロマン・ピュウル》とかいふものを七年間も書きあぐみ、『贋金造り』等をでつち上げ、おまけに氣障つ氣な樂屋落まで別册で出版して、ええ、所詮はすつぽんの地團太だ(6)」とからんでみせる。もっとも、このくだりは、毒舌も度が過ぎたというわけか、後に削られるが、若い小林秀雄がジッドに対し情の次元で反応していることがわかり興味深い。

　一九三三年には、先に引いた「アンドレ・ジイド」中の文章があり、その他に、「手帖Ⅱ」に自分とジッドとの関係を反省した落ち着いた一文が見られる。「アンドレ・ジイドは私の敬愛する作家の一人だ、今迄多くの影響を受けて來た。だが、たとへ彼を知らなかつたとしても、ジイド的問題は、やつぱり私を見舞つてゐただらうと思ふ。自意識の過剰が批評しようとする時には思想の統一を破り、創作の上では悠然と筆をはこばせない、さういふ時期にやつぱり廻り會つてゐただらうと思ふ」(『全集』1・二六一―六二)と、ここでは自分と深い類似性のあることを説くのである。

さらに翌一九三四年には「アンドレ・ジイドのドストエフスキイ論」と題する書評で、「ジイドの文學批評は、今のフランスの文學批評のうち私の一番好きなものである。」とはじまり、ジイドの批評は、裸体で読める、向うが裸体で喋っていてくれるが為であろう、と来る。(7) さきに引用した「アンドレ・ジイド」中の一文、「好きになればプロテの裸體が見えるのかも知れない」という想定が、少なくとも批評の分野では実現していたことがわかる。

ところで、このように小林秀雄の数多くの文章に陰に陽に姿を現わすジッドは、何よりもまず知性のかった作家として描かれており、その知性は、執拗なまでに自己分析に向けられ、批評精神と化した自意識のみを信じて、文学自体を疑うものとして、要するに近代精神の具現者として捉えられている。特にジッドの「私」はあらゆる瞬間に分裂した姿を示しており、その間の矛盾、対立は、芸術作品を創ることによって調和させる以外にない。そこで、あまりに鋭敏で透徹した精神に絶えず監視されているジッドの世界は、いかにも透明で、好きになることが極めてむずかしいということになる。

とすれば、当然、こういう小林秀雄のジッド観に絶えずつきまとうのは、悲劇のイメージであり、苦痛感である。実際、小林秀雄の描き出すジッドは苦行者の面持ちをしている。たとえば、自分の作品と今日の社会状態との間にある「間隙を、どうにかして満たさうと苦闘してゐる」唯一の人であるジッド(8)というような言い方。また次の一節などうだろう。

　小説を書かうとする欲望そのものの裡に、理智や感情の自己葛藤を感ずる、作家は小説を作りあげる前に、この葛藤を、どうにかして征服しようと努める。この苦痛は、多かれ少かれ、意識的にせよ無意識的にせよ現代小説家一般に行き渡つてゐる。文學批評は方法論化し小説は又理論化してゐる所以なのだ。

　この葛藤に味到した現代の代表的な小説家は、アンドレ・ジイドである。彼の苦痛のはての冒険は遂にこの葛藤そのものを小説化しようとした。出來上つたものが「贋金作り」だ。作中「贋金作り」といふ小説を書かうと辛勞する小説家が登場するばかりでなく、あはせて「贋金作りの日記」といふ別冊があるといふ奇観を呈してゐる。従つて言ふ迄もなく、この小説の描く現代風景は、極めて極限され且つ生彩に乏しい。だが全巻にみなぎる、執拗な、苦痛にみちた作者の精神が、この小説の弱點を弱點と思はせない(9)。

　これ以外にも、苦しみ、苦痛、悲劇という表現は繰り返しジッドに関して用いられており、実は、私の感得しているジッドとは異なるのだが、その点については小林秀雄によるジッドの作品の翻訳を検討した前章で私見を述べた。それはさておき、右の引用でもわかるように、小林秀雄は、近代文学の特徴をその方法論化と理論化とに認め、その特徴を典型的に生きた作家としてのジッドに注目していた。従って、小林秀雄の関心は、ジッドの方法や理論のはっきりと表れる作品、つまりフィクションでは『沼地《パリュード》』と『贋金つくり』、評論では『ことよせ集《プレテクスト》』と『ドストエフスキイ』に集中している。『沼地《パリュード》』は一九二八年に自ら一部を訳出し、一九三四年に完訳。一九三五年には「「パリュウド」について」の一文がある。『ことよせ集《プレテクスト》』は前半を一九三五年に翻訳、また『ドストエフスキイ』は小林秀雄自身がこのロシアの作家について長篇評論を書くに際して大いに刺激を与えたことが知られている。『贋金つくり』は、言うまでもなく、「私小説論」(一九三五)のなかで、西洋における私小説、「社会化した」私の実験室で蒸留された「純粋小説」として、田山花袋の代表する日本の私小説に対置された。十九世紀実証主義思想が殺した「私」を逆手にとって、「私」のみを信じようとしたジッド、極度の相対主義の上に生きたジッドという具合に、理論として扱えるぎりぎりのところまで吸いつくして、きわめて図式的なジッド像を押し出している。(10)

さて、ここまで小林秀雄の発言を追ってジッド像を再構成してきたのであるが、こういう話は、小林秀雄のいうジッドという名が何を隠しているのか、その内実をつかんでおかないと何を言ったことにもならないだろう。そこで具体的に、小林秀雄がどのようにジッドを読んだのか、つまり、小林秀雄の翻訳を読み直すことによって話を進めることにしたい。

細部の検討に入る前に言っておくべき点は、小林秀雄の翻訳が、非常に正直で気持のよいものであることだ。たとえば、雑誌『大調和』に四回にわたって本邦初訳された『沼地《バリュード》』を見ると、第一回目の終りにこんな注が付いている。「＊原文は、…un volier passant, … とあるのだが、volier と言ふ字が解らない、volière(鳥籠)といふ字はある、又、volier《(ママ)》 の古字で volier といふ字はある、それから出鱈目譯した[11]」この訳者の見栄もてらいもない態度は、わかったような顔をしてでたらめに訳すのよりずっと健全だ。またジャック・リヴィエール著「アンドレ・ジイド論」の訳では、文体分析の例文を翻訳した後に「(この譯ではまるでわからん、以下文體例の譯文は單なる直譯と承知ありたし――譯者)[12]」とある。爽快である。

若い頃、日本の古典よりはフランス文学に強く惹かれた小林秀雄は、魅了されればされるほどに、言葉の障害を強く感じ、一見、景気のよい発言をしてはいるが、きわめて謙虚にことのむつかしさを認めてもいる。もう一つ例をあげるなら、一九三二年の「手帖I」にもこんな文章がある。「ジイドの近頃書く文章は、外國人の文章でよくは解らぬが、沈著で確信にみちてゐて六十年の年輪が明らかに見える様なあんばいで見事だと思つて私は讀んでゐる」(『全集』1・二五〇)と。

自分はたしかに西欧の近代文学に培われて、すべてをその上に組み立ててきた。しかし、その屋台はいかにもにわか作りで、土台となる伝統もない(13)。文学というものは、言葉で作るものである以上、文学に表れる思想はスタイルの内にこめられており、言葉と共に生き死にする。自分は、また周囲の日本人は、そのような文学的表現のどこまで迫り、思想の姿をとらええているか(14)、こういう苦い根本的な反省を昭和十年代半ばまでの小林秀雄は繰り返し述べている。

一九三九年に書いた「疑惑Ⅰ」では、西洋の演奏家が来れば、パリでも東京でも同じ音がなる音楽の場合と比較して、こんなことを言っている。「僕はよくこんな空想をする。あの同じチボオのヴァイオリンが東京でも鳴る様に、例へば、ジイドの思想が日本でも鳴つたら、と。成る程馬鹿氣きつた空想だが、僕にそんな空想を起させる根據を考へると、強ち馬鹿氣た空想では濟されない」(『全集』7・四二)しかし、言葉という道具をぬきにして考えられぬ文学や思想の領域では、大部分の人にとって、翻訳という「驚くべき改變」を避けることができないのだ。この事情は、以来百年近くを経た今日でも、少しも変っていない。

＊

さて、小林秀雄によるジッドの作品の翻訳であるが、訳者自身が恐れていたとおり、文体の把握、思想の姿の把握という点で、今日読みかえすと、不十分な面が目を打つ。

仁斎や宣長の場合と逆に、小林秀雄は「義理」を追うのに忙しく、「文勢」を感得する余力がない様だ。[15] この点については前章でも触れたが、もう一歩すすめよう。

　まず、一番大きな改変は、当然のことながら、感覚に訴えるジッドの文章の官能性が捉えきれていない。ジッドが無駄のない精確な表現でぴたりと壺をおさえているところが、多くの場合、はずれてしまうのだ。

　例えば、『ことよせ集《プレテクスト》』中の名文、「ノルマンディとバ・ラングドック」の訳をみよう。南仏の香ばしいはじけるような自然を喚起するのにジッドは、芳香性の強い二つの植物を選んだ。ラベンダーとタイム(たちじゃこうそう)である。とくに後者は、今でも南仏の乾いた土地におりたつと、どこからともなく空中を満たしていなくてはならぬ香りなのだが、この銀緑色にひからびて岩のごろごろした荒地にこびりつく、しかも強い芳香を放つ二、三十センチの植物を、小林秀雄は「百合」と訳す。[16] こんな細部はどうでもよいと思われるかもしれないが、野の百合となれば聖書のイメージやら何やらをずっしりせおった全く別の姿であり、一語一語の積み重ねだけが生命の文学においては、どうでもよくはないのである。

　さて次のページに行くと、今度はフランスの北側、ノルマンディの描写で、小林秀雄訳にはこうある。「コオの地方が一變してから、大きな野原は田畑に變つた、働き盛りの男も一段と眞面目になり女も次第によくなつた。[17]」と。ところが原文を見ると、そうは書いてない。

Dès le pays de Caux tout change; les grands champs remplacent les près; l'homme plus travailleur est plus sobre; les femmes sont moins déformées.[18]

（コーの地方に入ると何もかも一変する。広々とした畑が牧場にとってかわる。男はもっと働き者で、酒気はそれほど帯びていない。女たちの姿も〈カルヴァドス地方でのようには〉くずれていない。）

ジッドは時間上の変化を語っているのではなく、同時に存在する空間上の多様性を描いているのだ。そして、それはジッド自身の人となりの多様性に応じるものなので、けっしてないがしろにできない。

右はジッドの作品の邦訳として出版されたものだが、小林秀雄がジッド論の立論の根拠として訳している断片の内にも、いくつか不十分な点があり、それが、ジッドのイメージ自体を歪めているように思われるので、指摘しておく。

先にも述べたように、小林秀雄は「アンドレ・ジイド」(一九三三)において、作中人物ローラの言を引き、ジッド自身の自己弁明と解釈しているが、その一節を見よう。

「……處があの人はプロテなんです。自分の好きな恰好をしてゐるだけだ。で本性は、

さあその本性がわかるには、あの人が好きにならなくては駄目なのです」(『全集』3・一三三)。これがフランス語では、

...c'est Protée.(19) Il prend la forme de ce qu'il aime. Et lui-même, pour le comprendre, il faut l'aimer.

である。実にこまかい話ではあるが、ここでエドゥアルことジッドの分身は、「自分の好きな恰好をしてゐる」のではない。「自分の好きなものの恰好になる」のである。差はごく小さいように見えるけれども、ジッドという人間のあり様の根本にかかわる。好きな恰好をする、といえば主体の恣意にもとづく行為であるが、好きなものの形になる、といえば、主体の意識的な面が弱まり、むしろいかなる方向づけもせずに外界に開かれている悠然たる意識の場とでもいうものが浮んできて、そこで常に待機している「欲情」が好ましい対象に出会うと、次々と、あるいは同時に複数の相手と、合体していくのである。ジッドの「日記」の本質的な意味も、このような意識の記録という点にある。それに反して、小林秀雄の描くジッドは、先程も述べたように、常に緊張しきって苦し気である。もちろん、小林秀雄もジッドの到達した自己放棄ということを指摘するけれども、それすらもこんな書きっぷりになる。「たゞ重要な事は、ジイドが、一種の自己

放棄に達するまで、飽く迄も忠實に自分を固守した、自分を理解しようと苦しんだといふ點で、彼が自己展開、自己擴大の極限に、かういふ平凡な眞理をみつけたといふ處だ」(『全集』3・二三九)と、やはり苦しさが出てくる。

ところが、ジッドの文章は、注意して読むと、感覚の歓びも十分に含んでいるし、機知の楽しみもたっぷりいれてあるのだ。同じ「アンドレ・ジイド」の中で、小林秀雄は『地の糧』から、観念が様々な形をとるという部分と、さまざまな欲望が内にひしめいて自分の場がないというくだりを引きぬいて、そこにジッドの心理的な昏迷を見る。「この基本的な心的昏迷を享樂し、點検し、これを愛撫し、これに疲勞し、これを固守し、これを憎悪する、そこにこそジイドの全面目がある」(『全集』3・二三七)というので、理屈としては、「享樂し、愛撫し」というところまで捉えているのだが、どうみても小林秀雄自身は言葉を通じてそれを味わってはいない。いつまでたってもこうるさい吟味で恐縮だが、具体的にもう一つ例をみよう。

私はおぼえてゐる、或る日様々な觀念が、遠眼鏡の筒に變裝してゐた、いつも最後の觀念より一つ手前のやつの方が美しい様に思はれる、すると又もつと美しいのがそれからそれへと現れて來る。(『全集』3・二三六)

これを小林秀雄は心理的な昏迷と呼ぶわけだが、原文を見ると話は大分違うようだ。

J'ai connu l'ivresse qui déforme légèrement les pensées. Je me souviens d'un jour où elles se déduisaient comme des tuyaux de lorgnette; l'avant-dernière semblait toujours déjà la plus fine: et puis il en sortait une plus fine encore.[20]

まず、小林秀雄が引用でしたように第一行目を削ってしまうのは、全文の意味をすっかり変えてしまう。ジッドはここで、酔いの賛歌を繰りひろげているので、「ぼくは、あらゆる考えを少しばかり変形してしまう酔いを知った」と歌い出すのだ。そのあとはイメージの楽しみである。感覚が少し狂うと理智の産物の観念がおかしなつながり方をする。遠眼鏡の筒というのは、要するに太い筒の中に段々細いのが入り込んで、トランジスター・ラジオのアンテナのように伸縮するのだろう。だから一本引っぱり出してこれが一番細いと思っていると、中からもう一つ細いのが延びてきてどこまでも段々と細くなる。どうみても著者は面白がっているので、ここに心理的昏迷を読むというのは、読む方の心理が大分昏迷しているということだろう。

翻訳家としての小林秀雄の欠点をあげつらうのはあまり愉快な仕事ではないので、そろそろ終りにしたいが、総じて、小林秀雄はジッドが柔らかくニュアンスを持たせて言うところを、断言し、ぎりぎりと自分を締め上げる調子にしてしまう。「多分」という軽い意味の表現 sans doute が文字通りに「疑いもなく」と訳される。Je crois という控え目な表現、「……と私は思うんですけれどね」というニュアンスの言葉が、「……と私は信ずる」と大変な確信の表現に化ける。例は、『一粒の麦もし死なずば』の一節の訳中にある(『全集』3・二三四―二三五)。

このように、文章の細やかな陰翳を感得しえない場合が多い以上、小林秀雄のジッド解釈は、当然、理論的な、知性で捉えうるものの方に集中したわけだ。とすれば、「私小説論」において、『贋金つくり』を極めて理論的に扱いつくした小林秀雄が、ジッドから離れて行くのは、むしろ必然といえる。

一九四〇年、「ジイド「藝術論」」において、小林秀雄は、現代フランスの文学者で第一流の批評家を問われれば、どうしてもまずジッドをあげざるをえまい、と言いながら、「僕は彼を第一流の小説家とは認めない。彼が「贋金造り」の制作の苦心を、どんなに鮮やかに語ってみせようと出來上ったものの詰らなさ加減に變りはない」(『全集』3・三三五)と付け加えないではいられないのである。これを苦痛に満ちた作者の精神のおかげで、弱さが弱さにならない、という先きに引いた感想とくらべると、嫌いになる第一歩がこの辺から始まっていることがわかる。

＊

一九四二年、座談会「近代の超克」に参加した小林秀雄は、自分と西欧文化及び日本の古典との関係を総括して、若い頃、西洋の近代文学に惹かれたのは、思想に魅力を感じ、頭でいろいろと理屈をつけるのが面白かったのだが、年をとるにつれて、肉体で感じられるもの、つまり理屈や解釈ぬきの日本の古典にひかれるようになった、と言う。当時、小林秀雄は、後に「無常といふ事」という題でまとめられる一連のエッセーを書きはじめており、日本人として生まれた以上、日本語を用いて仕事をする宿命にあり、この宿命をよろこんでまっとうすべきだ、という方向に進む。アンドレ・ジッドの作品を小林秀雄がどう読んだのか、というここで扱ったごく小さい一面も、この小林秀雄の「なかじきり」における述懐がどのような現実から来ているかを示しているように見える。

そうとすれば、日本人の宿命というような言葉の意味をとり違えてはなるまい。小林秀雄という人物は、日本の歴史上の一状況に生まれて、何よりも西洋の新しい文学に強烈に引かれた。そののめり込み方が激しかっただけに、ことのむつかしさにも敏感で、また、それをごまかすこともなかった。それだけに、母国語の文学に強く呼び戻される形になったのだが、日本語を母国語とする者が、外国語の文学の義理だけでなく文勢をも味わう可能性は、たしかに残されている。

＊

小林秀雄がジッドに面と向かって嫌いになったと言ったら、ジッドは何と答えたであろうか。ああ、それはよかった、「それに、読み終わったら、この書は投げ捨てたまえ。——そして、出て行きたまえ」と『地の糧』でナタナエルに教えたのは、私ではなかったかね、と言うであろうか。敵も曲者である。

「窮餘の一策」
――小林秀雄とマルセル・プルースト――

小林秀雄のエッセー「秋」(1)は、すさまじい激しさ、精神上の爆発力を秘めた文章である。爆発といって具合が悪ければ、五重塔をゆり動かして吹きすさぶ嵐のような力と言ってもよい。

フランスから戻って来るたびに、私は、古代の日本の建築や彫像、さらには自然のたたずまいを求めて奈良・大和にやってくる。つね日ごろ身近に接しているシャルトルやパリの大聖堂、あるいは西洋の彫刻絵画、そしてそれらの底にある自然の重みに対応しうるものを、自分の生まれ育った国のふところに感じとりたいという気持が、知らずしらずのうちに働いているのであろう。私なりの、ごくささやかな古寺巡礼であるが、それでも私の感覚にある種の均衡が保たれる一助になっているのである。

そしてそのつど、小林秀雄の「秋」を想わないことはない。この五ページたらずの短い随筆には一つの根本的な問いが含まれていて、その問いは次第に執拗さを増して私に迫るのである。
もう五年ほど前の夏の午後、人気のない東大寺戒壇院を訪ねていると、にわかに激しい雷雨が来た。広目天の細い目に見入っているうちに、濡れた木材から立ち昇る熱い香りが身に浸み入ってくる。と、はじける雷鳴と共に増長天の口がゆがみ、かっと見開かれた目に稲妻が走った。以来、「秋」の発する問いにいつかケリをつけようと思ってきた。

もっとも、問いと言っても、それは言葉にすっきりとおさまる種類の問題ではない。言葉に表してみれば、西欧の近代思想・近代文学に対して日本でものを考える人がとりうる態度というような、相も変らぬお題目になってしまうのだが、小林秀雄という身もあり心もある人間が現実に生きたドラマ、その精神上の身もだえが、深く問いかける力となって働きかけてくるのである。

問い自体が言葉にならないくらいだから、答えの方がうまく表現できるとも思えないが、言葉を用いて、〈身もだえ〉の引き起す余波をしずめることくらいはできるかもしれない。その覚つかない仕事を、私は、小林秀雄とマルセル・プルーストという糸をたぐりながら進めようと思う。というのは、「秋」は、小林秀雄が、その長い作家生活においてたった一度だけ、まともにプルーストとのつきあいを語った場なのである。そしてそのことが、この文章の伝える静から動への堰を切ったような動きに深くつながっているように思われるからだ。

＊

小林秀雄とマルセル・プルーストの名はごく自然に結びつくように思える。記憶、思い出、感覚と認識等々、幾多の重要な点で、二人の考え方にはあきらかに類似性が認められるのである。(2) ところが、小林秀雄の全作品を注意して読んだ者ならすぐに気のつくことだが、ボードレール、ランボー、ジッド、ヴァレリー等のフランスの作家の場合と異なり、プルーストの名は、ごくまれにしか文中に現われない。もちろん、小林秀雄は近代フランス文学の教科書を編集したのではないのだから、誰もかれもと、まんべんなく手がける必要はすこしもない。ただ、プルーストという近代西欧文学の中でもずばぬけて大きな存在に関して、これほどまでに寡黙であったことには、単なる無関心という以上の何かがあったはずだ、と思われてならない。

一体に、ある作家の仕事の意味を考えるに際して、その人物が何を語ったかを手がかりとするのは当然であるが、逆に、何を語らなかったかに注目することも同じように重要なのである。言葉を用いた表現と同等に、あるいはそれ以上に、沈黙が作家の本性を示すこともたしかにある。

それは、独創性に満ちた思考をねばり強く遂行しているジャック・デリダが、ポール・ヴァレリーにとってニーチェとフロイトの持っている源泉としての意味（彼の言う「斥けられた源泉」(3)）を探った講演にみられるように、いわゆる実証主義に立つ文学史家の手法にもとづいて影響関係を確認する作業をしりぞけ、ヴァレリーならヴァレリーが、一瞬視線を投げかけた後に、はっと退き、以後の発言のなかに直接の言及はすくないが書いた文章自体のうちに影響あるいは接触の本質を顕わす波動がくっきりと残る、その痕跡を捉えようとする試みというような形をとることもできよう。

ただ、私としては、直接の名指しの言及にもとづいて確かめられることは、複数の作家・思想家の関係を見きわめる唯一のきめ手ではないにしても、やはり有効な補助手段と考えるので、まずは、時の流れに沿って、事実調べから始めることにしよう。

＊

私の読んだ限りでは、「秋」（一九四九年十一月筆）に先立つ数多くの小林秀雄の作中で、プルーストの名が明記されているものは、「志賀直哉」（一九二九年十二月）、「心理小説」（一九三一年三月）、「再び心理小説について」（一九三一年五月）、「フランス文學とわが國の新文學」（一九三一年七月）、「私小説論」（一九三五年五月―八月）、「岸田國士「鞭を鳴らす女」其他」（一九三五年十二月）、「文化と文體」（一九三七年五月）、「ドストエフスキイのこと」（一九四六年十一月）、「「罪と罰」について」（一九四八年十一月）の諸篇、「秋」の後では、雑誌『新潮』に連載したベルクソン論「感想」の第三十三回(一九六一年五月号)ぐらいのものである。

「秋」以前に書かれた文章でのプルーストの扱われ方を見ると、プルーストの作品の本質を解明する、あるいは自分の読みとったものを発展させると言うのではなく、プルースト自体の価値と西欧文学中での歴史的意味とは確かに認めた上で、またそのような新しい形の文学表現が日本に紹介されたことの意義も一応肯定しつつ、その技術上の安易な模倣に走る日本の心理小説作家たちをたたくという、いわば時評家の戦略としての色彩が濃い。思想の「源泉」の価値を高く評価すると同時に、その理論に追随する者を批判するという姿勢は、マルクスに関してもフロイトについても小林秀雄がくりかえし用いた定石ではあるが、その中にもニュアンスの推移はあるので、もうすこし詳しく内容を追ってみよう。

小林秀雄が初めてプルーストの名をあげたのは評論「志賀直哉――世の若く新しい人々へ」においてである。これは「様々なる意匠」(一九二九)によって評論家としての一歩を踏み出した新人が、いわば受賞第一作のような形で敬愛する先人の本質をつかみ出し肖像を描き出そうとした力作であるが、志賀直哉の「強力な自然性」を浮き彫りにし、古代の人々にも通ずる性格を描き出したのち、次のように終る。

〔……〕最上藝術も自然の叫びに若かないのではない、最上藝術は例外なく自然の叫びを捕へてゐるのだ。

「私は何も苦しまうと思つて苦しんだのではないのだ、私は、唯、私の苦しみの獨創性を尊敬しなければならなかつただけだ」――マルセル・プルウスト。藝術家の心といふものは、いつの世でもかゝる清潔以外のものを指さない。(『全集』4・二六―二七)

小林秀雄が、かっこ付きで直接にプルーストの文章を引用したのは、全作品を通じてこの一回限りのようだが、志賀直哉とマルセル・プルーストという二人の資質の与える対照的な印象を思うと、実に興味深い。事実、小林秀雄は志賀直哉を古代人の相の下に定義している。面貌および行動として必然的に表れる性格をぬきがたく保ち、「自然を對象化して眺める必要」も、「自然の定めた己れの資質の造型性を再閲する必要」も、「自然の流れを斫斷してみる必要」も、「己れの心理風景の諸斷面を作つてみる必要」もなかった作家だというのだ(『全集』4・二六)。その上で急転直下、プルーストを呼び出す。プルーストについてはとくに説明はないが、浸透性のある綿密な分析力をもって人の心を詳細に照らし出す最も近代的な作家としてようやく知られ始めていたはずだ。(4)

古代人と近代人とを直結するこの結びは小林秀雄の得意とするレトリックと言えばそ

れまでだが、一見きわめて異質な対極にあるものを強引に合致させることによって、相異なった表れ方をするものの底にある共通性を照らし出すという点でなかなか有効である。当時の日本の最も前衛的な文学者たちの目に(とくに西欧文学に強い関心をいだいていた人々にとって)、一人前の評論家となって最初に世に問う作家論の対象として志賀直哉を掲げるとはいささか古風な選択であったろう。それに対して、人の心の動きを余すところなく把握して描出しようとする、いわゆる「意識の流れ」を捉える手法は大いにもてはやされる気運にあった。そこで、ジョイスと並んで新しい心理的手法の実現者とみなされるプルーストの一文を志賀直哉論の末尾に等価物として置くことには、時流に対応するそれなりの意味があったとも言える。

ここで両者を結ぶ絆は、「自然の叫びを捕へる」という一点である。ここでいう自然とは、もちろん山とか川とかサンザシの花とかではなく、「最大の藝術家としての自然」(「小説の問題Ｉ」一九三二、『全集』3・二)であろう。最上の文学作品とは、作者が自分の心なり意識なりを恣意的にいじりまわして利用した結果生まれるものではない。「私」一個をこえた大きな力が、「私」を場として表われるのだ。その形を見すえ、引き受け、統一あるものとして呈示する作者(媒介者)というものの正統的なあり方、それを小林秀雄は「清潔」と呼んだ。

ということは、新手法を単なる知識として借用・流用し、内的な必然の熟すのを待たずに、つまり「せつぱつまつた心持ち」(『全集』1・二八)に至ってもいないのに新来の表現形式にとびつく清潔ならざる作家や知識人がおり、その愚を小林秀雄は批判したいのであろう。

以後、「秋」以前の作で小林秀雄がプルーストに言及する場合には、常にこの両面が見られる。ある時には、日本の思潮に対する批判の面が強く出て、たとえば「私小説論」の次のような形になる。「ジイドをはじめ、プルウスト、ジョイスの新しい文學が輸入された時、最も問題に富んでゐたが技法的には貧しかつたジイドが捨てられ、プルウストやジョイスの豊饒な心理的手法が歡迎されたのも當然だつたし、この技法の背後にあつた彼等の絶望的な自我の問題を究明しようとした冒險家も出なかつた。それほど描寫告白文學に對する素朴な信仰は强かつた。文學以前に「新しい土俵」を築くことが作家には難かしかつた」(5)という具合である。小林秀雄言うところの西洋における「私小説」の流れの中にジッドについでプルーストの名もあげられてはいるのだが、西洋の「私小説」における「私」の意味するものについては、ジッドが関心の中心にあり、プルーストは日本へ移入する際の一問題として引かれるにとどまる。

またある時は、日本でのエピゴーネンとは異なり、本物の作家として、己れの現実から仕事を始めた人としてのプルーストを積極的に評価するという形をとる。「プルウストはフロイトに學んだのだらうか。事實は恐らくその逆ではなかつただらうか」(「心理小説」『全集』1・(三)という発言がその一例である。しかしいずれにしても大まかな断言であって、小林秀雄のプルースト観が十分に展開されているとは言えない。
実は、はっきり言ってしまえば、この時期の小林秀雄のプルースト観は、アンドレ・ジッドのプルースト観を一歩も出ていない。この点が最も明瞭に示されているのは「再び心理小説について」の一節である。瀬沼茂樹の「擬浪漫主義文學の復歸」と伊藤整の「マルセル・プルウストとジェイムス・ジョイスの文學方法について」という当時の最も質のよい評論をとりあげて小林秀雄が批判したくだりを見よう。プルーストの作品をジッドが評し、それを伊藤整が自分流に解釈して引用し、その解釈をさらに小林秀雄が批評し、それをここで論ずるとなると、評の評の評の評という具合で、まことにごていねいな話だが、一度作家論なり作品論なりに何らかの価値を認めるとこういうことにもなるのでやむをえない。私自身の評価は差しひかえて、引用だけしておく。

恐らくジイドのプルウストに對する尊敬は、又、そのまゝ彼の不滿なのであつて、プルウストの、絶對の無私無償な透徹は、その完璧性の故に、殆ど作家の制作の單なる前提的條件に過ぎぬと思はれる程だ、さういふ不滿なのだ。これが「わたくしはそこに豫めなすべき仕事以上を見出したくはない」といふ言葉の意味である。プルウストの藝術が過去の實在の分析だなどといふ事をジイドは心配してやしないのだ。心理的實在を最も直接に表現しようとするレアリスムに於ける唯一必須の武器である、プルウストの記憶作用といふものから、瀬沼氏は、過去への尊重とかロマネスクな回顧性とかいふ怪物をでつち上げたが、伊藤氏も亦ジョイスとプルウストを區別する必要上、これから現在の實在の表現に對して過去の實在の分析などといふ都合のいゝ洒落を發明してゐる。

自分の感慨とか、人生觀とかを小説の裡に、どうしても交渉させずにはゐられないモラリスト、ジイドが、プルウストへの望囑は、彼に哲學をもつて欲しかつたのだ。つまり、バルザック、フロオベル等の大小説家が、人生に示した明瞭な態度を望んだのだ。一と口に言へば、プルウストの顔が、人間的な顔が、作品の裡にみたかつたのだ。(『全集』1・一四一―一四三)

そして数行先で、小林秀雄は、プルーストには「作家の顔」がないがジョイスにはそれがある、とジッドの見解を自分のものにしていくのである。

ただし、戦後の二つのドストエフスキイ論でプルーストに言及する場合には、ジッドの意見に完全に同調してはいない。小林秀雄がドストエフスキイを論じる際の大きなテーマは、ドストエフスキイを端的にレアリストと定義して、いわゆる「心理主義」「心理分析家」というイメージから切りはなすことにあるのだが、その意味で、小林秀雄はジッドのドストエフスキイ観と一線を画そうとする。ひいては、プルーストやジョイスの作品の源泉をドストエフスキイの『地下室の手記』に見出すジッドの見解を「大變危險な意見」と見なすのである。「「罪と罰」について」の一節でもこの考えは繰り返し強調されている(『全集』6・二五)。ジッドのように『地下室の手記』に「心理學的啓示」を見出し、プルーストの先駆を認めるのでは駄目だ、それは文学者の「尤もらしい發見」にすぎぬ、と批判するのである。(6)

ジッドに対する評価のこの変化は、いわゆる「性格破産者」の問題をめぐって生じている。「志賀直哉」において初期の小林秀雄は、近代人が自意識の過剰による自己分析で、己れの性格を破産させる悲惨と、なおかつ己れに独特の面貌と行動、つまり性格を拒絶できない滑稽とを語った。「自然は人間に性格の破産を許すが、性格の紛失は許さない」と言うのであった(『全集』4・二六)。その上で、先に述べたとおり、古代人としての志賀直哉の性格を語り、自然の叫びを捕えたという一点で、直哉とプルーストを引き合わせたのであった。

ところが中年も後半に入り、いわば人生の中仕切りに達した小林秀雄は、ドストエフスキイの地下生活者に関して、「性格を紛失して了ふが、所謂「性格破産者」ではない」と逆転する。つまり、ドストエフスキイの作中人物は、自然の許さないはずの極地に行きついてしまった近代の底なしの分析家として捉えられている。自然の原理を踏み越え(7)

てまで自意識を機能させてしまったこの極端な近代人は、「凡てのものが崩れ去らうとする危険のうちに、この憐れな男は、少くとも自分だけは掛替へなく生きてゐる事を感じてゾッとする」(『全集』6・二〇)人間に近付き過ぎるほど近付いて人間とは何かと烈しく問う者は、何等の明答も得られず、ただ生きているという一事実が残る。生きている以上、行動が来る。そのような作中人物の行為を描き出すことによって、ドストエフスキイは、再び「自然」に戻ってくる、と小林秀雄は考えているようだ。自然は、分析にとどまらず、必ず行為に至る総合としてあらわれるからである。

ここで話をドストエフスキイからプルーストの方へ戻すなら、小林秀雄は、結局のところ、プルーストの仕事を「心理学」に直結させており、「心理」などを遥かにこえたところまで行った(と小林秀雄の信ずる)ドストエフスキイを知った以上、プルーストに対する評価は相対的に低下せざるをえないのである。一九二九年の「志賀直哉」で恩人志賀直哉に対比されたプルーストと、十九年後に「「罪と罰」について」で名を引かれているプルーストとでは、確かに前者の方が点がよい。

「秋」以前の小林秀雄のプルースト観は、およそ右に述べたようなものであった。文芸界におけるいわば知的交通整理の上での手さばきはなかなか見事であるが、身をもって車にぶつかるという事件は、プルーストに関しては起きていない。

*

「秋」が書き上げられたのは、一九四九年十一月である。これが翌一九五〇年の『藝術新潮』の新年創刊号に発表された。雑誌の創刊号というものには、時代の傾向が色濃く反映していることが多いが、この号の目次も今日みると、戦後五年目の日本の顔をしている。グラビア特集は、横光利一の『旅愁』の世界で、パリの風景などがおとなしく並んでいる。主な随筆としては、八代幸雄の「ルノアール随想」、和辻哲郎の「イタリア古寺巡礼」、小説は里見弴の「沖」と並んで、アルランの「八月の宵」、さらに、まだまだ質の悪い複製ではあるが原色版としてルノワールとデュフィが誌面を飾るという調子で、あきらかに時代の主流は再び戻ってきた平和の中でヨーロッパに向いている。その中で、小林秀雄の「秋」は何を語っているのか。

　まず題の単純率直な姿が、そこにある。自然の律動としての「季」が、抽象的な考えの世界にもしのび込んでくる、ということを小林秀雄は別のところで書いているが(『全集』9・二七四―七五)、秋という季節は、小林秀雄のそれまでの仕事の中で、いくつかの強拍を打っている。若い頃の小林秀雄が情熱を傾けて翻訳したランボーの『地獄の季節』の最後の詩が「もう秋か。——それにしても、何故、永遠の太陽を惜しむのか、俺達はきよらかな光の發見に心ざす身ではないのか、——季節の上に死滅する人々からは遠く離れて」と始まる「別れ」であったことを思い出す人も多いだろう（『全集』2・三六）。そして近くは、「秋」に数カ月先立つ「中原中也の思ひ出」[8]で、この親友の最も美しい遺品として小林秀雄が全文を書き写して引用したのが「一つのメルヘン」である。それは、

秋の夜は、はるかの彼方に、
小石ばかりの、河原があつて、
それに陽は、さらさらと
さらさらと射してゐるのでありました。

と始まるのであった。そのような、翻訳、引用の秋をも含めて、小林秀雄のすべての「秋」が、この一つの漢字にこめられているわけだが、その基調は、ランボー、中也の場合と同様に、浄らかな陽に照らされた別れである。

東大寺二月堂の秋の光に身を浸して、著者は、青春時代の夏の時を思い起す。

この茶屋は、夏は實に涼しいのである。私は、毎日のやうに、こゝに來ては、般若湯を一本、恐ろしく鹽からい雁もどきの煮しめを一皿註文し、ひつくり返つてプルウストを讀んでゐた。特にプルウストを好んでゐたわけではない。本と云へば、

それだけしかなかつたのだ。當時、私は、自分自身に常に不滿を抱いてゐる多くの青年の例に洩れず、心の中に、得體の知れぬ苦しみを、半ば故意に燃やし續けてゐた。その爲に何事にも手が附かず、會ふ人にはひどく退屈で暇な振りをしてゐた。プルウストに熱中してゐた伊吹武彦君に、たまたま京都で會つた時、彼は土産物でも持たすやうに、厖大な著作の初めの二册を、私に持たした。そして、どういふ結果になつたかと言へば、プルウストからたゞ般若湯と雁もどきを連想する始末である。覺束ない語學力で、ぎつしり詰つた活字を辿つて行く事は、あたかも人生のほんのさゝやかな一とかけらも無限に分割し得るといふ著者の厄介な發見を追ふのにふさはしいやうに思はれたが、いつもやがて氣持ちのいゝ眠りが來た。夏は終り、プルウストも二巻目の中程で終つた。以來、プルウストを開いてみた事がない。高級な文學が甚だ低級に讀まれるといふ世の通例を私は實行したままでの事だ。恥しがるにも及ぶまい。この通例の全く逆も亦屢々起り得るのだ。(『全集』8・一九〇―九一)

長い引用になったが、この一節を読んだ上で、それ以前に輝かしい評論家としての小林秀雄がプルーストについて語ってきたことを思いかえせば、やがて天命を知ろうという年齢に至った思想家が、自分のプルーストについて初めてまともに語り、何に別れを告げたのかは明らかであろう。憑き物が落ちたように、何ものかが飛び去った。〈事件〉

は起きたのである。

反応は、小林秀雄の意志や意識をこえたものとして生じる。一つには、抽象的な次元で「空想」が「私」を無視して展開するという形で起きる。もう一つには、押さえがたい身体の動きとなって表れる。

書き出しは、いかにものどかな秋の美しい眺めの喚起であり、巧みにユーモアも配置されていて、なるほど日向の猫であるか、酒妾等者満七ヶ年禁止と誓う色男であるか、プルーストは雁もどきによく似合うのであるか、と読む者は遊山に誘い出されて行くのであるが、それは骨格だけでは激しすぎて作品にならないからおのずから色をそえたということであって、おだやかな見かけのもとに、思い切った告白が行われ、作者はどっと吹き起ころうとする大風に辛うじて耐えているのである。

小林秀雄は、元来、「空想」というものを否定的に考えてきた。その種の発言は数多くあるが、たとえば「傳統」(一九四一)にこんな一節がある。「僕は空想をお話ししてゐるのではない、ありの儘の經驗をお話ししてゐるのである。永遠の作者は空想ではない、それを遠いところに求めてはならぬ。」と(『全集』7・三二)。小林秀雄は、どこまでも走る種類の空想を常に否定してきた。(9)

この「秋」においても、「失はれし時を求めて」という言葉から、時間に関する抽象的観念が群がり出る。それを作者は、「花の匂ひを吸ひ込む事から始めた」プルースト(10)

になって、感覚を通すことによって現実に引きもどそうとする。そして一時はそれに成功して、時間に関し一挙にその本質を生きることを可能にするイメージを得、充足した実在感に浸るのだが、空想は勝手に戻ってきていやおうなく頭を満たす。ところが、この文章で作者が「空想」と呼ぶものには、奇妙に生々しい現実感がある。たしかに、次のくだりなどは、小林秀雄が外側からプルーストの仕事の本質を捉えようとしたものと考えれば、勝手な空想であろう。「期待と思ひ出の入り亂れるうちに、あらゆる心像が衝突し或は結合する。さういふ世界が、わが意ならずもいよいよ擴大し深化する事に堪へてゐるうちに、この天才には、凡そあり得べき心理學の總體の如きものが感じられたかも知れない。と言ふよりも、それは寧ろ彼自身の全未來の姿の如きものとなつて現前しなかつたらうか。やり切れない豫感だ。自殺して了へばよいのである。小説家的才能といふ呪はれた特權が、それを阻んだ。そこに窮餘の一策があつたから。何はともあれ、やがて來る死が確實にけりを附けてくれる「告白」が」(『全集』8・一九二)

この「空想」が果して〈真実の〉プルーストにあてはまるか否かを論ずることに意味はあるまい。それよりも、プルーストを契機として、小林秀雄が「私」をこえた空想の形の下にもっとも痛切な「告白」をしているとは考えられないだろうか。そうでなければ、放縦な空想をこうも長々と書きつける必要など全くないはずではないか。このような考えを「いまはしい空想」と呼んで、追い立てられるようにひたすら歩いていく必要もあるまい。小林秀雄は、プルーストを空想して、〈窮余の一策〉としての告白[11]を実行している。批評家的才能という呪われた特権によって、自殺を阻まれ、死ぬまで告白を続けていく、と告白しているのだ。

若い頃の小林秀雄のプルーストとの交わりは、「秋」の証言を信じるなら、純粋に知的な接触とは遠く離れたもので、また部分的なものに終った。しかし、その事実を正面から見すえ、感覚と(薄紫の煙草のけむりが何と美しいイメージで時間を見せることか)思惟と(「悟性とは空想の精華」とはただの寝言ではないだろう)肉体の動きと(話者は、大急ぎでどこへ歩いていくのか)、つまり三つの次元で己れをひとつの場として生じる反応に身をゆだねた時、それは、弱年のランボーとの出会いとは違った意味で、一つの〈事件〉になった。限られたものではあったが、たしかにわが身にきざまれたプルースト体験を思い出し語ることによって、小林秀雄は自分に出くわしたのである。

話者は、自分をこえる力に急き立てられてどこへ歩いていくのか。「秋」の文中には、いくつかの方向が暗示されている。一つには、小林秀雄がすでに取り組んでいたゴッホの世界がある。「空想は去り、苦しく悲しい感情が胸を満たした。その形は、揺れ動く稲田の波であるやうにも、その上を横切る雲の影、その上をヘナヘナ舞ふ鳥のやうにも思はれた。」この一節を読んで、『ゴッホの手紙』の冒頭に語られたゴッホとの強烈な出会い、麦畑の上を音もなく舞う鳥の群れ(『全集』10・一七―一八)を喚起することは妄想とは言えまい。ただ奈良の空の烏は、ヘナヘナ舞っているのだ。日本人が千年も前から描いてきた黒牛、日本の自然と芸術もそこにあって、「いゝ黒い色をして、いゝ恰好をしている」。しかし、話者は立ちどまらない。道の果てには、海龍王寺の森が見える。だが、話者は、荒れている寺に慰めを求めに行きはしない。自然にも芸術にも宗教にも立ちどまらずに、ただひたすら歩いていくのである。

小林秀雄の行き先は、時を追ってその仕事ぶりを見ればわかる。文学史も時には役に立つのである。『藝術新潮』創刊号に続く二月号には「蘇我馬子の墓」が載る。三月号には「雪舟」とくる。そして四月号には、歯に衣を着せぬ畏友、青山二郎との対談が出る。

「私が信じてゐるたゞ一つのものが、どうしてこれ程脆弱で、かりそめで、果敢なく、又全く未知なものでなければならないか」(『全集』8・一九四)と「秋」で自問した話者は、確実な手応えのあるものを求めて、明日香の石舞台に至る。「死者だけが、はっきりとしっかりとした人間の形(12)」をしているのなら、死者をまつる石の墓以上に確実なものは望めまい。しかし、それすら、本当に確かだと言えるのか。そこで小林秀雄は、驚くほど激しい感想を洩らしもする。「若し飛鳥や天平の寺々が、堂々たる石造建築だつたとしたら、今日の大和地方は、何といふ壮観だらう。みんな荒れ果てて廢墟と化しても、その廢墟は、修理に修理を重ねて、保存された、法隆寺といふ一とかけらの標本よりは、

素晴しいだらう」(『全集』8・二三)

小林秀雄は、わずかに残ったチッポケな石舞台に立ち止まってはいない。大和三山を眺めながら、田舎道を歩き続けるのである。そして、再び立ち直って、「美」の方へ戻ってくる。「山が美しいと思つた時、私は其處に健全な古代人を見附けただけだ。それだけである。ある種の記憶を持つた一人の男が生きて行く音調を聞いただけである」(『全集』8・二六)

そのような古代人の一人が、雪舟という名のもとに現われる。「山水といふ異様にはつきりした物」、なかんずく岩に顕われる自然の骨格に異常に執着した画家が、小林秀雄の眼前を歩いていく。

何處も彼處も明晰だ。恐らく作者の精神と事物の間には、曖昧なものが何にもないといふ事だらう。分析すればするほど限りなく細くなつて行く様なもの、考へれば考へるほどどんな風にも思はれて來るもの、要するに見詰めてゐれば形が崩れて來る様なものの一切を默殺する精神、私は、さういふ精神が語りかけて來るのを感じて感動した。(『全集』10・二四〇—四一)

この文章を読めば、二月堂でプルーストを眠けにゆだねた小林秀雄が、坂を下ってどこへ歩いて行ったかは自明だろう。これをとらえて、小林秀雄がプルーストの仕事を誤解している、プルーストこそは、砂粒のように細かいアルファベットを執拗につなぎ合わせて、際限もなく細分化し崩れていくように見えるものの彼方に、言葉による大建築を建立した人だ、などと言ってみても意味はない。問題は、徹頭徹尾、小林秀雄の側で生きられたのだ。

ただ、石の廃墟を夢見た小林秀雄が、晩年、言葉による廃墟を蘇らせる仕事に異常なまでの興味を示し、全力をあげて、その仕事の内側に入りこみ、蘇生の仕事を蘇生させようとしたことを想起しよう。本居宣長の『古事記』、『源氏物語』解読の情熱は、まさに「失われた時を求めて」のことであり、小林秀雄の『本居宣長』は、ある意味で、「失われた時を求めて」の読書記録である。もちろん、小林秀雄自身はそのようなことは一言も言っていないし、意識していたとも思われないが。

*

熱帯夜の続く東京を離れて数時間後に奈良に着くと、車中にいる間に季節が変って、意外にも秋の気が漂っていた。人影もまばらな興福寺の境内をぶらついていると、やがて南円堂の一隅から夕暮れの鐘の音が立ち昇った。殷々と響く重い鐘ではなく、軽い親しげな音色であった。目前に聳える黒々とした五重塔が、天平のものではなく、室町時代に再建された「標本」であることに、とりたてて不足はなかった。いずれにしても、生きていくとは、窮余の一策以外の何物でもないのだから。

一九九〇年初秋

Ⅲ　日本の歴史の曲がり角に立つ小林秀雄

一 「近代の超克」と『文學界』

一九四二年の七月二十三日と二十四日、小林秀雄は、一九三三年以来自分も創刊者のひとりとして貢献してきた雑誌『文學界』の主催する座談会に加わった。そこには、日本の知的・芸術的生活のいくつかの分野を代表する十三名の人々が集まり、東京の茶寮で、活発に意見を交わした。主題は「近代の超克」というものであった。その時の議論は、参加者がそれぞれにおなじテーマについて執筆した論文とともに、『文學界』の同年九月号と十月号に連載された。(1) 同誌と一年後に刊行された単行本との発行部数からみて、読者数はたしかに限られたものであった。たかだか数万人とみてよいだろう。しかし、この座談会の主催者が提唱した「近代の超克」という表現は、当時の知識人に問われていた根本問題を非常に明確に指し示していた。日本の識者は、自分の国の歴史の流れを全体としてどうしても再検討しなければならない時点に至っていたのである。日本が明治以来わき目もふらずに推進してきた近代化政策は、繰り返し強調された「富国強兵」という標語が示すように、経済上・戦略上の選択を優先させるものであった。その結果、大日本帝国は、この座談会の開かれる数カ月前に、西欧の最も強力な近代国家、つまり大英帝国、アメリカ合衆国およびオランダに対して、総力戦を挑むにいたったのであった。

それ以来、日本と西欧世界との関係は幾多の変遷を経てきた。当時の状況と現状とでは非常に異なることは事実である。しかし、「近代」をいかに乗り越えるのかという問題自体は、現在の世界に関わる課題としての意義を、今なお少しも失っていない。事実、座談会「近代の超克」は、日本思想のもつ根本の性格、日本文明の特性、あるいは日本文化の現状というような問題に関心をいだく知識人によって、しばしば取り上げられている。(2)

しかも、「近代の超克」というこの課題は日本に限られたものではない。ここでいう「近代」とは、西欧文明が数世紀にわたって実現してきた近代以外のものではありえないが、いかにしてこの西欧流「近代」を超克するのかという問題は、程度の違いはあるにせよ、幾多の非西欧文明圏でいよいよ深刻な形で問われており、西欧自体においてさえも久しく論じられている。

座談会「近代の超克」は、長期にわたる政治上・軍事上の危機の時代に消しがたい痕跡を残した文化上の出来事といってよいが、ここでは、小林秀雄がこの問題提起にどのように対処したのかを検討する。「近代の超克」に関する論議は数多くあるが、大方は、イデオロギーとして抽出しやすいテノールたちの発言分析におわり、小林秀雄の含蓄に富んだ微妙な態度の意味は、十分に理解されていない。ここでは、小林秀雄が「何を言ったか」だけでなく、「いかに言ったか」、「いかに言わなかったか」をも顧慮して、それによって、この思想家が、自分の生きていた時代に対して、また日本の近代文明のかかえる根本問題に関して、いかなる態度でのぞんだのかを出来るかぎり正確に捉えたい。それは、小林の後半生の事業、「無常といふ事」(一九四二―四三)に始まり『本居宣長』(一九六五―七七)など最晩年の仕事にいたるきわめて豊かな創造活動をささえる、創作の原理を引き出すことにもなるであろう。

この座談会を主催した雑誌『文學界』は、座談会のかれこれ十年ちかく前に創刊されたのだったが、以来、日本における文芸活動のとりわけ活発な中核をなしていた。それは、イデオロギーのうえでも、文学観の点でも、また芸術上の立場からも、相異なる諸傾向の出会いの場であった。座談会「近代の超克」という出来事を歴史のうえで位置づけ、小林秀雄の言わんとするところをしかるべく把握するためには、まずこの雑誌の存在がどのような意味を帯びたものであったのかを、文学史上の細事も含めて想起しておく必要があるだろう。(3)

『文學界』の創刊号は一九三三年十月に以下の七人の作家によって刊行された。小林秀雄(一九〇二―八三)、川端康成(一八九九―一九七二)、深田久弥(一九〇三―七一)、林房雄(一九〇三―七五)、武田麟太郎(一九〇四―四六)、宇野浩二(一八九一―一九六一)、そして広津和郎(一八九一―一九六八)である。

この顔触れをみてすぐにわかるように、ここには、つい前日まで続いていた無用な対立を乗り越え、すでにさまざまな拘束や不気味な圧力のひしひしと感じられる時代にあって、文学としての質を維持するために一致協力しようとする意思が働いている。実際、プロレタリア文学運動と日本の文学史家がモダニズムとよぶ流れとは、それまで鋭く対立してきたのであった。前者が政治と切っても切れぬ関係にあったのに対し、後者は政治と直接に関係をもつことを拒み、何よりも文学自体の革新を目標としていた。もう一つの裂け目は、若い作家たちとそれに先立つ世代との間にあった。若手作家たちは、レアリスムにもとづいた審美感に執着する前世代の人々を、すでに時代後れとみなす傾向にあった。

ところが、ほとんど常に対立関係にあったこのようなグループから出てきた作家たちが、思想統制の強圧の下で、なおかつ自由な創作の場を求めて自ずからひとつになり、『文學界』を創刊したのである。かれらを結ぶ絆は、友情であり、尊敬の念であった。

まず、小林秀雄、川端康成、深田久弥の三人に注目しよう。かれらは同年代に属し、それぞれに、文学の領域において、文学独自の価値を、文学以外のいかなる力にも拠らずに追求することに努めてきた。

小林秀雄は、一九二〇年代末に、評論の仕事を始めた当初より、文学の根本のありように着目し、とくにマルクス主義を標榜する人々の文学観に対する手強い論客として、頭角をあらわした。彼がひろく論壇に知られるようになった最初の評論「様々なる意匠」(一九二九)においても、すでに、この颯爽たる論者はプロレタリア作家たちの論述を、現実ばなれして生活から断絶した観念の体系のうちに閉じこもっているものとして、きびしく論難した。ただし、カール・マルクスの仕事自体に関しては、感嘆の念をためらうことなく表明している。この男は、他の何物をも受け入れぬひとつの情熱につきうごかされて、その人格に深く根ざした情熱のおかげで世界の全体像を摑みえた、とするのである。(4) 小林秀雄は、マルクスの世界解釈に活力をあたえた確信、さらには信念というものを手放しで称賛する。後に、デカルトをデカルト主義から救い、フロイトをフロイディスムと切り離したのとおなじように、マルクスを評価してマルクス主義のエピゴーネンを叩く。つまり、「科学」よりまえに、「人間」に着目するのである。と言って、このことは、そのまま、小林秀雄が「人間」の名において「科学」を否定したことにはならない。科学には科学としての存在理由があり、存在価値もある。しかし、「人間」なしには、「人間」にとって何事も始まらないことを、小林秀雄は強調するのだ。

その上で小林秀雄の思考法の特徴をなすのは、現実を、その複雑な姿のままそっくり見極めようとする姿勢で、一つの観念の光の下に、現実の一面だけを見ることに甘んじないことである。彼が『文學界』の創刊号に掲載した評論「私小説について」は、四ページたらずの小文であるが、そのような論者の独立した鋭敏な精神をよく表している。ここで、小林秀雄の炯眼は、マルクスのエピゴーネンたちの弱点をはっきり見抜いてはいるが、その反面、日本においてプロレタリア文学運動が果たした役割は、それなりにためらうことなく肯定している。

> プロレタリヤ文學運動が、わが國の私小説の傳統を勇敢にたゝき切つたといふ事は、實際の作品のいい惡いは別としても、大きな功績であつた。(5)（『全集』3・四七）

小林秀雄は現実の経験に対応しない理論を批判した、と先に言った。では、現実にもとづいているはずの私小説の伝統を断ち切ることが、なぜ功績なのか。私小説こそは、現実との密着を本領とする表現形式ではないのか。ところが、小林秀雄は、いわゆる「私小説」は、単に生活の一断片を再現するに止まるものとして退ける。それは、実際に体験した者の証言ではあろうが、あくまでも限られた個人の次元にとどまり、「社会的な廣がり」(6)を持ちえず、現実と想像との共同作業によって産みだされるべき「文學的現實」の濃密さに到達しえない、と言うのである。この見解は、「私小説」に関する考察の進んだ今日から見て、あまりにも簡単に図式化していると言わなければなるまい。ただ、ここでは、小林秀雄が、反マルクス主義というようなイデオロギーに囚われずに、認めるべきものは認め、言葉のうえの観念の整合という水位を超えたところで物事を判断しえたことを確認しておけばよい。この精神の自由、この根本的批判力への信頼が、『文學界』グループを、少なくとも一時期は、みごとに動かしていたのである。

川端康成も、プロレタリア文学運動に対立する考えを隠してはいなかった。一九二九年に結成された「十三人倶楽部」にも名を連ねてプロレタリア文学の優位を公然と疑問に付し、政治に対する文学の自立性を取り戻そうとした。しかし、「浅草紅団」(一九三〇)や「水晶幻想」(一九三一)の作者としての川端は、もっぱら新しい文章を実験することに専心していた。現実と非現実とが融合する震えるような新鮮な世界を捉えうるような、ひとつの文体を作りだそうとしていたのである。のちに『雪国』を書くことになるこの作家は、政治やイデオロギーの問題には直接には関心がなかった。生まれたばかりの雑誌『文學界』に、川端は、「手紙」という短い作品を載せた。これは、四十年間も続けて一二七篇に及ぶ万華鏡にも似た文体練習、「掌の小説」に属するものである。

深田久弥の才能を最初に認めたのは、四歳年上の川端康成であった。川端も深田も雑誌『文學』(一九二九年十月―一九三〇年三月、全六号)の同人であった。深田は、その後、雑誌『作品』(一九三〇年五月―一九四〇年四月、全一二〇号)で小林秀雄とも共に仕事をした。非常に個性の強い川端と小林との友情を得たことは、深田にとってつねに変わらぬ励ましとなった。彼は、好んで素朴な牧歌調の小説を書きつづけた。それは作為のない自然なものという印象を与え、きわめて皮相な言い方ではあるが、「反文化主義の作家」というレッテルを貼られることにもなった。創刊号には、「六号雑記」に「兵営通信」と題する短信をのせているが、「いざ××に成れば人間的感情なんてものは最も戒むべき心中の敵に相違あるまい。××××××××××××××××出来ぬやうな××は、きつと戦争にも××××に違ひない」という具合に、この文学を志す雑誌においても、戦禍の跡をとどめている。

この三人の傍らに、それまでに社会運動に加わった二人の作家がいる。林房雄と武田麟太郎である。二人ともプロレタリア文学運動の出であるが、この運動は、ひとつには容赦ない弾圧のために、もうひとつには内部矛盾からくる分裂のために、まさに『文學界』の創刊された一九三三年に、大きく後退したのであった。有名な『蟹工船』(一九二九)の作者である小林多喜二が、一九三三年の二月に警察署内で殺され、多数の左翼雑誌が検閲にかけられ、発禁処分を受けたことを忘れてはなるまい。マルクス主義を標榜する政治的文学運動に活動家として参加したのち、このふたりの文士は、他の多くの作家と同じように、思想上の「転向」を余儀なくされた。

林房雄は、その政治活動のために二十一ヵ月にわたって拘禁され、『文學界』創刊時には、ようやく出獄したところであった。小説『青年』の構想は、この獄中生活のあいだに練られたのである。この作品の主要人物は江戸時代末期の理想に燃えたふたりの青年で、日本開国のための政治闘争に身を投じる。この作は、当然、作者が社会変革にいだく期待を反映するものであるが、そこに流れる悲壮かつロマンティックな調子は、血気はやるこの作家が後に示すことになる精神の遍路を指し示してもいる。林房雄は、何にもまして尊皇思想にもとづく民族の価値を称揚することになるのだから。この小説の終篇の一が雑誌『文學界』の創刊号に載る。

武田麟太郎は、いわゆる庶民の写実的表現に活路を求めていた。そこには、醒めた辛辣なユーモアも感じられる。彼は、イデオロギーの表出を控え目にし、日常の現実により近い形をとりながらも、初心に忠実であろうとしていた。この雑誌に加わる前に、『日本三文オペラ』(一九三二)、『釜ケ崎』(一九三三)などをすでに書いており、創刊号には代表作『市井事』の一部分(第三編)を発表した。

以上の五人の評論家および小説家は、東京帝国大学でほぼ同じ時期に学んだという点で共通していた。この親しい間柄にもとづいて、かれらは自分らだけの派閥を作ることもできたであろうが、そうはせずに、かれらよりも地位の確立したふたりの作家、それも一世代前の、自分たちとは学歴も異なるふたりの人物と手をにぎる事を選んだ。わかちがたい友情で結ばれた広津和郎と宇野浩二とは、早稲田大学出身であるが、早稲田は日本流の「自然主義」の巣窟であり、その面影はなお強く残っていた。二人は、まさに「私小説」とよばれる範疇に属する作品を書いていた。

しかし、文学史上のレッテルに騙されてはならない。広津和郎は、文芸評論家として仕事をはじめたのであったが、自分自身の経験を土台にして、実存的破滅に瀕する引き裂かれた近代人の典型を創出することに成功し、その作品のいくつかは、小林秀雄が「私小説」につよく要求した社会性をもある程度備えている。また、彼は、炯眼にもプロレタリア文学の到来を予見し、共感をもってその発展を見守った人であった。創刊号には、寄稿していない。

同様に、宇野浩二も、主として自分の経験に作品の題材を求めた。しかし、彼の場合には、想像力とジッドのいう「神の分け前」とが十分に働き、単なる体験の記録とは次元のことなる文学的現実を作り出すことに成功した。どうみても、宇野浩二は、生活の細事に多少の起承転結をほどこしてよしとする作家と安易に定義されるような「私小説」作家ではない。先にあげた「私小説について」で小林秀雄が取り上げているのも、まさに宇野浩二の「私小説私見」で、私小説というものが日本の近代小説の主流をなしてきたことを「よく考へてみると不思議な現象である」とする宇野の見解に、小林は「新しい作家の正当な戦場」を見いだすのである。宇野浩二の短篇「一週間」は創刊号の巻頭を飾る。

このように、相異なる方向から来た作家たちは、新しい雑誌の方向として一体なにを提案していたのだろうか。(7)『文學界』の第一号は、グループの意図を定義する宣言を載せていない。巻末に、川端康成の筆に成る編集後記があるだけである(創刊のメンバーが、交代で各号の編集責任をとるはずであったが、この原則はほどなく放棄された)。川端の後記は短いもので、他の雑誌の創刊号によくみられるような気負った宣言とはまったくことなり、ひどく漠然としている。

〇本誌発刊の計画は、とんとん拍子に捗つた。同人も忽ち志を同じうして集つた。〔……〕時あたかも、文学復興の萌あり、文学雑誌叢出の観あり、尚のこと本誌は注視の的となつたが、私たちはこの時流を喜び、それを本誌に正しく発展させようとすると同時に、また時流とは別個の私達の立場も守らうとする。(8)

では、かれらに共通の理想、あるいは独自の立場とは何なのか、川端の言葉は、なにひとつ明確にしない。この漠たる調子の内にこそ、編集責任者と他のメンバーとの意図を読むべきなのであろうか。目的をあまり明らかにしないこと、もったいぶって自分たちの旗色をしめす派閥のひとつにならないこと。唯一つ大事なものは、仕事の質ではないのか。そして、仕事にもっとも適した条件を作りだすためには、誇大な表現と無用の論争とを極力避けるべきではないのか。(9)

この新しい雑誌に息吹をあたえていた精神をとらえるために、編集責任者としての小林秀雄の活動ぶりをさらに詳細に検討しよう。一九三四年の九月、すでに、九号まで出ていた雑誌が、財政難のため、二度目の刊行中断をした。そのとき、小林秀雄は骨身を惜しまず、自分たちの共通の事業を救うために力を尽くし、一九三五年一月に刊行を再開してからは、一年半にわたって、編集責任者の役を果たした(10)。自分の責任の下に編集した各号の巻末には、読者への短い手紙というかたちで、編集後記を書いているが、全体で二十三篇に及ぶそれらの文章は、一人一人の読者に宛てた私信とでもいった具合の歯に衣着せぬくだけた調子で書かれており、とくに小林秀雄が文学者としての「自由」を保持するためにどれほど腐心していたかを示している(11)。

自由にまつわる苦心は、まず、金の問題に関する言葉となって表れる。実際、小林秀雄は実に頻繁に金銭にかかわる苦境を語るのである。上質の紙を選んだのはよいが一冊三十五銭で売るような本誌には紙代が高すぎた、広告欄は買い手が一向につかない、ある号は、紙代を工面しなければならなかったので予定日に出版できなかった、著作料を払わずに原稿を頼むのはじつに心苦しい、等々の発言である。このような、ある意味で下世話に堕する表現が、編集長の筆の下にたえず戻って来るのである。ユーモアも欠けてはいないが、なにか苦しげである。この雑誌を救うために、どうしてこれほどまでの努力をするのか。創刊に加わった作家たちは、自作を発表しようと思えば、掲載したい雑誌があり過ぎて、選択に迷うような人たちではないか。一八九九年創刊の『中央公論』、一九〇四年に出始めた『新潮』、一九一九年以来の『改造』……プロの大出版社の出しているこれらの月刊誌は当時もあり、『文學界』同人のものも喜んで掲載していた。それ以外にも新しい雑誌は数多く創刊されていた。『文學界』と時期を同じくして一九三三年十月に紀伊國屋の刊行しはじめた『行動』、一月後に改造社のはじめた『文芸』……しかも、日刊紙のうちにも文学に関心を示すものがいくつもある。

しかし、このような雑誌や日刊紙とことなり、『文學界』は作家たちの自主的な行動によって構想され組織されていた。かれらは、出版の全責任を負うと同時に、すべての権限をもっていた。[12] 小林秀雄が雑誌経営の物質上の問題に頭を悩ますのは、財政上の自立だけが出版社と文壇とに対して自由にふるまうことを可能にすると、骨の髄まで承知しているからなのである。[13]

一例を引こう。一九三七年夏、それまで大陸に急速に勢力を延ばしてきた日本は、公然と中国を武力攻撃する。中国人は力を合わせて抵抗し、戦争状態は中国大陸にひろがる。同年十月号の編集後記で、小林秀雄は自分らの雑誌『文學界』の独特な内容を心から楽しそうに説明する。この号は、予定通り、創作特集号とする。他の号で平常行っているような編集をするには、夏は少々暑すぎる。そこで、この号は、全巻あげて創作に限るときめておいた。ところが、日支事変が深刻な状況になり、すべての新聞・雑誌は刊行計画をすっかり変えて、時局を追う内容を組むことにした。[14] 平静を失わないのは、本誌だけである。ここでは、すべてが予定通りに進行する。「暑くてやり切れんからね。作者にも時局的創作といふ様な註文をしなかつた。随筆も組置きの奴を使用した」(『全集』4・三六二)これは、単なる暴言ではあるまい。

小林秀雄は言葉の普通の意味でのインテリではない。彼は、自由の概念について論じたてる趣味はすこしも持っていない。ただ、作家が自由に発言しうる条件を実際にとことのえ、是が非でもそれを護ろうと努力するのである。非常にしぶとい実用主義に徹して、独立した文学空間を現実に作りだし、創作というものが、文壇の傾向とか時の好みとかに従属することなく、出来るかぎり自由に行われるように努めるのである。その態度は、戦争状態の勃発という政治上の重大事態においても堅持される。文学は政治に追従してはならない。

各人の自立を尊重する配慮は、一見したところ何の意味もない細部にまで行き届いている。プロの出版業者の習慣と異なり、小林秀雄は紙面のすべてを活字で覆い尽くすことをしない。ある作品の終わりが、頁末あるいは段落と対応しないとき、小林秀雄は「埋め草」原稿を求めず、白いままに残しておく。それは紙面構成がなおざりにされているということなのか。編集長は説明する。このような処置をあえてとるのは、作者を尊敬すればこそである。真の作品は、印刷用紙のサイズに丈をあわせるわけにはいかないのだから、と。

わずか数年のうちに、外からのさまざまな拘束にもかかわらず、『文學界』グループは急速に発展した。そこで厳守されていた原則は、精神の自立とお互いの尊敬との二点であった。編集責任は、小林秀雄のあと、河上徹太郎などが引き継いだ。(15) 一九四〇年四月以後は、小説家、評論家、詩人、劇作家、哲学者など、第一線で仕事をする者が二十九名も同人として名を連ねた。多くのすぐれた作品がこの雑誌のお陰で世に知られた。たとえば、石川淳の「マルスの歌」(一九三八)、田中英光の「オリンポスの果実」(一九四〇)などがそうだ。『文學界』が才能を認め、作品を次々と刊行しなかったら、岡本かの子や中島敦などが世に出るのは、ずっとむずかしかったであろう。

評論は、とくにおおきな部分を占めていた。小林秀雄自身も一九三五年一月から一九三七年三月にかけて「ドストエフスキイの生活」と題する一連の文章を載せた。これはきわめて重要な作品で、このロシアの近代作家がいかに自分の時代と戦い、時代を超克していったかという「ドラマ」を強烈に追う小林秀雄の思索を展開したものである。中村光夫も評伝の道を進み、「ギイ・ド・モウパッサン」(一九三四)、「ギュスタヴ・フロオベル」(一九四〇)と「二葉亭四迷」(一九四二―四三)など力作を発表した。

さらに、保田與重郎(一九一〇―八一)の名高い随筆「日本の橋」(一九三六)も、保田自身が一九三五年に創刊した雑誌『日本浪曼派』にではなく、『文學界』に掲載されたことを指摘しておこう。この事実は、きわめて意味深いものである。なぜなら、この文章は、そこに展開される「日本浪曼派」の倫理と美感とによって、多くの読者を魅了してきたからである。保田は、日本の橋は、思い出のように脆くしかも永遠の作物であるとし、その徳を讃え、西欧の、とくにローマ建築にみられる橋、人間の力を誇示し、世界を制覇するための建造物としての橋に対峙するものとして捉えている。きわめて図式的に強調される東西文明の比較、その上に叙情をこめて展開される日本の「ほろびの美学」、これが第二次世界大戦の終わりまで、当時の日本の青年たちをいかに魅了したかは、繰り返すまでもないだろう。

他方、『文學界』は座談会を頻繁に行い、そこには、雑誌のメンバーだけでなく、外部の人も招かれた。主題は時局に合致したものに限られず、多くは文学の本質にかかわる問題を含んでいた。その一部を引くなら、次のようなものがある。「リアリズムに就いて」(一九三四年九月)、「現代小説の問題」(一九三六年七月)、「詩と現代精神」(一九三六年八月)、「政治と文学」(一九三四年八月および一九三七年三月)、そして「近代の超克」(一九四二年九月―十月)が来る。

これらの座談会では、創刊の時からまもられた原則にもとづき、各人は自由に自分の考えを述べた。それは、知識人にとって、意見を比較検討し、批判を交わし、この共同の仕事を通じてあたらしい展望をひらく理想的な場であった。

議論は丁重ではあるが、追従のないものであった。いま読んでも、活発な発言に驚かされることがある。若年の者も年長者を批判するのに歯に衣着せぬ態度で発言し、また反論も同じ様に率直なものでありえた。そこにはまた、見事な会話術も見いだされる。ユーモアは言葉の楽しみをさらに生き生きしたものにし、アルコールの影響も有益でありえた。知と、情と、感性とが等しく働き、発言者とそれを聞く人たちとの全人格が参与する。こうして、完全に符号として組織された言語の形で決定的に固定される以前の、さまざまな考えが湧き出てくる。生まれたばかりの考えは、言葉によって運ばれてはいるが、それを発言する人のうちに、まだ根を保っているのである。

『文學界』は一九四四年の四月まで、知的活動の中核としての役割を演じた。しかし、戦況の悪化に伴い、一一九号をもって廃刊となった。十年有余の波瀾に満ちた歳月にわたって、この雑誌は、おそらく、日本における文学的・知的刊行物のうち最も重要なものであった。その質の高さと長続きした点で、あきらかに群を抜いている。先にも触れたように、小林秀雄の情熱としぶとさなしには、この雑誌は存続しえなかったであろう。もっとも、小林秀雄自身は『文學界』との関係においても、ある種の距離をおき、自分独自の立場をつらぬくことを知っていた。小林秀雄の活動を雑誌の組織者あるいは指導者の役だけにかぎろうとするのは無駄なことだ。

＊

このような背景を見た上で、話を一九四二年七月の集まりに戻そう。

当日の七月二十三、四日の暑さつたらなかつた。特に気をきかせた積りで、会場の目黒茶寮へ風呂を頼んでおき、皆に浴衣がけで来るやう通知を出したら、「此の重大な会議に羽織袴で出るべきだのに、浴衣がけとは何だ」と林房雄に叱られた。但しさういふ林が議事進行と共に先ず肌脱ぎになり、遂に猿又一つになつた始末だ。前日は五時から、翌日は日盛りの二時から夫々四時間、亀井君悲鳴をあげ「どうだい、一時間毎にゴングをならして、十分宛水を浴びることにしては」(16)

『文學界』の編集長としてこの座談会を主催した河上徹太郎は、集まりの雰囲気をこのようにユーモアたっぷりに喚起しているが、その意図をより正確に捉えておきたい。座談会冒頭の司会挨拶で、彼は次のように会合の目的を定義する。

実は「近代の超克」といふ言葉は、一つの符牒みたいなもので、かういふ言葉を一つ投げ出すならば、恐らく皆さんに共通する感じが、今はピンと来るものがあるだらう、さういふ所を狙つて出して見たのです。〔……〕

吾々は、かういふ言葉を許されるならば、例へば明治なら明治から日本にずつと流れて来て居るこの時勢に対して、吾々は必ずしも一様に生きて来たわけではなかつた。つまりいろいろな角度から現代といふ時勢に向つて銘々が生きて来たと思ふんです。いろいろな角度から生きて来ながら、殊に十二月八日以来、吾々の感情といふものは、茲でピタッと一つの型の決まりみたいなものを見せて居る。この型の決まり、これはどうにも言葉では言へない、つまりそれを僕は「近代の超克」といふのです〔……〕(17)(『近代の超克』冨山房、一九七九年、一七一―七二頁。以下『超克』一七一―七二と略記)

ここで、河上徹太郎は「感じ」あるいは「感情」という表現を用いているが、それを知的基準とどのように関係づけているのか。ここで想起すべきは、この座談会がはじめは「文化綜合会議」と呼ばれ、後に、創元社版では「知的協力会議」とさえ銘打たれていたことである。いずれにしても、「知」をたのむ知識人の集まりであったことは間違いない。この点について、河上徹太郎は結論の部分で触れ、「知的戦慄」ということもイメージを喚起する力は強いが定義するとなると曖昧さをふくむ表現を使っている。

此の会議が成功であつたか否か、私にはまだよく分らない。たゞこれが開戦一年の間の知的戦慄のうちに作られたものであることは、覆ふべくもない事実である。

確かに我々知識人は、従来とても我々の知的活動の真の原動力として働いてゐた日本人の血と、それを今まで不様に体系づけてゐた西欧知性の相剋のために、個人的にも割り切れないでゐる。（『超克』一六六）

ひとつの根本的問題が彼に問われているのである。それは、知と肉体との関係に係わる。河上徹太郎は自分たちの言動に最初の衝動を与える日本人の「血」と、西欧思想あるいはしばしばそれと同意語とみなされる近代思想によって形成された「知」とを対置させる。この二分論はもちろんあまりにも単純である。が、多数の日本の知識人が、根本のところでこの両極に引き裂かれる思いでいたことは否定できない。その点、西欧の知識人はこのようなジレンマは知らないのである。

雑誌『文學界』は、「知的協力会議」という名の下に、一連の座談会を開いてきた。しかし、かれらは西欧の現代思想家、たとえばポール・ヴァレリー、あるいはホイジンガのような人々が、国際連盟の旗印のもとに、知的協力委員会に参加したのと、自分たちのしていることとが非常に異なる性質のものであることは承知していた。河上徹太郎は、これらの西欧世界の知識人は、かれらの知性の限りを尽くして「知性から肉体を剝奪」しようと努め、頽廃を余儀なくされている現代世界の状況を前にして、結局のところ無力であった、と考えていた。もちろん、河上徹太郎のこの判断は、このままでは受け入れることのできないものである。ポール・ヴァレリーのような思想家の仕事に「肉体」がいかに深く結びついていたかを、今の私たちは知っている。しかし、問題はそこにはない。なぜなら、この無理解のうちにこそ、当時の日本の知識人を苦しめていた欲求を読み取ることができるからである。かれらは、緊急に、ひとつの総合に至るべきこと、あるいは、少なくとも心のうちで「知」と「血」とを合致させる必要を感じていたのである。

最後に、河上徹太郎はこの座談会を次のように定義する。

我々の会議は、ともあれこれと方向が違つてゐる。大東亜戦開始のやゝ以前から、新しき日本精神の秩序に関するスローガンが、国民の大部分の斉唱《ユニゾン》で歌はれてゐた。此の斉唱の陰に、すべての精神の努力や能力が押し隠されようとしてゐる。危機は表面的には去り、すべては観念上の名目論で片づけられようとしてゐる。我々が起つたのは、此の安易な無気力を打破するためである。それは所謂「いひたいことがいへない」のに反抗してではない。所謂「いひたいことがいへない」といふのは、感傷的な自己告白に過ぎない。我々は「如何に」現代の日本人であるかが語りたかつたのである。（『超克』一六七）

このような次第で、十三人の人物が集まり、「いかに」自分らは一九四二年の日本人であるかを表明しようとした。そのうちの六名は、『文學界』のグループに属していた。評論家が四人。つまり、小林秀雄(四十歳)、河上徹太郎(四十歳)、亀井勝一郎(三十五歳)、そして中村光夫(三十一歳)である。詩人が一人。つまり、三好達治(四十二歳)。小説家としては、林房雄(三十九歳)ひとり。『文學界』の外から招いた人のうちには、哲学者がふたり――西谷啓治(四十二歳)と下村寅太郎(四十歳)。歴史家は、鈴木成高(三十五歳)ひとり。神学者として吉満義彦(三十八歳)、物理学者の菊地正士(四十歳)、作曲家は諸井三郎(三十九歳)ひとり。最後に、ジャーナリストで映画評論家の津村秀夫(三十五歳)。

このように様々な分野の専門家を同席させることは、『文學界』の座談会ではかなり頻繁に行われた。フランスの『N・R・F』誌がよく試みたように、個々に専門化して全体像のとらえにくくなっている知識人や芸術家を一堂に集め、かれらを隔てる壁を取り払おうとしたのである。一見してわかるように、これらの参加者はいずれも、「西洋流に」形成されたひとびとである。かれらは、近代化をめざす日本の最高学府で教育を受けた。つまり、東京帝国大学出身者が九名、京都帝国大学出が三名、東北帝国大学卒が一名である。

さらに注意して見ると、当時の日本で、フランス文学がいかに重要な役割を演じていたかがわかる。小林秀雄、三好達治、中村光夫、河上徹太郎は、フランスの近代作家たちの偉大な作品を読み、学び、翻訳することによって、みずからの文学観を培った。ボードレール、ヴェルレーヌ、フロベール、ランボー、ジッド、ヴァレリー等々の作品が、かれらの思考の糧であった。かれらは、翻訳によってまた自身の著作によって、フランス近代文学を日本に導入することに貢献し、その後も、同じ道を続けていく(18)。

同じ頃、ドイツ文化もこれにおとらず強く日本人をひきつけていた。マルクスの思想は、すくなくとも数年のあいだ、林房雄と亀井勝一郎に強い影響を与えた。ヘーゲル哲学は西谷啓治の思想の基礎を築いた。彼は、西田幾多郎の弟子であり、ドイツ神秘主義に魅惑されていた。菊地正士はドイツに留学して来たのち、量子物理学の権威となる著作を発表した。同様に、諸井三郎はベルリン音楽院で養成され、ドイツ音楽の流れを汲んだ手法で作曲をしていた。津村秀夫はドイツ文学を学び、その後で、映画批評をはじめたのである。

他の参加者たちも、もっと広い意味でヨーロッパ文明に関心をもっていた。下村寅太郎は数学の哲学的基礎について研究し、あわせてルネサンスの芸術にも造詣が深かった。鈴木成高はヨーロッパの中世史を専門としていたし、吉満義彦は西欧の宗教思想史を研究していた。

このように、かなり広範な知的展望が開かれていたことは事実であるが、欠けていたものもまた驚くほど大きい。ここには、日本、中国、もっとひろくアジア、さらにアングロ・サクソンの文明を専門とする者が、ひとりもいないのである。個々の専門分野をこえた交流を行おうという主催者の努力にもかかわらず、実際にはきわめて限られた範囲のものであったことになる。これでは「近代の超克」を論ずるのに本質的な要素が不足していたと言わなければならない。とくに、日本が中国とアングロ・サクソン諸国とを相手にまさに国運を賭けた大戦争を遂行していたことを考えるなら、この欠如は深刻である。

竹内好は、その「近代の超克」分析において、参加者を三つのグループに分けている。まず、『文學界』の傾向で、これは中村光夫と下村寅太郎が代表しているとする。ついで、自ら「日本浪曼派」を称する一派で、亀井勝一郎あるいは保田與重郎がその旗を掲げる。保田はその欠席がもっとも強く感じられた人物のひとりである(19)。最後に、西谷啓治と鈴木成高の代表する「京都学派」がある。肝心の小林秀雄は、先に見たように『文學界』の大立者であるが、竹内は一九四二年の時点では「日本浪曼派」に近い存在とする(20)。

竹内のこの論文は一九五九年のもので、以来、この分類があたかも論議の余地のない事実であるかのように、定説として繰り返されている。しかし、このように命名し分類することと自体は、あまり有意義とは思えない。『文學界』グループにせよ「日本浪曼派」にせよ、厳密に定義された概念ではありえないからだ。とくに、小林秀雄の果たした役割は、いまだに正確に捉えられていない。竹内は、小林秀雄の発言が、座談会の論議を「文明開化否定」という主要テーマからそらせてしまい、日本浪曼派の原点であったこの問題をまともに扱わなかったために、座談会「近代の超克」全体が主催者の期待したような真の思想を生み出すことができなかった、とするのである。ひいては、「「近代の超克」の最大の遺産は、私の見るところでは、それが戦争とファシズムのイデオロギイであったことにはなくて、戦争とファシズムのイデオロギイにすらなりえなかったこと、思想形成を志して思想喪失を結果したことにあるように思われる。」という評価にいたる(『超克』二八八)。

しかし、後に見るように、実際には、小林こそが問題の核心に触れたのではあるまいか。それも、単に、論理の水位で自説を述べたというだけの事ではなく、沈黙によって、さらには物の言い方そのものによって、思想の根本にかかわる問題を指し示しているのではあるまいか、と思われる。本論では、従って、小林秀雄がその全存在をもって表現したものを、細部にわたって検討したいと思うのだが、まず、討論がどの様に組織されていたのか、その全体像を一瞥しておこう。この座談会は、話が実のある進展をするようように、二日にまたがって計画されていた。

第一日

ルネサンスの近代的意味／科学に於ける近代性／科学と神の繫がり／われわれの近代／近代日本の音楽

第二日

歴史─移りゆくものと易らぬもの／文明と専門化の問題／明治の文明開化の本質／我々の中にある西洋／アメリカニズムとモダニズム／現代日本人の可能性

この第一日、小林秀雄はごく言葉少なにしか発言しない。口数はすくないが、それは、ややもすればあまりにアカデミックなものに終始する議論を個人に結びついた考察、つまり、個人として生きた経験を出発点としてのみ発展しうる思索へと引き戻すための適切なものであった。このような細部は、後の論者の目には止まりにくいのであるが、そこには小林秀雄の「にがさ」がしみ出ているのであり、ひとつの立派な哲学なのである。

二日目は、小林秀雄自身のかなり長い発言で始まる。小林は口を切るとすぐに話の核心にたちいり、初日の発言とおなじ方向のもとに、問いを発する。一言でいえば、自分はこの近代性をいかに生きたか、という問いである。さらに言うなら、まさに近代の所産以外の何物でもないこの自分をしかと引き受けた上で、いかにして自分は近代性の先へ行くことができるのか、という問いである。一般論ではないのだ。

二　小林秀雄とその時代

この討論が行われたとき、太平洋戦争は始まってまだ間もなかった。しかし、すでに十年以上もまえから、国内では組織的な思想統制と弾圧とが行われていた。真摯な理想をいだいて政治活動に参加した多くの知識人は転向あるいは沈黙を余儀なくされ、いかなる政治運動にも加担せずマルクス主義に何らの共感もいだいていなかった小説家や詩人たちも、「筆を折る」ことを選んだ。沈黙はかれらにとって唯一の救いであった[21]。また、国外からの情報が統制され、きわめて厳重な検閲を受けなければならなかったことも、忘れてはなるまい。

もちろん、大都会では、一見活発な言論活動が見られた。大手の出版社は、それぞれの企画にもとづいて出版を続けていた。しかし、その内実を見るなら、高名な大学教授たちは、こぞって政府の大義名分を擁護しており、政府の不満、政府の希望、政府の野心を、かれら自身のものにしていたと言ってよい[22]。

したがって、当時の状況は、多様な、時には矛盾した様相の下に、思い描かなければならない。いずれにしても、当事者たちがそれぞれにおかれていた精神状態を、今日の私達の観点から推して、自明のこととして把握しうると考えるのは、誤りである。それは動揺と狼狽との時代であった。[23]そして、もっとも明晰な精神を持つ者の何人かは、この試練にじっと耐えなければならなかった。座談会「近代の超克」の開かれる五ヵ月ほどまえに、小林秀雄が『文學界』誌上(一九四二年三月号)に発表した「戦争と平和」と題する文章は、その証言である(『全集』7・一六六―一六八)。

二ページ半足らずのこの短い作品は、真珠湾攻撃を報ずる新聞写真を見たときの感想を、冷徹な意識をもって綴ったものであるが、ジャンルとしては、随筆、もっと正確にいうなら、折りにふれて書かれた文章ということになるだろう。ただし、これは、注文原稿としてどこかの日刊紙に掲載されたものではない。小林秀雄が自由に書ける自分の雑誌に出した以上、時局に対する返答として、外部の出来事の加える圧力に対抗するために、自ら望んで書いたものとみなすべきだろう。

一読して判るように、ここにはしっかりと身についた静謐がある。何者にも乱されない静かさが漲っている。それは、ほとんど作者の意図に反して文章全体を支配している、と言ってもよいくらいだ。河上徹太郎の語った「知的戦慄」とは何と遠いことか。荒れ狂う時事問題もこのような精神を相手にしては為す術を知らない。周辺の作家たちが太平洋戦争勃発に際して発した熱気を帯びうわずった言葉と比べてみるならば、小林秀雄がいかなる高みにいたかがわかる。河上徹太郎は、たとえば、『文學界』の一九四二年一月号に「光栄ある日」という一文を発表したが、そこで、彼は、日本政府の良き政策を讃え、このような状況において天皇の赤子であることを喜びと表現しているのだ。「混沌暗澹たる平和は、戦争の純一さに比べて、何と濁った、不快なものであるか！」(24)竹内好が指摘しているとおり、河上徹太郎のこの表現は、座談会「近代の超克」のために亀井勝一郎が書いた論文の最後の文章を思わせる。「戦争よりも恐ろしいのは平和である。……奴隷の平和よりも王者の戦争を！」(『超克』二九八)と。このような美辞麗句を連ねた昂りと比べると、小林秀雄の追う思索はまったく別の意味を帯びていることがわかる。

小林秀雄は、また、京都の哲学者、西谷啓治とも非常に隔たったところにいる。西谷は以来有名になった論陣をはり、戦争遂行政策に道徳的・哲学的保証を与えたのだから。西谷によれば、この戦争は日本国民の「道徳的エネルギー」によって推進され、新しい世界秩序の確立をねらい、ようやく西欧植民地主義国の支配から解放された大東亜を建設する大きな流れの中で行われている、というのであった。

これに反し、小林秀雄の文章には政治的考慮の影も見られず、逆に、ジャーナリズムやある種の文士たちの興奮状態を苦々しく批判する色合いがある。彼は、軍国主義に便乗したプロパガンダを一切の追従なしに指摘し、ひいては軍当局の戒告を受けることにもなった。ただひとつ、ほんとうに小林秀雄が見つづけているのは、非情の真っ只中で、死とすれすれのところにありながら、なおかつ生きているという意識の状態なのである。(25)

正月元旦の朝、僕は、帝國海軍眞珠灣爆撃の寫眞が新聞に載つてゐるのを眺めてゐた。「戰史に燦たり、米太平洋艦隊の撃滅」といふ大きな活字は、躍り上る様な姿で眼を射るのであるが、肝腎の寫眞の方は、冷然と靜まり返つてゐる様に見えた。
(『全集』7・一六八)

いや、静まり返っているのは、実は写真ではない。その光景を見る者の心なのだ。

誰も今までこんな驚くべき寫眞を撮つた人間はゐなかつたのだぞ、そんな事を心中で繰返すほど、却つて僕の心は落ち着を取戻し、想像力は、もう頑固に働かうとはしなかつた。(『全集』7・一六八)

死に瀕している数千の人間の苦しみを表しているはずのこの写真は、彼の心を打たない。読者を煽り立て、感動の度合いを増そうとする新聞記者の言葉も、小林秀雄にとってはまったく無効である。小林は「あの寫眞を眺めた人達は、皆多かれ少かれ僕と同じ様な感じを、驚くべき寫眞に、驚くべきものが少しもないといふ困惑に似た一種の心理を經驗した筈だと思ふ。」と、他者とのつながりを作りだそうとはするが、このような困惑を分かちもつという推定は、戦勝に沸く国民の精神昂揚とは、まったく無縁である。

小林秀雄が、文学の言葉を用いて普遍的なものに至るためには、つまり、読者と本当に分かちうるものを分かち合うためには、たとえ一度だけでも、自分自身の内奥に深く降り立つ必要がある。その時にこそ、ひとりひとりの個人を結ぶ文学表現が、可能になるだろう。

「チョッピリと白い煙を吐く」米太平洋艦隊の写真から、何の前準備もせずに、小林秀雄は、突然、「美しく晴れた空」と「廣々と輝く海」とを喚起する。この二つのイメージは、もっともありふれた平凡なものであると同時に、作者の記憶のもっとも深い層に再び見いだされたものだ。小林秀雄が、一切の説明なしに、「あの同じ太陽」、「あの同じ水」と書くとき、彼は、読者を自分のこころの深みにある「その太陽」、「その海」に連れていくのである。そこには、彼の自己を証すなんらかの不変の手掛かりがあるのだろうか。

事実、海と山とは、小林秀雄の世界にたえず表れるふたつの主要テーマであった。長らく幻の書として題名のみの伝わっていた彼の処女作「蛸の自殺」(一九二二)は、著者の没後、再発見され刊行されたが、すでにその冒頭の部分から、空と海とは、作品の枠組みを設定していた(26)。

また、初期の重要作「眠られぬ夜」(一九三一)においても、(現実のあるいは想像上の)

思い出のもっとも深いところに隠されて、このふたつの要素は原初の風景のように存在する(『全集』2・六二―六四)。この一組のイメージのもつ象徴としての重要性を確認するためには、小林秀雄がおそらく一九二七年の精神上の危機のうちに書いたと思われる「遺書断片」のいくつかを読みなおす必要があるだろう。

僕は今や最高の強烈性を帯びて生きるべきかもしれない。ああ然し時は終わつた。僕は丁度、あのパパイヤの葉が青空を吸う様に、色そのものを虐待した。この虐待したものが僕の血となり肉となるまで僕の心臓は鼓動をつづけてはくれないだらう。僕はあさつて南崎の絶壁から海へとび込むことに決つてゐる。決つてゐるのだ。僕にはあさつてまでの事件が一つ一つ明瞭に眼に浮ぶ。太平洋の紺碧の海水が脳髄に滲透していつたら如何なに気持がいいだらう。

僕はまだ死なないでゐる。何故かといふと死ぬと決つた日には、曇つてゐたのだ。僕は晴れた美しい空を目に浮かべてゐた。処が眼をさますと曇つてゐたのだ。(27)

このように、空の青と海の紺碧とは、小林秀雄自身の死を彩るべきものであった。また、「美しい空」の不在が自殺を不可能にするというかたちで、美はすでに倫理を超えている。いま、小林秀雄は、真珠湾攻撃の写真から発して、目前に広がる現実の海と空とを経て、自分自身の孤独の底にある海と空とに重ねるようにしてハワイの海と空とを思い、日米開戦という大事件も芥子粒のように極小化する仏の眼にまで、舞い登ってゆく。「太陽は輝やき、海は青い、いつもさうだ、戦の時も平和の時も、さう念ずる様に思ひ、それが強く思索してゐる事の様に思はれた」と。

そこで、彼の想起するのは、ロシアの作家の考えだ。

これは、トルストイが、「戰争と平和」を書いた時に彼の剛毅な心が洞察したぎりぎりのものではなかつたか。戰争と平和とは同じものだ、といふ恐ろしい思想ではなかつたか。(『全集』7・一六八)

小林秀雄は、疑問文のかたちで、その恐るべき思想を示唆している。それは、亀井勝一郎が気負って表明したように平和より戦争を好むことにもまして、恐るべきものであろうか。疑いもないことだ。ここで、私たちが触れているのは、あらゆる価値判断が無効となる世界なのだ。そこでは、モノとコトとの非情な法則が働いているだけで、人間には介入の余地が一切のこされていない。しかし、私は「触れる」という表現を用いた。それは、小林秀雄が完全には絶対的ニヒリスムのとりこになっていないからだ。「美」

にもとづく価値判断がそこにはある。

空は美しく晴れ、眼の下には廣々と海が輝やいてゐた。漁船が行く、藍色の海の面に白い水脈《みを》を曳いて。さうだ、漁船の代りに魚雷が走れば、あれは雷跡だ、といふ事になるのだ。海水は同じ様に運動し、同じ様に美しく見えるであらう。さういふふとした思ひ付きが、まるで藍色の僕の頭に眞つ白な水脈を曳く様に鮮やかに浮んだ。（『全集』7・一六六―一六七）

小林秀雄は、米艦隊に奇襲攻撃をしかける日本帝国の航空兵を「勇士達」とよび、「悠々と敵の頭上を旋回する兵士達」とよんで、かれらと一体になる。ここには、いわゆる反戦思想は、もとよりない。しかし、軍国主義も、実は、ない。西欧と東洋との相剋もない。この時点において、彼にとっては、勇気と平静とが注意に値する唯一の倫理上の価値のように思われる。小林秀雄は四十歳の坂に差しかかって、この世の出来事を、時代のおおげさな身振りやスローガンとはまったくかけはなれた平静のうちに、しっかりと見据えていた。では、「美」は、人間にとって欠くことのできない価値体系と私たちとを結ぶ最後の絆として十分なのであろうか、平静と勇気とは等価値のものと言えるのであろうか。

ここで、アランの「勇氣」という文章を思い出しておこう。小林秀雄が一九三六年に翻訳した『精神と情熱とに關する八十一章』の一章である。

戰爭の原因の一つは、戰爭の懸念から来る焦燥にある。これは又、此の狀態を續ける事は出來まいといふ豫感、この懸念の底には最も美しい勇氣が潛むといふ豫感でもある。その點、戰爭は媾曳きに似てゐる。だから、人々は落着きを失つて馳附ける。〔……〕彼等には、死ぬまでに一度か二度生きる機會は戰爭しかないのだ。(28)

小林秀雄が生きる機会を摑むために戦争を必要とする輩でないことだけは、明らかである。

第二日目の冒頭に、明治以来の日本近代文学の総括をするように求められて、小林秀雄は、右にみた随筆におけるのと同じ思考法をとる。冒頭から、一般論として語ることを退けるのである。自分自身の経験にもとづいてのみ、彼の見解は示される。日本の近代文学は西欧文学の強い影響の下に形成された。これは否定しがたい事実である。小林秀雄によれば、日本近代文学とは誤解の連続であった。各人が自分の気に入るものを選び、それを多かれ少なかれ歪めては自分の糧とした。これも小林秀雄の言うところだが、西欧の思想と文学との真の特徴を理解しなおそうとする注意深い真剣な思考が始まったのはつい最近のことなのだ。このような考察の一例として、小林秀雄はドストエフスキイを対象にして自分の実現した仕事を紹介する。(29)

僕は、西洋の近代文学者の中で、一番問題に豊富な大きな作家を見付けて、それを徹底的に調べることの必要を考へドストエフスキイを見付けたのです。少ししらべて行くと、実に誤解に誤解を重ねられて来た作家だといふ事が、直ぐわかつて来る。ドストエフスキイもトルストイもあんなに騒がれて来たが、どうして日本人はあんなに勝手気儘に曲解しなければならなかつたのか不思議な気がして来る。僕は、日本人らしいドストエフスキイ観を持ちたいなどといふ考へは少しもなかつた。今もない。いかにも日本の近代文学者流に曲解された彼の姿を正しい姿に返らさうと努力してゐるだけです。（『超克』二八）

では、このような歪みの原因はどこにあるのだろうか。小林秀雄はその第一の理由として、作家たちとそれらの作家がその中で生きている社会との関係を因果関係にもとづいて解釈しうるとする考え、つまり一般法則に従う符牒によって解明しうるとする誤謬をあげる。ひとりの作家を外側の歴史によって説明しようとするのは、小林秀雄から見れば誤りなのである。文学作品は、ある社会なりひとつの時代なりの直接の表現ではない。大作家とは常に自分の生きている時代と社会に対して戦い、さらに先へ進もうとするものなのだ。ドストエフスキイは十九世紀ロシアの近代社会を単に受け身に表現した作家ではない。彼はそのような外から来る条件に対して戦ったのであり、彼の作品は彼の挑んだ闘争の証言であり、彼のおさめた勝利のしるしなのである。

西洋の個人主義がいかんとか合理主義がいかんとか言ふが、西洋の傑物はさういふものと戦つて勝つてゐるといふ事を見る方が大事な事ぢやないか。個人主義時代には個人主義文学があるといふ浅薄な史観にちよろまかされてゐるから、そんな事を騒ぎ立てるのだ。西洋の近代は悲劇です。だから立派な悲劇役者はゐるのである。これをあわてて模倣した日本の近代は喜劇ですよ。(『超克』二二九)

興味深いことに、小林秀雄はしばしば近代日本文学という言葉を用いるが、実際にはその適用範囲はきわめて狭い。日本で近代文学の歴史がいつ始まったかは諸説あるにせよ、大方の見るところ明治の初めからとされる。ところが、小林秀雄は、明治以来の初めの数世代の作家に関しては、ほんのわずかしか言及していないのである。(30)

森鷗外(一八六二―一九二二)、夏目漱石(一八六七―一九一六)あるいは幸田露伴(一八六七

─一九四七）の名を挙げることはあるが、それは深い尊敬の念をこめているとはいうものの、非常に短い言葉にとどまる。したがって、小林秀雄が近代日本文学を批判するとき、対象としては、ほぼ彼の同時代の作家を念頭においてのことなのだ。(31)さらに正確に言うなら、小林秀雄は次の三つの流派を考察の対象にしている。まず初めには、「自然主義」とその後の数十年間に「私小説」というかたちで現れたその変身、ついで『白樺』を中心とする「人道の文学」の主唱者たち、最後にプロレタリア文学。

小林秀雄は、日本の文学史家がこの三つの流派に属すとみなす作家たちの場合にも、何人かの作家に関しては、個人として高く評価することをためらわなかった。たとえば、私小説の作者であり、「白樺」に属した志賀直哉に対して小林秀雄がほぼ無条件に賛嘆の念を懐きつづけていたことは周知のとおりであるし、「自然主義」作家の典型といえる正宗白鳥に向けられた深い尊敬も知られている。さらに、プロレタリア文学の小説家である佐多稲子をも小林秀雄は支持していた。ただ、自分の文学に対しても反省の目を優先させた明治の作家たちと異なり、この三派に属する作家のうちには、規則あるいは綱領といったものを表明して憚らないものがいた。小林秀雄が激烈な批判を浴びせたのは、それらのグループの旗持ちが提唱する概念のあいまいさに対してであった。その場合、小林秀雄はおそるべく強力な論客であった。

ただし、小林秀雄の態度は、近代日本文学に関するきわめて峻烈な批判をふくんではいるが、たとえば林房雄の場合などと混同すべきではない。林は、かつての文学はひとを堕落させるものであり、それが自分をプロレタリア文学に参加させたのだとし、それらに対する復讐を求め、明治以来のもので焚書をまぬがれるに値する書など、ただの一冊もないとまで極言する。(32)自分の過去を安易に否定し、いかに弾圧が厳しかったとはいえ、常軌を逸した方向転換をした人も数多いが、それらとは異なり、小林秀雄の近代日本文学に対する容赦ない批判は、実は、彼の作家生活の当初から首尾一貫したかたちで行われてきたのである。小林秀雄は、自分の過去を破棄するのではない。そのようなことが、可能であるとさえ考えない。忍耐強く、しぶとく自分の仕事を続けて、近代思想の最大の欠陥と思われる一点、すなわち歴史の概念そのものを作りなおそうとするのである。

三　小林秀雄と歴史の概念

ごく初期の論文においても、小林秀雄はすでに文学作品と芸術作品との歴史性の問題を問うていたし、もっとひろく、時間のなかにおける人間存在について考えをめぐらす傾向もあった。

これは、小林個人に限らず、一九二〇年代も終わりごろになると、日本の知識人は歴史をあらたに解釈しなおす試みにつよくひかれていた。それは、主として歴史的唯物論に基礎を置いていた。その線に沿って新しい歴史解釈が導入され、急速に発展しはじめたのである。一九二八年から、マルクス＝エンゲルスの主要論文が日本語に翻訳され始めたことを思い出そう。全三十七巻の『マルクス＝エンゲルス全集』が改造社によって一九二八年から一九三五年にかけて出版され、あらゆる知識人にとって不可欠の基本的参考文献をなしていた。日本以外には世界のどこをみても、マルクスとエンゲルスに関し、このように大規模な企画はいまだかつて実現されたことがなかった。

他方、『日本資本主義発達史講座』が一九三二年から三三年にかけて出版されている。これは、この『講座』に執筆者とそれに反対する労農派グループとの間に、長い論争を引き起こすことになった。論争の的は、明治以来日本のさしかかった「歴史的」段階をどのように定義するかという点にあった。この対立は、理論の上でも行動の面でも、数十年にわたって、後をひいた。

小林秀雄が作家生活に入る数年前に、五歳年長の三木清が歴史哲学の上で優れた書物を刊行した。『唯物史観と現代の意識』と題するその本は一九二八年に出版され、その後一年足らずのうちに小林秀雄の「様々なる意匠」が出たのである。哲学者三木清は「解釈学的現象学」を基礎に歴史的唯物主義の新しい解釈をこころみており、おおきな反響をよんだ。小林秀雄が文学の道に参入したとき、歴史はあらゆる知的関心の中心にあったといっても誇張ではない(33)。

小林の初期評論作品を精読すれば、彼がいかにマルクスの思想に注目していたかは明らかである。マルクス関係の論文の引用は、『ドイツ・イデオロギー』『哲学の貧困』『資本論』『フォイエルバハ論』『経済学批判序説』『反デューリング論』等々、数多く見いだされる。ただし、小林秀雄は、理論だけに終わるようなところに安閑としてはいない。どの問題も、かならず、各人が実際に経験に即して考え直しうる次元に置きなおすのである。

マルクス主義は、この世代の者に、強い魅惑をおよぼした。それは、過去の解釈に厳密な方法を提供し、現代社会の現実を全体として把握する理論としての枠を与え、行動においては指令を出し、連帯感をいだくことを可能にしたからである。小林秀雄は、ただちに反応を示す。彼は、現実を律する一般法則をその全体において定義することを狙うイデオロギーの誘惑から、一挙に、身をかわすのである。すでに「様々なる意匠」で、小林秀雄は、

　脳細胞から意識を引き出す唯物論も、精神から存在を引き出す観念論も等しく否定したマルクスの唯物史観に於ける「物」とは、飄々たる精神ではない事は勿論だが、又固定した物質でもない。認識論中への、素朴な實在論の果敢な、精密な導入

による彼の唯物史観は、現代に於ける見事な人間存在の根本的理解の形式ではあらうが、(『全集』1・二四―二五)

と述べて関心は示すが、ただちに次のように付け加える。「彼の如き理解をもつ事は人々の常識生活を少しも便利にはしない。換言すれば常識は、マルクス的理解を自明であるといふ口實で巧みに回避する」と。

小林秀雄は、断固として、自分が「生きた現実」とよぶものに根拠をおいて、歴史についての思索を続ける。同時に、けっして「常識」を放棄しないと断言する。いかなる状況においても、自分自身で判断する義務を逃れようとはしないのである。この意志はふたつの決定となって表れる。ひとつには、明治大学で一九三六年から日本文化史を教え、非常に具体的な形で歴史家の仕事を検証しうる立場に立ったこと。もうひとつには、一九三五年以来、ドストエフスキイについて一連のエッセーを執筆し、自分なりに作家と歴史との関係を確かめたこと。

この歴史の問題について、彼独自の考えが、まとまった形で示されるのは、「ドストエフスキイの生活」の序文「歴史について」においてである。この文章は、ドストエフスキイ論自体の執筆が終わったあとで、一九三八年から一九三九年にかけて書かれたものので、ひとつの総括であった。パラドックスと観念の大胆な提示とを好む点にかかわりないが、おそらく、数年にわたって没頭してきた思索をこれほどまでに完全な形でまとめたのは初めてのことであり、この語り口は一種の深刻さを帯びている。この文章が小林秀雄の思想を示す重要な作品と見なされているのも当然といえる。

小林秀雄は、この思索を是非とも「ドストエフスキイの生活」の冒頭に置くことを欲した。自分のやり方が、少なくとも彼自身のそれまでの作品とくらべて、新しいものであることを示すために、この抽象的な文章を通じて、じかに読者に語りかけることを狙ったのだ。これは、小林秀雄がある作家なり芸術家なりの姿を描きだすために一巻を捧げた最初の書物である。「ドストエフスキイの生活」という書名自体がそれを告げている。以後、彼は何度もこれと同種類の仕事をなし遂げるだろう。

しかし、「生活」という言葉は、一体、なにを意味するのか。これは、伝記作品によく見られるように、年代順に生起するさまざまな出来事をながながと語ることによって示されるものではない。それならば、「一生」とか「生涯」とかいう言葉がある。「生活」と言えば、たしかに「日々の生活」、「日常生活」を指すが、それも本書の対象ではない。従って、「生活」という平凡な言葉は、まさに文字通りに受け止めなければいけない。(34)「ドストエフスキイは如何に自分の生を活きた」のか、と。これは、小林秀雄によく見られる特徴であるが、この上なくありふれた表現が、突然、思いもかけぬ力をもって躍り出るのだ。

この序文の冒頭に、ブレーズ・パスカルの「最後に、土くれが少しばかり頭の上にばら撒かれ、凡ては永久に過ぎ去る」という一句を引用しているのも偶然ではあるまい。当時は、『パンセ』が日本で研究され翻訳されはじめて、まだ間もないころであった[35]。これは、明治以来形成されてきたいわば公の近代性の概念とはまさに正反対のものである。小林秀雄は、それまでの数十年間にもてはやされたいくつかの歴史観に反旗をひるがえす。有力な大学教授たちが力をつくして確立しようとし、ある者は絶対視してさえいた「客観的歴史」というものを彼は認めない。あらゆる「公の歴史」を拒否するのだ。当然のこと、マルクス主義あるいは進歩主義による歴史解釈も疑問に付す。彼自身の考えは一挙にこの拒否のうちに確立するといえよう。

自然は人間には關係なく在るものだが、人間が作り出さなければ歴史はない。歴史は人間とともに始り人間とともに終る、と言はれるが、この事は徹底して考へる必要がある。（『全集』5・一三）

という観点から、小林秀雄は「歴史は神話である」と断言し、歴史の認識というものの本質を透徹した精神で考える。

外物の檢證によつて次第に眞理の世界を築いて行く能力にとつては、自然への屈從こそ、その絕對の條件なのだが、言ひ換へれば、自然への屈從によつて、自然の認識はその純粹を期するのであるが、歷史の認識はどうしても純粹な姿を取り得ない。言はば歷史を觀察する條件は、又これを創り出す條件に他ならぬといふ樣な不安定な場所で、僕等は歷史といふ言葉を發明する。(『全集』5・四)

この歴史認識の例として小林秀雄の引くのは、きわめて平凡であるだけにこの上なく痛切な、亡き子を偲ぶ母親のこころである。あまりにも頻繁に引用された文章ではあるが、それにはそれだけの理由がある。これ以上に的確に小林秀雄の歴史観を表現することは不可能なのだ。

子供が死んだといふ歷史上の一事件の掛替への無さを、母親に保證するものは、彼女の悲しみの他はあるまい。〔……〕悲しみが深まれば深まるほど、子供の顏は明らかに見えて來る、恐らく生きてゐた時よりも明らかに。愛兒のさゝやかな遺品を前にして、母親の心に、この時何事が起るかを仔細に考へれば、さういふ日常の經驗の裡に、歷史に關する僕等の根本の智慧を讀み取るだらう。それは歷史事實に關する根本の認識といふよりも寧ろ根本の技術だ。其處で、僕等は與へられた歷史事

實を見てゐるのではなく、與へられた史料をきつかけとして、歴史事實を創つてゐるのだから。（『全集』5・一六）

こうして、小林秀雄の歴史に関する考察は、科学研究の方法を何回となく引き合いに出しつつ進んでいく。この科学との対決は、近代日本の、特に小林秀雄の世代の文学者・芸術家にとって主要な関心事のひとつであった。座談会「近代の超克」における小林秀雄の場合、それは、歴史の「スタチックな」(静的な)観念を描きだすという形で、歴史の根本のすがたのうちに表れる。小林秀雄によれば、近代の歴史観とは、「歴史的變化の理論」と定義できる。それに対して、彼は「歴史のなかで變わらぬものの理論」を打ち出す。近代の歴史学が、社会を構成する力の変化を研究するという意味で動くものに根拠を置いているのに対し、小林秀雄はそれらの力の均衡としての変わらないものに基礎を置く歴史観を提唱するのである。(36) この直観は、彼がつねに文学と芸術とにたずさわっているうちに、自ずから確固たるものになった。事実、一九四一年の秋から、小林秀雄が骨董品や土器や陶器のみならず仏画やそれ以外の多くの美術品の蒐集に熱中しはじめたことを想起しよう。彼は文字通り「魅惑」されたのである。骨董をおおいに好む者として、彼がした発見と蒐集品から得た教訓との重要性は、いくら強調しても強調しすぎということはない。小林秀雄が歴史の「かたち」を物の不動のかたちに比べるとき、彼は、主観と客観の触れ合うところで成立する美の享受の数限りない思い出をこころに宿して言っているのだ。

芸術文学は何時も必ず調和とか秩序とかいふ形で現はれるものだ。力の変化する形でではなく、力の平均した形で現はれる。さういふ調和とか、秩序といふものは常にある作家がある時代と対決して両方の力が均り合つた非常に幸運な場合と考へられやしないか。(『超克』二二九―二〇)

ドストエフスキイが小林秀雄を引きつけたのは、まさにこの均衡をみごとに実現した人としてであった。

傑物は時代に屈服はしないが、又、時代から飛び離れはしない、あるスタチックな緊張状態にある。さう考へると東西古今に亙つた古典或は大作家といふものの間に非常に深刻なアナロヂーが僕に見えて来たのです。さういふ立場から観ると、歴史を常に変化と考へ或は進歩といふやうなことを考へて、観てゐるのは非常に間違ひではないかといふ風に考へて来た。何時も同じものがあつて、何時も人間は同じものと戦つてゐる――さういふ同じもの――といふものを貫いた人がつまり永遠な

のです。(『超克』二三〇)

ここでは、小林秀雄が決め手としている原則のひとつ、「アナロヂー」という考えが注目を引く。ただし、「アナロヂー」を原則とするということは、小林秀雄が頭脳の働きをアナロヂーによる推論の規則、つまり、帰納とそれに続く演繹とにゆだねるということを意味しない。ここでいうアナロヂーとは、「本質的な類似」という意味である。それは、永遠なるものの存在を示唆する。そして、作家の仕事とは、この「アナロヂー」を噴出させ、読者たちに分かちもたせることにある。ここで、小林秀雄の随筆「戦争と平和」をもう一度例として取り上げるなら、ひとつの根本的な類似が、作者と航空兵との間に、これら現代の人々とトルストイあるいは仏陀(すくなくとも仏典作者)との間に表れる。この原則にたてば、ひとりひとりの個人は「人間」の永遠の歴史に合体し、そこに存在理由を見いだすことができる。この考えが戦線に送りだされようとしていた若い日本人のあるものを非常につよく引きつけたことは、当然であろう。当時、召集令状をうけた学徒兵の証言を聞こう。

〔私は〕十年前の昭和十七年十月号の同じ『文学界』を取出してみた。そこには「近代の超克」と題されているかなり長い座談会が掲げられていた。〔……〕十年前、青年たちは、それをむさぼり読んだ。雑誌というものがほとんど姿を消した時代であった。〔……〕そして、『文化綜合会議〔知的協力会議〕近代の超克』という単行本が、そのころのガラガラにあいた本屋の奥に積まれたころ、日本中の文科系の学生たちは、兵営に、戦場に、そのまま送りこまれたのであった。学生たちは、じぶんたちを見送る「学徒出陣」の旗と「近代の超克」という悠長な座談会とのあいだには、なんの関係もないのだと信じていたにちがいなかった。あるいは、「何時も同じものがあって、何時も人間は同じものに戦っている——そういう同じもの——というものを貫いていた人がつまり永遠なのです」という小林秀雄の発言などが、兵隊服をきせられた若い学生たちの、良心をささえる唯一のものであったかもしれない。（仁奈真「一〇年目——「現代日本の知的運命」をめぐって」。『超克』二七七―七八、竹内好の引用による）

小林秀雄の歴史観は、幾つかの点で、その頃、主としてフランスで形成されつつあった新しい歴史の概念に近いものを含んでいる。たとえば、リュシアン・フェーヴルが一九四一年秋にパリの高等師範学校でおこなった講演には、「歴史事実」に関して小林秀雄が与えたのと同様の定義が見られる。フェーヴルは、フランスにおける歴史研究に新しい方向を打ち出した『社会経済史年報《アナール》』のふたりの創刊者のひとりであるが、次のようにいう。

いかなる神といえども、申し分のないほど明確で単純かつ揺るがしがたい客観的実存性を奇蹟的に具えた生の事実を歴史家に与えることはない。どんなに些細な歴史事実でもそれに生命を吹き込むのは歴史家なのです。我々がその前にうやうやしく頭を下げるよう促されているあの事実なるものは、すべて抽象されたものであります。それらを確定するためには、多様なそしてときには相矛盾した証言に頼らねばならず、我々は必然的にその中から選択せねばならない。[37]

フランスの歴史家の炯眼は、亡き子をふたたび生かすことのできる母親のやり方を知らなかったどころではない。さらに、遠くまで行くのである。なぜなら、彼は、厳密な科学そのものがひとつの創造であり、そこでは学者の介入、つまり彼の意思と活動とが常に見られることを、十分に承知しているからだ。科学は、こうして芸術に近づき、その対象を造りだすのである。[38]

人間精神の陥っている深刻な危機を前に、フランスにおいても日本においても、最良の知識人たちは、それを癒す道をさぐっており、かれら自身も気付かぬままに、かれらの歩む道は触れ合っていた。とは言え、小林秀雄の歴史観とフランスの歴史家の提唱した「科学的に遂行される」研究の広範な展望とを混同するのは正確を欠く。リュシアン・フェーヴルは歴史を「「人間」の科学」と定義する。そこまでは、小林秀雄も無条件に賛成する以外にないだろう。しかし、その先を聞いたなら、小林秀雄はなんというであろうか。

歴史が「人間」の科学であること、歴史がすべての人間社会の絶えざる変化と、物質的・政治的・道徳的・宗教的・知的生活の新しい条件への人間社会の絶えざるそして不可避の適応とを対象とする科学であること、人々のさまざまで共時的な生活条件の間に――つまり、物質的な条件、技術的な条件、精神的な条件でありますが――絶えずそして自然に実現される一致、調和を対象とする科学であることは決して忘れられてはなりません。このようにして歴史は「生」をとりもどすのです。(39)

小林秀雄がこの道を通って歴史にふたたび「生」を見いだそうとしたのでないことは明らかである。リュシアン・フェーヴルが「人々」les hommes に問いを発するのに対して、小林秀雄は一挙に「人間」l'Homme を狙う。では、歴史に問いかけ、歴史について自らに問うこの日本の知識人の試みを、フランスの学者とともに、「歴史は、抽象的な、永遠の、根本において不変で、常に自己同一というような何とも知れぬ「人間」には関わりをもたない(40)」として、退けるべきものなのであろうか。事実、小林秀雄の話を聞いたあと、河上徹太郎は友人の考えていることは必ずしも「歴史」には関係がないと指摘し、それに対して、小林自身も歴史という言葉にはこだわらず、「或は一つの美学」と示唆したのであった(『超克』二三〇)。根本のところ、彼はベルクソンの審美的考察に非常に深く印象づけられていた。そして、あたかもリュシアン・フェーヴルにベルクソンを通して返答したかったとでも言うように、この哲学者を手放しで称賛するのであった。ベルクソンこそは、現実の「生」の真の形に直截にせまり、その美しさを捉えた。しかも、歴史的人間、社会的人間とは仮面をかぶった人間でしかないと見なして、社会的障害のすべてを乗り越えた、と強調するのである(41)(『超克』二二九―二三〇)。

小林秀雄とリュシアン・フェーヴルのどちらに理があるのか、それを決めるのがここでの目的ではない。問題は、小林秀雄が「歴史」という言葉で何を言わんとしているかを知るところにある。たしかに、小林秀雄は、リュシアン・フェーヴルの退けた「永遠の、根本において不変で、常に自己同一というような何とも知れぬ「人間」」に関心をいだく。しかし、フランスの歴史家の用いた「抽象的」という形容は、小林秀雄をつきうごかしてやまぬ燃えるような関心事に対応しうるとは思えない。あるいは、少なくとも、次の点は承知しておくべきであろう。この「人間」のヴィジョンに至る道は、ある個人の実存の、そのなかでももっとも特殊であり、もっとも感じやすいところにしか現れえないという事を。

四 「あたま」と「からだ」

人間と人間とを結ぶこのような本質的な類似を見分けようと欲する小林秀雄は、疑いようのないいくつかの経験に導かれて、自分の国の歴史と古典作品とを再発見することになる。しかし、この点について彼が座談会の席でやや性急に述べたことは、あまりにも単純な図式におわっている。

その発言に信をおくなら、小林秀雄は次のような道をたどったことになるだろう。若いころに西洋の近代文学に興味をいだいたのは、純粋に知的な展望に立ってのことだった。西欧文学が自分を引きつけたのは観念の次元のことでだった。若いころには、意見、解釈、分析……というような知性の仕事が魅力をもっていた。自分は近代西欧思想のあらゆる可能性をすべて採り尽くしたと思っていたが、結局のところ、このような精神のなすところが完全に恣意にもとづくものであることに気がついた。「理屈なんかどうでもつく」、勝手気ままな戦略に従っているのだ。知のみによる理解は無償である。それが分かると、魅惑は消え去り、虚しい気持だけが残った。自分は真の知識に至るためには肉体が重要であることを次第に認識するようになった。日本の古典文学のいくつかの作品に接して、ある種の形からくる美を徐々に「感じ」始めた。こうして、自分は、ただひとつの絶対の「命」と呼ぶにふさわしいものに、ついに触れることができた。古典作品のおかげで感得することができたのである。それらの文学作品あるいは美術作品の美しさは、知のみによってはどうしても捉えられない。その美を感じるには、ひたすら「あたま」に頼るような接近法をぜひとも乗り越えなければならない。その時にこそ、真の理解が可能になる(『超克』二四六―四七)。古人は、この絶対の「命」の認識と表現とにおいては、すでに、人の達しうる限りのものに達していたのだ(『超克』二三六)。近代人は、ごく限られた特権的な時に、美の直截な経験によって、古典作品のかたちの中に含まれているこの美に接することによって、それらを再び見いだすことができるだけだ。以上が、小林秀雄が座談会「近代の超克」で行った二日目冒頭の発言の大筋である。

この説明は、一見したところ、河上徹太郎の二分論、つまり日本の血と西欧に学んで形成された知とを対置する考えに対応するように見える。これは、若いころの小林秀雄が何人かの西欧の作家に対していだいていた情熱、真剣で深い内省をともなった昂揚した熱情がわかっているだけに、初めは、意外なものに思える。文芸批評を始めた当初から、彼は、自分の同時代人に批判の目をしばしば向けてきたが、それは、西欧で形成されたあれこれの考えを、真に血となり肉となるまで同化する努力をせずに、単に書物を通じた知識を蓄積するだけで満足している偽知識人が多すぎるということではなかったのか。「様々なる意匠」(一九二九)において、著者は、作者の血のかよわない、単に技巧と知能(あるいは、無意識)とからなる文芸作品を退けたではないか[42]。各人の独自性とは「からだ」にこそしるされているもので、単なる「知」のうちにはないからである。では、「からだ」が「あたま」に優先するという同じ原理の名において、小林秀雄自身が若いころに情熱のなすところと信じていたものを、今になって投げ捨てるのを容認しなければならないのだろうか。彼は、自分が情熱と思っていたものには血が通っていなかったと、ここまで来て告白しているのか。座談会「近代の超克」での発言だけを言葉どおりに受け止めるならば、そうと認めざるをえまい。しかし、実際には、問題の立て方が適当でないのである。「あたま」と「からだ」との区別は、そのように厳密に——あるいは単純に——できるものではあるまい。要するに、問題は、はじめから、自分の過去を否定するか否かというところにはなかった。小林秀雄は実際に自分自身の情熱を生きたのであり、その情熱は彼にとってかけがえのないものであったはずだ。別の言い方をするなら、小林秀雄の思想が成熟するには、この道を通らざるをえなかったのだ。

いま、齢四十歳にいたり、小林秀雄は、自分自身の属する文化の生み出した古典作品と自分の国の歴史のもつ幾つかの面との価値を、感覚を通じてよりよく把握することができるようになった、という。この事自体には、なんの驚くこともない。さらに、彼の発言をもう少し注意して聞くならば、これは、西欧文化をそれが西欧のものであるからという理由で退け、自国の文化価値を排他的な国家主義の見地から称揚するというものではないことがわかる。小林秀雄はこのような落とし穴に落ちこまないように十分に配慮している。ドストエフスキイについて語る際にも、この作家に関して「日本人らしいドストエフスキイ観」を持とうなどとはしなかったことを、ことさらにことわっている（『超克』二二八）。一般に、小林秀雄は当時の主流、つまり是が非でも「日本固有の原理を見いだす」ことにこだわる傾向とは、はっきりと距離をおいている。日本の古典作品が急に国家規模で再評価され始めたことにも、不信の色をかくさない。

古典には頭がよくなければ理解が出来ない様なものは書かれて居ない。青年の智識慾批評慾を満足させる様なものは何も書かれてゐない。唯僕等が成熟して行かなければ思想、観念、理論とか、批判とか、解釈とか、さういふものの珍らしさといふものを卒業して来ないと、どうしてもそこに出て来ない美がある。だから、古典といふものをどんなに広告しようと現代の青年を直ぐ其処へ連れて行く事は不可能ですよ。国文学者などが時世に乗つていくら喚いてみた処で駄目な事です。（『超克』二四七）

ここには、当時盛んに推進されていたイデオロギー上のキャンペーン、「日本への回帰」に対して一線を画す態度が、あきらかに読み取れる(43)。

しかも、面白いことに、小林秀雄が自説の論拠として引く例は、すべて、西洋文化からとられていることに注目しよう。近代を代表する作家として引かれるのは、漱石でも藤村でもなく、ドストエフスキイである(44)(『超克』二一八)。ベルクソンについても、その思考法と表現の質とをとりあげて無条件に称賛している(45)(『超克』二二九―二三〇、二五〇―五一)。思想の最高の水準に達したものとしては、プラトンが引かれる(『超克』二三三)。どのようにして近代性を超えてゆくかを説く場合にも、小林秀雄はミレの生き方から一挿話を取り出す。

> ロマン・ローランがミレーの絵のことを書いた本の中に――あの人が書いたのだから本当の話だと思ふが――ミレーが貧乏して絶望して死なうと思つた時に、自殺をして居る絵画家を描いた、それで自殺しないで済んだといふことの話が書いてあるが、さういふ例は芸術家の極端な例であるが、芸術家の仕事の性質を示す非常にいゝ例であつて、近代の超克といふことを僕等の立場で考へると、近代が悪いから何か他に持つて来ようといふやうなものではないので、近代人が近代に勝つのは近代によつてである。僕等に与へられて居る材料は今日ある材料の他にはない。その材料の中に打ち勝つ鍵を見付けなければならんといふことを僕は信じて居ます。

(『超克』二五三―五四)

ここまで来れば、小林秀雄の日本の古典との出会いが、西欧文学に情熱を燃やした過去に対する後悔とか、突然思い出したように吹き出てきた国家主義の熱狂とかによって引き起こされたものでないことは、明らかである。かつての西欧思想にたいする自分の情熱を疑問に付するような図式まがいの表現はあるにせよ、事実の上で、小林秀雄は自分の過去の全てを、自分の責任において引き受けている。西欧の思想は彼の教養と切っても切れぬ構成要素になっており、古典の美を感得する為の必須条件とさえ見なされているのである。

作家としての小林秀雄を、とくに日本の古典文学に結びつける唯一の理由は、自分の宿命、つまり、彼が日本人として生まれた宿命、さらに正確にいうなら日本語を母国語として生まれた宿命を、意識したことである。

> 僕らには一つの宿命があるんです、日本人に生まれたという――。君は好んで生まれたんじゃないんです、そう決められたんです。これは誰かが定めたんですね、その定めの通りに生きなきゃ生きられないんです。例えば君は、日本語を使わなければ、君の心持ちをどうしても表すことができないように定められている。[46]

これは、小林秀雄晩年のくだけた対話であるが、それだけに、正直な本音が出ている。若いころには、フランスの文学作品を情熱を傾けて読み苦心を重ねて翻訳してきたにもかかわらず、いやむしろ、青春以来、全力をあげて遂行してきたからこそ、小林秀雄は、次第にはっきりと、彼の生活における母国語のどうしようもない重要さを認識するようになった。そのような決定的な重要さを、小林秀雄は宿命として受け入れるのだが、それが唯一の道か否かは、別の問題である。

事実、小林秀雄とは異なる道を選んだひとつの例として、森有正(一九一一—七六)のなし遂げた仕事を見るならば、この哲学者は、小林秀雄が「宿命」と呼ぶものに、断固として挑戦したことがわかるであろう。(47) もっとも、小林秀雄がこの条件を宿命と受け止めると言っても、それは受け身の態度で宿命に甘んずるというのではない。進んで自分の運命を愛する、というのが小林秀雄の変わらぬ原則のひとつである。それ故にこそ、例えば、一九三八年に、すぐれた詩人であり卓越したエッセイストでもある萩原朔太郎(一八八六—一九四二)に、朔太郎の「日本語の不自由さ」という文章をめぐって、反論したのである(48)(『全集』4・二四一—四七)。朔太郎はその一文で、日本語には論理的な構造がないと指摘し、その結果、日本人は基本の法則すら識別する能力を発展させることができなかった、と主張した。小林秀雄の意見は正反対である。彼は、日本語にどうしてもそれを否定しなければならないような救いようのない欠陥があるとは認められない。日本語の構造が変えようのない特徴によって条件付けられているのなら（萩原朔太郎は、そこに日本語の論理を欠いた性格を見るのであるが）、もし日本語が宿命の力でそのように規定されているのなら、この力は、これこそ日本人の運命と考えるべきだ。そうとすれば、日本人はこの不変の特徴を欠陥とみなす必要はすこしもない。小林秀雄は、日本語の不十分な点は、変更不可能なその基本構造からきているのではなく、西欧の思想から、あまりに性急に、定義もできておらず意味の把握も不十分な用語を、大量に導入してしまったところにあるとする。そこにこそ、危険があるというのである。それを治療しうるのは（治療すべき者は）真に言語をもちいて仕事をするもの、つまり作家と思想家である。

これとおなじ観点から、小林秀雄は座談会に際して、哲学者の西谷啓治と神学者の吉満義彦の文体を非常に厳しく批判する。

例へば、あなた〔西谷〕の論文でも、吉満君の論文でも非常にむづかしい。極端にいふと、日本人の言葉としての肉感を持つて居ない。国語で物を書かねばならんと云ふ宿命に対して、哲学者達は実に無関心であるといふ風に僕等には感じられるのです。如何に誠実に、如何に論理的に表現しても、言葉が伝統的な日本の言葉である以上、文章のスタイルの中に、日本人でなければ出て来ない味ひが現はれて来なければならんと思ふ。さういふ風なことを文学者は職業上常に心懸けて居る。〔……〕その中に思想が含まれる。その点で哲学者は非常に呑気である。さういふことを征服しないと、僕は日本の哲学は本当に日本の哲学として再生しないだらうと思ふのですが、その点はどうお考へになりますか。(『超克』二四八)

小林秀雄のこのような発言には、あまり重要性がないと思われるかもしれない。私の知るかぎりでは、座談会「近代の超克」の解説者の誰一人として、この点に十分に注目していない。しかし、実際には、この小林発言は、西欧文明の影響をあのように強く受けた日本の近代文化のもっとも痛いところをついているのである。この問題がいかに深刻であるかは、哲学者たちのおどろくほど素朴な(事の重要さを全く意識さえしていない)返答のうちに、あらわに表れている(『超克』二四八―五〇)。

小林秀雄の不安は、いたずらな杞憂ではないのだ。日本の思想家がこの言葉の問題を意識しないならば、真の思想は日本では育つことができない。困難な点は、近代日本の思想家たちがいまだに自国の文化に根を下ろした言語を持っていないところにある、と小林秀雄はみる。近代の日本は、新たな知識を大量に導入し、あたらしい思想体系を借用することに追われて、この点について深く反省する暇をもたなかった。西谷啓治も吉満義彦も、そこにひとつの問題があることは認める。しかし、彼らは、西洋人よりもさらに遠く思弁を進めるために、新たに得た概念の論理的組み合わせをすることを、それ以上に重視する、と主張するのである。そして、小林秀雄の苦い指摘を、自分としても読者に分かりやすく平明に書こうとは思うが、それはなかなか困難でそのための暇もない、というような安易なところに持っていってしまう。小林秀雄は、そのような実体のない文体で書いている者は、実際にはものを考えていない、と言っているのだ。日本語でもなく、ましてや外国語でもない奇怪な言語で書いているのは、西田幾多郎だけではない。考えを極限までつきすすめる思索家である小林秀雄は、そのような安易な道を辿っていっては然るべき結果は得られない、と腹の底から考える。小林秀雄のこのような徹底した態度が、「近代の超克」の対談相手や、後に、この座談会を分析した哲学や思想史の専門家の関心を引きにくかったのは、偶然ではない。事はそれほどまでに深刻なのだ。

小林秀雄は、ここでも言葉にまつわる自分自身の経験を引く。フランス語で image イマージュというようなごく簡単な言葉でも、それを正確に日本語にしようと思うと、超えがたいような困難にでくわす、と言う。しかし、いかにむずかしくても、この重要な問題を避けて通ることはゆるされない(49)。なぜなら、ほんとうに生きた言語の支えなしには、本物の思想は成長することができないからだ。「近代性」を超克してゆくには、なんとしても真に近代的な言語を作りださねばならない。小林秀雄は、蜃気楼にも、たんに調子の良い空約束にも満足しない。彼は、日本語という土壌を辛抱強く耕し、自分の文体を作り出そうとする。その時にこそ、伝統と近代性とが結びつき、あるいは融合しうると、信じているからである。

ここまで来たところで、この討論に見られる小林秀雄の話しぶりの特徴を見ておきたい。私の注意を強く引くのは、そして、彼を他の参会者ともっとも明瞭に区別するのは、その話しぶりなのである。小林秀雄が口を開くや否や、会話はがらりと様をかえる。ほんの一言か二言で、彼は問題の核心に触れる。他の誰にくらべても、小林秀雄はもっとも個性の強い調子でものを言う。それは、持って回った所がなく、素早く、断固としており、しかも自然で、気取りがなく、構えた相手をしばしば丸腰にしてしまう。その例として、自然科学、音楽、哲学という三つのまったく異なる分野にかかわる議論の三つの場合を取り上げてみよう。

一　吉満義彦と下村寅太郎が、これ以上ということはありえないほどアカデミックな調子で「物理学」と「形而上学」との関係を議論していたとき、小林秀雄は非常にくだけた調子で、「自然を拷問して口を割らせるといふ、近代科学をそんなに巧く言つた人が他にあるかね。」(『超克』一九四)と介入する。そこで、スコラ学めいたふたりの学者の話は途切れてしまうのである。しばらくして、小林秀雄は参加者のなかでただひとりの自然科学者菊地正士に質問をする。菊地は、不器用に、自然科学と現代精神とはかならずしも相関関係にないと、説明しようとしていたのである。

小林　これは愚問かも知れない……勿論、愚問だらうと思ひますけれども、例へばケプレルが日記に言つてゐる様な神様が自分だけに明して呉れた宇宙の秘密だといふやうな、何か非常に美しい、宗教的なコスミックなイメージといふもの、あゝいふやうなものを廿世紀になつて物理学が専門的に分化して来る様になつて来ても、科学者はやつぱし感じることができますかな。物理学者は、たとへば貴方なんかがさういふ所で、何か昔の人には及ばんといふ感じを持ちませんか？

菊地　それはあります。

小林　それぢや、ようござんす。（笑声）（『超克』二〇五）

なにが「ようござんす」なのか、説明にはおよぶまい。

二　小林秀雄は作曲家の諸井三郎の方を振り向き、質問する。

小林　僕は諸井君に聴きたいのだけれど、やつぱり近代の音楽は、古い所を憧れてゐるのですか？　古い所に及ばないといふさういふものがあるのですか？
諸井　意識的にですか？
小林　貴方の意識でも……。（『超克』二〇六）

さらに、しばらくして、小林秀雄は質問を連発する。

小林　貴方の、聴覚的ぢやない、もつとスピリチュアルな性質のものを齎したいといふ、それは何処からヒントを得たのですか？　日本の音楽の伝統ですか？
（『超克』二〇九）

諸井三郎が否定すると、小林秀雄は続ける。

小林　君は日本音楽は嫌ひですか？(50)
諸井　嫌ひぢやないです。
小林　非常に駄目ですか？
諸井　発展性がないと云ふのです。

小林 省みて発見もないですか。

三

小林秀雄は自分がもっとも賛嘆するふたりの哲学者について語るに際し、「あの人」という表現を用いる。これは、普通、現に存在する人物について、生きた人間がありありと見えるような場合に使う言葉であって、ある作者とか思想家とか、私たちが書物を通じて知った人、直接には知らない人に用いることはない。小林秀雄は、あたかも自分が現につきあっている知人を語るという具合に、プラトンを「あの人」と呼び(『超克』二三三)、ベルクソンをもそう呼ぶのである(同じことは、文学者ロマン・ロランに関しても言える)。

このいくつかの例でよくわかるように、小林秀雄は、つねに考えの裏に人間を探しもとめる。生きている個人にじかに話しかけることによって、慣習通りの論述の動脈硬化を打ち破ろうとするのである。彼は、対話の相手を、ひとりひとり、「あなた」と呼び、「きみ」という。相手に一般論を捨てさせ、ある特定の問題にひとりの特殊な人間として対処させようとする。小林秀雄は可能な限りこの対話術を用い、各分野が専門化してしまい、人間としての全体のヴィジョンに至ることを不可能にしているこの近代世界において、それでも一斑の真理をふたたび見いだそうと努める。(51)

彼一流の、実に自由な味わいのある語り口によって、言葉の伝統に根ざした豊かな可能性を引き出すことによって、また東京の庶民の話し方にある狡猾ささえも動員して、小林秀雄は、知識人がややもすればそれを纏って身を護りたがる甲冑を、折ある毎に打ち壊すのである。彼が、自分の同時代人に対してとるこの態度は、古人を前にしても変わらない。小林秀雄は昔の人とも「個人的な」関係を結ぶ。さらには、科学が対象とするこの「自然」に対してさえも、彼はおなじ性質の関係を持とうとする。

小林秀雄の目にとって本当に価値のある原則とは、極めて単純なものである。この座談会の間に、彼はそのいくつかを示したが、それは同時に「文学創造の原則」でもある。時を貫き空間の境界を超えて存在する「本質的なアナロジー」を探究すること、この深い類似の探究に際して「からだ」が大事であること(議論の最中に、彼が「頭」と「肉体」とをはっきり切り離したのは、座談会を主催した河上徹太郎に近い発想であるが、小林秀雄の他の作品を見るならば、彼のいう「知」は「からだ」と「あたま」を共に含むものであることがわかるだろう)、そして最後に、文学者とは、自分が宿命として背負っている母国語のうちにあって仕事をしようとするものだということ。

実のところ、小林秀雄の独自性はこのような原則を公式として示すことにはなく、それをいかに実践するかというところに発揮される。右に見たように、彼の自然な語り口は彼の人間観を実に忠実に表している。それと同じ視線を、彼は人間のあらゆる作品に注ぐのである。小林秀雄は「近代の超克」という主題について別途に論文を提出しなかった唯一人の参加者である。この点について、彼自身は一度も釈明しなかったようだが、理論として自分の原則を提示することが彼の興味をまったく引かなかったことは十分に了解できる。なぜなら、作家・小林秀雄は既にその原則を実践に移し、後に「無常といふ事」という総題の下にまとめられる一連の随筆を、まさに肉感のある日本語で書いている最中だったからである。

注

第Ⅰ部

よむ

（1）『全集』諸版収録の文章は「私は、今日日本文壇のさまざまな意匠の、少くとも重要とみえるものの間は、散歩したと信ずる。私は、何物かを求めようとしてこれらの意匠を輕蔑しようとしたのでは決してない。たゞ一つの意匠をあまり信用し過ぎない爲に、寧ろあらゆる意匠を信用しようと努めたに過ぎない」と終わっているが、初出では、さらに次の文章があった。

「そして、次のデカルトの言葉だけは人間精神の圖式として信用し過ぎてもかまはないと思つたに過ぎない。

「人が、もつてあらゆる現象を演繹出來る様々な根據が、よもや嘘ではあるまいといふ事、——然し、私は、私が提出する様々な根據を安心して本當であるとは言ひたくないといふ事。——のみならず、私は此處で、私が嘘だと信じてゐるいくつかの根據を必要とするであらうといふ事」と。（終り）　一九二九・四・廿八」（『改造』一九二九年九月号、一一二頁）

（2）　ジッドの原文と小林秀雄訳のずれについては、本書第Ⅱ部の「ジッドの訳者としての小林秀雄——実に滑稽だ。いや、なかなか面白い。——」で検討したので、併せてお読みいただきたい。

やくす

(1) 森有正『城門のかたわらにて』河出書房新社、一九六三年、七〇頁。
(2) 同右、七八頁。
(3) 『地獄の季節』初版後記。吉田凞生・堀内達夫編著『書誌 小林秀雄』図書新聞双書4、一九六七年、二二三頁。
(4) 『書誌 小林秀雄』二二二頁、二四九頁。
(5) 同右、二四五頁、二四一頁、二四九頁。
(6) 同右、二四五頁。
(7) 『近代の超克』冨山房百科文庫、一九七九年、二一七頁。
(8) 小林秀雄『白鳥・宣長・言葉』文藝春秋、一九八三年、一六一―六二頁。
(9) 『小林秀雄対談集 歴史について』文藝春秋、一九七二年、三八―三九頁。
(10) 雑誌連載「本居宣長」第十回、『新潮』一九六六年八月号、一二二頁。
(11) 日本思想大系『荻生徂徠』岩波書店、一九七三年、六二九―七三九頁。
(12) 同右、六七二頁。
(13) 同右、六七〇頁。
(14) 同右、六四八―四九頁。
(15) 『新潮』一九七一年六月号、二〇二頁。

(16) 同右、二〇二―二〇三頁。
(17)『新潮』一九六九年三月号、二〇一頁。
(18) 同右、二〇二頁。
(19)『白鳥・宣長・言葉』三一頁。
(20) 同右、三三頁。

かく

(1) 吉田秀和「演奏家で満足です」『全集』別巻Ⅱ・一四九。
(2) 蓮實重彦氏の『小説論＝批評論』に収められている「小林秀雄『本居宣長』――方法としての嫉妬」は、小林秀雄のこのような姿勢を完膚なきまでに扱き下ろし、激越な口調でその「通俗性」を暴こうとする。同氏の論理は手堅いもので、批判の目は限なく行き届いている。たとえば、『本居宣長』の書き出しの一節を取り上げて氏の畳みかける論難は、理の運びとして、きわめて力のあるものだ。
「物を書くといふ經驗を、いくら重ねてみても、決して物を書く仕事は易しくはならない。私が、こゝで試みるのは、相も變らず、やつてみなくては成功するかしないか見當のつき兼ねる企てである。」

この文章の通俗性は、いくつかの水準で指摘できる。まず、いわずもがなの台詞をあえて口にしてみる図々しい通俗性がある。その慎しみを欠いた言動が、自分には許されていると錯覚するものに共通する通俗性がある。だが、この種の通俗性は、誰にもあるだろう精神的な弱さとして見逃されもしよう。ここで問題とすべき通俗性は、書く必要がないことをあえて書かざるをえないものが直面する倫理的な困難を、書くべき人間が捉われる技術的な困難にすり換えてしまう通俗性である。それに加えて、書くべき主題が謎めいているので、心の焦点が定め難いといったたぐいの、宣長の思想とも小林自身の思想とも無縁の条件を涼しい顔で導入することの通俗性が問題となる」(蓮實重彦『小説論＝批評論』青土社、一九八八年、一四―一五頁)
　しかし、「通俗性」などということは、小林秀雄が十分に承知しているばかりか、進んで引き受けたものなのではないか。たとえば、すでに、一九三一年に書かれた「もぎとられたあだ花」で、小林秀雄は、一番〈通俗〉な意味での哲学というものにこそ、凡その哲学というものの一番重要な部分がある、と述べている(『全集』1・一九〇)。たしかに、小林秀雄はこういう批判論議とはまったくかけ隔たったところで仕事をしていた。
(3)　坂口安吾「教祖の文学」『堕落論』角川文庫、一九八四年、一九六―九七頁。

みる

(1)　『白鳥・宣長・言葉』二五一―五二頁。
(2)　「死體寫眞或は死體について」の十一年前、一九三八年に、小林秀雄は気の進まぬまま、南京に行った。世に言う「南京虐殺」のわずか数カ月後のことである。戦場のあとを訪れた作家は、何を、どう見たか。
「中山門、光華門、中華門といふ様な戰跡にも行つて見た。〔……〕壕は三間置きぐらゐに掘られ、そこらには、帽子や皮帯や鳥籠の焼け殘りなどが散らばつてゐる。埋め殘した支那兵の骨が、棒切れがさゝつた樣に立つてゐる。すべすべした茶色で、美しく陽を透かしてゐる大腿骨がある。コールタールを塗つた樣に濕つた脊椎骨がある。蠅が群がり、光つた樣な空氣は臭かつた」(『全集』4・三三七)

小林秀雄の態度に、ユマニストの立場から非難を浴びせるのは容易だが、その一貫性は認めないわけにいかないだろう。

(3)『新潮』一九五八年五月号、二九頁。

(4)『近代繪畫』の第三章「セザンヌ」(一九五四)において、小林秀雄は、ボードレールの詩「腐肉」をめぐって、画家と詩人にとって腐敗してゆく死骸を題材にして創作することの意味を追求している。ここでは、死体をモデルにした絵など誰も愛することができない、という断言の意味が、さらに深く展開されている。ボードレール、セザンヌ、リルケ、ゴヤを呼び出して、小林秀雄の述べる考えは、要点だけをまとめれば、次のようになる。画家にとっても詩人にとっても、存在あるいは実存を、ただ見ることが肝心なのだ。そのとき、「存在するもの」を、一切の選択なく、ひたすら見る職人的な努力のうちに、「己れの獨特な手法の充溢と確さ」を賴むことのできる大芸術家は、「自分の腦の奥底に、生き生きとした震動が起つてゐる事だけを」感じる。ゴヤもボードレールもセザンヌも、「肉體を燒き解體して自然に返す陽と同じように鍛錬された視線の持ち主だ。「セザンヌが、自然の研究だ、仕事だ、と口癖の樣に言つてゐたといふ事は、畫家は、識見だとか反省だとかいふものを克服して了はねば駄目だといふ意味なのである。これは、意志とか愛とかいふものの、一種苛烈な使用法の問題だとも言へるので、リルケはいかにもリルケらしい言ひ方で、それを言つてゐる。「私はこれを愛する」と言つてゐる様な繪を畫家は皆描きたがるが、セザンヌの繪は「此處にこれが在る」と言つてゐるだけだ、と言ふ。セザンヌは、人間なぞ誰一人愛さなくなつて了つたかも知れないのである。愛を失つたからではない。愛を示したくなくなつたのだ。愛は判斷ではないと悟つたからだ。彼は自然に向つて愛すると言ふ。名前もない、口も利かない自然は、セザンヌの愛を呑み込んで了ふ」(『全集』11・六四―六五)

これも、また、自然と歴史の接点で仕事をする芸術家の姿をとらえた考えである。

しんじる

(1) エジプト・ギリシャ・ローマの石の文明に対して、小林秀雄は、日本が木造の文明を持つものであることを十分に認識しているが、例外として、石を用いて表現した日本の古代人との出会いを、「蘇我馬子の墓」(一九五〇)で、次のように語っている。

「馬子の墓の天井石の上で、辨當を食ひながら、私はしきりと懷古の情に耽つた。〔……〕巨きな花崗の切石を疊んだ古墳の羨道を行くと、これも亦御影造りの長方形の玄室に出る。八疊二間は優にとれるであらうか。石棺はない。天井は、二枚の大磐石である。死人の家は、排水溝なぞしつらへ、風通しよく乾き、何一つ裝飾らしいものもなく、清潔だ。岩の隙間から、青い空が見え、野菊めいた白い花が、しきりに搖れてゐる。私は、室内を徘徊しながら、強い感動を覺えた。どうもよく解らない。何が美しいのだらうか。何も眼を惹くものもない。永續する記念物を創らうとした古代人の心が、何やらしきりに語りかけてゐるのか。彼等の心は、こんな途轍もない花崗岩を、切つては組み上げる事によつてしか語れなかつた、まさにさういふ心だつたに相違ない。いや、現に私は、それを面のあたり見てゐる、觸る事も出來る。歴史の重みなどといふ忌ま忌ましいものはない。そんなものは、知識が作り出す虚像かもしれない。私は、現在、この頑丈な建物が、重力に抗して立つてゐるのを感じてゐるだけではないか」（『全集』8・二二一―二二）

審美体験・神秘体験

(1)『新潮』一九五八年六月号、三〇頁。
(2)『全集』別Ⅰ・一〇二。
(3)「正宗白鳥の作について」（『白鳥・宣長・言葉』八六頁）。
(4)『テキストと実存』三一二頁。
(5)同右。
(6)同右、三一三頁。
(7)同右、二四四頁。
(8)『新潮』一九五八年五月号、二九頁。
(9)『テキストと実存』三二四頁。
(10)「ミスチック」という表現は中村光夫も小林秀雄に関して用い（『《論考》小林秀雄』増補版筑摩書房、一九八三年、五八―五九頁）、吉田凞生も踏襲する（『一冊の講座　小林秀雄』有精堂、一九八四年、一〇五頁）。
ここで、小林秀雄の次の文章を思い出すことは無駄ではあるまい。『文藝春秋』の一九三九年十月号に掲載した「言葉について」(のちに「鏡花の死其他」と改題)の一節である。小林の思想は驚くほど一貫している。

「現代人は、神祕的といふ言葉を使ふのを厭がる。これも鏡花のお化け同樣、流行りすたりの關係であつて、現代に格別神祕的な事柄が減つたわけではない。人生は理解出來る事柄と同樣に理解出來ない事柄も必要とするだらう。率直に考へれば、それは殆ど自明の理である。お化けが恐いのはお化けが理解出來ないからであり、自然が美しいのも自然が理解出來ないからであらう」(『全集』7・二五〇)

(11) 『小林秀雄を〈読む〉』現代企画室、一九八一年、五四頁。

(12) 同右、五九頁。

(13) 『テキストと実存』一九五―二〇二頁。

(14) 『小林秀雄を〈読む〉』六〇頁。

(15) 上田秋成と本居宣長の論争に関しては、江藤淳との興味深いやりとりがある。『小林秀雄対談集 歴史について』文藝春秋、一九七二年、五九―六四頁。

からだ

(1) これらの作は、その後の全集版では、創元社版でも新潮社版の場合にも、数巻に分散して編集され、初版のかたちが見えなくなっているので、話がややくどくなるが、ここで当初の単行本の構成を確認しておこう。全体は五部に分かれており、第一部には、「骨董」(一九四八——以下括弧内の年代はすべて初出)、「同姓同名」(一九四九)、「失敗」(一九三六)、「處女講演」（一九四〇）、「初舞臺」（一九三六）がある。この内、「骨董」は実用と深く結びついた美の意味を説いた文化論であるが、他の諸篇はユーモアを込めて自分の失敗を語る。第二部では、「蔦溫泉」「山」（一九三六）、「カヤの平」（一九三四）、「初夏」（一九三五）、「湯ケ島」（一九三七）、（一九三六）と続き、都会をはなれ自然に浸かった小林の経験談がみられる。第三部は、「僕の大學時代」（一九三七）、「文科の學生諸君へ」（一九三七）、「歴史の活眼」（一九三九）からなり、自分のかつての生き方を回顧し続く世代の者に文明論としてのメッセージを送るという色彩が濃い。第四部には、「菊池さんの思ひ出」（一九四八）、「横光さんのこと」（一九四八）、「島木君の思ひ出」（一九四九）、「嘉村君のこと」（一九三四）、「眞船君のこと」（一九四七）、「嵯峨澤にて」（一九四七）、「富永太郎の思ひ出」（一九四一）、「中原中也の思ひ出」（一九四九）、「死んだ中原」（一九三七）が含まれ、大半はすでに世を去った友人・知人に対する追悼の意をこめた思い出の記である。そして最後の第五部に講演草稿を土台とした「私の人生觀」（一九四九）がくる。

（2）一九五一年刊行の創元文庫では、「文科の學生諸君へ」と「歴史の活眼」が省かれ、「瓢鮎圖」と「崑ちやん」が加わり、一九五四年の角川文庫では、初版から「死んだ中原」が消える。『全集』別Ⅱ・二九二、書誌（吉田凞生編）を参照のこと。

（3）「私の人生觀」が、題名に反して、小林の人生観をじかに語るものでなく、人生観という〈言葉〉の真意をさぐる事にあることは、作者自身によって次のように説明されている。

「私は書きたい主題は澤山持つてゐるが、進んで喋りたい事など何にもない。喋つて濟ませる事は、喋つて濟ますが、喋る事ではどうしても現れて來ない思想といふものがあつて、これが、文章といふ言葉の特殊な組合せを要求するからであります。若し私に人生觀といふものがあるとすれば、そちらの方に現れざるを得ない。従つて、私の人生観といふものをまともにお話しする事は、うまく行く筈がないから、皆が使つてゐる人生観といふ言葉についてお話ししたい」と(『全集』9・一二)。

もちろん、この小林の言葉を文字通り受け止めるとしても、存分に筆を加え練り上げたうえで刊行したテクストとしての「私の人生観」のうちには、小林自身の人生観が十分に表現されているともいえるのだが、「私の人生観」という総題のもとに集められた、執筆年代も主題もことなる経験談・知人回想記の諸篇は、批評を本眼とする小林が実生活において何をどのように見たかを具体的に示し、その多様な対象を貫いている一貫性故に、〈小林秀雄の〉人生観の恒常的要素をより明確に示すものと思われる。

(4) これらの小作品群をひとつのまとまりとして考察した論説は目にしたことがないが、吉田凞生は、『私の人生観』初版の解説として次のように述べている。「書名は昭和二三年秋の講演録の演題をもってしているが、その長論文を除く他は昭和九年より二四年に至る〝人生の印象〟記である。小林の〝生活〟に深く交渉のあった人や事柄を語った数少ない文章が集められている。云々」(吉田凞生・堀内達夫『書誌 小林秀雄』図書新聞社、一九六七年、二八〇頁)

(5) 小林秀雄の酒談義はいくつもあるが、前稿でとりあげたようにベルクソン論の口火をきる「感想」の第一回、母親の霊の加護をそのまま受け入れる〈神秘〉経験のひとつが、痛飲の末、高いホームから墜落したところから始まることを想起しておこう(「感想」一、『新潮』一九五八年五月号、三一頁)。

時間考

（1）『森有正エッセー集成5』筑摩書房、一九九九年、五〇三―五〇四頁。

（2）あまりにも有名な文章ではあるが、「無常といふ事」の次の一文がある。

「上手に思ひ出す事は非常に難かしい。だが、それが、過去から未來に向つて飴の様に延びた時間といふ蒼ざめた思想（僕にはそれは現代に於ける最大の妄想と思はれるが）から逃れる唯一の本當に有效なやり方の様に思へる」（『全集』8・一九）

（3）小林秀雄としてはむしろ稀なこの理論的文章が、ドストエフスキイの「生活」を追った長篇評伝に後から付けくわえられるという形で、執筆という作家にとって最大の「経験」の結果として、成ったことに注目しよう。そして、「生活」という平凡極まりない言葉が本質的に何を含んでいたかは、先に引いた『本居宣長 補記』の文章、人間の「生活」を人間の時間の問題に直結する考えによって、指し示されているとも言えよう。

（4）この作品については、プルーストと小林秀雄という観点から論じた拙文「窮餘の一策」（本書第Ⅱ部所収）と併せてお読みいただければ幸いである。

（5）たとえば「季」（一九六二）の次の一節。「數學に關する私達の通念にとつては意外な事だが、數といふものを考へ抜いたこの思想家の言ふところを信ずるなら、「職業にたとへれば、數學に最も近いのは、百姓」なのである。〔……〕大分以前の事だが、ある時、田舍にゐて、極めて抽象的な問題を考へてゐた事があつた。晩春であつた。夜、あれこれと考へて眠られぬまゝに、川瀬の音を聞いてゐると、川岸に並んだ葉櫻の姿が心に浮んで來た。その時、私たち日本人が歌集を編み始めて以來、「季」といふものを編み込まずにはゐられなかつた、その「季」といふものが、やはり、私の抽象的な考への世界にも、川瀬の音とともにしのび込んで來る、さういふ考へが突然浮び、ひどく心が騒ぎ、その事を書いた事がある。私の思索など言ふに足らぬものだが、岡氏の文を讀んでゐて、ふと、それが思出され、私の心は動いたのである」(『全集』9・二七三―七五)

細かい話になるが、小林秀雄が若いころに書いた詩や(「あゝ　夏よ去れ／心明かすな／棲みつかぬ／季節《とき》よ／失せ行け／切れぎれに／惑ふわれかな」)、ランボーの詩の翻訳のなかには(「あゝ、季節よ、城よ、／無疵なこゝろが何處にある。……」)、季節と書いて「とき」と読ませる例がある。これも、小林秀雄独特の用法とはいえないが、彼の作品全体をとおして眺めるとき、やはり、作者の基本的な考えがおのずから表れていると言えるだろう(『全集』2・一三一―三二、二二二)。

たましい

(1)『白鳥・宣長・言葉』二一九―二〇頁。
(2)『新潮』一九五八年五月号、二九―三〇頁。
(3)『全集』別Ⅰ・一〇二。
(4)「小林秀雄講演集――信ずることと考えること」(一九七四年八月五日、国民文化研究会での講演)、新潮社、一九八五年、および、この講演に基く「信ずることと知ること」(『全集』別Ⅰ・九六―一一四)参照のこと。
(5)『白鳥・宣長・言葉』二〇頁。

（6）同右、二二頁。

（7）同右、四八頁。

（8）同右、三五頁。

（9）同右、六六頁。ここで、小林秀雄は、精神・心・魂という言葉を自由に用いているが、重なりあいつつ微妙に異なる可能性のある言葉をどのように区別して使っているのか。そこには、明確な水位の違いがあるのだろうか。私の読んだ限りでは、小林が終始一貫固定した定義にしたがって、これらの言葉を使い分けたとは思えないのだが、雑誌掲載中の「本居宣長」の一節に、これに対する解答の示唆となる発言があるので、想起しておこう。連載五十一回目の稿で、小林は紫式部の「まごころ」の意味合いを述べて、次のように言う。

「彼〔本居宣長〕は、式部が物語るところに、人生の眞相を感じ取つたわけだが、無心な讀者には、誰にでもさう感じさせる式部の力量は何處から來てゐるのかといふ問題に面接すると、これについては、あれこれと特殊な才能を捜す必要は少しもない、その源泉をなすものは、式部自身の「まごころ」に他ならぬ、と全く率直に考へれば足りるとしたのである」（『新潮』一九七四年五月号、二〇一頁）

ここでいう「まごころ」とは、「事しあれば、うれしかなしと、時々に、動く心ぞ、人のまごころ」という歌の示すように、「はかなく、しどけなく、おろかしき」ものと言われているこころであるが、その心の動きを、まさにそのような動き故に、尊いものと本居宣長は評価するのである。

その後で、小林秀雄は本居宣長が歌から道へと進んでいくさまを追っていくのであるが、それは、言葉の伝統を遡ることでもあった、という。

「「まごころ」から「こゝろ」といふその源泉に行き、「たましひ」「たま」に出會ひ、「靈ちはふ神」と歌はれたやうに「神」に行着くのであつた。そこで、「眞心とは、產巣日ノ神の御靈によりて、備へ持て生れつるまゝの心をいふ」事になる」と。

(10)『白鳥・宣長・言葉』六七頁。

(11)同右、六七頁。

(12)『新潮』一九七三年五月号、二二六―二二九頁。(以下引用は同号、本文中に頁数を記す)

(13)中村光夫は『本居宣長』の解説において、この作のライフ・ワークとしての意味を次のように説明している。「片仮名の名が、氏の文面から消えた(あるいは消された)という一見些細な事実は、氏が、宣長をなまなか西洋文に似ているところがあるために、彼らのなかにひきだし、かれらの基準にしたがって価値づけるという、明治以来の誤った慣習から、脱けだし、宣長の思想を彼自身の肉体によって、表現するという、氏の独創を通じて、明治以来、陥ってきた「文明開化」の枝道から我々の精神を救出しようとしています」(中村光夫『《論考》小林秀雄』増補版、筑摩書房、一九八三年、二五三頁)

このような文化史上の考察は、小林が宣長との関連においてフロイトに思考の線を延ばしたことの意味を探ることを妨げるものではない。

(14)『白鳥・宣長・言葉』、八一頁。

(15)同右、八二頁。

(16)同右、九一―九二頁。

ことば

（1）高見澤潤子『兄 小林秀雄』新潮社、一九八五年、二五六頁。
（2）『白鳥・宣長・言葉』七三—七四頁。

第Ⅱ部

ジッドの訳者としての小林秀雄

（1）NINOMIYA Masayuki, 《Du Subjectif aux Prétextes: la formation de Gide critique》, in *André GIDE*, n°3, *La Revue des Lettres Modernes*, Ed. Lettres Modernes, 1972, pp. 11-26.
（2）『改造』一九二九年五月号、一〇三頁。
（3）André GIDE, *Prétextes*, Mercure de France, Paris, 1963, p. 160.
（4）*Ibid.*, p. 201.
（5）前掲書、一〇三頁。
（6）前掲書、一〇三頁。
（7）André GIDE, *op. cit.*, p. 178.
（8）前掲書、一〇六頁。
（9）André GIDE, *op. cit.*, p. 157.
（10）前掲書、一〇六頁。

(11) André GIDE, *op. cit.*, p. 157.

(12) 前掲書、一〇五頁。

(13) André GIDE, *op. cit.*, p. 160.

(14) *Ibid.*, pp. 14-15.

(15) 前掲書、一〇七頁。

(16) André GIDE, *op. cit.*, p. 159.

(17) この意味で大岡昇平氏が「小林秀雄が本当にジィドに傾倒し出したのは、文芸時評を書き出してからで〔……〕いわば同業者として共感が深まって行ったのである」としているのは正確を欠く(大岡昇平『昭和文学への証言』文藝春秋、一九六九年、七一頁)。

(18) Claude LEVI-STRAUSS, *La Pensée sauvage*, Plon, 1962, p. 26 参照のこと。

(19) 小林秀雄『續々文藝評論』日産書房、一九五〇年、一八一—一八二頁。

(20) 同右、一八五頁。この〈衣裳〉は、決定稿では〈意匠〉となる。一九二九年、日本の精神界を「様々なる意匠」と論じた小林秀雄はここでジッドの一精神を「様々なる衣裳＝意匠」とみる。「私小説論」における〈社会化した私〉の萌芽がここに見られる。

(21) André GIDE, *Les Cahiers et les Poésies d'André WALTER*, Gallimard, 1952, pp. 162-163.

(22) *Ibid.*, p. 10.

(23) 『續々文藝評論』一八二頁。

（1）私はこの作を『沼地』と訳すが、ここでは小林秀雄による訳を用いる。

（2）『白鳥・宣長・言葉』二三二頁。

（3）本書第Ⅱ部所収「ジッドの訳者としての小林秀雄」。

（4）André GIDE: *Prétextes*, Mercure de France, Paris, 1963, p. 167.

（5）たとえば、同じ「測鉛」中の「批評といふもの」にある一文、「絶體とは誠實なる自意識の極限値なのだ。不斷の理論の影像は遂に絶體に收斂するのである。藝術活動が遂に神との協作であるとはかゝる自意識の苦痛に堪へた人のみが言へる事なのだ。」が、後に小林秀雄自身が日本で初めて翻訳することになる『沼地《パリュード》』の序文につながることは明らかである。

また、その次に続く断章「大衆文藝」は「藝術家に僞善を强ひる事は大衆の義務である。」云々のジッドからの引用で終っており、出典は明示してないが、これは『新ことよせ集《ヌーヴォー・プレテクスト》』所収の「公衆の重要性について」からとったものである。ついでに指摘しておくと、二年後に小林秀雄の出世作となった「様々なる意匠」で、ただ一つジッドの名のもとに引用したエピグラフ「懷疑は、恐らくは叡智の始かも知れない、然し、叡智の始まる處に藝術は終るのだ」も同じページにある。Mercure de France 版、一六〇頁。

そして、批評家の〈主な能力〉としての趣味、云々は、その七ページ先にある。趣味―嗜好―好き嫌いの原点がこの辺にあるのではないか、という推定の書誌上の根拠はこんなところである。

（6）『文藝評論』一一頁。小林秀雄が、すでに一九三〇年に『贋金つくり』を読んでいた（らしい）ことは、「愛するが故に知ることのできる母親」のイメージが、愛するが故にエドゥアルを知っているローラのイメージの後に来る可能性を示す。

(7)『全集』6・二一九—二〇、「『罪と罰』についてⅡ」一九四八年十一月刊。傍点は引用者。

(8)「フランス文學とわが國の新文學」(一九三二)、『全集』1・一九七。傍点は引用者。

(9)「手帖Ⅱ」(一九三三)、『全集』1・二六八—六九。傍点は引用者。

(10) ここで小林秀雄は文学史上の誤りをおかしている。ジッドが『地の糧』で批判し、そこから脱却しようとしたと言っているのは、小林秀雄の主張したように(『全集』3・一三三)、「十九世紀の實證主義思想」によって風通しの悪くなった文学ではなく、ジッド自身がしばらくは熱中して身を浸していた象徴主義文学であった。この点については饗庭孝男『小林秀雄とその時代』(文藝春秋、一九八六年、一二四頁)に同様の指摘がある。

(11)『大調和』一九二八年三月号、八四頁。

(12)『小林秀雄全翻訳』講談社、一九八一年、二〇〇頁。

(13)「再び文藝時評に就いて」(一九三五)、『全集』3・一一一。

(14)「アラン「大戰の思ひ出」」『全集』7・一〇五。

(15) もっとも、小林秀雄名の翻訳がすべて小林自身の翻訳かどうかはわからない。代訳ということもあったようで「『文學界』五十年のあゆみ(戦前篇)」と題する鼎談(中村光夫、巌谷大四、佐伯彰一)で、中村光夫は「あれはぼくがやったんだ」と言っている(『文學界』一九八三年十月号、一六〇頁)。とすると、この先の部分は、小林秀雄個人ではなく、小林秀雄という名で作品なり翻訳なりを出版した文化的仮構ということになるが、それはそれでかまうまい。

(16)『ジイド全集』第十三巻、新潮社、一九五一年、四七頁。

(17)　同右、四七頁。

(18)　André GIDE: *Prétextes*, p. 40.

(19)　André GIDE: *Romans, Récits et Soties Œuvres lyriques*, Gallimard, Bibliothèque de la Pléiade, Paris, 1958, p. 1094.

(20)　*Ibid.*, p. 209.

「窮餘の一策」

(1)　初出、『藝術新潮』一九五〇年、新年創刊号、三四―三七頁。『全集』8・一九〇―九四。初出には、昭和廿四年十一月の日付があり、終りから十行目の「藝術といふ漠然たる科學は惑はしに満ちてゐる」が全集版では削られているほか、句読点、助詞の用法、用字などに多少の修正が見られる。初出の表題上にはルオーのカットがある。

(2)　数ある小林秀雄論、小林秀雄研究の中にも、この問題を正面から取り上げたものは見あたらない。粟津則雄氏は、『小林秀雄論』(中央公論社、一九八一年、三三九―四一頁)において、プルーストの無意志的記憶と小林秀雄の思い出との共通性を指摘されつつも、現在と過去との関係において本質的な相違のあることを強調しておられる。「現前した過去と現在とのあいだに、さまざまに入組んだ絶えざる往還運動のごときもの」を捉えるプルーストと「ただひたすら過去を思い出そうとする」小林秀雄との違いであるが、私としては、小林秀雄のいう「過去」の現在性について、もう少し考えたいと思っている。

(3)　ジャック・デリダ「痛み、泉――ヴァレリーの源泉」(佐々木明訳)、『クローデル　ヴァレ

リー』世界文学大系56、筑摩書房、一九七六年、四九三―五一九頁。

(4) すでに一九二三年三月に重徳泗水が『明星』誌上で、プルーストの死を報じて、「彼女の眠」と題する未刊の小説の一部分を訳載した、と井上究一郎氏の「訳者のメモ」(世界文学大系44、筑摩書房、一九七三年七月、第五十七巻付録、三―四頁)にある。

(5) 『全集』3・一四四。同様の発言は「文化と文體」(『全集』4・二三四―二三五)にも見られる。

(6) 『全集』5・二三〇、「ドストエフスキイのこと」一九四六年十一月刊。

(7) 『全集』6・二一九―二二〇、「『罪と罰』についてII」。

(8) 『全集』2・一二一―一二七、「中原中也の思ひ出」は一九四九年八月刊。

(9) 「文學と自分」『全集』7・一五三参照。

(10) このことは、ベルクソン論「感想」第三十三回、『新潮』一九六一年五月号でも再びとりあげられる。「プルーストには、薔薇を嗅ぐといふ動作が、そのまゝ「失はれし時を求める」といふ創造的な記憶の湧出であつた。彼は、何等文學者の特權を行使したわけではなかつた。記憶といふ生き物に、何の前提もないまゝに、彼は、誰もがするやうに、一擧に過去の中に身を置いたまでである」(五八頁)

これが、全五十六回、数百ページにのぼるベルクソン論中で、小林秀雄がプルーストに触れた唯一の箇所である。「失はれし時を求めて」という表現は「感想」第二回(『新潮』一九五八年六月号、三三頁)にも使われているがプルースト論として展開されてはいない。

平井啓之氏は「小林秀雄〝ベルグソン論〟について」で次のように書いておられる。「小林がベルグソンを論ずる以上、〔……〕ランボーやヴァレリーやそれにプルーストなどが縦横に関係づけられるのではないかと幾分の期待ももち、折にふれて『新潮』のそのページを繙読してみた覚えがあるが、その度に十分に消化されたとは言い難いベルグソンのテキストの解説または粗述という他はない文章に接して意外の思いを禁じ得なかった」（『文学』一九八七年十二月号、一八〇頁）

まことに当然の反応だが、ランボーやヴァレリーはともかく、プルーストに関しては、小林秀雄は「秋」の告白以後、右のベルクソン論中の僅かな論述を例外として口をとざしたのである。

(11) この「窮余の一策」という表現を小林秀雄はドストエフスキイの「作者としての」根本の立場を示すものとして重視している（『全集』6・二二七、二九七）。小林秀雄が自分の仕事の本質を「告白」と定義していたことについては、高見澤潤子『兄 小林秀雄』新潮社、一九八五年、六三頁参照。大岡昇平は「人生の教師」において、「小林は告白することを自分に禁じているので、その文章のうちに、作者のいわば後ろ姿を捉えるほかはないのである」と述べている（大岡昇平『昭和文学への証言』文藝春秋、一九六九年、一二頁）。ここで私が「告白」というのは「かつてはプルーストについてもきいた風な発言をしたが、実はろくに読んだこともないのだ」というたぐいの実生活上の打ち明け話としての告白をさすのではない。ものを考え書く人としての「告白」が、まさに〈後ろ姿〉のうちに読みとれるのである。

(12) 「無常といふ事」『全集』8・一九。

第Ⅲ部

（1）参加者のうちただ一人、小林秀雄は、論文を提出しなかった。また、鈴木成高は、一度は原稿を渡したものの、のちに取り下げてあえて刊行しなかったが、その理由は明らかでない。それ以外の参会者の文章は、一年後の一九四三年七月に、座談会の記録とあわせて三百ページの単行本として東京創元社から出版された。印刷部数は六千部であった。現在は河上徹太郎・竹内好他『近代の超克』という書名で、東京冨山房の刊行した文庫版が流布している（一九七九年刊、三百六十一ページ）。ここでは、一九八三年刊行の第三刷を用いる。この版には、この共同討議の総括的な分析として重要な竹内好の論文も収録されている。この竹内論文は、初出は一九五九年十一月刊行の『近代日本思想史講座』の第七巻『近代化と伝統』（筑摩書房）で、『竹内好全集』（筑摩書房、一九八〇年）では第八巻に収録されている。同論文は、「近代の超克」を歴史のうちに位置づけるとともに、そこで交わされた議論がその後の世代にとってどのような意義をもっていたのかを、多くの引用にもとづいて引き出そうとするもので、今日なお、この問題に関するもっとも充実した基本文献と見なしうる。『竹内好評論集』第三巻（筑摩書房、一九六六年）の著者解題で、竹内は次のように執筆の意図を述べている。

「「近代の超克」論者が悪の根元であるかのような戦後の評価が、どうしても肯《うべな》えないので、いつか自分の手で詳しく調べたいと思っていた。調べた結果は、彼らもまたある意味で被害者だったわけだ」

竹内論文以後、座談会「近代の超克」を論じた文章は数多いが、本論執筆に際しては、特に左記の文献に示唆を得た。

まず、政治思想の見地から「近代の超克」を扱ったものとしては、橋川文三の『日本浪曼派批判序説』(未来社、一九六〇年、とくに二五〇―五四頁)と『近代日本政治思想の諸相』(未来社、一九六八年、とくに二五―三四頁)とがある。

同じ問題を哲学の見地から検討したものとしては、宮川透『近代日本の哲学』増補版(勁草書房、一九六二年、二六七―八三頁)と『日本精神史への序論』(紀伊國屋書店、一九七七年、一七一―八二頁)とが、簡にして要を得ている。

ただし、両者とも、『近代の超克』を全体として歴史のなかで位置づけることを主眼としており、参加者各人のニュアンスに富む発言の分析としては、十分に緻密とはいえない。

その意味で、竹内論文の後を受ける主要文献としては、廣松渉の『〈近代の超克〉論――昭和思想史への一視覚――』(講談社学術文庫、一九八九年)が重要である。この書を構成する諸論文は、まず一九七四年から一九七五年にかけて雑誌『流動』に発表され、ついで一九八〇年に朝日出版社から増補改訂版が単行本として出版された。この出版過程をみても、「近代の超克」という問題がいかに現代性を帯びているかがわかる。

ここで、廣松渉は、頁の大部分をいわゆる京都学派、なかでも鈴木成高、西谷啓治、高坂正顕のイデオロギー分析に割いている。座談会「近代の超克」での議論も、著者が当時のイデオロギーの主流とみなす京都学派の知識人および三木清との関連において、詳しく検討している。

それに反し、いわゆる「文士」の言は重視しておらず、小林秀雄の姿勢のもつ根本の意義は認めつつも、その「理論」としての弱点を強調して、それ以上に深い考察を進めてはいない(とくに一九五―二〇一頁)。

「不変なもの、歴史性を超えるものといっても、それは絶対的な実体ではなく、むしろ、永遠の今とでもいうべき或るものへの覚醒と回心が事の核心をなしているように見受けられる。〔……〕それは、まさしく「近代性の涯と信ずる処まで歩いて拓けた」「古典に通ずる」境地としか表現仕様のない心態である。

これは、しかし、テオリーとしてはいかにも未定形であり、西欧文明の夢を見果てた限りで西欧的近代より以上のものへの渇仰、日本的「美」——これは真でもあり善でもある——のうちでのそれとの出会い、この域に止っている。これでは、論としての近代超克論としては、転向左翼出自の保田與重郎、林房雄氏等以上に観念的であり、理論以前的であると評せざるをえない」(同書、二〇〇―二〇一頁)

前半はたしかに小林秀雄の歩みの要約といえようが、後半の位置づけは、正鵠を得たものとは思えない。小林秀雄は、「西欧的」近代にあきたらずにそれ以上のものを探し求めたのでもなければ、「西欧的」美を超える「日本的」美のうちでそれに出会おうとしたのでもない。小林秀雄は、後にみるように、日本語を母国語とし、日本に生きる者として、自分の「宿命」と信じるものをまっとうする覚悟をしたのである。

(2) 座談会に参加した何名かの発言は、アジアを西欧植民地主義の支配から解放し、「日本精神」のもとに世界の新秩序を確立するという、時の指導層がいだいていた表向きの野望を正当化する論述の典型として、しばしば取り上げられてきた。

丸山眞男、大江健三郎、柄谷行人という、三世代の代表とも見なしうる三人の知識人も、それぞれに「近代の超克」の思想に関心を示しているが、三者とも座談会「近代の超克」が総体として果たした役割に関しては、その悪しき面を指摘してきびしい批判をくだしている。

丸山眞男は言う。「そうしてこの頃まで（座談会「文学主義と科学主義」一九三七年七月）、なおさまざまの動向を抱えていた『文學界』自体も、以後バランスを失って、あの歴史的な「近代の超克」の方向に急速に地滑りして行くのである。「文学主義」と「科学主義」が政治をめぐって当時、いかに微妙な関係に立っていたか」（丸山眞男『日本の思想』岩波書店、一九六一年、一一四頁）要するに、「近代の超克」はまさにおぞましきものの極致として挙げられている。

二十年後に、大江健三郎は、「わが国の近代において、民衆規模の文化現象として、われわれの文化のアイデンティティー獲得の必要ということがいわれた時――一九三〇年代から太平洋戦争にいたった時期が典型的ですが――それはあきらかに退嬰的な、うしろむきの文化的反省というかたちをとりました。この時期はヨーロッパ、アメリカという中心を志向しての近代化が行きづまりを示して、すでにその絶望的な解決策である、アジアへの侵略戦争もおこなわれはじめていた時代でありますが、当の戦争にむけての国内の体制がため、言論統制として、日本主義とまとめて呼ぶことのできる文化運動がおこなわれました。「近代の超克」という専門家レヴェルの思想運動が、その先端的部分をなしていたように、それは西欧的な近代化から急激に方向を転換して日本的なものに戻り、文化的なアイデンティティーを獲得しようとするものでした」（大江健三郎『核の大火と「人間」の声』岩波書店、一九八二年、二七八―七九頁)と総括する。

続いて、柄谷行人の文中にも、次のようなくだりが見られる。「昭和十年代の「近代の超克」において活用されたのは、あのヘーゲル的な統合の《弁証法》であった。それは直接には西田幾多郎の《弁証法》からきている。しかし、私の考えでは、西田は、三木清や、まして軽率に「近代の超克」をとなえた京都学派とは根本的に異質である」(柄谷行人『批評とポスト・モダン』福武書店、一九八五年、二一一頁)

たしかに、「近代の超克」の果たした役割が、それをひとつのスローガンとして見るかぎり、肯定しがたいものであったことは事実である。何人かの声高に語るイデオローグが弁護のしようのない軽佻さを示していることに異論の余地はない。しかし、参加者の一人一人が、何を語ったかだけでなく、どのように語ったかをも注意深く考慮に入れるなら、「近代の超克」が単旋律の大政翼賛の歌ではなく、意外に陰影にとんだポリフォニーを奏でていることもわかるであろう。このことは、河上徹太郎の開会の辞にも、はっきりと述べられている。

ここでは、その意味で、とくに小林秀雄の考えを細部のニュアンスまですくいあげて検討する。「搦め手」の軍略家と自称する小林秀雄の本領は、まさにニュアンスのうちに潜んでいるのだが、それが今まで、この座談会評価に際して十分に注意されていないと思うからである。但し、本論の母体であるフランス語の博士論文の公開審査の行われたのは一九八八年十二月であるが、その後数ヵ月たって、日本でも、「近代の超克」をめぐる小林秀雄再評価の動きが現れたことを付け加えておくべきだろう。柄谷行人、浅田彰、廣松渉、市川浩がおこなった雑誌『思潮』の座談会で、柄谷行人と浅田彰が小林秀雄の発言の意義についてようやく正当な評価をくだそうと試み、本論における私の分析と大筋においておなじ方向の考察が可能であることを示唆している（『季刊思潮』一九八九年第四号、「〈近代の超克〉と西田哲学」特集、思潮社、一九八九年四月一日刊、六―三八頁を参照のこと）。

（3）この座談会を「出来事」あるいは「事件」とよぶのは、誇張ではない。一九四〇年代前半を画する知性の動きとしては、二つの共同作業をあげることができよう。ひとつは『文學界』のこの座談会であり、もう一つは、「世界的立場と日本」である。後者は、一九四一年から一九四二年にかけて京都学派の二人の哲学者と二人の歴史家がおこなったもので、鈴木成高と西谷啓治は、その両方に参加している。

（4）小林秀雄「マルクスの悟達」（一九三一年一月）（『全集』1・一〇〇―一〇）参照のこと。カール・マルクスの名を「悟達」という仏教の悟りに直結する古風な表現に結びつける小林秀雄の発想が、マルクス主義を信奉する当時の文学青年たちに容易に理解されなかったことは、たとえば、本多秋五によって生き生きと描かれている（『増補　転向文学論』未来社、一九六四年、一九―二四頁）。

（5）丸山眞男が小林秀雄と同じ思想傾向を分かち持つとはもとより言えないが、マルクス主義の効用について小林秀雄のくだした判断に関しては、日本の精神史においてマルクス主義のもたらした衝撃を正当に評価したものとして、賛意を示している（『日本の思想』七七―七八頁）。

（6）小林秀雄「私小説論」（一九三五）、『全集』3・一一九―四五。ここで、小林秀雄は、アンドレ・ジッドの「私」を田山花袋に代表される日本の小説家の「私」と対比させることによって、日本流の「私小説」とジャン＝ジャック・ルソー以来フランスで発展した文学ジャンルとの相違の本質を説明しようと試みている。

「花袋が「私」を信ずるとは、私生活と私小説とを信ずる事であつた。ジイドにとつて「私」を信ずるとは、私のうちの實驗室だけを信じて他は一切信じないと云ふ事であつた。これらは大變異つた覺悟であつて、こゝにわが國の私小說家等が憑かれた「私」の像と、ジイド等が憑かれた「私」の像とのへだたりを見る事が出來ると思ふ」(『全集』3・一三四)

小林秀雄が、その後多くの論議を呼んだ「社会化した「私」」という考えを打ち出したのは、この論文でのことだ。

(7)『文學界』創刊の経緯については、小田切進「《文學界》(昭和八―一九年)細目」『立教大学日本文学』第一号、一九五八年、一四七頁を参照のこと。

(8) 川端康成「編輯後記」『文學界』創刊号(『川端康成全集』第三十二巻、新潮社、一九八二年、四二五頁、に採録)。

(9) 林房雄は、『文學界』創刊号の「六号雑記」で「創刊」と題して、次のように言う。

「[……]俗化したジャーナリズムの方向は、大出版資本の意志であって、文学の発展とは無関係なものである。科学者が、キング、講談倶楽部むきの通俗解説ばかり書いてゐて、それで科学者の任務がはたせるであらうか? 文学者についても同様である。金つくりは商人の仕事である。作者はつねに苦しい探究と創造の道を歩かねばならぬ。――文学に志す人々を、あたらしい文学雑誌のまわりにあつめたのは、この自覚にほかならぬ。[……]」

さらに、『討論――日本プロレタリア文学運動史』(三一書房、一九五五年、七一―七二頁)で、林房雄は次のようにも回顧している。

本多　林さんは（転向を）強いられたんですか（笑）。

林　もちろん、強いられたんですよ。最初は政治運動はやらぬが、文学だけをやるという線に逃げ込みましたね。検事局は、始めの間はそこまで許したのです。だから僕は、文学で抵抗できるぞ、政治活動は出来ないかもしれんが、文学で抵抗してみせる、と本気で考えた一時期があった。昔の仲間の持っている純粋性と革命性を、例えば『文學界』を作ることによって生かされるんだと思った。〔……〕『文學界』で昔の仲間も救い出せるし、自分のレジスタンスも実行出来ると思っていた。

(10)『文學界』は、出版元を二度かえた。

一、文化公論社、一九三三年十月から一九三四年二月まで、五号。
二、文圃堂、一九三四年六月から一九三六年六月まで、二十号。
三、文藝春秋、一九三六年七月から一九四四年四月まで、九十四号。
計、百十九号。

第二期の出版元、文圃堂書店主人の野々上慶一は、小林秀雄が『文學界』を生き長らえさせるために示した情熱を、次のように回想している。

「――文士というものは書きたいモノを書きたい時に書いて、何らの拘束もなしに発表する、そういう場所がぜひ必要だ、自分もそれが欲しいし、他の人にもそれを与えたい、そのためには『文學界』を絶対ツブしてはいけない。そして「原稿料なんか無しでも、あたしゃア覚悟を決めてやりますよ。」決然として、小林さんは歯切れのいい明快な口調で述べたのである」（「追悼特集・小林秀雄」『文學界』一九八三年五月号、六一頁）

(11) 小林秀雄が「編輯後記」(一九三五年十月号までの名称。以後は「文學界後記」)を書いたのは、左記の計二十三号。
一九三五年一、二、三、四、五、八、九、十、十一月号/一九三六年一、二、三、四、五、六月号/一九三七年三、五、八、十、十一月号/一九三八年十月号/一九三九年一、四月号。

『全集』4・三六五―八七に収録されている。

(12) 一九三三年十一月号の『文藝春秋』に掲載された「文芸復興座談会」においても、川端康成は、『文學界』は作家が独自に創刊を企画し本屋に持ち込んだものであることを述べている(『昭和批評大系 昭和初年代』番町書房、一九六八年、四七二頁)。
ただし、江藤淳は、一九四三年八月からは作家の自主性が失われたと指摘している(『江藤淳著作集第三巻・小林秀雄』講談社、一九六七年、二三一頁を参照のこと)。

(13) 小林秀雄が「文壇」に無関心な作家であったとは言えない。それどころか、文壇において、しかるべき重要な位置を占めていたことは事実である。そのためにこそ、作家たちの狭く限られた世界に縛られることを嫌ったのである。小林秀雄は、文壇が作家にとって必要な仕事の場であることを認めてはいたが、その制約をもはっきりと見極めていた。その辺の機微は、小林秀雄「新潮社八〇年に寄せて」というような小文にも窺われる。一九七六年一月三日付け「朝日新聞」一八頁。

(14) なるほど『文學界』の十月号は、葉山嘉樹「馬鹿気た話」、北条民雄「望郷歌」、丸岡明「登場人物」などの小説に加えて、中原中也の詩「正午」、井伏鱒二の随筆「三宅島所見」等々を載せ、小林秀雄自身は「酒井逸雄君へ」という短文を出している。これに反して、例えば、

『改造』は一九三七年十月号を「支那事変号」と銘打って、巻末の「編輯だより」では「国民精神総動員」の必要性をうたうなど、戦時色一色に塗りつぶしただけでなく、その十日後には「支那事変増刊号」を編み、中国大陸の新たな状況に関する現地報告や論文を特集し、作家のものとしては、横光利一の「上海静安寺の碑文」、林芙美子の「北支那の憶ひ出」などを掲載している。

もっとも、小林秀雄自身も、「戦争について」と題するエッセーを、同じく『改造』の十一月号に発表している（『全集』4・二八六―九二）。しかし、それは自動的に時局を追ったのとは異なる。そこで、小林は、中国大陸で公然と遂行されている日本の軍事行動を正面から批判してはいないが、文学と政治・軍事を混同することは断固として拒んでいる。

「戰爭に對する文學者としての覺悟を、或る雜誌から問はれた。僕には戰爭に對する文學者の覺悟といふ樣な特別な覺悟を考へる事が出來ない。銃をとらねばならぬ時が來たら、喜んで國の爲に死ぬであらう。僕にはこれ以上の覺悟が考へられないし、又必要だとも思はない。一體文學者として銃をとるなどといふ事がそもそも意味をなさない。誰だつて戰ふ時は兵の身分で戰ふのである」

この様な発言は、厳しい時勢を前に知識人が思考を放棄することではないかという疑問を招きかねない。しかし、小林秀雄は、「文學は平和の爲にあるのであつて戰爭の爲にあるのではない」、あるいは「文學者たる限り文學者は徹底した平和論者である他はない」、とも明言しており、日本がいよいよ戦争の泥沼に入り込んだ一九四〇年に発表した「文學と自分」においても、文学の領域を堅持する線を一歩も譲っていない。「さて、一文學者としては、飽くまでも文學は平和の仕事である事を信じてゐる。一方、時到れば喜んで一兵卒として戰ふ。これが、僕等の置かれてゐる現實の狀態であります。何を思ひ患ふ事があるか」(『全集』7・一四三)

敗戦以来、戦争に対する小林秀雄の姿勢はさまざまに論評されてきたが、実際上、小林秀雄が第二次世界大戦中に一兵卒として銃をとったことはなく、終始、「文學者」として生きたことは事実である。

小林秀雄と戦時体制との関係については、渡邊一民『林達夫とその時代』岩波書店、一九八八年、一二二―一二三頁が参考になる。

(15) 河上徹太郎は、東京帝国大学の経済学部を一九二六年に卒業。翻訳と文学評論の分野で仕事を始めた。「近代の超克」(一九四二)以前の業績としては、翻訳として、ポール・ヴァレリーの『レオナルド・ダ・ヴィンチの方法序説』(一九二九)、小林秀雄との共訳でアンドレ・ジッドの『プレテクスト』(一九三四)などがある。同じ一九三四年に出版したレオン・シェストフの『悲劇の哲学』の翻訳は、大きな反響を呼んだ。主要エッセーとしては『自然と純粋』(一九三二)『思想の秋』(一九三四)があげられる。

『文學界』の編集には一九三六年の七月以降、活発に加わった。この点に関しては、河上自身の「昭和十年代の『文學界』」『わが小林秀雄』(昭和出版、一九七八年、二一八―二三三頁)に詳しい。

(16) 『文學界』一九四二年十月号、一五二頁、「後記」

(17) 河上の開戦に際しての感想は、『文學界』一九四二年一月号掲載の「光栄ある日」(後に訂正して「開戦と文学」と題して『河上徹太郎全集』第八巻、二九七―三〇一頁に収録)。

(18)　清水徹氏の詳細な調査によると、鈴木信太郎がポール・ヴァレリーの詩の存在を知り、興味を覚えたのは一九一八年の事である（清水徹「日本におけるポール・ヴァレリーの受容について——小林秀雄とそのグループを中心として——」『文学』一九九〇年秋号、四四—六三頁）。『ヴァリエテ』がフランスのN. R. F. によって一九二四年に出版されはじめると、日本の若い学生たちは強い関心を示した。小林秀雄もその一人であった。一九二六年に刊行された『仏蘭西文学研究』の第一号には、中島健蔵がポール・ヴァレリーのエッセー「ボードレールの位置」を訳出したが、これがポール・ヴァレリーの日本語訳の第一歩である。一九三二年には、おなじ中島健蔵が佐藤正彰との共訳で『ヴァリエテ』の翻訳を出版する。

一方、小林秀雄は、一九三二年に『テスト氏』の「序」と「テスト氏との一夜」を、一九三三年には「テスト氏航海日誌抄」を、一九三四年には「友への手紙」及び「エミリイ・テスト夫人の手紙」を訳出。一九三六年には、「ヴァレリイの事」と題する短文を発表し、ポール・ヴァレリーの論文によって「理論の齎す眩暈といふものをはじめて知つた」という（『全集』2・三〇四）。小林秀雄がポール・ヴァレリーについて書いた最も重要な文章は「「テスト氏」の方法」であるが、これは『文學界』の一九三九年十月号、十二月号に掲載された（『全集』2・三〇九—二一）。このような経緯をみると、「近代の超克」における、知性にもとづいた西欧文学理解から実感にもとづく日本古典の感得へという小林秀雄の発言は、額面どおりには受け取れない。

ポール・ヴァレリーの日本における大きな存在を裏付けるかのように、まさに座談会「近代の超克」の開かれた一九四二年に、筑摩書房は『ヴァレリー全集』の刊行をはじめる。

ヴァレリーが実際にどの様に日本の知識人に受け止められていたのかを把握するには、広範な調査と分析とが必要であろうが、たとえば、清水徹氏は、前記の論文で、ポール・ヴァレリーの思想と『近代の超克』との屈折した関連について、すでに、次のように示唆に富む指摘をしている。

「ヴァレリーの《準・政治的試論》はただたんに近代の病理を高みから分析するだけのものではなく、精神というものが無秩序から秩序をつくりだそうとするものである以上、精神にはいわば独裁を方法的に志向しようとする傾向のあることを指摘して、それに対しては、精神の獲得したもうひとつの能力、「自分自身の意識によって、自己をすべての事物から引きはなすことができるばかりか、自分自身からも引きはなすことができる」(『精神の政治学』)という能力、「変換力」としての精神(つまりはそれが「精神の自由」である)を対比させることで、いわば「精神の精神」とでもいうべきものをつくりだすべきことを(おそらくはヴァレリー自身のペシミスムゆえに、近代の病理を分析するときよりずっと声低くではあるが)語っていた。近代精神のつくりあげたヨーロッパへの、そしてその代表者としてフランスへの自負と、近代精神の鬼っ子であるビスマルクとナチズムのドイツとの対比がこうした考察を産んだのである。しかし河上徹太郎は、おそらくは《近代》の裂け目とそこにのぞける「神の存在」にこだわるあまり、ヴァレリーの近代論のうち、近代の病理の分析にもっぱら注目し、「精神の自由」のほうにはあまり眼が届かなかったように見える。これが、河上徹太郎をして「近代の超克」座談会へと導いたのではないか」(『文学』前出、五七頁)

(19) 竹内好は、保田與重郎が参会を約束したにもかかわらず当日欠席した理由については漠とした推定をくだすにとどまっているが（『超克』二八六―八七頁）、橋川文三は、蓮田善明の一文と当時の自分の経験とを根拠に、保田と小林の歴然とした相違について、次のように述べている。

「たしかに「近代の超克」というシンボルは、太平洋戦争に入って間もない時期、知識層の共通の了解事項を暗示するもののように用いられた。しかし、当時においても、たとえば次のような批評があったことはみのがしてはならないはずである。

「近代の超克ということを昨年の『文學界』で仰々しく論じたことがあり、いまだに相当得意らしいが、まず当代現実派の代表者達らしいたわ言であった。文学が分り特にわが日本文学のふる道の次第を知っている者ならば、笑って見るばかりでなく、多少は腹立ちなしには読めなかった。人は保田與重郎氏が『近代の終焉』を書いたことと文字が似ているからとて混同してはならない」（蓮田善明「神韻の伝統」――昭和十八年『超克の美』所収）」（『日本浪曼派批判序説』二五〇―五一頁）

(20)　この点に関する竹内好の解釈は、『超克』二八八―九三頁に詳しい。

また、橋川文三は『近代日本政治思想の諸相』（未来社、一九六八年、三〇―三一頁）の「反近代と近代の超克」において、小林秀雄の近代批判を林房雄と対比させて、「近代的」「直観的」と評しているが、これも十分に言を尽くしているとは言えない。

(21)　太平洋戦争の数年前から戦中にかけて、日本の文学者、さらに広く知識人が、どのような発言をし、どのように行動したのかは、いまだに十分に解明されていない。『討論――日本プロレタリア文学運動史』では、特に第四章「戦争中の抵抗運動」（同書、一四一―八五頁）に見られるように、様々に屈折した形で「軍国主義」に抵抗した文学者の姿を喚起し強調する証言が示されているが、逆に、櫻本富雄の『日本文学報国会 大東亜戦争下の文学者たち』(青木書店、一九九五年)は、戦時中の挙国軍事体制に、作家・芸術家・知識人の大多数が、直接間接に参与していた事実を詳細に調査している。

この中で、永井荷風の生き方は、その妥協のない純粋な一貫性において、批判の余地がない。一九三八年以後、戦争の終わるまで、荷風はまさに黙々と創作を続け、鋭い批判精神をもって日誌を書き記しながら、社会に対しては断固として沈黙をまもった。この時期に、公に「筆を折り」あるいは口を閉ざすことがどのような意味を持っていたのかを正当に評価するためには、日本の知識人にとって国外「亡命」が、事実上、不可能であったことを想起すべきであろう。

「転向」した亀井勝一郎は、『討論——日本プロレタリア文学運動史』(七二頁)で、次のように回顧している。

荒正人 その場合、亡命とか、或いはまた、イタリアの文学者の間でいわれたのだそうですが、「偉大なる休暇の時期」だと考えて作家活動を一時中止するような、そういう知恵のはたらかし方はなかったのですか。

亀井 なかったな。日本では亡命は不可能だし、偉大な休暇と言っただけで、しまいには治安維持法の対象になった。当時の保護観察が最も鋭くしらべたのは、無職と沈黙に対してであった。

永井荷風は、まさに無職と沈黙とを守りぬいた。

(22)　小林秀雄は、評論家としての仕事を始めて以来、現実とかみ合わない言葉の組み合わせによって空転していく似非学者の独善を繰り返し痛烈に論難してきたが、その対象は、教条的マルクス主義者に限らず、この時期になると、国家主義推奨の論者にも容赦なく批判の矢を向ける。その意味で「學者と官僚」（一九三九年十一月、『全集』7・七八―八六）はとくに興味深い。

「いろいろ學者の手で東亞協同體論が書かれてゐる。だが、皆吾が身の紋切型で吾が身を滅さうとしてゐる。〔……〕

僕はどの東亞協同體論にも、思想家が自ら考へ出した力といふものを認めない。實際の事に處して日に新たに判斷し、決心するところより他に、人間の思想といふものがある筈はないのだ。あれば思想そのものといふ様なものがあるだけだらう。

今日の東亞協同體論といふものが、どれも申し合はせた様に、書物から學んだ知識で、歴史の合理化、つまり話の辻褄を合はせる仕事をやつてゐる。辻褄は中國人も別様に合はせるだらう。ロシヤ人はロシヤ人で、ドイツ人はドイツ人で、合はせるだらう。誰が正しいのか。そんな處に思想の正しさを求めてゐるのが間違ひなのである」（同右、八五）

西田幾多郎に関しては、「本當の思想家の魂を持つてゐた人」とは認めつつも、「見物と讀者との缺如の爲に」、「極めて病的な孤獨」に追い詰められていると評する。この時期の西田幾多郎の国家主義との異様な癒着を、次のように言語の水位で解明したのは卓見である。

「西田氏は、たゞ自分の誠實といふものだけに頼つて自問自答せざるを得なかつた。自問自答ばかりしてゐる誠實といふものが、どの位惑はしに充ちたものかは、神様だけが知つてゐる。

この他人といふものの抵抗を全く感じ得ない西田氏の孤獨が、氏の奇怪なシステム、日本語では書かれて居らず、勿論外國語でも書かれてはゐないといふ奇怪なシステムを創り上げて了つた。氏に才能が缺けてゐた爲でもなければ、創意が不足してゐた爲でもない」(同右、八四)

このように言語の次元で小林秀雄の下した西田観に対し、林達夫が反論した経緯、またそれに続く世代の知識人として、渡邊一民氏自身が示した反応は、同氏の『林達夫とその時代』一一四―一一七頁を参照のこと。

(23) 中国大陸で日本が隣国に対し武力行使を始めて以来、小林秀雄は何度か文学と戦争とについて発言した。文学を時局の直接の影響外に維持しようと努めることは、時の主流に対する抵抗の一形式と考えてよいだろう。

(24) 「光栄ある日」(『文學界』一九四二年一月号、二―八頁)は次のように始まる。

「遂に光栄ある秋が来た。

しかも開戦に至るまでの、わが帝国の堂々たる態度、今になって何かと首肯出来る、これまでの政府の抜かりない方策と手順、殊に開戦劈頭聞かされる輝かしき戦果。〔……〕こんなにも我々が　陛下の直ぐ御前にあつて、しかも醜の御楯となるべく召されることを待つてゐるとは、何といつてもかういふ事態が発生せねば気附かなかつたものであらう。」云々。

この文章は『河上徹太郎全集』(第八巻、二九七―三〇一頁)では、「開戦と文学」と題をかえて、時局に調子を合わせた以上のような部分は削除し、文学の自立性を擁護したかに見える部分を残して収録している。

「従来余りに「文」が「軍」や「政治」に追従し、その世界の中で仕事をしてゐたと共に、

「軍」や「政治」も、逆に「文」の領域に入り込んで、そこに表現をしたり、命令したりし過ぎてゐた。今この率直簡潔な時勢に際し、この三権分立が確立されねばならぬのである。

〔……〕

文学の非常時的役割について、これは既に度々いはれたことだがこの際特にいひたいことは、その日常性の秩序の保存者としての役割である」等々。

事態は複雑であり、著者の真意を見きわめるのは容易ではない。

(25) 否応なく迫ってくるこのような騒然とした状態に対し、小林秀雄は、フランスの哲人アランの静謐を呼び起こす。アランの『大戦の思い出』の邦訳が一九四〇年に出版された際に、小林秀雄は次のようにフランスの哲学者にたいする尊敬の念を表明する。「勇敢な兵卒アランは、飽くまで平素の哲學者アランである。戦争といふ大事件も、彼の思想を乗り越える事が出來ない」(『全集』7・一〇七)と。

(26) 『新潮』小林秀雄追悼記念号、一九八三年四月臨時増刊、三四四―五六頁。後に、小林秀雄『白鳥・宣長・言葉』二四一―六五頁に収録。

(27) 江藤淳『江藤淳著作集第三巻・小林秀雄』講談社、一九六七年、五一頁。

(28) 『小林秀雄全集』新潮社、二〇〇一年、第四巻、五四五頁。

最後の文章は、やや分かりにくい訳文だが、「彼等は、戦争のおかげで、死ぬまでに一度か二度生きる機会を得ることができるだけなのだ。」の意。

(29) 小林秀雄とドストエフスキイとの関係を論じた文章は数多いが、川端香男里「昭和史におけるドストエフスキイ像」は、このロシアの作家を〈日本文学の問題〉として扱った小林秀雄の仕事の意味を、明確に指摘している(特集「なぜ小林秀雄か 近代批評の日本的確立」『國文学』一九八〇年二月号、三六―四〇頁)。

(30) 福沢諭吉は例外である。小林秀雄は、福沢諭吉を自分の経験にもとづいて思想を形成することのできた行動の人として、尊敬する。一九三七年に『福翁自伝』の論評をして以来、一九六四年の「常識について」に到るまで、小林秀雄は、真に「実践的な」思想の持ち主として、何度となく福沢諭吉に言及している。

(31) 小林秀雄が、いわゆる明治の先駆者たちに関して、ほとんど口を噤んでいたことは、注目に値する。なかでも、夏目漱石に対する無関心ぶりは、意外である。一度だけ、漱石に言及した際も、文体に関してたまたま名を出したというにすぎない(『全集』4・二三八)。

小林秀雄の漱石に対する沈黙については、柄谷行人の鋭い解釈がある。「小林秀雄はなぜ夏目漱石を敬遠したのか。夏目漱石は交通を知っており、科学を知っており、唯物論者だったからです。たとえば「文学論」を見てもいい。あの言語は生硬だ。しかしああ書くよりほかないんだよ。」中上健次との対談中に発せられたこの考えは、論文「交通について」でより詳細に展開されている(柄谷行人・中上健次『小林秀雄をこえて』河出書房新社、一九七九年)。

小林秀雄と明治の作家たちとの問題は、近代日本文学の権威者、三好行雄・吉田凞生・高橋英夫の共同討議でも話題になるが、結局、「肌に合わなかった」という推測にとどまり、それ以上の考察はおこなわれていない(「共同討議「私小説論」をめぐって」『國文学』一九八〇年二月号)。

森鷗外については、『全集』第四巻の二三八頁、第八巻の一八頁などに短い賛辞があり、幸田露伴は「骨董」の権威と見なされるなど（『全集』9・八七―八八）、完全に無視されているわけではないが、小林秀雄は前時代の主要作家たちに一度もまともに対処していない。

(32) 林房雄が座談会にそえて書いた「勤皇の心」に、次のような文章がある。

「明治末期から大正昭和期に於ける日本文学は決して国を興す文学ではなかった。〔……〕浅野晃氏は現代文学の否定より発して、漱石を突き、鷗外を叩かんとさへしてゐる。我等青年をして国を忘れしめた近代日本文学に対する正当なる復讐心の現れとも見ることができよう。この復讐心は私の心にも燃えてゐる。それは復讐であると同時に贖罪の神聖戦争である。自然主義を生み左翼文学を生んだ明治以後の日本文学を一冊残らず火に投じても、日本は何物をも失はぬ」（『超克』一〇五頁）

(33) 日本の知識界に、主として三木清によって歴史思想が導入された状況については、渡邊一民『林達夫とその時代』の序章、「ふたりの留学生」が三木清と羽仁五郎に光をあてて、生き生きとした概観を描きだしている（同書、一―二五頁）。

(34) 「思想と實生活」（『全集』4・一五九―六七）を参照のこと。正宗白鳥とのこの論争を通じて、小林秀雄は思想と実生活（つまり肉体をそなえたひとりの人間が実際に行う営為としてあらわれる生活）との関係について、自分の考えを明確に示している。

まず、実生活とはなにか。

「ドストエフスキイが生活の驚くべき無秩序を平然と生きたのも、たゞ一つ藝術創造の秩序が信じられたが爲である。創造の魔神にとり憑かれたかういふ天才等には、實生活とは恐らく架空の國であつたに相違ないのだ。架空の國にも現實の苦痛や快樂が在る事をさまたげぬ。死

すら在るではないか」(『全集』4・一六五)

ではこの様な実生活と思想とはどのような関係にあるというのか。

「實生活を離れて思想はない。併し、實生活に犧牲を要求しない様な思想は、動物の頭に宿つてゐるだけである。社會的秩序とは實生活が、思想に拂つた犧牲に外ならぬ。その現實性の濃淡は、拂つた犧牲の深淺に比例する。傳統といふ言葉が成立するのもそこである。この事情は個人の場合でも同樣だ。思想は實生活の不斷の犧牲によつて育つのである」(同右、一六六)

ドストエフスキイの「生活」が、単に、ロシアのある男が送った実生活を語る伝記でないことは明らかである。

(35) ブレーズ・パスカルの思想は日本に何時どのように導入されたのか、その概要は、前田陽一「パスカルと日本」(『パスカル』中央公論社、一九六六年、五七―六〇頁)によって知ることができる。

フランス十七世紀のこの哲学者は、一九〇八年に『福音新報』に出た無署名の長文エッセーに初めて紹介されたという。『パンセ』の翻訳は、前田長太による部分訳のかたちで一九一四年に出版された。しかし、日本における独自性のあるパスカル研究は、三木清をまたなければならない。『パスカルにおける人間の研究』(一九二六)は、同世代のものだけでなく、続く数世代の読者に強い影響を及ぼした。

ただし、一九三〇年代のはじめにパスカルを研究するというのは、日本では例外であった。この点については、前記『パスカル』の月報で前田陽一と森有正の行った対談が興味深い。日本の知識階級にとってマルクス主義の魅力が圧倒的に強かったこの時代に、パスカルの信仰と思想とに関心を抱く少数学生の状況が、生き生きと喚起されている（「パスカルの世界」『パスカル』の「月報」一—四頁）。

一九三八年、小林秀雄が「「ドストエフスキイの生活」序（歴史について）」を執筆するのとほぼ同じ頃に、由木康が『パンセ』の抜粋を翻訳した。この翻訳は戦争中も継続され、一九四七年に日本で最初の完訳が刊行された。

（36）非常に興味深いことに、世界の歴史学の先頭を行くフランスにおける歴史研究も、この半世紀のあいだに、「変わるもの」から「変わらないもの」へと研究対象を移し、いわば、小林秀雄とおなじ道をたどった。もちろん、日本の孤独な思索家と科学を標榜するフランスの歴史家たちとのあいだでは、思索・研究の方法も、また直接の目的も異なるのであるが、根本のところで、おなじ希求がはっきりと意識されていることは、二十世紀後半の精神現象として、単なる偶然以上の意味を持つだろう。

フランス歴史学の動向については、ジャック・ル＝ゴフ他、二宮宏之訳編『歴史・文化・表象　アナール派と歴史人類学』（モダーン・クラシックス、岩波書店、一九九九年）を参照のこと。

（37）リュシアン・フェーブル「歴史を生きる」（長谷川輝夫訳『歴史のための闘い』平凡社ライブラリー、一九九五年、四六—四七頁）。

（38）同右、五九—六〇頁。

（39）同右、六二—六三頁。

（40）同右、四二頁。

（41）小林秀雄は、後に、一九五八年五月から一九六三年六月にかけて、『新潮』に「感想」という題のもとに、五十六回におよぶ長篇ベルクソン論を書きつづけた。ほぼ三百ページに達するこの作品は、未完のまま放棄され、著者の意志により生前には再刊されなかった。著者没後の『小林秀雄全集』(新潮社、二〇〇二年)では別巻Ⅰに集録されているが、本稿では初出の雑誌連載版に拠った。

変らない人間という点では、ベルクソンと並んで、シャルル・ボードレールの名も引くべきであろう。一九二六年、若年の小林秀雄はボードレールの「日記」抜粋を翻訳し、『文藝時代』の十一月号に発表した(『小林秀雄全翻訳』七―一二頁及び八五九―六〇頁参照)。これは、ボードレールの「火箭」と「赤裸の心」から自由に二十四の断片を抜粋したものだが、その末尾の文章は、小林秀雄がここに展開する「不変の人間」という考えをすでに明瞭に示している。

「「進歩」といふものより愚劣なものがあらうか。何故なら、日々の事件が証明してくれる如く、人間は、いつも同じ様な人間だ、と言ふのは、いつも野蛮な状態に居るのだ。文明の日々の衝撃、軋轢に比べて、森林や草原の危険が何んであらうか? 人間は、ブウルヴァアルでお目出度屋をとつちめるにしろ、見知らぬ森林で獲物を刺すにしろ、いつも変らぬ人間ではないか、より完全なものも餌食たる獣物ではないか?」(一二頁)

(42) 「人は種々な眞實を發見する事は出來るが、發見した眞實をすべて所有する事は出來ない、或る人の大脳皮質には種々の眞實が觀念として棲息するであらうが、彼の全身を血球と共に循る眞實は唯一つあるのみだといふ事である。〔……〕世の所謂宿命の眞の意味があるとすれば、血球と共に循る一眞實とはその人の宿命の異名である」(『全集』1・一四)

「様々なる意匠」(一九二九)のサワリをなすこの一節の「血球と共に循る一眞實」としての宿

命という考えは、小林秀雄がその二年前に訳出したボードレールの『エドガア・ポオ その生涯と作品』にそっくり見いだすことができる。「彼等（額に「不運」といふ文字を戴いてゐる人びと）の運命は、彼等のあらゆる組織に刻されて、その瞳眸に、その姿態に、不吉な光芒をもつて輝き、その動脈を、個々の血球と共に循る」（『小林秀雄全翻訳』一六頁）

この例のように、小林秀雄が自作に散りばめた個性に輝くように見える言葉の多くが、源をフランス文学にもっていることは事実である。しかし、外国語で読んだものに示唆を受けた表現が、単に知による借り物だとは、言えまい。たとえ、本人が後になってそう言い張ったとしても。

(43)　小林秀雄は、すでに一九三七年ごろから国家主義イデオロギーの台頭に批判の目を向けていた。たとえば、エッセー「「日本的なもの」の問題」は、著者の断固とした姿勢を、次のように忌憚なく表明している。

「作家が日本主義とか愛國主義とかいふ看板に頼つて何が出來るものでもあるまい。嘗ての國民文學の傑作が、國家主義などといふものに頼つて成功した例しもないのである。日本的なものといふ文學的觀念は文學者が日本的なものに關して個性的なイメエジを持つことが出來るか出來ないかといふ處にしか正當な意味を生じ得ない。問題は反動的といふよりも寧ろ逆説的なのである」（『全集』4・一九四）

(44)　しかも、この座談会をはさんで、小林秀雄は、ドストエフスキイの作品論を、つぎつぎと書きつづけていたことを忘れてはなるまい。

(45)　ベルクソンの文体が、科学と同時に文学のものとして、二重の性格をおびているという考えは、後に、『新潮』に連載したベルクソン論、「感想」の第二回(『新潮』一九五八年六月号、三〇―三五頁)と第四回(『新潮』一九五八年八月号、三四―三五頁)の稿で、十分に展開されている。小林秀雄が「近代の超克」で発した言葉は、戦後になって、即座に放棄しなければならないようなものではない。

(46)「小林秀雄と学生たちとの問答」『新潮』小林秀雄追悼記念号、一九八三年四月臨時増刊、六三―六四頁。

(47)母国語をめぐる小林秀雄と森有正との関係については、拙稿「母国語は宿命か」(『私の中のシャルトル』、筑摩書房、一九九〇年、二一一―二二頁)を参照のこと。

(48)日本語の問題について、小林秀雄は、一九三六年以来、繰り返し発言してきた。主なものとして、次の諸論がある。「現代詩について」(一九三六年八月、『全集』第四巻、二〇七―一四頁)、「言語の問題」(一九三六年九月、同右、二一五―一七頁)、「文化と文體」(一九三七年五月、同右、二三〇―三五頁)、「現代作家と文體」(一九三七年七月、同右、二三六―四〇頁)、「佐藤信衞「近代科學」」(一九三七年十二月、同右、二九三―九八頁)、「野上豐一郎の「飜譯論」」(一九三八年三月、同右、二五四―五六頁)

これらの文章も、実際には九牛の一毛である。言語および翻訳の問題についての考察は、到るところに繰り広げられており、小林秀雄の生涯を通じて中心テーマであった、といってよい。詳しくは、本書第I部に収録した拙稿「やくす――小林秀雄と訳すこと」を併読されたい。

(49)たとえば、アランの『精神と情熱とに關する八十一章』の翻訳に際して、小林秀雄はフランス語の image という一語を、「心像、映像、印象、もの、かたち」などと訳し分けている

『小林秀雄全翻訳』五二九―七二三頁）。

(50) ここで、小林秀雄は、対話の相手をそれまでの「貴方」ではなく、突然「君」と呼びはじめる。このような細部は、小林秀雄の「思想」を語る素材としてとりあげるのが非常にむずかしいのだが、小林の思想とは、まさにそのようなこまかな形の隅々にまで、ゆきわたっている。小林秀雄は、かしこまった公式の「貴方」ではなく、「君」と呼びかけることによって、一般論ではなく個人としての語り手に深くかかわる「感想」を求めるので、じかに、生き身の話し相手に肉迫しようとしているのである。

(51) 小林秀雄は生涯の最後まで、正しく考えるために、対話術がいかに大事かを考えていた。『本居宣長　補記』(一九八二)が、ソクラテスの実践した対話術についての長い考察から始まることを想起しよう。小林は、プラトンの対話のうちに、生き生きとした哲学の理想のすがたがあり、それにはまさに「対話の魂」が息吹を与えているというのである(『補記』五―一七頁)。さらに、日本の思想の伝統にも、例えば、中江藤樹の『翁問答』のように、同じ流れが見出される。小林秀雄は、広く世界に見られるこの伝統に参じて、それを継承しようとしている。

岩波現代文庫版あとがき

本書が単行本として出版されてから二十年ほどになるが、文庫版というかろやかな姿であらたに読者の手にわたると言う。小林秀雄の作品を愛読し、自分なりの読みを書きつづった者として、よろこばずにはいられない。これは彼の文章に触発された私なりのささやかなバリエーションにすぎないが、思えば小林秀雄自身がひとつの単純なテーマを縦横に変奏し続けた作家と言えるだろう。

単純なテーマとは、生まれた以上だれひとり避けることのできない、生であり死である。最初期の小編から晩年の代表作『本居宣長』を経て、絶筆「白鳥の作について」に至るまで、「死」は小林秀雄の作品をつらぬく主題であり、「生」はそれと表裏をなす対主題である。小林秀雄の数々の文章は、この世に生まれてやがては消えていく人間の宿命を終生のテーマにした味わい豊かな変奏曲と言ってよい。初期の創作や生涯書き続けた随筆・感想はもとより、評論、時評、談話等々、多様なジャンルでの表現にも、作者の深い死生観が直接・間接に奏されていることが感じられるのであるが、ここでは、初期・中期・後期の性質の異なる三作品を振り返ってみよう。

まず、ごく若い頃の作品に、書き手が生きるか死ぬかをその日の空模様に託した、という手記風の断片がある。青空の下で命を絶つつもりだった話者は、幸か不幸か、その朝の曇り空を見て思いとどまる。俗な表現を用いるなら、死ぬも生きるもお天道様の言うとおりにまかせた青年の話である。このお天道様が、後に小林秀雄を強く惹きつける本居宣長にとっていかに重要なものであったかを思えば、ここにすでに一つのテーマの萌芽が見られる。

ついで、人生半ばに執筆した代表作「モオツァルト」を見れば、ここでも主題は「死」であり、死の陰で一層鋭くなる「生」の感覚である。小林秀雄が誰にもまして愛した亡き母の霊に捧げたこのエッセーは、旅先で世を去った最愛の母親の遺体の脇で、モオツァルトが、その悲哀には一言も触れずに、父親宛にいとも陽気な手紙を書く姿から始まる。そして結尾では、「死が一切の終りである生を抜け出て、彼〔モオツァルト〕は死が生を照らし出すもう一つの世界からものを言ふ」という総括に至る。ここで作者がモオツァルトの音楽の本質をとらえているか否かは、問うまい。ただ、「死が生を照らし出すもう一つの世界からものを言ふ」という天才作曲家にたいする評価が、小林秀雄自身の作品の基調を示すことはまちがいない。

畢生の大著『本居宣長』もまた、宣長が自分の遺骸の処置に関して書きのこしたきわめて即物的で綿密な遺言の話から始まる。宣長が墓の図面まで示してそのような遺言を用意したのもさることながら、作家論ののっけからその遺書を詳述する小林の筆致も尋常ではない。しかも数百ページにわたる宣長論の末尾で、著者は読者をこの冒頭のくだりに送り返すのだ。音楽用語を用いるなら、まさにダ・カーポである。しかもこのダ・カーポは、宣長論だけにとどまらず、作者自身の死によって未完のままに遺された「正宗白鳥の作について」に至る彼の全作品を読みかえすことを求めている、とみてよいだろう。そして、この白鳥論自体は、ユングの「自伝」の解説に行き詰まったヤッフェの、「心の現實に常にまつはる説明し難い要素は謎や神祕のまゝにとゞめ置くのが賢明」という言葉の引用で、断絶している。ここに至って、読者は、小林秀雄の作品を繰り返し読みながら、自分の人生に戻ってくることになる。

本書が、謎も神秘も豊富に含む小林秀雄の作品に、多少なりとも触れ得たとすれば幸いである。

書物ばなれの傾向の顕著な世に、あえて本書の再刊を実現してくれた吉田裕氏にこころから感謝します。

二〇一八年一〇月　過酷な夏のあとの東京で

二宮正之

本書は二〇〇〇年二月、岩波書店より刊行された。

小林秀雄のこと

2018 年 12 月 14 日　第 1 刷発行

著　者　二宮正之《にのみやまさゆき》

発行者　岡本　厚

発行所　株式会社 岩波書店
〒101-8002 東京都千代田区一ツ橋 2-5-5

案内 03-5210-4000　営業部 03-5210-4111
現代文庫編集部 03-5210-4136
http://www.iwanami.co.jp/

印刷・精興社　製本・中永製本

ISBN 978-4-00-600397-5　　Printed in Japan

岩波現代文庫の発足に際して

新しい世紀が目前に迫っている。しかし二〇世紀は、戦争、貧困、差別と抑圧、民族間の憎悪等に対して本質的な解決策を見いだすことができなかったばかりか、文明の名による自然破壊は人類の存続を脅かすまでに拡大した。一方、第二次大戦後より半世紀余の間、ひたすら追い求めてきた物質的豊かさが必ずしも真の幸福に直結せず、むしろ社会のありかたを歪め、人間精神の荒廃をもたらすという逆説を、われわれは人類史上はじめて痛切に体験した。

それゆえ先人たちが第二次世界大戦後の諸問題といかに取り組み、思考し、解決を模索したかの軌跡を読みとくことは、今日の緊急の課題であるにとどまらず、将来にわたって必須の知的営為となるはずである。幸いわれわれの前には、この時代の様ざまな葛藤から生まれた、人文、社会、自然諸科学をはじめ、文学作品、ヒューマン・ドキュメントにいたる広範な分野のすぐれた成果の蓄積が存在する。

岩波現代文庫は、これらの学問的、文芸的な達成を、日本人の思索に切実な影響を与えた諸外国の著作とともに、厳選して収録し、次代に手渡していこうという目的をもって発刊される。いまや、次々に生起する大小の悲喜劇に対してわれわれは傍観者であることは許されない。一人ひとりが生活と思想を再構築すべき時である。

岩波現代文庫は、戦後日本人の知的自叙伝ともいうべき書物群であり、現状に甘んずることなく困難な事態に正対して、持続的に思考し、未来を拓こうとする同時代人の糧となるであろう。

（二〇〇〇年一月）

G344
〈物語と日本人の心〉コレクションI 源氏物語と日本人
—紫マンダラ—
河合隼雄
河合俊雄編
『源氏物語』の主役は光源氏ではなく、紫式部だった? 臨床心理学の視点から、現代社会を生きる日本人が直面する問題を解く鍵を提示。〈解説〉河合俊雄

G345
〈物語と日本人の心〉コレクションII 物語を生きる
—今は昔、昔は今—
河合隼雄
河合俊雄編
日本の王朝物語には、現代人が自分の物語を作るための様々な知恵が詰まっている。河合隼雄が心理療法家独特の視点から読み解く。〈解説〉小川洋子

G346
〈物語と日本人の心〉コレクションIII 神話と日本人の心
河合隼雄
河合俊雄編
日本人の心性の深層に存在する日本神話の意味と魅力を、世界の神話・物語との比較の中で分析し、現代社会の課題を探る。〈解説〉中沢新一

G347
〈物語と日本人の心〉コレクションIV 神話の心理学
—現代人の生き方のヒント—
河合隼雄
河合俊雄編
神話の中には、生きるための深い知恵が詰まっている! 現代人が人生において直面する悩みの解決にヒントを与える「神々の処方箋」。〈解説〉鎌田東二

G348
〈物語と日本人の心〉コレクションV 昔話と現代
河合隼雄
河合俊雄編
昔話に出てくる殺害、自殺、変身譚、異類聟、夢などは何を意味するのか。現代人の心の課題を浮き彫りにする論集。岩波現代文庫オリジナル版。〈解説〉岩宮恵子

G349
〈物語と日本人の心〉コレクションⅥ 定本 昔話と日本人の心
河合隼雄
河合俊雄編
ユング心理学の視点から、昔話のなかに日本人独特の意識を読み解く。著者自身による解題を付した定本。〈解説〉鶴見俊輔

G350
改訂版 なぜ意識は実在しないのか
永井均
「意識」や「心」が実在すると我々が感じる根拠とは？ 古くからの難問に独在論と言語哲学・分析哲学の方法論で挑む。進化した永井ワールドへ誘う全面改訂版。

G351-352
定本 丸山眞男回顧談(上・下)
松沢弘陽
植手通有編
平石直昭
自らの生涯を同時代のなかに据えてじっくりと語りおろした、昭和史の貴重な証言。読解に資する注を大幅に増補した決定版。下巻に人名索引、解説(平石直昭)を収録。

G353
宇宙の統一理論を求めて
—物理はいかに考えられたか—
風間洋一
太陽系、地球、人間、それらを造る分子、原子、素粒子。この多様な存在と運動形式をどのように統一的にとらえようとしてきたか。科学者の情熱を通して描く。

G354
トランスナショナル・ジャパン
—ポピュラー文化がアジアをひらく—
岩渕功一
一九九〇年代における日本の「アジア回帰」を通して、トランスナショナルな欲望と内向きのナショナリズムとの危うい関係をあぶり出した先駆的研究が最新の論考を加えて蘇る。

G361
日本国憲法の誕生 増補改訂版
古関彰一

第九条制定の背景、戦後平和主義の原点を見つめながら、現憲法制定過程で何が起きたかを解明。新資料に基づく知見を加えた必読書。

G363
語る藤田省三
―現代の古典をよむということ―
竹内光浩
本堂　明
武藤武美 編

ラディカルな批評精神をもって時代に対峙し続けた「談論風発」の人・藤田省三。その鮮烈な「語り」の魅力を再現する。岩波現代文庫オリジナル版。〈解説〉宮村治雄

G364
レヴィナス
―移ろいゆくものへの視線―
熊野純彦

レヴィナスが問題とした「時間」「所有」「他者」とは何か？　難解といわれる二つの主著のテクストを丹念に読み解いた名著。〈解説〉佐々木雄大

G365
靖国神社
―「殉国」と「平和」をめぐる戦後史―
赤澤史朗

戦没者の「慰霊」追悼の変遷を通して、国家観・戦争観・宗教観こそが靖国神社をめぐる最大の争点であることを明快に解き明かす。〈解説〉西村　明

G366
貧困と飢饉
アマルティア・セン
黒崎　卓
山崎幸治 訳

世界各地の「大飢饉」の原因は、食料供給量の不足ではなく人々が食料を入手する権原（能力と資格）の剥奪にあることを実証した画期的な書。

2018. 12

岩波現代文庫[学術]

G367
アイヒマン調書
―ホロコーストを可能にした男―
ヨッヘン・フォン・ラング編
小俣和一郎訳

ナチスによるユダヤ人殺戮のキーマン、アイヒマン。八カ月、二七五時間にわたる尋問調書から浮かび上がるその人間像とは？〈解説〉芝　健介

G368
新版 はじまりのレーニン
中沢新一

西欧形而上学の底を突き破るレーニンの唯物論はどのように形成されたのか。ロシア革命一〇〇年の今、誰も書かなかったレーニン論が蘇る。

G369
歴史のなかの新選組
宮地正人

信頼に足る史料を駆使して新選組のリアルな実像に迫り、幕末維新史のダイナミックな構造の中でとらえ直す、画期的〝新選組史論〟。「浪士組・新徴組隊士一覧表」を収録。

G370
新版 漱石論集成
柄谷行人

思想家柄谷行人にとって常に思考の原点であった漱石に関する評論、講演録等を精選し、集成。同時代の哲学・文学との比較など多面的な切り口からせまる漱石論の決定版。

G371
ファインマンの特別講義
―惑星運動を語る―
D・L・グッドスティーン
J・R・グッドスティーン
砂川重信訳

知られざるファインマンの名講義を再現。三角形の合同・相似だけで惑星の運動を説明。再現にいたる経緯やエピソードも印象深い。

岩波現代文庫[学術]

G372
ラテンアメリカ五〇〇年
—歴史のトルソー—
清水透

ヨーロッパによる「発見」から現代まで、約五〇〇年にわたるラテンアメリカの歴史を、独自の視点から鮮やかに描き出す講義録。

G373
〈仏典をよむ〉1 ブッダの生涯
中村元
前田專學監修

誕生から悪魔との闘い、最後の説法まで、ブッダの生涯に即して語り伝えられている原始仏典を、仏教学の泰斗がわかりやすくよみ解く。〈解説〉前田專學

G374
〈仏典をよむ〉2 真理のことば
中村元
前田專學監修

原始仏典で最も有名な「法句経」、仏弟子たちの「告白」、在家信者の心得など、人の生きる指針を説いた数々の経典をわかりやすく解説。〈解説〉前田專學

G375
〈仏典をよむ〉3 大乗の教え(上)
—般若心経・法華経ほか—
中村元
前田專學監修

『般若心経』『金剛般若経』『維摩経』『法華経』『観音経』など、日本仏教の骨格を形成した初期の重要な大乗仏典をわかりやすく解説。〈解説〉前田專學

G376
〈仏典をよむ〉4 大乗の教え(下)
—浄土三部経・華厳経ほか—
中村元
前田專學監修

浄土教の根本経典である浄土三部経、菩薩行を強調する『華厳経』、護国経典として名高い『金光明経』など日本仏教に重要な影響を与えた経典を解説。〈解説〉前田專學

2018. 12

G377
済州島四・三事件
—「島《タムナ》のくに」の死と再生の物語—
文京洙

一九四八年、米軍政下の朝鮮半島南端・済州島で多くの島民が犠牲となった凄惨な事件。長年封印されてきたその実相に迫り、歴史と真実の恢復への道程を描く。

G378
平面論
—一八八〇年代西欧—
松浦寿輝

イメージの近代は一八八〇年代に始まる。さまざまな芸術を横断しつつ、二〇世紀の思考の風景を決定した表象空間をめぐる、チャレンジングな論考。〈解説〉島田雅彦

G379
新版 哲学の密かな闘い
永井均

人生において考えることは闘うこと——哲学者・永井均の、「常識」を突き崩し、真に考える力を養う思考過程がたどれる論文集。

G380
ラディカル・オーラル・ヒストリー
—オーストラリア先住民アボリジニの歴史実践—
保苅実

他者の〈歴史実践〉との共奏可能性を信じ抜く——それは、差異と断絶を前に立ち竦む世界に、歴史学がもたらすひとつの希望。〈解説〉本橋哲也

G381
臨床家 河合隼雄
谷川俊太郎
河合俊雄編

多方面で活躍した河合隼雄の臨床家としての姿を、事例発表の記録、教育分析の体験談、インタビューなどを通して多角的に捉える。

2018.12

G382
思想家 河合隼雄
中沢新一
河合俊雄 編

心理学の枠をこえ、神話・昔話研究から日本文化論まで広がりを見せた河合隼雄の著作。多彩な分野の識者たちがその思想を分析する。

G383
河合隼雄語録
カウンセリングの現場から
河合隼雄
河合俊雄編

京大の臨床心理学教室での河合隼雄のコメント集。臨床家はもちろん、教育者、保護者などにも役立つヒント満載の「こころの処方箋」。〈解説〉岩宮恵子

G384
新版 占領の記憶 記憶の占領
―戦後沖縄・日本とアメリカ―
マイク・モラスキー
鈴木直子訳

日本にとって、敗戦後のアメリカ占領は何だったのだろうか。日本本土と沖縄、男性と女性の視点の差異を手掛かりに、占領文学の時空間を読み解く。

G385
沖縄の戦後思想を考える
鹿野政直

苦難の歩みの中で培われてきた曲折に満ちた沖縄の思想像を、深い共感をもって描き出し、沖縄の「いま」と向き合う視座を提示する。

G386
沖縄の淵
―伊波普猷とその時代―
鹿野政直

「沖縄学」の父・伊波普猷。民族文化の自立と従属のはざまで苦闘し続けたその生涯と思索を軸に描き出す、沖縄近代の精神史。

2018. 12

G387
『碧巌録』を読む
末木文美士

「宗門第一の書」と称され、日本の禅に多大な影響をあたえた禅教本の最高峰を平易に読み解く。「文字禅」の魅力を伝える入門書。

G388
永遠のファシズム
ウンベルト・エーコ
和田忠彦訳

ネオナチの台頭、難民問題など現代のアクチュアルな問題を取り上げつつファジーなファシズムの危険性を説く、思想的問題提起の書。

G389
自由という牢獄
—責任・公共性・資本主義—
大澤真幸

大澤自由論が最もクリアに提示される主著が文庫に。自由の困難の源泉を探り当て、その新しい概念を提起。河合隼雄学芸賞受賞作。

G390
確率論と私
伊藤清

日本の確率論研究の基礎を築き、多くの俊秀を育てた伊藤清。本書は数学者になった経緯や数学への深い思いを綴ったエッセイ集。

G391-392
幕末維新変革史（上・下）
宮地正人

世界史的一大変革期の複雑な歴史過程の全容を、維新期史料に通暁する著者が筋道立てて描き出す、幕末維新通史の決定版。下巻に略年表・人名索引を収録。

岩波現代文庫[学術]

G393
不平等の再検討
―潜在能力と自由―
アマルティア・セン
池本幸生
野上裕生 訳
佐藤仁

不平等はいかにして生じるか。所得格差の面からだけでは測れない不平等問題を、人間の多様性に着目した新たな視点から再考察。

G394-395
墓標なき草原(上・下)
―内モンゴルにおける文化大革命・虐殺の記録―
楊海英

文革時期の内モンゴルで何があったのか。体験者の証言、同時代資料、国内外の研究から、隠蔽された過去を解き明かす。司馬遼太郎賞受賞作。〈解説〉藤原作弥

G396
過労死・過労自殺の現代史
―働きすぎに斃れる人たち―
熊沢誠

ふつうの労働者が死にいたるまで働くことによって支えられてきた日本社会。そのいびつな構造を凝視した、変革のための鎮魂の物語。

G397
小林秀雄のこと
二宮正之

自己の知の限界を見極めつつも、つねに新たな知を希求し続けた批評家の全体像を伝える本格的評論。芸術選奨文部科学大臣賞受賞作。

2018.12